魅丽文化 花火工作室

千分之一喜欢

One in a Thousand

兜兜有铜钱 / 著 /

百花洲文艺出版社
BAIHUAZHOU LITERATURE AND ART PRESS

图书在版编目（CIP）数据

千分之一喜欢 / 兜兜有铜钱著． -- 南昌 ：百花洲文艺出版社，2022.3
ISBN 978-7-5500-4686-3

Ⅰ．①千… Ⅱ．①兜… Ⅲ．①长篇小说－中国－当代 Ⅳ．①I247.5

中国版本图书馆 CIP 数据核字（2022）第 033866 号

千分之一喜欢
QIAN FEN ZHI YI XIHUAN
兜兜有铜钱 著

出 版 人	章华荣
责任编辑	蔡央扬
出版统筹	曾英姿
特约编辑	黄 欢 胡 蓉
装帧设计	黄 梅
内页设计	刘 阳 曹文琦
出版发行	百花洲文艺出版社
社 址	南昌市红谷滩区世贸路 898 号博能中心 A 座 20 楼
邮 编	330038
经 销	全国新华书店
印 刷	长沙金鹰印务有限公司
开 本	880mm×1230mm 1/32 印张 10
版 次	2022 年 3 月第 1 版第 1 次印刷
字 数	346 千字
书 号	ISBN 978-7-5500-4686-3
定 价	45.00 元

赣版权登字 05-2022-41

网址 http：//www.bhzwy.com
图书若有印装错误，影响阅读，可向承印厂联系调换。

目录

CONTENTS

CONTENTS

第一章
最不像受害者的受害者

芜城，九月。

坐落在巷尾的独立小楼内，正进行着一场与众不同的心理治疗。

陆眠随意地坐在沙发上，食指缠绕着碎发，微笑着看向对面。她抿了一口水，放下杯子的同时顺手抄起桌上的笔。普通的圆珠笔就像活了一般，绕过她修长白皙的手指，一圈又一圈地转动着。

“开始吧。”陆眠语气轻淡。

对面的年轻男人失笑，怎么感觉身份对调了？明明他才是心理医生，却被患者占据了主导地位。

旋即，他垂眸看向手中的病历：陆眠，女，十九岁，AorB（A或B）特大绑架案的最后一名受害者，半个月前被平安救回。

这些信息他早已熟记于心，但他很难想象面前这个云淡风轻、若无其事的女孩，就是受害者本人。

“陆眠，我们可以像朋友一样聊一聊吗？你的家人都很担心你，他们希望通过我能更多地了解你。”

陆眠兴致缺缺，右手转笔的动作没有停，左手随意地掏出手机打发时间。

陆眠一心二用地做着别的事，还不忘偶尔冲对面眨一下眼睛。加之她左耳软骨处若隐若现的小红痣，又冷又美又撩人。可那双平静含笑的眼里却没有温度，只染着“莫挨我”的不羁与邪气。

心理医生叶谨闻的眉心微皱了一下。

这绝对是叶谨闻遇到的第二个这么难以接近的人！

第一个，当然是……

叶谨闻耐着性子，继续单方面攻克着。

“能不能告诉我，在你被绑架的两年里都发生了什么？”

“我忘了。”

“那你还记得救你回来的神秘人吗？你认不认识那个人？”

“不认识。”

“你是怎么看待自己的父母和妹妹的？”

“挺好的。”

叶谨闻觉得他的职业生涯到了瓶颈期。

患者不慌不忙，叶谨闻却烦躁得有些坐不住。这已经是第四次治疗了，可每次她都是这么回答。

不管叶谨闻怎么疏导，陆眠都毫不动摇，甚至从她的表情也看不出任何撒谎的痕迹。但直觉告诉他，如果她不是PTSD（创伤后应激障碍）患者，就绝对有问题。

叶谨闻不由得想起陆眠母亲的嘱咐：“陆眠从小就是个撒谎精，她的话不能信。”

难道要动用强硬手段才能让陆眠说出真相？

时间很快过去。

陆眠在结束第二十局游戏后，从沙发上站起来，好看的眉眼里带着笑意扫过监控镜头，伸手将圆珠笔还给叶谨闻。

治疗时间结束，她也该走了，像完成任务一般。

“陆眠！”

叶谨闻急忙追上去，冲着陆眠纤瘦清冷的背影脱口而出：“我没有恶意，我只想帮你！”

陆眠顿住脚步，一声“呵”从口中轻轻飘出，她笑得无所顾忌。

“叶医生，假装关心你的病人，你不累吗？”

她说话也太噎人了。

叶谨闻带着挫败感回到隔壁办公室，推开门的一瞬间便看到高定沙发上那赏心悦目的画面，心情立刻好了起来。

沙发上坐着一个男人，他单手撑着膝盖，俯身看着茶几上的监控画面。因为倾身，他灰色衬衫的领口微微敞开，露出一片冷白的皮肤。往上则是一张看似斯文，实则冷到无人敢直视的完美侧脸，金丝边框眼镜下的冷眸正专注又耐心地盯着监控画面。

画面锁定之处正是陆眠。

叶谨闻将文件夹丢在茶几上。

“看到了吧？什么都问不出来。如果你想通过陆眠找到那个神秘人的下落，怕是没那么容易。”

叶谨闻知道，他和陆眠的治疗过程全被这个男人看到了。

“呵……”

男人低沉地笑了笑，往后一靠，单手搭在沙发靠背上。

这位就是难以接近排行榜上排行第一的大佬——萧祁墨，锦京豪门萧家唯一的继承人，出身显贵，行事诡谲。没人见过他出手，但谁也不敢忽视他。

“七哥，你也别急，从陆眠这里问不到消息，我们可以找另外四名受害者。他们都是被神秘人救回来的，总能问出点什么。”

“没用的。”萧祁墨用指骨节分明的手推了一下眼镜，口气淡淡，“这个代号‘十三’的神秘人已经把另外四个受害者的信息全部抹除，改成死亡状态，新身份根本查不到。”

“这么厉害？！那陆眠呢？”

“应该是‘十三’还没来得及抹除信息，就被我的人发现了。”

“那你岂不是白来芜城了？”

“也算不上。”萧祁墨目视显示屏，下巴微抬，“还有她。”

叶谨闻明白了，陆眠是他们找到神秘人“十三号”的唯一线索。但他已经没办法了，不知道这位被各国刑警争相聘请的微表情专家萧祁墨有没有什么新发现。

“七哥，那你看了这么久的监控，看出什么了吗？”

萧祁墨微微偏了一下头，很认真地想了一下，勾起嘴角。

“耐看。”

叶谨闻“啊”了一声，便见萧祁墨再次倾身，看向监控画面。

——看了半天，您就看出了这个？

更古怪的是，万年异性绝缘体墨大佬夸女人耐看？

叶谨闻打了个寒战，连忙挥去脑海中难以想象的画面。

“其实我能理解陆眠。一个人有多不正经，内心就有多受伤。看似玩世不恭、云淡风轻，实则防备心很强。她被那群丧心病狂的人控制了两年，遭遇了什么，我们谁也不知道……”

想到这里，叶谨闻那张俊逸的脸染上些许厌恶。

两年前的七月二十六日，一伙神秘绑匪突然出现，他们制造了多起绑架案，每起案件都同时绑架血缘关系近的两个人，并扬言每人要五百万元赎金。大部分受害者家庭条件不错，很快就筹集到一千万元，全家团圆。有部分只筹集到五百万元的家庭便只能二选一，狠心放弃一个。

这么变态的绑架案，还是第一次出现。

最后，有五名受害者被放弃，随即被绑匪带走，下落不明。

当然，这些绑架内幕只有少数人知道。

真相早已被封存，民众所了解到的只是五个人被绑架，又在一年后陆陆续续被救回来。其余四个叶谨闻已经没办法治疗了，只剩下一个陆眠。

想到这里，叶谨闻的眼神更加坚定。无论如何他都要帮陆眠走出这段阴影，他要拯救陆眠。

“七哥，你说陆眠被救回来后，要怎么面对放弃过她的父母，以及跟她同时被绑架却被救了的妹妹？不过这也没办法，当年要是能救，她父母肯定都救了……”

叶谨闻说话的时候，萧祁墨正好起身，优雅地抚了抚身上并不存在的褶皱，扭头就走。

他这一言不合就走人的架势，跟刚才的陆眠一模一样。

叶谨闻的视线追随着萧祁墨来到门口，却听到对方低沉而又缓慢地轻笑了一声。

“用不着你操心。”

“啊？”叶谨闻觉得这话有好几层意思，然后他又听到萧祁墨的声音飘来。

“提醒你一句。” 萧祁墨斯文优雅，嘴角噙着兴味盎然的笑，“下次不要看她转笔。”

几乎是同一瞬间，叶谨闻的后背浮起一层冷汗。

一开始叶谨闻只是觉得陆眠无聊，现在回想起来才发现，她完全是有意识地筹谋。

难怪在聊天过程中他觉得有点烦躁、恍惚呢，原来在他对陆眠使用催眠手段之前，陆眠就已经抢先对他下手了。

他不是第一个反被患者控制的心理医生吧？

叶谨闻刚才的豪言壮志立刻消失，他以后还怎么面对陆眠？

陆眠出了心理诊疗所，回头又看了一眼牌子，那张迷倒众生的脸上带着意味不明的笑。以后应该不会再来了吧？

就算叶医生没察觉到她的伎俩，监控后面的人也该发现了。就是不知道监控后面的人是谁。

陆眠如同卸下一个包袱，脚步轻快地离开……

陆家老宅。

陆眠绕过气派的主楼，走了很长一段距离，才来到一幢偏楼前。

途中有主楼的用人看到陆眠，他们恭恭敬敬地跟她打过招呼后，都一阵风似的跑了，躲在角落里窃窃私语。

“看，陆大小姐！快离她远点吧，总感觉她有很严重的心理问题……”

“我觉得陆大小姐挺可怜的。当初大夫人要是愿意多借点钱，她也不至于被带走。说白了，就是长房害怕债多压身，不愿意救她。你看他们家，到现在都寄居偏楼。要不是我们家主收留，他们连住的地方都没有……”

陆家老宅的西北角偏楼。

陆眠走到这边，已经没有用人了。

陆眠路过客厅没见到人，便直接回了房间。楼上传来她关门的声音，陆母傅曼才轻手轻脚地从厨房走出来。

傅曼的脸色并不好看，她朝楼上看了一眼，眉头微皱。

小楼内安静得有些过分，只听到她沉重的叹息声。直到一名少女出现，气氛才稍稍缓和。

傅曼看着放学回来的小女儿陆心暖，表情瞬间变得温和，动作熟稔地接过沉重的书包。

“宝贝女儿回来了。”

“妈！”陆心暖甜甜一笑。

“饿不饿？一会儿就能吃饭了，我做了你爱吃的菜。”

傅曼的笑意漾满眉眼间，她生了一对双胞胎女儿，大女儿陆眠和小女儿陆心暖。这两个孩子不仅长相不一样，性格也天差地别。

陆眠邪性，从小就不太听话，行为怪异，还经常撒谎。

陆心暖就好很多，嘴甜又乖巧，勤奋好学，善解人意，是傅曼的贴心小棉袄。

傅曼有时候觉得很奇怪，明明她们是双胞胎，为什么差距会这么大呢？

傅曼叹了一口气，没再想那些不开心的事情，视线落在陆心暖手上。

“暖暖，拿的什么啊？”

“这个啊……”陆心暖腼腆一笑，她是那种小家碧玉型的娇俏女孩，笑起来眼睛弯弯的，“上学期参加绘画大赛的证书。”

“证书？快让妈妈看看。”

傅曼迫不及待地拆开快递。

是绘画一等奖的证书，红灿灿的，特别引人注目。

“暖暖，你可真给我们家争气，不仅学习名列前茅，还拿了绘画一等奖，我这脸上可有光了！不过记住，功课也不能落下。”

“妈妈，放心，不会落下的！不过绘画老师打算将我这套作品推荐给素风游戏公司做人物原画，我可能还要花点时间修改。”

“素风游戏？就是那个在国际上拿了好几个大奖，很有名的游戏公司？暖暖，这可是你展示自己的大好机会，妈妈相信你一定会被选中的，我们家就指望你了。”

傅曼拿着证书左看右看，高兴得不行。

陆家长房比不上二房，虽然是亲兄弟家，境遇却天差地别。

二房家住主楼，用人环伺，掌握着陆家的经济命脉。而他们长房寄居偏楼，冷冷清清，还欠了一大笔外债。

如今，傅曼唯一能拿出手炫耀的，就是陆心暖这个女儿了。

“妈，我姐呢？她回来了吗？”

傅曼努了一下嘴：“上楼了。”

“她今天的状态怎么样？”

“还那样，不去上学，也不去打工赚钱，整天不知道忙些什么。”

“我上去劝劝她。”

陆心暖走出去几步，想起什么，又回过头来细细地嘱咐傅曼。

“妈，这个证书还是别让姐姐看到了，我怕她会想起不开心的事。自从她小时候毁了我的画笔后，我就再也没见过她画画了。”

傅曼一愣，也想起了那段回忆，连忙点头。

陆眠从小就是个不好相处的人，小时候欺负妹妹，任性地毁掉妹妹的水彩笔，还撒谎说没做过。

每次想起陆眠那冰冷的眼神，傅曼就忍不住后背发凉。

那孩子，终究是指望不上了……

陆心暖到门口的时候，陆眠正一边发消息，一边随意地翻着书。

陆心暖定睛看了一眼，书名叫《股神商女》，她觉得有些好笑。

陆眠没理陆心暖，继续发信息——

零：“眠哥，厉害，看到这几天的股市大盘了吗？你赚大发了。”

眠：“正常。”

零：“大佬就是大佬，慧眼识珠买到了潜力股，短短两天时间净赚一个亿，膝盖给你！”

眠：“还有事？”

零：“眠哥，打听个八卦……你户头的钱足够当个首富玩玩了吧？我特别想知道，全国人民知道首富不是锦京萧而是你的时候会是什么表情。”

“零”是陆眠的心腹，也是个爱闹腾的主。陆眠回了一句“无聊”，便收起了手机。

陆眠发完短信，陆心暖从门口走进来。陆眠眯着眼看她，含笑的眸子里带着玩世不恭的邪气，有些吊儿郎当。

“姐姐，我刚刚敲过门了……我看你的门没锁，就进来了。”

陆心暖一副小心翼翼的模样，像极了委屈巴巴的小兔子。

“有事吗？”

“我给你端了一杯牛奶。”

“还有事？嗯？”陆眠的尾音稍稍上挑，气定神闲地问着，并不期待什么回答，只是不再理会陆心暖。

陆心暖很尴尬，咬着嘴唇站在原地，面带隐忍和委屈。

有个双胞胎姐姐，在别人看来是无比幸福的事情。可唯有陆心暖知道，这是一种多么糟糕的体验。

从小到大，陆心暖就没有体会过独一无二。

她们会自然地被放在一起比较；她们会穿一样的衣服，做一样的造型，收到一样的玩具。

还好，她们是异卵双胞胎，长相并不一样。

只是……

陆心暖抬头看着台灯下陆眠那绝美的容颜，暗生自卑。她始终记得，小时候亲戚朋友经常会说："眠眠真漂亮！暖暖真可爱啊……"

可爱是什么意思，陆心暖懂。

陆心暖抿了抿嘴唇，随即又释然。

还好，现在情况不一样了。

陆心暖顿了许久后，柔柔地开口："姐……妈妈这两年过得很艰难。因为那次绑架，家里欠了一大笔债，爸爸又是那个样子……妈妈很辛苦。"

陆眠没有说话，眼睛直直地盯着手机。

零："眠哥，有人在查你，保持低调。"

眠："查我的人多了。"

零："也是，他们算老几？"

陆眠兴致缺缺。

陆心暖当陆眠不愿意搭理自己，说着说着眼圈就红了，想要走上前拉她的手，却被对方一个冷笑吓退了。

陆心暖慌乱地看向别处，视线落在陆眠的书桌上，上面乱七八糟地堆着看起来没什么用的书，跟陆眠手里那本一样。

陆心暖知道陆眠从小就不学无术，她对陆眠这些破烂也不感兴趣。

"姐姐，你是不是挺讨厌我的？"

陆心暖自顾自地开口，像是在宣泄着什么。

"可是，我也是无辜的啊……

"妈妈一直都很自责。现在，她为了还债，迫不得已在叔叔的公司上班，薪水还那么低……"

虽然陆家在芜城也算得上是有头有脸的家族，早些年凭着办工厂，慢慢发展成芜城排行前十的富贵之家，但富贵是属于叔叔的。

她们唯一沾光的，只剩陆家人的身份了。

"我们始终都是一家人，不是吗？"

陆眠听到若有似无的哭腔，迷惑地抬了一下头。

她又做了什么，惹得陆心暖哭了？

陆眠不解，也挺不耐烦。

"别哭了。"陆眠用指尖拨弄着书页，看向陆心暖，"被妈看到了，倒霉的人是我。"

陆心暖没想到陆眠会这么说，当即咬住嘴唇，面色通红。

她刚才那些长篇大论不过是一场戏，没想到被陆眠一眼就看穿了。

"吃饭了！"

楼下响起傅曼的声音，缓解了陆心暖的尴尬。

餐桌上是三菜一汤，桌中央的平底盘里摆着两个格格不入的汉堡。对三个人来说，算得上丰盛了。

陆知斋不回来吃饭，陆眠、陆心暖各自落座，气氛又冷又诡异。

陆知斋在外地管理一家半死不活的工厂，十天半个月才能回来一次。当然，他也不愿意回来。

陆知斋和傅曼的感情其实早就出现了问题。

傅曼想，好在她还有陆心暖这个指望。

等陆心暖高三毕了业，考上一所好大学，之后再嫁个好人家，就没人看不起他们了。至于大女儿……

傅曼想起下午那两通令人头疼的电话。

"眠眠，你的班主任今天给我打电话了。"傅曼尽量语气平静，"你今天又没去上课，老师们对你很不满意。"

陆眠咬了一口汉堡，咽下后才淡淡地回了一句"今天有事"。

陆眠这副满不在乎的模样让傅曼火冒三丈。

"你能有什么正经事？你知道为了让你进鲲程中学，我费了多少心血吗？还有叶谨闻医生，他可是著名的心理学专家，我排了很久的号才预约上。可你呢？你做了些什么？"

想到这些，傅曼就觉得眼前这些菜难以下咽。

陆心暖一边给傅曼顺气，一边岔开话题。

“妈，别生气了，想点开心的事。你忘了，明天是周六，苏珏请我去他家吃饭，他说苏爷爷回来了！”

说起这个，傅曼的脸色当即温和了不少。

苏家跟陆家一样，在芜城都是有头有脸的家族。

陆心暖跟苏老先生的孙子苏珏是同班同学，关系不错，能被邀请去苏家吃饭，其中的意味不言而喻。

“暖暖，吃完饭妈带你去买一身新礼服，把你打扮得漂漂亮亮的。明天去的时候，拿上你得奖的画，让你苏爷爷给你指点指点。他一向喜欢这些文雅的东西，肯定会很喜欢你。”

“谢谢妈！我知道该怎么做！”

陆心暖扫了一眼陆眠，故作不经意地问：“姐，你不会不高兴吧？”

陆眠的视线从汉堡转移到陆心暖的脸上，略带茫然。

陆心暖解释：“我记得以前你给苏珏塞过情书。”

“情书？”陆眠捏着汉堡的手指顿住，偏头思考了片刻，然后耸肩，“那是苏老头给我的邀请函，我不想去，还给他的。”

“这样啊……”陆心暖抿嘴一笑，低头扒了一口米饭。

旁边傅曼的火气又上来了，声调高了一度。

“陆眠，你嘴里还有没有一句实话了？人家苏老先生怎么可能给你邀请函？你多大面子？从小到大就爱撒谎，怎么回来了还是这副德行？”

大家都知道，陆眠从小就喜欢说各种各样的谎话，什么自己把课本都背下来了，不需要考试，什么拆掉的电视机她可以重新装回去。甚至她还大言不惭地说自己救过人。

陆眠面无表情地听着，从以前的努力证明到现在的习以为常，她早就麻木了。

陆心暖跟着劝道：“妈，你别生气，可能姐姐也想去苏家吧？”

“去什么去？！琴棋书画样样不会，去了还不是丢人现眼！”

傅曼恨铁不成钢地别过脸，饭也吃不下去了，烦躁地说：“陆眠，以后不许再说这些没着没落的胡话。”

陆眠顿了顿，感觉手里的汉堡也不香了。她将剩下的小半个汉堡丢到盘子里，用手指夹出一张纸，一边起身一边笑：“好。”

陆眠正准备走出客厅，手机突然振动，她收到了一封邮件。

苏家的邀请函？要不要去呢？

陆眠顿住的片刻，傅曼已经从后面追了上来。陆眠的离开让她倏地感到愧疚，她强压下郁气，小心地问道："眠眠，你这是要去哪儿？"

"中心街。"

"正好，我要带心暖去那边的商场买礼服，顺便也给你买两件。"

傅曼的视线落在陆眠略有些短的旧牛仔裤上，她承认，是她失职了。

没等陆眠说什么，陆心暖笑容满面地跑出来："妈、姐姐，我吃好了，我们现在就去吧。"

芜城的中心商业街。

三个人两前一后地走进了一家中档商场。

傅曼和陆心暖有她们独有的逛街习惯，陆眠没打算参与。她慢悠悠地跟着，倒不是为了陪她们，只是临时想买点东西。

陆眠在一楼的珠宝柜台前驻足，她看中了一个发饰。简单的柳叶形发夹，中间镶嵌三颗蓝钻，周围细密精致地铺着碎钻。

发夹的价格是三十万元。

柜台小姐脸上带着职业的微笑："小姐，请问……"

她话还没说完，傅曼就拉着陆眠退离柜台十多米。

"眠眠，我们今天是来买衣服的，其他的就别看了。"

陆心暖垂眸："妈，姐姐要是喜欢，我就不买礼服了，你多给姐姐买点东西。"

"其实我……"陆眠准备把裤袋里的卡掏出来，下一秒却听到傅曼的话。

"那不行，你明天还得去苏家。即使不给你姐买，也得先给你买。"

陆眠"呵"了一声，后退了一大步，将卡片重新塞回裤袋里，玩世不恭的笑意浮在脸上："我不买，就看看。"说着，她已经重新走近柜台，冲着她们挥挥手，"你们逛，什么都不用给我买。"

傅曼愣怔地看了几眼，什么都没说，脚步沉重地带着陆心暖离开。

等她们走远了，陆眠收起心里的情绪，冲柜台小姐眨了一下眼睛："帮我包起来。"

柜台小姐抬头间被陆眠干净绝美的笑容搅乱了心神，红着脸点头："好的，小姐，您稍等。这款发夹非常适合您。"

“我不戴，送人的。”陆眠笑了笑，“包得精致点。”

“好。”

一张亚光的黑卡递出去，柜台小姐心想，刚才那两个人怎么都想不到就在她们去楼上普通店面购物的时候，这位美少女已经云淡风轻地消费了三十万元。

并且她刚刚也看到了，美少女之前明明是想要掏出黑卡给她们……

柜台小姐把发夹包装好，陆眠接过来，晃荡着出了商场。

商场对面是新华书店。

陆眠顿了顿，再慢慢悠悠地过了马路。

傅曼和陆心暖一起走出商场，手里拎着几个袋子，站在车旁边。

见陆眠回来了，傅曼略带歉意地说：“眠眠，妈妈改天再带你出来。”

陆眠笑了笑：“不用。”

她主动钻到后排座位上，用身体将发夹礼盒遮住，也挡住了陆心暖那双想要探究的眸子。

第二天中午，陆心暖早早地换上小礼服，妆容温婉。

“暖暖，你快准备准备，你叔叔婶婶该过来了。”

这天，二房一家带着陆心暖去参加苏家的私宴，给苏老先生接风洗尘。

正说着，客厅传来陆行堂和裴锦兰的脚步声。

陆行堂今年四十有八，样貌清俊，在商场多年，依旧保持着良好的体态和模样。

裴锦兰出身名门，言谈举止高贵典雅，一看就是豪门贵太太。

傅曼略显拘谨。

陆心暖倒是很放得开，跑下楼，甜甜地唤道：“叔叔、婶婶！”

她羞涩地理了理崭新的白色蛋糕裙，问：“我这样可以吗？不会给陆家丢脸吧？”

“傻丫头，说什么呢？你的成绩已经很给陆家长脸了。除了你哥，苏、叶、裴、白这几个大家族里，有谁还能比得过你？”

裴锦兰也是真心疼爱陆心暖，她只有一个儿子，便把陆心暖当半个女儿，再加上陆心暖嘴甜又乖巧。

“心暖的绘画作品刚拿了一等奖。”傅曼一边说，一边骄傲地递上女儿的画。

陆心暖娇笑着接过。

“心暖可真优秀啊！”

几个人简单地寒暄着，裴锦兰微笑着转身，无意间看到沙发角落里坐着一个人。

少女姿态随意，上身是宽松的纯白T恤，下身是浅蓝色牛仔裤。她专注地玩着手机，脸上带着若有似无的笑，仿佛在嘲讽他们的对话，又仿佛丝毫不感兴趣。

手机屏幕快速切换着彩色的画面，每次开局，页面都会弹出一个十分有设计感的标志——SF 。

裴锦兰不满地看了陆眠一眼，良好的修养让她维持温和：“眠眠，你就在家好好休息吧！”

陆行堂也注意到了陆眠，他端起长辈的架子说了两句。

“既然回来了，就好好听话，多向你妹妹学习。你要是想上学，家里会供你；你要是不想上，叔叔就给你在公司里安排一个职位。”

陆行堂叹了一口气：“总之，以前的事都过去了。”

这番话说到傅曼的心坎里了。

陆眠无所谓地耸了耸肩，依旧眼神专注地看着手机，语气随意：“您慢走。”

“你……”

陆行堂吃了瘪，摇摇头，甩袖离开。

陆心暖暗自责怪了陆眠一番，急忙追出去。

等他们走远了，傅曼冲过来，面色铁青地夺过陆眠的手机。

“陆眠，你怎么能这么跟长辈说话？整天抱着手机，手机能让你考年级前十吗？手机能让你绘画比赛拿第一吗？手机能让你出人头地吗？”说到最后，傅曼的声音都哑了，“你就不能跟暖暖学点好吗……”

陆眠的手空了，却依旧保持着原本的姿势。

听傅曼控诉完，陆眠才懒散地掀了一下眼皮，精致的大眼里染着邪而冷的笑，是那种麻木之后的不在意。

“在您眼里，我自然处处比不过她。原以为我回来了，你们会欣喜若狂，事实却是，你们从未期盼过我回来。”

陆眠淡淡的笑容和玩世不恭的口气，像一把刀扎进傅曼的心里。

“眠眠，不是这样的……”

傅曼愣怔间，陆眠已经拿回手机出门了。

傅曼看着陆眠离开的背影，手捂着胸口，好像有什么宝贵的东西离自己越来越远了……

苏家宅院。

作为芜城的豪门大家，举办这场私宴是为了给苏老先生接风洗尘。

苏清河老先生在芜城的地位举足轻重，得知他从国外休养回来，想要巴结苏家的人纷纷前来。

苏清河老先生一向深居简出，旁人要见一面都难。若不是众人强烈要求，也不会有这场宴会。

这会儿见不到正主，大家的话题就都落在十九岁的苏珏身上。

说起来这也算是一个传奇。

年纪轻轻的苏珏堪称商业奇才，前两天在股市里，二十元一股买入一百一十二元一股抛出，用两百万元赚回了一千一百万元。

这眼光比很多顶级金融分析师都要毒辣，能够和股界传奇“夜桥先生”媲美了。一时间商圈无不震惊称赞，英雄出少年，苏珏将来必成大器。

苏家如今的家主苏昇，也就是苏珏的父亲很骄傲，趁机带着儿子结交圈内人，以积累人脉。

很快，陆行堂便带着妻子和陆心暖出现，苏昇热情地迎接。

苏家和陆家是世交，平时也会隔三岔五地聚会，言语间自然随意很多，你来我往地互夸对方的孩子。

陆心暖在旁边微笑，视线偷偷地打量着宴会厅，寻找苏老先生和苏珏的身影。周围亦有不少人用惊艳的眼神打量她，暗中猜测这位陆小姐是不是苏家内定的儿媳妇。

陆心暖矜持地笑着，安安静静，直到苏昇开口：“暖暖，苏珏去后花园找他爷爷了，快去后花园玩吧！”

陆心暖看了一眼叔叔婶婶。

见两个人都点了点头，陆心暖才离开。

“暖暖是个好孩子，陆兄，等我家老爷子点了头，我们结个亲好了。”

“哈哈哈——能得到苏老先生的认可自然好了。不过我就这么一个亲侄女，她现在还小，不着急。”陆行堂说话圆滑，言语间直接将陆眠忽略不计。

说到这里，苏昇像是突然想起什么，压低了声音。

“陆兄，听说你们家大侄女回来了？”

“嗯，回来了。”

陆行堂和裴锦兰的态度一个大转弯，不愿多谈。

“回来就好，我们家老爷子念叨了她好几次，今天怎么没带她过来？”

“她身体不舒服。”

此时，“身体不舒服”的陆眠正在苏家后花园里闲逛。她依然是那身随性的装扮，穿着人字拖鞋，一路踢踏着青石板，悠闲又自在。

苏家的安保系统就是个摆设，不用邀请函的她如入无人之境。

苏珏很快就发现了这个陌生女孩，蹙眉低喝。

“你是谁？！”

客人一般都在前院，来后院的必然是自家人或其他与苏家关系亲密的人。

可面前这个瘦瘦高高的女孩，苏珏没什么印象。

陆眠停下脚步，表情淡然又迷惑，看上去竟意外地有种反差萌。

她反问：“你是谁？”

苏珏愣了一下，很快便自报家门：“我是苏珏，苏家小少爷！”

陆眠了然，哦，原来是苏老先生的孙子。几年不见，她都快把这号人给忘了。她点了点头，便踢踏着人字拖继续往里走。

这做派比苏珏这个主人还要随性。

苏珏感觉自己受到了挑衅，一边追一边喊：“站住，那边是我爷爷住的地方，你不能过去！”

很快，苏珏的声音就引来了陆心暖。

陆心暖看着苏珏气势汹汹的样子，再看了看陆眠。她犹豫了一瞬，扭头离开了后院。

“叔叔、婶婶，我刚才在后花园看到眠眠了，她好像在跟苏珏吵架……”

正在与人愉悦交谈的陆行堂一听，脸色一沉。

“她怎么来了？不是让她待在家里吗？”

“我也不知道，你们快去看看吧。”

听陆心暖这么一说，一大帮人就都来到后花园。正巧看到陆眠抓着苏珏的手，将他反身压制，苏珏一张脸憋得通红。

众人一愣，震惊不已。

苏珏一个一米八的大男生竟然被一个小姑娘给制住了？

“住手！”

陆行堂顾不得旁人的指指点点，急忙走过去将苏珏解救出来。

“眠眠，你怎么在这里？还打人？”陆行堂低声说着，语气没那么冲，却也谈不上温和。

“是不是有什么误会？”陆心暖小心翼翼地说。

裴锦兰摇着头，语带不满：“能有什么误会？她有邀请函吗？她该来这个地方吗？她该动手吗？”没人请她来，她还厚着脸皮来找事。

三连问后，夫妻俩赶紧向苏家人道歉。

“老苏，这是我那个大侄女，刚回来，不懂事。”

“哦……”

一行人带着异样的眼神将陆眠打量了一番，更有甚者在小声议论——

“这就是陆家那个被绑架了两年，前段时间才回来的女孩啊。她来宴会干吗？”

“啧，看她那副古怪的样子，肯定有心理疾病。”

众人不自觉地离她稍远了几步。

苏珏顿了顿，原来是她……曾经拒绝过爷爷邀请的女生。

陆眠并不打算理会他们，她拍了拍身上不存在的灰尘，继续往院子深处走去。

“陆眠，给苏珏道个歉，赶紧离开苏家！”

“眠眠，要不你先回去吧……”陆心暖小声劝着。

其实在这么多人面前，陆心暖并不想提起这个姐姐，觉得很丢脸。

可是看到陆眠难堪的样子，她心里又觉得很舒坦。

这是苏爷爷的接风宴，大家都高高兴兴、恭恭敬敬的。陆眠这么一闹，把宴会都搞僵了。

这次，她应该会被训得很惨吧？

就在所有人将谴责、探究的目光落到陆眠身上时，一道声音从小楼的方向传出来——

“她是我请来的客人，谁敢赶她走？！”

众人闻声看去，只见一位头发花白的老人在用人的搀扶下，颤巍巍地走过来。

大家认识，这就是备受尊敬却鲜少露面的苏家老爷子。

他其实并不算高龄，只是经历得多，衰老得快，才会显得这般孱弱。

大家自动让开一条路，态度恭谨。

苏珏连忙迎上去，亲自搀扶。

陆心暖也十分有眼力见地陪伴在另一侧。

苏老爷子却甩开两个人，直接走到陆眠跟前，脸上露出慈祥的笑，向所有人宣布：“是我亲自邀请眠丫头来的，你们谁敢说三道四？”

宾客们意外至极，无不交头接耳。

在芜城话语权极大的苏老爷子，竟然护着一个打了他孙子的小丫头？

陆行堂和陆心暖更是震惊不已，脸色十分难看。

苏老先生的话像是一个巴掌，脆生生地打在他们的脸上。

苏老先生亲自邀请陆眠来宴会？他们都没享受过这样的待遇，甚至有时候想见老爷子一面都很难。陆眠凭什么？

“眠眠，跟我走。”

苏老爷子拨开人群，领着陆眠朝凉亭的方向走去。

“爸，您别走啊，大家都等着您呢！”

“我有事，你们吃吧！”苏老爷子拒绝得干脆利落。

“这……”

“爷爷！”苏珏也跟着喊了一声，他吃了亏，又丢了脸面，心中正郁闷。结果自己的亲爷爷还为了陆眠甩下一堆宾客，他心里更不爽了。

陆心暖温柔地扯了苏珏一下：“苏珏，你别生陆眠的气，她不是故意的。”

苏珏不予认同，甚至更生气了。他只不过上前去拦陆眠，她反手就把他撂地上了，还说不是故意的？！

“好了，我们回前院吧。”

苏昇瞪了儿子一眼，点到为止，招呼着宾客去了前厅。

宴会的正主都不参与了，这些盛装而来想要巴结苏老先生的宾客挺尴尬的。

陆心暖幽幽地看着一老一少离去的背影，不甘心地攥着手里的画。她满心期待地想见到苏老先生，想获得他的认可，可现在她连跟苏老先生说句话的机会都没有。反倒是那个吊儿郎当的陆眠成了座上宾。

为什么会变成这样？明明该是她陪着苏老先生的……

凉亭里，秋风轻轻拂过，夹杂着清雅的桂花香气。

石桌上摆着一盘没下完的围棋，黑白分明。

陆眠扫了一眼，然后落座。

苏老爷子不但没因为刚才孙子被欺负而生气，反而温和地说：“苏珏脾气冲，晚上我就教训他。”

“大孙子挺好玩的。”女孩的声音里带着一股邪气和狂妄。

也就只有陆眠敢跟德高望重的苏清河老爷子这么说话。

苏老爷子莞尔一笑，随即仔细地打量陆眠，看了好久才问道：“身体还好吗？”

“很好。”

“睡得还好吗？”

“也很好。”陆眠顽劣地补充着，“吃吗吗香！”

对话空洞而苍白，苏老爷子无可奈何地摇了摇头。静默片刻后，他神情悠远，喃喃地开口：“眠眠，我也是后来才知道绑架的事。如果早点知道，或许……”

“您尽力了，我知道。”陆眠垂眸，伸手捏起一朵飘落在石桌上的桂花花瓣，笑得无害，“没什么如果，就当积累人生经验了。”

“你呀……”苏老爷子不知道在怅惘什么，话说到这里又咽了回去，从口袋里掏出一个U盘，再推了过去。

“里面有我这两年时间里搜集到的绑架案的资料，我知道你今天来是为了这个，拿去吧。”

陆眠丢掉桂花花瓣，将U盘拿在手里。

“匪徒最后消失的地点在鲲程中学，如果你有什么新的发现就告诉我，或许我们能顺藤摸瓜找到他们的老巢。”

“好，谢谢您。”陆眠随后起身，将一枚手心大小的圆形符牌放在桌上。

“今天过来，也是想把这个东西还给您。”

“这个……”苏老爷子的目光一滞，“你快拿着，以后若是遇到锦京的人，这个能保你一命。”

第二章
原来是你

“我不需要。”陆眠云淡风轻地笑了笑，“您多保重。”

“眠……”

苏老爷子眼睁睁看着陆眠离开，攥着符牌的手紧了紧，眼底多了些许无奈。

外面一堆给他送礼、送祝福的，结果这丫头却把他送出去的礼物还了回来。

苏老爷子叹了一口气，正巧听到前院传来众人恭维苏珏的声音，一脸不满。

苏珏只不过赚了一笔小钱，有什么值得吹捧的。

跟“夜桥先生”比起来，苏珏那点本事连人家一根汗毛都比不上。

“夜桥先生”是商界和股界无人不知、无人不晓的传奇人物，一年前以两千万元本金杀入股市，短短一周赚了十几个亿，从此声名大噪，成为股界神话。只不过，谁也没见过他。

苏家后巷。

萧祁墨和叶谨闻走到这边，只看到了激战过后的凌乱。

两个人神色凝重地对视一眼。

他们接到内部消息后立刻过来救场，没想到有人比他们的动作还快。

叶谨闻感慨：“这些人肯定是来找苏家麻烦的吧？看来我们这次来找苏老找对了。”

萧祁墨正专注地检查现场，那双隐藏在金丝边框眼镜下的冷眸带着几分了然和确定，轻飘飘地“嗯”了一声。

叶谨闻不解地看着萧祁墨：“问题是，谁那么好心救了场？苏家人还是旁人？”

叶谨闻说话间，萧祁墨已经收回视线，优雅而缓慢地将衬衫袖子挽到小臂处。

他顿了顿，然后开口："根据地上的搏斗痕迹，这位'好心人'身高大概一米七，体重五十五公斤左右，速度很快，常用右腿攻击，脚穿人字拖。"

叶谨闻满脸佩服，对墨大佬来说，能推理出这些信息很正常。

但是……穿人字拖，到底是怎么救场的？

很快，叶谨闻又听到萧祁墨饶有兴致的磁性声音。

"性别，女。"

"啊？女人做的？"叶谨闻震惊地咽下一口口水，"谁这么彪悍啊……"

叶谨闻感慨间，看见从苏家后门走出来一个单薄的身影。

叶谨闻揉了揉眼睛，有些疑惑。

"陆眠？她也来了？"

萧祁墨扶着眼镜看过去，幽深的目光从上到下观察着陆眠，最后定格在她精致的脸庞上。

像是感觉到他的目光，陆眠也朝这边看过来。两个人对视几秒后，互相往前走了几步。

叶谨闻脸上带着温和的笑意跟陆眠打招呼："陆眠，好巧啊！"开口之后，他突然想起昨天被她反控制的事，瞬间又警惕起来。

陆眠看着叶谨闻这个样子，心下了然，他已经知道了。

她神色淡淡，嘴角勾起弧度："我们很熟吗？"

"呃……"叶谨闻尴尬一笑，陆眠简直比萧祁墨还冷。

"对了，这是我朋友，萧祁墨。"说完，叶谨闻朝陆眠凑近一步，低声说，"从锦京来的。"

萧祁墨眉头紧蹙，眼底似有情绪波动，一闪而逝。

陆眠"哦"了一声，似笑非笑的眼神落在萧祁墨身上。略微思考过后，她眼中已蒙上防备和疏离，道："原来是你。"

叶谨闻诧异地左顾右盼："你们见过？"

按道理说，不应该。

萧祁墨来芜城的次数非常有限，算上这次也才第三次。无论怎么算，他们都应该没有交集。

陆眠清浅一笑，冷眼看着叶谨闻，邪气不羁又肆无忌惮。

"叶医生，他不就是昨天在监控器后面的人吗？怎么，有些事他没告诉你？"

叶谨闻当即心虚。

萧祁墨却来了兴致，金丝边框眼镜下的双眸温润平和，显示着他此时心情好。

“怎么猜出来的？”萧祁墨觉得陆眠很有趣。

看来昨天萧祁墨在监控器后面的事情，陆眠早就知道了。

陆眠直视萧祁墨，伸出白皙漂亮的手指。

“第一，昨天就诊时，叶医生三次瞥向监控器，说明监控器后面有人。

“第二，今天是你我第一次见面，你的眼神并不陌生，说明你已经见过我。

“第三，叶医生处处以你为主，说明你身份贵重，加上苏家对这场宴会的宣传，所以，萧祁墨先生，幸会。”

“第四，也是最关键的一点……”陆眠收回手指，一条腿微曲，脚尖慵懒地踢踏着地上的青石板，语气更加放肆。

“我刚才只是随口一诈，你们的表情就已经出卖了自己。”

叶谨闻听得愣怔，如果不是立场不对，他当场就想为这位大佬呐喊！

面对萧祁墨这种级别的人物，多少人连话都说不利索，陆眠能这么冷静已经很厉害了，竟然还能条理清晰地进行分析。

萧祁墨眼中的兴致越来越浓，他慢条斯理地从口袋里掏出一条素白手帕，再递过去：“擦手吗？”

萧祁墨刚才观察到陆眠的手指染着黄色，还带着淡淡的桂花香，想来是捏了花瓣所致。

陆眠也不矫情，接了过来。

萧祁墨看着陆眠用手帕仔细又认真地擦着手指，不知为何，心中升起一抹愉悦。

“那不如也让我来猜一下……之前这里发生的搏斗，是你做的。”萧祁墨的语气温和，却十分肯定。

叶谨闻一惊，脑海里立刻回忆起萧祁墨刚才推断出的信息——一米七的身高、体重五十五公斤、女性、人字拖……他仔细打量了一下陆眠，这些信息全中。

忽然间，叶谨闻发现自己在这两个大佬面前成了酸菜鱼。

又酸又菜又多余！这简直就是神仙打架，强强对决！

“是我。”

陆眠这么痛快地承认，倒是让萧祁墨和叶谨闻十分意外。

“我要爬墙，他们碍事。”

叶谨闻的嘴角抽了抽，脑海中立刻有了画面：一个纨绔不羁的少女想要跳墙进苏家，发现墙脚蹲了一排杀手，碍了她的路，顺手……哦，不，顺腿将那群人踹翻了。

亏他之前还脑补是苏家暗中派了高手保护家宅，没想到真相这么离奇。仔细想想，这倒挺符合陆眠的行事风格。她跟别人比起来，确实不太一样。

谜一样的酷 girl（女孩）！

可是小眠眠啊，你知不知道自己无意中拯救了这场宴会？

陆眠并没有兴趣知道萧祁墨是怎么推断出来的，她将手帕夹在两根手指之间晃了晃。

“估计这种手帕你有很多，也不在乎损失这一条。萧先生，谢了！”

萧祁墨看着陆眠将手帕随意地揣进口袋里，双手插到裤兜里转身离开。

“不参加宴会了？”萧祁墨声音温润地开口。

“很无聊，你们玩吧。”

那口气又酷又狂，加上陆眠的动作，完完全全就是一个玩世不恭、桀骜不驯的少女。

叶谨闻目送陆眠离开，才稍稍松了一口气。

搏斗的事情已经找出谜底了，不过萧祁墨的表现也有些不同寻常。

苏家宴会厅。

被苏老先生冷落的宾客们此时还不知道自己刚刚逃过了一劫，他们三五成群地聚在一起表达着对陆眠的不满，眼睛时不时地朝陆心暖的方向看一眼，再低头窃窃私语。

“刚才后院那个真的是陆家大小姐陆眠？被绑架两年，刚回来的那位？”

“就是她，陆家人都承认了。那陆眠真够古怪的，浑身冷冰冰的，一看就有心理问题。”

宾客的议论声多多少少传到陆行堂三个人的耳朵里。

陆行堂的脸色也越发难看。

刚才在后院，陆眠的出现让他们丢了面子，也闹了笑话。他这个侄女，说实在的，他是真不想承认。

因为丢脸。

陆眠从小就不讨喜，还总惹是生非。

绑架那件事就不提了，她被救回来后，他们也想跟她好好相处。可谁知她的性子比以前还要孤僻，并且三番五次不尊重长辈，让人下不来台。

裴锦兰也满脸不悦，摇着头，语气幽怨："她到底怎么回事？今天这么多宾客，没一个能被苏老爷子亲自邀请的。陆眠何德何能让苏老爷子亲自接待？苏老爷子为了她还把我们晾在这里？"

陆心暖正垂头发短信，发完很懂事地劝着叔叔婶婶。

"也许苏爷爷是看姐姐可怜才这么做的。"陆心暖话音一转，眼圈微红，"叔叔、婶婶，你们别生气，我替姐姐向你们道歉。"

"心暖，这跟你没关系。"裴锦兰拍了拍陆心暖的手背。

陆行堂听了倒是认同这个理，脸色当即缓和不少。

苏老爷子是芜城最大的慈善家，心软又仁慈，这些年帮了不少人。两年前"7·26绑架事件"被曝光后，他出钱又出力寻找绑匪，虽然没什么结果，可人家确实尽力了。

如今陆眠回来，苏老爷子多半是可怜她。

宴会厅的议论声也传到了萧祁墨的耳朵里，他单手插在裤兜里，收回即将踏入宴会厅的长腿。

"祁墨，不进去吗？"墨爷难得接地气一次，来这种场合。

"很无聊，你们玩吧。"萧祁墨瞬间没了兴趣，转身往院子外走去。

叶谨闻亦步亦趋地跟上，无奈又无语。

叶谨闻有些分不清楚，这位爷到底是因为宴会无聊离席，还是因为里面的人说陆眠坏话而离开。

关键是，萧祁墨不找苏老先生询问绑架案的事了吗？

萧祁墨往外走了几步，见叶谨闻一直跟着，便停了下来。

"去，把巷子里的事跟苏老先生说清楚。"

萧祁墨平静地说着，镜片下那双深沉的墨眸里有什么，叶谨闻看不清，也猜不透。但他还是出于本能地点了点头。

"行，这事交给我了。"

叶谨闻摩拳擦掌，他跟苏老先生相识，又爱打抱不平。

这次明显不是陆眠的错，这些人倒是议论上瘾了。

人家陆眠救了你们一次好吗？！

叶谨闻没有犹豫，直接去后院找苏老。

因着叶谨闻来过几次，苏家护卫没拦他。他找到苏老先生，简明扼要地把事情说了一遍。苏老先生自然上心，直接解散了这场荒唐的宴会。

宾客的心情都挺复杂的，最后只能落寞地离开。

不过陆行堂一行三人却被单独留了下来。不少人胡乱揣测，难不成两家好事将近？

陆心暖满心雀跃。

陆行堂彬彬有礼地向苏老先生道歉："苏老，这次陆眠给您添麻烦了，我回去就说她。"

"不用！"苏清河一把将陆行堂扶住，双眸中带着真诚，感激地握住陆行堂的手，"陆先生，麻烦你回去帮我谢谢眠眠。如果不是她，苏家今天可要倒霉了。"

陆心暖、陆行堂、裴锦兰齐齐错愕，愣住了。

送走陆家三个人，院子里只剩下苏清河、苏昇和苏珏子孙三个人。

苏昇不解："爸，您一向与人为善，怎么会招来杀手呢？我看您就是偏袒陆眠，故意搞事情。"

苏清河摇摇头，一双饱经风霜的眼睛浑浊中带着几分锐利。

事实都在后巷摆着，他还不至于搞这种事情。

苏清河没心情解释，他瞥了一眼儿子，回身看向孙子苏珏，语重心长地嘱咐道："眠眠去你们鲲程中学上学了，读高一，你多照顾着她一点。"

苏珏一脸郁闷，没等他说话，苏昇先拦了下来。

"爸，这是为何？您该不会想撮合苏珏和陆眠吧？那女孩可配不上我们珏儿，她妹妹陆心暖倒是还不错。"

苏清河白了苏昇一眼："别胡说，是苏珏配不上陆眠。"

"啊？"苏昇更迷惑了。

没等苏昇再开口，苏清河已经拄着拐杖回房间了。

苏珏低低地"嘁"了一声，有些不以为意。

陆眠踩着人字拖，慢悠悠地往回走。

苏家这边是别墅区，没有公交车，连出租车都比较少，她走得倒也十分悠闲随性。

萧祁墨开车追上陆眠的时候，看到的就是这样一个画面：纤瘦单薄的少女，一只手插在裤兜里，一只手随意地拨弄着路边的树叶。她清爽柔软的短发时不时地随风扬起，赏心悦目。

萧祁墨轻轻鸣笛，减速经过陆眠身侧，斯文又绅士地问："陆小姐，我送你一程？"

陆眠漫不经心地抬了一下头，继续往前走。

小丫头傲得很。

萧祁墨又往前开了几米，在陆眠身前两米处停下，车轮转了个弯，忽地拦在路上。

萧祁墨单手扶着方向盘，用另一只手打开副驾驶座的门，俊美的脸上带着温润的笑，慢条斯理地开口："不好意思，手滑了。"

这种幼稚的把戏，陆眠连一个标点符号都不信。

既然对方这么坚持，她也没必要矫情，单薄的身体微微一弯，钻进副驾驶室。

陆眠眉眼中带着嘲讽，笑得邪气又放肆。

"坐你的车安全吗？"

陆眠说话一向如此，呛人的话语加上顽劣的表情，看上去挺欠揍的。可她不怕，也不在乎，她心中早没了"害怕"二字。

"放心，我开车很稳。"

明明被嘲讽了，萧祁墨却意外地笑了一声，心情还挺不错。

车子启动，一路行驶。

陆眠神色如常，身体微微蜷着，抱着手机懒洋洋地玩起来，完全把身侧的男人当司机。

头一次被这么无视的萧祁墨，余光扫了一眼女孩后，打开车内的音乐，一首轻盈舒缓的钢琴曲响起。

陆眠听着曲子，瞥了一眼曲名。

《幻昼》，是一首让悲伤之人听了想哭的钢琴曲。

陆眠的嘴角染上邪气顽劣的笑，似是轻呵了一声，长长的睫毛垂下，继续专注地玩手机。

轻音乐流淌，陆眠白皙修长的手指也随意地敲击着节奏，像是无意识的动作。

可旁边的萧祁墨感觉很意外。

有意思的丫头。或许连她自己都没意识到，她用手指弹出了这首钢琴曲的指法。

一边玩游戏还一边弹曲子，她似乎很擅长一心二用。

萧祁墨的兴致更浓，看了陆眠一眼后，随口问道："后巷的杀手没那么废，你是怎么做到的？"

那些人毕竟都是专业的，能被陆眠制服，可想而知陆眠的功夫有多么深不可测。

萧祁墨不是在怀疑什么，只是好奇。

陆眠笑了，眼里蒙着厚厚的疏离和防备，没什么温度。

"学了点防身的功夫，有问题吗？"

当然没问题了。

萧祁墨很能理解，陆眠当年被绑架的时候也就十七岁吧，还是个小孩子。

在那群穷凶极恶的匪徒手下活了两年，过程有多艰难，旁人难以想象。不仅要学防身的功夫，冷静的大脑和过人的智慧，一样都不能少。

"陆眠，"萧祁墨目视前方，薄唇抿成一条线，沉默半分钟后才轻声问道，"你都经历过什么？"

不过这次却没有人回答他。

萧祁墨讶异地偏头一看，小丫头抱着手机睡着了。

睡着后的陆眠少了几分戾气和疏离，多了几分柔软，以及属于她这个年龄段的少女气息。碎发垂散着，有些落在她嘴边，跟白皙轻透的脸蛋形成鲜明对比。

看起来她睡得还挺香。

是音乐不好听？还是他太无聊？

萧祁墨又好气又好笑，手却不自觉地调低了音乐声，空调也调高了一度。

很快，黑色的车子停在陆宅门口。

萧祁墨侧身过来，心里在琢磨到底是叫醒她还是抱她回去。

她这么戒备的一个人，却在他的车上睡着了，他似乎不能辜负这种信任。

萧祁墨抿着嘴唇，骨节分明的手指抬起，还没碰到女孩的衣角，就被一股突然而来的力道打开。

萧祁墨微愣。

萧祁墨的手悬在半空，看到原本蜷着身体熟睡的女孩倏地睁开眼睛，黑白分明的眼睛正冷冽地审视他，哪有刚睡醒的样子。

呵，被骗了。

萧祁墨没有丝毫尴尬，目光定在陆眠脸上，身体突然前倾。

他靠近陆眠，嘴角噙着斯文雅致的笑，缓缓靠近她的耳朵，停在不远不近的地方。

萧祁墨看着陆眠轻颤的睫毛，喉结滚动了一下，低哑着声音，缓缓吐息。

“轻点，很疼。”

他充满磁性的声音自带波浪线，每个音节都钻入陆眠的耳膜，还有几分调笑和撩拨的意味。

这样的男人，这样的动作，没一个女生受得了。

陆眠僵了一下，心跳加速也仅仅一瞬间，然后自动屏蔽来自男人的魅力攻击。

甚至，还不止如此。

她保持着散漫的坐姿，头微微垂着，有几缕头发也跟着滑下。她顺手将碎发掩在耳后，耳软骨处一颗红色小痣显露，嵌在她白皙的皮肤上，更显魅惑性感。

萧祁墨当场僵住。

撩人者终被撩。那颗红痣，让他有一种想征服的强烈愿望……

萧祁墨失神间听到陆眠不疾不徐的语气。

“定力太弱。”

还带着得逞的胜利笑意。

话落，陆眠便解开安全带，在萧祁墨的注视下，漫不经心地下了车：“走了，不见！”

呵，定力弱？

萧祁墨手指轻抚着自己的脸颊，指尖碰到镜框时，笑着坐直身体，车子缓缓离开。

总归还会再见的。

陆眠下车走了没两步，就被一个颇为野蛮的力道扯进了大门。她拧着好看的眉，发现对方是自己的母亲后，收回了拳头。

傅曼看上去挺生气的，也不管周围是不是有用人看着，直接拽着陆眠的手腕往偏楼走，一边走还一边数落：“以后少跟乱七八糟的人来往！”

傅曼看到陆眠从一辆黑色轿车上下来，车标她没见过，型号也不熟悉。

傅曼自认为不是个没见识的人，认为她不认识的车，要么是垃圾货，要么就是没什么名气的牌子。她一向好面子，就算不亲近陆眠，也不愿陆眠跟那些不入流的人来往。

还没进门，傅曼隐忍的脾气就爆发出来。

“你今天干什么去了？你是不是去苏家搞破坏了？！你是不是见不得你妹妹好？”

想到不久前陆心暖给她发短信，说陆眠也去了苏家，她就有点脑充血。

“速度可真快。”陆眠嘲讽地笑了一下，挺痞的。

“你在这儿嘲讽谁呢？！”傅曼很不满意，直接掏出手机给陆眠看短信，“暖暖是跟我说了，可你看看你妹妹怎么说的，你至于这么挖苦她吗？”

陆眠扫了一眼。

“妈妈，是你让姐姐来苏家的吗？她跟苏珏起了点冲突，不过你别担心，我会照顾好姐姐的。”

论告状，陆眠自认不如陆心暖，从小就不如。

陆眠推开面前的傅曼，打算上楼。

“陆眠，你看看你这副样子，你再看看心暖。别说我偏袒她，你做的这些事，哪一点比得上她？”

说到后面，傅曼都有点哀求的意思了。

“陆眠，我不指望你有多孝顺我，我只希望你别拖你妹妹的后腿。家里就数她最有出息，你乖乖上学，懂事一点，行吗？”

陆眠抿紧嘴唇，点了一下头，仓促地离开客厅。

她靠在门边，掏出手机发了一条短信出去。

“我现在理解你了。”

“是吧，回来还不如不回来。对了，周一来上学吗？想你了……”

“去。”

陆眠把自己关在房间里，从中午忙到晚上。陆心暖什么时候回来的，她不知道；陆心暖跟傅曼说了什么，她也不清楚。

陆眠只知道傅曼在她房间门口徘徊了好几次，最终还是没敲门。

陆眠没理会，继续摆弄着电脑，好像忙起来才能挤掉那些不该有的情绪。

等到陆眠抬头，天都黑了，房间里一片暗色。

陆眠的房间色调很暗沉，深咖色不透光的窗帘、灰色的床品，连家具都是那种深胡桃色。她懒得离开椅子去开大灯，电脑屏幕的光成了漆黑的空间里唯一的光源。

陆眠单手支撑着下巴，专注地看着屏幕，屏幕上的股票走势图复杂又凌乱，她却看得津津有味。

陆眠似乎是右手有些无聊，于是开始飞速地转笔。似乎脑速越快，她的笔就转得越快。

经过一系列的头脑风暴后，陆眠在白纸上写下一串股票代码，脸上的表情轻松闲适，更带有几分享受。她很喜欢这种推演过程。

陆眠给“零”发了短信。

眠：“今天买这只股票。”

零：“还是两百万元？”

眠：“嗯。”

“零”立刻代为执行，待处理妥当后，按照惯例在他们的聊天群里发信息。

零：“代发大神新消息，他买了下面这只股票！”

下面附一张截图。

这个消息一出，群里立刻就炸了。

“大神来了！嗷嗷嗷——我等追随！”

“朋友们，大神给我们指了路是好事，但他一直强调要理智跟随，大家切不可一头扎进去啊！”

各种各样的吹捧铺天盖地而来，群里凡是看见消息的群友，都跟风买了这只股票。

有钱的就多买，没钱的就少买，量力而行。

其实“零”一直挺纳闷的，自己跟在“眠哥”身边的时间也不算短了，却始终不明白她的心思。

聪明、睿智、理性。陆眠每次都能精准推算出涨势良好的股票，每次都只买两百万元，多了不买。并且每次都会把这些珍贵的信息发布到群里。

"零"觉得，可能"眠哥"担心太冒头会被人盯上，所以才这么低调。

股票群里。

一个名为"玉珏"的群员在收到消息后，立刻登录证券交易软件，下手买了五百万元的股票。

买完之后，他双手抱在脑后，嘴角勾起莫名其妙的笑。

用人递过来一杯冰可乐，好奇地道："珏少，有什么高兴的事？"

苏珏摆摆手："过两天就知道了。"

他无意中进了这个群，本以为只是一群股友胡吹海侃，没想到竟在这里面看到了"干货"。

上次，苏珏抱着试试看的态度跟着所谓的"大神"买了两百万元的股票，两百万元对他来说也就是几个月的零花钱，打水漂也就打水漂了，他不心疼。

可震惊的是，事隔两天，他就净赚一千一百万元。父母长辈无不称赞，都夸他有眼光。

挺神奇的。苏珏很期待，这位所谓的"大神"能不能每次都这么神呢？

陆眠把自己关在房间里两天。

饿了、渴了就去厨房里的冰箱里找点东西随便填填肚子，就这么混过了周末。

周一的早上。

陆眠一身鲲程中学的校服，准时出现在客厅。蔚蓝色与白色相间的宽松运动服穿在她身上显得她的皮肤更白，也更冷，但很好看。

傅曼围着围裙走出来，勉强挤出一抹笑，问道："眠眠，我做了早餐，你要吃点吗？"

别的母亲让孩子吃饭，从来都是直接说"吃饭了"，而不是"吃吗"。

到了傅曼这里，便是一句客气的问话。

或许傅曼是在征求陆眠的意见，但潜意识已经把陆眠当成外人。

陆眠勾了勾嘴角，扫了一眼正坐在餐厅里乖巧地喝牛奶的陆心暖，漫不经心地开玩笑："我如果去吃了，你们还吃得下去吗？"

陆眠拎起书包，抬腿就往外走。

"眠眠！等等！"傅曼赶紧叫住陆眠，双手在围裙上来回搓着，"苏家宴会的事你叔叔跟我说了，你怎么不早跟我说是苏老叫你过去的啊……"

傅曼当时在气头上，说了些重话。好几次想上楼找陆眠把话说开，可每次都被那扇冰冷的门阻拦了脚步。

傅曼终究无法淡定地面对这个女儿。

陆心暖从餐厅走出来："是啊，姐姐，你早该告诉我们的，不然妈妈也不会误会你。而且，苏爷爷还跟我们澄清是你打跑了坏人。姐，真的是你救了我们吗？"

这件事陆眠倒是不知道，她眯着眼睛一想，便明白过来。估计是萧祁墨他们跟苏老说的。

说了有意义吗？没意义。当她说真话的时候，他们从来不信。可当她说假话时……

陆眠吊儿郎当地背着书包，轻盈却冷漠的笑声从她的嘴角溢出。

她偏头，玩世不恭至极。

"假的，别信。"

陆心暖松了一口气，早就知道会是这样。虽然她识破了陆眠的小把戏，但心里还是不太舒服，毕竟苏爷爷那么维护陆眠……

算了，只好等到下次有机会再跟苏爷爷联络感情了。

陆心暖上前一步，真诚地抱了陆眠一下。

陆眠挺烦的，躲开了。

"姐……"陆心暖尴尬地摸了一下鼻子，"我没别的意思……我就是担心你碰到那些坏人会受伤，虽然你从小打架就挺厉害的。但我们毕竟跟社会上的人不一样……"

这番话说得傅曼心惊肉跳，她不知道这里面的详情，挑着重点只听懂了一句话。她连忙嘱咐陆眠："眠眠，以后可不许打架。"

"当然。"陆眠爽快地点头，"还有事吗？"

"那你……还怪不怪我？"傅曼鼓足勇气，低声问了一句。

旁边的陆心暖表情有点怪。

陆眠笑了起来，好看的眉眼张扬又肆意，五官精致得无可挑剔。

陆眠真的很好看，不管什么样的表情都很好看。

对于傅曼这一语双关的问话，陆眠表现得格外释然，摆了摆手就吊儿郎当地走了。

傅曼哑然："她到底是什么意思？"

陆心暖抿着嘴唇，有点沉默。

她这个姐姐的归来给这个家带来的不是荣耀和欢乐，而是深深的愧疚和污点。

他们全家都好像欠了她似的，他们全家也都成了坏人。

陆心暖知道，只要陆眠在陆家一天，他们家就永远也忘不掉"7·26绑架案"。

这不是她想要的生活。

陆心暖攥紧拳头，随即又宽慰傅曼："看姐姐的样子，她是真的没放在心上。妈，你不要总是心事重重的，连姐姐都不在乎，您就别再自责了！"

"那就好……"傅曼真的被宽慰到了，连连点头，回头关切地道，"暖暖，你这就走了？吃饱了吗？"

"不想吃了……妈，我也走了！"

高一（25）班。

陆眠是在八月二十四日回来的，正好跟一群初中毕业生一起编入了高一年级。

因为陆眠的情况比较特殊，便没跟着军训，也就错过了跟新同学培养感情的机会。只在正式开学的时候，她才来上课。

她上课也经常三天打鱼两天晒网，一共也没来几次，甚至好多同学都不知道班上有陆眠这个人。所以她现在出现在班里，不止同学感到意外，连班主任也有些诧异。

正好第一节课是班主任的物理课。

戴着厚重眼镜的年轻男老师丁猜，慷慨激昂地讲着"时间和位移"，时不时地举个例子，还能逗得学生们哈哈大笑。

丁猜觉得自己讲得挺吸引人的，但眼睛一瞥，教室角落里的那个少女早就走神了。他小眼睛一眯，没了声音，瞅着坐在教室角落靠窗处的陆眠。

陆眠因为来得晚，没有同桌。

她一只手托腮，另一只手转着笔，课桌前还立着一本花花绿绿的书，看得专注又认真。

丁猜看不清那是什么书，反正不是物理书就对了。

丁猜在讲台上掐断一支粉笔，捏起粉笔头在手心里掂了掂。丢粉笔头是每个老师的必修课，丁猜也不例外。

他精准地将粉笔头抛出去，划出一道精美的弧线，全班同学齐刷刷地回头看向陆眠。

就在大家以为粉笔头会落在陆眠的脑袋上时，却看见她原本托腮的手漫不经心地一挥，两根手指之间便多了什么。而另一只手上的圆珠笔，依旧在转着。

她接……接住了？

班里的同学瞬间觉得陆眠好有个性，接粉笔头的动作好帅又好酷，甚至有人还起哄号了一嗓子。

丁猜站在讲台上，一脸气愤的表情。

他放下物理课本，用极快的速度冲到陆眠桌前，直接抽走那本花花绿绿的书，以及拿掉她手指间的圆珠笔。

陆眠微微抬头，眼神中带了些茫然和无辜。

丁猜忽然就消了大半的气。

这孩子的遭遇他是知道的，她被绑架那年，正好初中毕业考入了鲲程中学，成绩并没有多优秀，不多不少刚够录取分数线。

陆眠回来后，教育局说安排她继续上高一，很多老师不太看好，觉得她会跟不上教学课程，也觉得她需要调节，便都拒绝了。

只有丁猜鬼使神差收下了她。

丁猜把视线挪回到手里的小说上——《股神商女》。

他挺诧异："你还喜欢看这种闲书！"

第三章

我挺忙的，没时间

班里的同学也好奇。

陆眠向来独来独往，酷帅十足，有着不属于他们这个年龄的冷漠和理性。没想到她也会看这种言情小说，当即觉得她还挺反差萌的。

被现场抓包的陆眠也不觉得尴尬，身子往椅背上靠了靠，有些玩味地努了努嘴："挺好看的。"

她漆黑的瞳仁带着几分不为人知的复杂。

"既然这么好看，那借我看看。"丁猜一副"这书归我了，你别想要回去"的表情，将书在手里掂了两下，还帮陆眠找出了物理书，再给她摊开到讲的那一页。

"好好听课！"

丁猜的语气略带威胁，虽然也不具备什么威胁性。

"放学后来我办公室一趟。"

陆眠轻轻叹了一口气，希望不是找家长……

上午放学后，陆眠倒是乖巧地敲开了丁猜的办公室门。

丁猜已经坐在那里等着陆眠，桌上放着的正是那本《股神商女》。

见陆眠走进来，丁猜连忙勾起一抹温和的笑。他既然收下了这个学生，自然要照顾到她的心理。

陆眠跟别的学生不一样，丁猜不太敢说重话。

"陆眠同学，你来了。"

"丁老师。"

物理教学组的其他几个老师都还没走，往这边看了一眼，又都忍不住摇了摇头。也不知道他们是看不惯丁猜这没什么杀伤力的态度，还是看不惯陆眠。

丁猜给陆眠找了一把椅子坐下。

“陆眠同学，你前几天上课断断续续的，落下了不少功课。再加上你之前两年没学习，一时要学起来挺难的，老师都理解……”

他顿了顿，建议道：“不如这样，你下课了就来办公室找我，我单独给你辅导。理科方面都没问题，文科嘛……这就需要你找各科老师画好重点，多背一背了。但我相信，只要我们一起努力，你的成绩肯定能提高。现在才上高一，还有三年才参加高考呢！”

陆眠看着满脸真诚的班主任，余光扫到其他老师纷纷摇头，自己也摇了摇头。

到了高中，学习任务要重很多。一个老师带几十个学生根本带不过来，怎么还可能有精力再去给学生单独辅导，更何况又是她这种学生。

陆眠自认为没什么值得班主任上心的，与其费心费力地挽救她，倒不如跟她的父母一样，早早放弃才明智。她看得很开，笑了笑，不太走心地拒绝：“丁老师，我挺忙的，没时间。”

“啧，你一个学生忙什么！忙着看言情小说？”丁猜的音量提高了一度，有些恨铁不成钢地道，“你是个聪明的孩子，只要你好好努力，肯定能跟上学习进度。厌学情绪我能理解，但你多学一点是一点，万一就喜欢了呢！”

说完，丁猜将办公桌上的那本书放到陆眠面前：“你喜欢看这种小说，可这种小说又不能教你成为股神，对不对？”

这也未必……

陆眠腹诽了一句，偏了偏脑袋，语气有些无奈，甚至还有点反过来劝丁猜的意思。

“丁老师，你有这个时间，还不如去辅导几个有潜力的学生。”

这话才刚说完，办公室里就响起一道冷嘲热讽。

“看，丁老师成吕洞宾了！”

说这话的是一个打扮得很干练的四十多岁的女老师，想来是有些看不惯陆眠。

陆眠没生气，丁猜却生气了。

“孙老师，我跟学生谈心，麻烦你别插话。”

他的学生他想怎么管就怎么管，还轮不到别人来指手画脚。

那位叫孙佳莹的女老师脸一僵，她是校物理组组长，带出了许多成绩优秀的学生。像陆眠这种油盐不进的学生她见多了，根本没救。

她好心提醒丁猜一句，反倒没落着一句好。

“丁老师，我看你是年轻老师才提醒你几句。有些学生呀，你一头热地对他好并不是好事，人家说不定还嫌你烦呢。你有这工夫，不如想想接下来的全国物理竞赛该怎么办吧？”

办公室的火药味有些浓，其他几个老师也不好说什么，连忙岔开了话题。

“说起竞赛的事，我还没想好选哪几个学生去参加初赛呢。”

“我也是，我们班的学生太偏科，没几个物理学得好的，去了也是给人垫底。”

孙佳莹倒是自信地一笑：“我早就想好了，定下来五个学生！都很有希望冲到决赛！”

“孙老师，看来今年又比不过你了！你的学生可真争气！”

“我的学生是挺争气的。”孙佳莹斜睨着丁猜和陆眠，“不过我们是高三组，跟你们也不太一样。你们是重在参与，我们是只争第一。全国物理竞赛第一名能直接保送大学，这么多名校还不是任意挑选。”

保送大学，这可是每个高三生梦寐以求的事情。要是能被保送，有多荣耀自然不用说。因此，每年高三的这些竞赛，也成了学校重中之重的大事。

正这么说着，门口就有人敲门了。

孙佳莹微微一笑，语气中带有几分得意和骄傲：“我的学生来了！”

随着开门声，办公室的老师都好奇地看向门口。

他们想知道孙老师的五个得意门生到底是谁。

陆眠随意地抬了一下头，在四男一女的组合当中，一眼就看到了特别突出的陆心暖。她是五个人当中唯一的女孩，像是众星拱月般，站在“C位”俏生生地走进来。她的马尾束在脑后，走路时还一摇一晃的。

乍看起来，长发的陆心暖和短发的陆眠确实没几分相似的地方，主要气质太不相同，任谁也不相信她们是双胞胎。

其中还有一个身高突出的男生，陆眠也见过，是苏珏。

陆心暖自带“在外不认亲姐”的属性，直直地从陆眠身边走过。反正学校里除了苏珏，也没人知道她们的关系。

至于苏珏，经过陆眠身边时，不经意地扫到办公桌上的那本小说，嗤笑了一声。

苏珏觉得爷爷实在太看得起陆眠了，一个只会看这种垃圾小说的女生，还说苏家配不上她。爷爷是不是忘了？他才是那个用两百万元赚了一千一百万元的人。

而且在未来几天内，说不定他还会赚更多的钱。

这个陆眠，他就“呵呵”了。

丁猜轻咳一声，唤回陆眠的注意力，压低声音安抚道：“别管他们，我教你，你肯定会比他们更优秀。”

陆眠轻笑了一声，虽然很好看，却也冷，像是世家纨绔公子，对什么事都不怎么在意，桀骜不驯，玩世不恭。

陆眠开着不太幽默的玩笑：“丁老师，你还挺自信的。”

丁猜有些气短：“就算没这个实力，我们也得从气势上压倒他们不是？！”

“嗯，有道理。”陆眠摸着下巴，点了点头。

“要不，你考虑考虑我的建议……”

“嗯……”

陆心暖他们五个人很快就从办公室离开了，孙佳莹没别的事，就是给他们一人发了一张补课表，打算给他们开小灶。

几个人欢欢喜喜地离开。

陆心暖拿着补课时间表，回头又看了一眼物理组办公室，摇着头对身侧的苏珏道：“她肯定又挨骂了吧……”

苏珏自然听得懂这个“她”指的是谁。

“同一个办公室，姐姐挨骂，妹妹领赏，你们真不太一样。”苏珏这么说着，脑海里又浮现被陆眠一招打趴下的回忆，心中不免有些懊恼。

“这件事不能让我妈知道，不然她又该担心了。”陆心暖似乎在喃喃自语，“也许姐姐她真的不太适合上学，她以前就不爱学习，每次考试都是擦线过。”

要是能让陆眠退学，送她去外地打工，那就好了。陆家只需要一个她这样的大家闺秀，不需要多一个这样顽劣的陆眠。

等她拿到物理竞赛第一名得到保送名额，她便是陆家唯一的荣耀。

苏珏不置可否。

两个人并排回到高三（1）班。

班里的同学放了学都走了，只有一个留门的守在教室里。

陆心暖和苏珏各自回到座位上收拾书包。

那个学生怯怯地走到陆心暖跟前，似乎有些犹豫，停顿了半天才开口："物理老师跟你们说什么了？"

"嘶！"

陆心暖正低头收拾书桌，听到这个声音，吓得捂住了胸口。

苏珏两步走过来："怎么了？"

"没，我就是被隋愿吓了一跳。"陆心暖摆了摆手，冲苏珏露出一个乖巧可爱的笑。

隋愿有些尴尬，站在原地怯怯地低着头。

"对不起……"

"没关系，你也不是故意的。"陆心暖宽容大度地说着，有意无意地将补课表放在桌边，继续收拾书包。

隋愿偷偷看了一眼，脸色突然变得苍白。

"物理老师要给你们补课？"隋愿的声音细若蚊蚋，她做什么事都轻手轻脚的，在班里没什么存在感。唯一有存在感的，大概是每次考试后发的成绩单。

隋愿在全年级稳定在前五名，成绩比陆心暖还要好。

"嗯？"陆心暖迷惑着，"隋愿，老师没给你吗？"

隋愿艰难地摇了摇头。

陆心暖连忙收起自己的时间表，轻声解释："我以为老师早就跟你说了。"

陆心暖看似无心的一句话，反而让隋愿的小脸更加苍白。

"你们都有？"隋愿看着陆心暖和苏珏。

一个年级排名前十，一个年级排名一百多，而她，稳定在年级前五名，却得不到老师的重视。连竞赛这种事，都直接忽略她。

似乎有些搞笑，但事实就是如此。

隋愿的存在感很低，她不爱说话，做什么事都怯怯的，上课回答问题更是半天吐不出一个字来。再加上她一个女生，却像男孩一样留着平头短发，实在太怪异，所以在班里人缘不好，总受欺负。

最后连老师也不太喜欢她，觉得她太小家子气，只会考试，连一点社交能力都没有。

"为什么……"隋愿木木的，有些失魂落魄。

"隋愿，你没事吧……"陆心暖有些害怕，往苏珏那边靠了靠。

苏珏不着痕迹地避开："别理她，走吧。"

"好……"陆心暖跟着苏珏离开，下楼梯的时候还担心地往回看。

"隋愿她不会多想吧？"

"这是孙老师的决定，谁也没办法。"

陆心暖听到了想听的答案，点点头，放心地离开。

物理办公室里，丁猜还在苦口婆心地劝陆眠。

丁猜说如果陆眠不答应补课，就安排她去布置迎新会的黑板报。总之肯定会给她安排事情，不会让她闲着浪费人生。

陆眠挺怕画那些东西的，于是做出一个艰难的决定。

"丁老师，"陆眠在自己书包里摸索了两下，在丁猜茫然不解的眼神下掏出一本厚厚的书，"这本《天才少女数学家》也挺好看的。"

既然丁猜也喜欢看这些闲书，陆眠便再给他一本。这些书她都有备份，即使送出去也不会太心疼。

总之，让她忙起来不是正经路子，让老师忙起来才是从根源上解决问题。

丁猜瞪着那本同款花花绿绿的小说，再看看一脸纨绔气的陆眠。

这什么操作？！

告诉你陆眠，本老师要生气了！

半小时后，丁猜抱着那本小说："奶呀，真香。"

陆眠很顺利地离开了办公室，没去食堂，也没回陆宅，而是穿过学校大门前的一条马路，走向对面比较豪华的住宅区。

没想到刚进小区，她就遇到了两个熟人。

"嗨，小眠眠！"

叶谨闻热情好客，爽朗地跟陆眠打招呼。那张娃娃脸格外跳脱，跟他心理医生的身份很不相符。有时他的职业能力和年纪，也会让人怀疑他是不是江湖骗子，又或者是"鸡汤"营销人员。

站在叶谨闻身边的萧祁墨倏地眯了一下眼睛，冷冷地扫他一眼。

叶谨闻没察觉到，只是招呼着陆眠："你怎么会来这边？该不会是在跟踪我们吧？"

叶谨闻开起玩笑。

本来身边这位“墨爷”就不是那种活跃场子的人，这位陆眠大小姐又是一个狂翻天的，他只好勉为其难充当调和剂了。

陆眠冷睨叶谨闻一眼，没说话，只是抓着书包绕过他们。经过二人身边时，一声低低的嘲讽飘过来。

“想得美。”

叶谨闻尴尬得不行，连忙求助萧祁墨。

不过萧祁墨更高冷，不但没帮叶谨闻，还提醒道：“以后别随便喊人家女孩的昵称，她不高兴了。”

叶谨闻反应一秒，这就很纳闷了，人家高不高兴，“墨爷”是怎么知道的？陆眠的脾气不是一向如此吗？

本来这次偶遇只是一个小插曲，意外的是，他们三个人在一栋楼底下再次重逢了。

叶谨闻这次学乖了，没打招呼，而是侧身低低地跟萧祁墨交流道：“你说，她该不会真的在跟踪我们吧？”

萧祁墨站在那里，身姿挺拔，芝兰玉树，高挺鼻梁上的眼镜给原本俊美的他增添了几分优雅和从容。

叶谨闻正感慨美男如画，却听到萧祁墨云淡风轻地说：“你有什么值得跟踪的？”

为什么是“我”不是“我们”？

叶谨闻发现，最近跟这两位大佬接触多了，自己变傻了。

三个人前后脚进了电梯，叶谨闻觉得挺神奇的，摁完“8”后揶揄道：“陆小姐，你不会也是去八楼吧……”

巧了，陆眠还真是。

陆眠没说话，静静地等待电梯到达八楼。

虽然只有十几秒时间，但密闭的空间内有两位大佬压阵，空气有点滞涩。

八楼到了。

萧祁墨抬腿率先走出电梯，一直沉默的他随即摁住电梯开关，微微偏头看向陆眠。

“进来坐坐？”

啧啧，墨爷竟然主动请女孩进自己的住处。

主人都开口了，叶谨闻也勾出一抹“欢迎光临”的微笑。

在他们注视的目光下，陆眠还真抬腿往外走去。

叶谨闻心想：这丫头嘴可真硬，说不定早就看到他们了。

想蹭饭就直说嘛，小孩子这么傲娇可不好。

叶谨闻低头看着手里拎着的“MM记”美食，这美食是芜城一绝，排队都不一定买得到，可不就是很吸引人。可就在两个人脚步跟上的时候，却见陆眠朝着反方向走去。

“陆小姐，这边！”

叶谨闻喊陆眠，话音还没落下，就听到那边的防盗门“吧嗒”一声，门开了。

陆眠回头，一副“少自作多情”的表情看着他们，嘴角勾起一个恶劣痞坏的笑，声音微挑高：“哟，邻居啊！”

那语气别提有多气人了。

叶谨闻心想：当初怎么就觉得陆眠是个深陷泥沼的可怜少女，还一心想要拯救她呢？！

陆眠分明就是个小恶魔。

她话不多，可每次说出来都能把人气个半死。

萧祁墨深有同感，这丫头实在有意思，也很神秘。

想到陆眠耳畔的那颗小红痣，萧祁墨敛着眉眼滚动了一下喉结，漂亮的手指伸出去，打开了房门。

叶谨闻紧跟上去：“七哥，你说隔壁的套房是陆眠家的吗？这里房价可不便宜，更何况还是顶楼大平层！”

有这个钱，当初“7·26绑架案”也不至于放弃陆眠了。

叶谨闻之所以这么了解，是因为这套房子是他帮着萧祁墨买下来的。这边近山，空气很好。

萧祁墨这次来芜城，自然是住在这里。虽然不常住，家具用品倒是一应俱全。

“看来我以后想给陆眠做心理辅导就更方便了。”

叶谨闻说话的时候，萧祁墨已经走到了客厅，英俊的眉宇间看不出高兴还是不高兴，语气却很凉薄。

“你很闲吗？神秘人有线索了吗？”

叶谨闻："呃……"

这边陆眠进了门，略感诧异。竟然这么巧，跟那两个人当了邻居。

陆眠倒也没过多纠结，换了拖鞋走进去，动作熟练，早就习以为常。

她的餐桌上安静地放置着精致的餐盒，上面"MM记"的简约LOGO（标志）格外明显。这是她让人提前送过来的，放学回来了正好吃。只不过她翻遍了餐盒内外，都没找到一双筷子。

而在这个家具并不算多的空荡荡的房子里，也压根儿找不到筷子。

陆眠并不是那种纠结的人，走出门直接去了隔壁，素手摁响了门铃。

即使刚才嘲讽了别人，陆眠这会儿的表情依然平静淡然，仿佛什么都进不到她心里去。

叶谨闻正在餐厅摆盘。

萧祁墨刚冲了个澡出来便听到了门铃声。他本不想理会，忽然想到能过来摁门铃的似乎也没有别人了。

于是他系上浴袍的腰带，几步走过来开门，果然就看到那个张扬不羁的短发女孩。

萧祁墨单手插在浴袍口袋里，金丝边框眼镜下是一双漆黑的瞳孔，似在无声地询问她什么事。

陆眠缓缓抬头，入目便是萧祁墨胸膛的一片冷白，以及从他半湿的发丝上滑落至脖颈的水珠。

这样的画面，是女孩都该有几分脸红心跳，尤其面前还是这么一个斯文慵懒的绝美帅哥。

陆眠还行，她只是觉得自己来得不是时候，并没有半点不适。她目光清澈地直视着男人，勾起嘴角，四平八稳地问："萧先生，能借一双筷子用吗？"

借筷子？

萧祁墨轻轻"呵"了一声，用手拢了拢浴袍。

陆眠大概对他是真没什么想法，面部表情毫无波动。

萧祁墨推断，自己在这个丫头面前的男性魅力值为零。

萧祁墨倒是很好奇陆眠在隔壁房间做了什么好吃的，心里又有些纳闷，若是正常居住，怎么会连一双筷子都没有？

“稍等。”萧祁墨从容地转身朝房间里走去，走了两步又转头绅士地道，“进来坐吧！”

“不用。”

陆眠站在门口的工夫，大致扫了一眼萧祁墨家的装修，从头到尾都是冷淡的黑白灰调。她也比较喜欢这种，看着就静心。

餐厅那边似乎传来几声窃窃私语，陆眠听不清，也不好奇。

很快，陆眠就见到萧祁墨手里拿着一双漆黑的木筷走出来。

她真诚地道了谢。

萧祁墨看陆眠转身回隔壁，在她即将进门的时候，冷不丁地问了一句：“陆眠，你知不知道神秘人在哪里？”

“什么？”陆眠目光清澈地回头，似有些茫然。

“救你回来的神秘人，代号‘十三’。”

陆眠偏了一下头，很顽劣地轻笑了一声，勾起一侧的嘴角，缓缓开口：“你们找神秘人，关我什么事？”

她这么说完，人已经进了屋。

“小没良心的。”

萧祁墨很不优雅地暗骂了一句，却从陆眠脸上看不出任何问题。

陆眠真的不知道神秘人的下落吗？神秘人会不会再来联系她？

叶谨闻也从餐厅风风火火地冲出来，左看右看门口没人了，才关上房门，郁闷地道：“七哥，我们这里一共两双筷子，你给了陆眠，我们要怎么吃饭？”

这个问题很简单。

萧祁墨看了叶谨闻一眼，从容不迫地坐到客厅，自动拿起唯一的一双筷子。

叶谨闻想骂人，但他很㞞，不敢说出来，只能等萧祁墨先吃完，自己去洗洗筷子再继续吃。

叶谨闻偷偷瞄了一眼坐在对面斯文吃饭的男人。

萧祁墨正在吃鱼，将一块鱼夹在碟子里，并不急着吃，而是略微观察一下，耐心地挑刺。他挑鱼刺的动作细致又耐心，就像是在做顶尖的外科手术，专注而又从容。挑出来的鱼刺整整齐齐地排在一旁，一直保持碟碗干净整洁。

强迫症加洁癖。

就是这么一个看上去斯斯文文、从容绅士的男人，却有着翻云覆雨的能力，有着令人闻风丧胆的身份。

斯文是表象，“腹黑”才是他的本性。

就像萧祁墨刚刚穿浴袍去给陆眠开门一样，他明明可以喊叶谨闻去开门的。

叶谨闻手托着娃娃脸看向对面：“对了，七哥，陆眠这边我们该怎么入手？”

“你有没有想过，她为什么找我借一双筷子？”萧祁墨慢条斯理地反问。

“这我倒是没想过。筷子的含义是……一生一世一双人？难道她在暗示你？”

这个解释倒是很有趣，萧祁墨的眉眼间染上一抹愉悦。

很快，他又听到叶谨闻连连否认：“不对、不对，陆眠能住在隔壁大平层，还来借筷子，说明隔壁不常住人，应该不是陆家的产业。那么，极有可能是……”

萧祁墨静默着听叶谨闻继续说。

“可能是陆眠谈恋爱了！这房子是她男朋友买来当恋爱基地的。

“不过她只借了一双筷子，难不成他们在隔壁互相喂饭吃？”

叶谨闻的脑洞越开越大，萧祁墨的脸色越来越沉。

“我看你是想被抓回锦京了吧？！”

萧祁墨沉着声音，筷子放在餐碟上，发出清脆的声响让叶谨闻打了个激灵。

面前一桌子的“MM记”美食也不香了。

叶谨闻最怕听到这种话，他逃来芜城就是不愿意再回锦京，于是连忙求饶。

可转念一寻思，他也没说什么过分的话啊。

陆眠吃了几口饭，翻开饭盒的最后一格，是一个小小的汉堡。她心满意足地拿起来。

一个人总有些执念和喜好，而陆眠的喜好便是吃汉堡。

虽然看起来很不健康，但她喜欢。加上她本来就瘦，也不用担心发胖。

至于她的执念，则是赚钱。

陆眠就算在这种吃饭休闲的时间，也不忘掏出手机查看股票的走势。

手机上突然弹出一大串消息，陆眠一条一条地看，然后再删除。

猝不及防，页面弹出来自“陆家”联系人的电话，是傅曼打来的。

陆眠并不打算接听，将手机调至静音后继续吃饭。等吃完了，收拾利落了，她再看一眼手机，已经多了三个未接来电以及一条短信。

陆眠扫了一眼短信——

“你爸今晚回家，放了学早点回来。”

陆眠面无表情地收起手机，拎着书包去学校。

下午的时间过得很快，准点放学后陆眠还没走出教室门，又意外地接到了一个电话。

挂断电话后，她抓着书包带，慢悠悠地朝高三部走去。

正赶上放学，来来往往的学生挺多的。

她经过的地方，无不引起一阵小小的动荡，以及各种探究加好奇的眼神。

“哇，她好美！哪个年级、哪个班的？”

“像不像绫波丽？超美超酷又特别厉害的小姐姐。”

陆眠就是这种人，即使放在人堆里，也能让人一眼看到她。

陆眠个子高，皮肤白，人又长得极美，气质出挑，会引起这样的轰动很正常。不过说归说，陆眠身上的气场总能让人退避三舍。

又冷又邪，桀骜不驯，大家也只能驻足远处，小声地探讨。

“她校服上的标志是高一年级的。今年新入校的学妹很给力啊，看来校花要换人了。”

“高一的？我突然很期待明天的新生欢迎会。漂亮学妹会不会上台演讲啊？”

陆眠一路穿过高三的很多教室，最终停在了高三（1）班门口。

教室里有同学突然惊艳低呼：“哇，美少女！”

随着这道声音，陆心暖抬头看向窗外。

这一看，陆心暖收拾书包的手一僵，在心里打了个激灵。

陆眠该不会是来找她的吧……

陆心暖的脸色有些难看，她真的很烦陆眠来找自己。

陆心暖不想让人知道自己有一个这样不堪的姐姐，更不想让陆眠的光环盖过自己。

原本两个人桥归桥路归路，默契地假装互不认识。可陆眠突然出现在他们教室门口，除了来找她，还能是什么？

陆心暖挺郁闷的，默默地往书包里塞着课本，听着同班同学的惊呼声和搭讪声，更心烦了。

陆心暖“噌”地把书包拉链拉好，目不转睛地背着书包转身，来到了教室后排。

同学们的视线齐刷刷地落在陆心暖身上，然后便大声起哄。

“哟，学霸来找我们苏少啊！”

苏珏拧着清俊的眉，呵斥道：“闭嘴！”

陆心暖也跟着点头：“我过来是有别的事。”

陆心暖说着，故作姿态地看向教室后面的黑板，拍了拍几个同学的肩膀，耐心地嘱咐道：“今天要辛苦你们出黑板报了，明天家长们就要来，黑板报空着可不好看。”

几个同学连连点头，毕竟这是他们班的“女神”学霸，说话还挺有分量的。

这些同学中还有一个怯怯的平头女孩，咬着发白的嘴唇，也跟着轻轻地点了一下头。

陆心暖这才叫上苏珏一起走出教室。

陆眠一直等在外面，靠在走廊边，一条胳膊随意地搭在栏杆上，另一只手就拿着手机玩游戏。一双修长笔直的长腿随意曲着，宽松的校服则被她穿出了超模时装的感觉。

陆眠偶尔闲适地抬一下头，看向教室里的眼神散漫而疏离。

直到陆心暖和苏珏走出了教室，陆眠才懒洋洋地收起手机，朝着他们走过来。

陆心暖的嘴角抽动，陆眠果然是来找她的。为了不让自己尴尬和难堪，她决定主动出击，露出善意友好的笑问：“同学，有事吗？”

陆心暖的这副做派陆眠挺不屑的，嘴角勾着痞坏邪气的笑，眼里根本没有陆心暖。

陆眠只是素手一抬，声音清冷地道：“我找他，不找你。”

陆眠指的是苏珏。

这话要多讽刺就有多讽刺，陆心暖的脸都要挂不住了，一阵红一阵白，尴尬得不行。

好在大家都不知道她们俩的关系，也不明白这话里的深意。

倒是苏珏愣了一下，有些茫然。

陆眠面无表情：“你爷爷联系不上你，说今晚要带你去参加某公司的开业晚宴，在老地方接你。”

陆眠冷冷地说完，侧身绕过他们，朝着他们相反的方向走去。再次经过高三（1）班的教室门口，她漫不经心地朝里面看了一眼，带着旁人难以察觉的、罕见的温柔和内敛。

陆心暖目送陆眠离开，抬头看见还在发呆的苏珏，轻轻地扯了一下他的衣角。

“苏珏？”陆心暖不能在苏珏面前失了礼数，故作平静地问，“你要去参加什么公司的晚宴啊？”

“听爷爷说过一次，好像是个什么科技公司，人工智能方面的。”

“苏爷爷对你真好……不知道什么时候能有机会再去看苏爷爷……”

“那种事……再说吧。”苏珏随意地敷衍了一句，然后快步离开。

陆眠到家的时候，天色已经暗下来了。

她走到偏楼这边，看见门口停了一辆挺旧的车。

小楼里罕见地开了很多灯，比起之前冷冷清清的样子，多了一些生活气息。

陆眠想起傅曼中午发的短信，撇了一下嘴，带着一抹讽刺。

陆心暖早就回来了，她不补课的时候一向都会准时准点到家，是父母眼中的乖乖女，也是其他家长嘴里的“别人家的孩子”。

“爸爸，你一路辛苦了，快喝茶。”

陆知斋接过来，温和地点了点头。

陆知斋今年四十八岁，比二房陆行堂大两岁，大概因为事业和婚姻都不太顺心，所以显得比较老，眉眼间带着难以纾解的郁气。他穿一身不太得体的西装，带着风尘仆仆的仓促感。

他跟傅曼的感情出了问题，对亲情比较冷漠，但对陆心暖算不错，还夸她很懂事。

此时，一家三口围坐在客厅里，倒也透着几分温馨。

“爸、妈，你们能一起去参加我的高三动员会我很开心，只是我听说高一的迎新会也在明天举行。”

傅曼和陆知斋顿了顿，有点迷茫。

“那又怎么了？”

陆心暖耐心地解释：“姐姐那边，你们不去吗？”

一对家长同时参加两个孩子的大会，这种情况还是挺罕见的。但学校之所以这么安排，大概是为了提高效率。

傅曼顿了顿，听声音好像挺不情愿的：“你姐没跟我们说过这件事……”

陆心暖今年上高三，正是冲刺的关键时刻。而陆眠才上高一，还是个混日子的，孰轻孰重，不用说也知道。

陆知斋没表明态度，话很少，也不愿接傅曼的话茬。但他的沉默代表已经做出了选择。

陆心暖无奈地笑了笑，还撒着娇："爸、妈，反正都是开家长会，去哪边都一样。而且我今天在办公室还遇到姐姐了，她的班主任还挺重视她的。"

这番话让傅曼的脸色更难看，陆眠被喊去办公室，除了挨骂还能有什么。

"你是作为学生代表上台发言的优秀学生，你姐她……"傅曼摆了一下手，"她不作为学校典型当众挨批评，我就谢天谢地了。"

当了那么多年的优秀学生家长，傅曼怎么拉得下那个脸去给差生开家长会啊，她还不得找个地洞钻进去。

陆眠就是在这个时候走进来的，她把书包随意地搭在肩上，另一只手插在裤口袋里，清冷的眸子扫向客厅里的三个人，笑了笑。

陆眠没有任何不适，但客厅里的三个人都不自在了。

"别纠结，我不需要你们去。"陆眠拒绝得十分干脆利落。

陆眠一向明白，在她跟陆心暖的事情有冲突的时候，父母的决定从来都是一致的。

从小到大，每一次都是如此。

陆眠一边说，一边经过客厅，没有停留片刻，甚至都吝啬给他们一个眼神。

"眠眠……"傅曼一阵心虚加心慌，赶紧起身追上去，"你别误会，妈妈刚才只是说你妹妹上高三，那边比较紧急而已，她马上……"

陆眠"呵"了一声，打断傅曼苍白的辩解，漫不经心地扫视坐在沙发上的陆知斋和陆心暖，勾起似笑非笑的嘴角，抬脚上楼。

"眠眠……"

楼上传来陆眠关门的声音，客厅里的三个人才迟了半拍似的收回视线。

傅曼又烦躁又委屈地坐回沙发上。

"她肯定又误会我了。"

话锋一转，傅曼带着埋怨的眼神看向陆知斋："这件事就怪你！"

陆知斋一个眼神睨过来。

"你刚才为什么不表态？陆眠刚被救回来的时候你说你工作忙，不回来也就算了。现在你回来了，还不去参加她的迎新会，还让她听见了，你让她怎么想？”

“别没事找事，她都说了，不用家长去。”

这就是陆知斋不愿意回来的原因，几乎每一件鸡毛蒜皮的小事都能让傅曼跟他大吵一架。

而吵架的内容也都是这些陈词滥调，听都听烦了。

陆知斋早就提过离婚，只是傅曼不愿意离。

陆心暖心中郁闷，往楼上的房间看了一眼，眼神挺幽怨的。因为陆眠，父母之间的矛盾又加深了。

她的家不能再这么乌烟瘴气下去了……

陆眠回到房间，“零”的短信就来了。

零：“眠哥，方便接电话吗？”

陆眠的手指飞快，一边丢下书包一边回了一句：“我在陆宅。”

零：“晕，你怎么还没搬出去？”

陆眠顿了顿，眉眼清淡地扫了一眼自己的暗色系房间，偏头思考了一下。

“我房间的这张床还挺舒服的。”

“零”顿了顿，明白陆眠的意思了，她应该……是在等什么吧？

也好，反正“眠哥”现在被人盯着，在对方没撤走之前保持低调也算是最稳妥的方式。

零：“给你定制的床很快就到了。”

眠：“谢了。”

零：“对了，上次的那只股票这两天一直在涨，什么时候抛出？群里很多人问。”

股市的弯弯绕绕很多，但总结起来有一个核心点，直白来说就是：赚差价。

低价买进股票，等待股票单价上涨，涨到一定程度的时候再抛出，其中的差价就是自己赚的钱。

所以选择价格最低点购入，在价格顶峰时抛出，是最为理想的方式，也是无数金融分析师一辈子追逐的目标。

陆眠轻描淡写地回复：“等着。”

高三（1）班。

苏珏一早就坐在座位上，抱着手机盯了很久。

他的同桌谢辉阳凑过来："苏少，还在研究股市？"

苏珏“嗯”了一声，不着痕迹地收起手机，眉眼间有些清冷。

苏珏出身好，自己也有能力，学习成绩虽不是顶尖，却也能排在年级一百名左右。加之他本人高大又帅气，妥妥的学校风云人物。

这样的人傲气一点，别人能理解，甚至还觉得是理所当然的。

谢辉阳不在意苏珏的冷淡，好奇地问：“这次能赚多少？”

上次苏珏买股票大赚，在学校里是一桩传奇事件。

一群高中生再怎么厉害，也没真正接触过金融圈子，能在学习上取得瞩目的成绩已是荣耀，更何况是赚钱。

苏珏想到刚才看到的群消息，敛了一下眉眼：“还不知道。”

谢辉阳跟苏珏开玩笑：“苏少，你真是招女孩喜欢啊。”

见对方有些茫然，谢辉阳又挤了一个暧昧的眼神：“昨天放学，大家可都看见了，你有陆心暖这个学霸校花在身侧，还有美少女小学妹来找你，真是羡慕啊。”

苏珏立刻明白是什么事，清冷地说了句“闭嘴”，再抬头时，座位边又多了一个人。他冲着陆心暖淡笑道：“怎么了？”

谢辉阳立刻识趣地离开座位，双手抱在脑后，一边往外走一边开玩笑：“这座位让给你们谈心。”

陆心暖腼腆地咬了咬嘴唇：“他们总瞎说。”

“下次再说，我教训他们。”

苏珏的眼神发狠，让陆心暖怅然若失了一下，但她也没多说什么。

“今天下午有动员会，苏爷爷会来吗？”

“他没空。”苏珏说完还补充了一句，“最近这段时间他都没空。”

“苏爷爷怎么了？”

“昨晚我们参加宴会，他遇到了一个围棋高手，正较着劲呢。”

陆心暖若有所思，很快扬起一抹温柔大方的笑："对了，你下午的稿子背好了吗？"

苏珏也是这次高三动员会的学生代表，将会上台演讲。

他点点头。

"那等大课间我们再互相背一遍。"

"嗯。"

陆眠又来上课了，她扫了一眼黑板上的课表，掏出一本厚小说立在课桌上。

她身体微微倚靠墙壁，一只手翻页，一只手转笔，吊儿郎当的模样，却好看到让人移不开眼睛。

清晨的一抹光落进来，使得原本清冷平淡的她身上多了一层滤镜光晕。

班里的同学都看傻了，互相瞅瞅各自晒得黝黑的皮肤和脸蛋，觉得这真是人间美景。

要是陆眠同学天天都能来上学就好了。

男生们内心雀跃地想着，转头看到教室门口多了一些其他班的男生，他们还不忘驱赶那群意图不轨的人。

"看什么看！不上课了？"

"你们不学习，别来打扰我们学习。"

外面的人也不甘示弱。

教室内外一时间闹哄哄的，差点吵起来。

陆眠觉得挺吵，吵得她看书的速度都慢了下来。她懒洋洋地揉了揉太阳穴，声音不大却很有威慑力。

"安静！"

春寒料峭般的声音在教室后面响起，带着三分冰冷、三分疏离，还有四分懒洋洋的倦怠。在这闷热的九月，让很多人打了个寒战。

有些人就是这样，要么不说话，一旦说话，就让人无法忽视。

萧祁墨是这种人，陆眠也是。

班长和纪律委员都没能维持好纪律，没上过几节课的陆眠一句话就平息了。

班上的男生觉得挺有面子的。

而陆眠在说完那两个字之后，眼皮都没掀一下，又继续翻着厚重的长篇言情小说，看得专注又认真。

男生们兴致昂扬，女生们窃窃私语。

“听说陆眠昨天放学去找高三的苏珏了。”

“啊？她好厉害，苏少那么厉害，应该不会理她吧？他也就跟陆心暖那种学霸校花走得近一点。”

其中有一个长相明艳的女生，深深地剜了陆眠一眼才回过头去。

陆眠并不知道这些，也不在意。她掀了一下眼皮，正巧看到前桌在看她，还冲着她笑。

胖胖的男生赶紧自我介绍：“陆眠同学，你好。我是你的前桌郭子皓，你可以叫我胖皓。”

陆眠微愣之际，另一个露着小虎牙的瘦瘦的男生也笑开了。

“陆眠同学，你好。我是你的斜前桌袁浩，你可以叫我瘦浩。”

不远处那个长相明艳的女生听到了，很不高兴地拍了拍桌面：“别说话了，上课了！”

她是班长白芳菲，维持纪律很正常，但大家从她的语气中听出了一点怨气是怎么回事？

郭子皓连忙从陆眠的书桌上翻出课本，给陆眠挡在书前。

袁浩呢，则是尽量把陆眠桌上的书本摞得更高一些。

两个人做了个手势，似乎在说这样就不容易被老师发现了。

陆眠点了一下头。

前桌两个人的办法确实好用，虽然有老师对陆眠不太满意，但她也有惊无险地度过了每节课。

大课间。陆眠正准备去卫生间，又被丁猜叫住。

物理组办公室。这里不算安静，陆心暖和苏珏正在背演讲稿，他们的班主任孙佳莹坐在旁边一脸欣慰，时不时还指点一下。

“心暖，这句‘没有最好，只有更好，我能做到的，你也能，我们都能’别那么内敛，再激扬一点。”

陆心暖乖巧一笑，学着孙佳莹的口气：“没有最好，只有更好，我能做到的，你也能……”

话刚说了一半，办公室的门就被推开。陆心暖顿了一下，只见一个戴着眼镜的瘦高的男老师走进来，身后跟着吊儿郎当、校服也松垮的陆眠。

陆心暖情绪颇好地笑了笑，声音又扬高了一度。

“在过去的高中两年，我获得过很多荣誉，但我从未停止进步的脚步。我相信，没有最好，只有更好，我能做到的，你也能，我们都能！”

这高亢的诗朗诵风格，让陆眠忍不住抬头扫了陆心暖一眼。

陆心暖是抽风了吗？

很快，陆眠便懒洋洋地收回了视线。她的眼里有清冷、疏离和光芒，就是没有陆心暖。

丁猜抽出凳子让陆眠坐下。

“陆眠同学，你考虑得怎么样了？”

陆眠的杏眼茫然了几秒。

“要么让我给你补课，要么你今天下午把我们教室的黑板报画好。”

旁边的陆心暖似乎在笑，让陆眠画画？她都十多年没碰过画笔了。

不过说到这件事，孙佳莹似乎想起了什么，问了一句：“我们班的黑板报弄好了吧？”

孙佳莹最近忙着准备动员会的致辞，没顾得上这些琐事。

“老师，都做好了。”陆心暖微笑。

“你办事我放心。”

苏珏拿着稿子抬了一下头，表情挺怪的，却也没说什么。

那边的丁猜身体转了个方向，背对孙佳莹等人，目光灼灼地等着陆眠的回答。

陆眠感觉挺无奈的。

“这样，你还有第三种选择。”丁猜看陆眠实在为难，说道，“要是这次月考你的物理成绩能达到及格线，我就让你自主学习。”

丁猜刚说完，陆眠想也不想，直接爽快地比了一个“OK”手势。

陆心暖嘴角的弧度更大了，要不是因为当着老师的面，她都快要笑出来了。

陆眠有几斤几两，她最清楚不过——勉强过了高中录取线，可成绩依旧很渣。想让陆眠物理考六十分，简直是天方夜谭。

不过到时候大概会上演一出精彩的对比……

下午第二节课结束后，就是高三的动员大会和高一的迎新会。

两个年级组分别在两个礼堂举行，互不耽误。大会结束后，各班家长会回到教室，再继续跟老师们详细交流。

陆心暖笑意盈盈地将父母接到了指定位置。

傅曼看自己比别的家长位置都靠前，别提多有面子了。她还特意穿了一件枣红色连衣裙，看得出，她年轻的时候确实是个美人。她时不时地跟旁边家长交流几句，句句都带着骄傲。

“我女儿过一会儿要演讲。”

周围家长一片艳羡。

礼堂内家长们陆续落座，后台却乱成一团。

孙佳莹听到班长的汇报，拔高音量：“隋愿不见了？她能去哪儿？”

“老师，教室、卫生间、寝室我们都找过了，没有人……我也是排座位时才发现少了她。”班长弱弱地补充道，“她同桌还以为她请假了……”

主要是隋愿的存在感太弱，大家都没注意到。

孙佳莹的心不安地跳快了几下，也顾不上准备致辞了，掏出电话就要联系隋愿的家人。可她突然又想起来，隋愿是孤儿，没有家人。

事到如今，孙佳莹不敢瞒，也瞒不住，赶紧上报到年级组。年级主任沉着脸：“这件事或许资助她的那位大善人能知道。”

苏老赶来学校的时候，很多人都看到了他。

陆心暖听说后，还很高兴地跟苏珏开玩笑：“苏爷爷还是疼你的，他这不来了吗？”

陆心暖想着，如果让苏老爷子看到自己上台演讲，那他对自己的印象一定会更好吧？

苏珏有些一头雾水。

可很快就传来消息，苏老根本就没来礼堂，而是去了年级主任的办公室。

苏珏挺纳闷的，放下演讲稿就往外冲。

陆心暖在后面喊他，追到礼堂门口也没追上人，一咬牙跟着去了办公室。

主任办公室。几位老师以苏老苏清河为中心，个个面色凝重。

苏老爷子便是隋愿的资助者。

“今天下午刚发现的，她的同桌说她一天都没来上课了。”孙佳莹小心翼翼地说。

苏老爷子是芜城的慈善家，人人敬重。他资助了不少贫困生，给他们出学费、生活费。尤其是身世可怜、成绩优异的隋愿，苏老更为关注。

苏老爷子震惊地拄着拐棍：“一天？你们老师就没一个发现的？”

老师们面面相觑。

“那她昨天有没有什么异常表现？说过什么？做了什么？”

老师们就更为难了，隋愿的存在感太弱，大家都没注意她。正沉默之际，办公室的门被推开，大家一看是苏珏和陆心暖，当即松了一口气。

此时此刻，这两个人可以算是救星。

简单了解了情况后，苏珏快速说了一遍昨天隋愿没被选中参加物理竞赛，情绪很低落的事情。

孙佳莹连连解释是因为隋愿的抗压能力弱才没选她。

苏珏不置可否，最后扫了一眼陆心暖，到底没把画黑板报的事情给说出来。

苏珏记得，昨天下午轮到陆心暖那组画板报，不知什么原因，陆心暖让隋愿替她。

苏珏不说，陆心暖更不会说。她只是乖巧温顺地安慰众人：“苏爷爷、老师，你们别太担心了，可能隋愿只是心情不好。”

陆心暖识大体，又会安抚人，让几个老师倍感欣慰。

苏老爷子沉沉地叹着气：“先不说这些，找人要紧。”

高三本来压力就大，加上隋愿心情不好，谁能预测会发生什么事呢？

苏珏还算理智，直接带着一行人去了监控室，查了昨晚和今早的监控，发现隋愿出了校门。而校外马路上的监控，他们是看不到的。

年级主任当即准备联系人，把这件事上报给学校。只不过层层上报过去，再等到交管局、警察局那边出手，恐怕时间会来不及。

苏老爷子沉默半晌，当即有了决定：“有一个人应该可以。”

众人疑惑，难道苏老爷子要请更高层的领导来处理这件事？这样就太好了。

大家皆松了一口气。

“你们继续查监控，我去找一个人。”苏老丢下这句话，颤巍巍地离开了办公室。

旁人不敢跟上，只能由苏珏和陆心暖陪着。

两个人都以为老爷子是要去找什么大人物，尤其陆心暖还幻想能跟着苏老见识更高级的人，她也不算白来。

可兜兜转转，苏老爷子什么地方都没去，直接去了新生欢迎会的现场。

陆心暖傻了眼，她的动员会礼堂就在隔壁，可她却跟着苏老来了新生欢迎会。尤其想到陆眠就在这里，她心里就烦得不行。

苏爷爷来这里能找什么人啊？

烦躁归烦躁，陆心暖还是跟着老人家从后门走进礼堂。她第一眼看到的，就是坐在最后排吊儿郎当、一身纨绔之气的陆眠。

陆眠坐没个坐样，头也不抬，就知道抱着手机。

陆心暖挺不屑的，却瞥见苏老爷子脚步加快，急急忙忙朝着陆眠走过去……

难道苏爷爷所说的那个人，是陆眠？

台上有老师在激情昂扬地演讲。

陆心暖的脑子里却一片空白，什么都听不进去了。

苏老爷子轻手轻脚地凑到陆眠的座位边上。

陆眠微偏了一下头，懒洋洋地摘下耳机，衣领稍稍倾斜，眼神清冷。

苏老爷子用口型示意：眠眠，出来一趟。

陆眠点了一下头，跟着他走到外面。她的位子在最后一排，孤零零一个人坐着，倒也不会影响到别人。不过还是有学生和家长看见了，目光又好奇又探究。

几个人来到礼堂外面的走廊上。

苏老爷子把整件事情快速地跟陆眠说了一声，最后说道："眠眠，我记得你很会玩电脑，能不能帮忙找找隋愿的下落？"

苏珏气笑了，他也很意外爷爷找的人竟然会是陆眠，而且……

"爷爷，你别闹了，会玩电脑的人多了去了，你找她有什么用？这么人命关天的时候，你让她……"

苏珏一句话没说完，陆眠冰冷刺骨的眼神就看了过来，是那种又狠又戾，骨子里透着寒凉的眼神。有几缕发丝滑落下来，却没有遮挡住她眼中的那抹锋芒。

苏珏心一惊。

苏珏见陆眠的次数不多，也习惯了她的冰冷和疏离，可这种杀人般的眼神此刻在她身上出现，他抿着嘴唇，强装镇定。

旁边的陆心暖想说点什么，只张了张嘴，最后抿着嘴唇，静静地看着。

陆眠冷着脸一句话没说，当即掏出手机解锁。随手机一起出来的，还有她黑色的耳机。她也没管，快速发了一条短信出去。

苏珏弯腰帮陆眠捡起耳机，还有些不放心："你该不会想靠一部手机找人吧？即使黑客还要有一台电脑呢。"

苏老爷子瞪了苏珏一眼，一拐棍将他抽出几米开外："不能帮忙就给我闭嘴！"

他一边抽一边教训苏珏。

陆心暖连忙劝和。

陆眠没理会那些，发完短信后直接席地而坐，摘下手腕上的电子表，打开后壳，抽出两个极小极细微的装置，与手机组装在了一起。

陆眠纤长的手指快速地摆弄几下，只见手机瞬间成了一台迷你小电脑。

两个小小的装置：一个投影在墙上成为屏幕，一个投影在地上是键盘。

陆眠弯下身子，手指飞速地动，眼睛盯着屏幕一眨不眨。

这个动作很吃力，却丝毫不影响她的速度。

陆眠的脑子里来回想着"隋愿失踪"这四个字，她破解全城监控的速度变得更快，她随手输入一串代码，便可以自动搜索"隋愿"。

而这边的三个人站成一团，根本来不及看她。

苏老爷子教训着孙子，苏珏只能装成乖孙子模样，任由爷爷打骂。

叶谨闻的心理诊所。

他正喝着枸杞茶，眼睛忽地一亮，忙叫醒在沙发上小憩的萧祁墨。

"七哥！十三！"

萧祁墨懒洋洋地睁开眼，微抬眼镜，捏了捏鼻梁："说。"

叶谨闻指着电脑："我刚才发现神秘人'十三'的信号了，很微弱，但确实亮了一下。"

神秘人"十三"有他独特的一组数据，一旦这个数据组出现，萧祁墨的设备就能有所察觉。

但萧祁墨也只破解了一部分，若是全部破解，就能完全掌握对方的位置了。

他眯起眼睛："在哪儿？"

"在……"叶谨闻的表情挺怪的，回忆着刚才信号亮起的位置，"你家小区那边。”

萧祁墨若有所思，从沙发上起身顺手钩起自己的西装外套。

他温文尔雅地抚了一下眼镜：“走。”

陆眠只花三分钟就查到了隋愿的下落，比刚才一群人在监控室查看校园监控要高效了无数倍。

“学校两公里外的陨星酒吧。”陆眠直接给出答案。

正在挨训的苏珏和陆心暖一惊，等回过头来，陆眠已经收起所有东西，清清冷冷地站在那里，手里只有一部手机。

这短短的三分钟，也只够他们说几句话的。

“你查到了？”苏珏震惊得不行。

陆心暖也半张着嘴，不可思议地看了一眼时间，感觉玄幻至极。

“你是怎么找到的？你确定隋愿就在那里？”陆心暖质疑。

陆眠没心思跟他们废话，冲苏老爷子挥了挥手，抬腿就往校外走。

“还是眠眠厉害，两下就找着人了。”苏老爷子年纪大跟不上，只能在后面耐心地嘱咐，“眠眠，要注意安全。”

“苏珏，你这个臭小子，还不赶紧追上去看看！”

陆心暖心里很不是滋味，压抑着情绪，嘴里甜甜地喊着“苏爷爷”，试图劝阻。

苏老爷子没心思搭理陆心暖，敷衍地应了一句。

“苏爷爷，您怎么让苏珏去追陆眠？他一会儿还要上台演讲……”

“那种走过场摆形式的东西有什么用？”苏老极不认同，还不忘催促苏珏赶紧走。

陆心暖尴尬得不行，冲着苏珏张了张嘴，想说什么。对方却也没看她，率先走远了。

陆心暖看了看走远的苏珏，再看看热闹的动员会礼堂以及迎新会礼堂，只得咽下苦涩。

多讽刺啊！

陆心暖拥有父母的疼爱，拥有上台演讲的荣耀，拥有无数光环，她以为这一天将是自己的主场，却不想都被陆眠给破坏掉了。

陆眠压根儿没走学校正门，因为有门卫，门卫既要检查请假条、学生证，还要跟老师核实。

她直接跳过后墙，后墙不远处的角落里停着一辆跟她手机一样通体黑色的摩托车。不仅有酷帅的外形，还散发着冷冷的光泽。

陆眠打开手机，不知点了什么，摩托车的灯亮了一下，就算解锁了。

摩托车一路飞驰，所经之处只有一道穿着蓝白色校服的身影。

至于随后追出来的苏珏，连她的一丝衣角都没看到。

蓝白色身影一路疾驰，不断引起路人的关注和尖叫。

最后陆眠是在酒吧的暗巷里找到隋愿的。

她从摩托车上下来，摘掉头盔的一瞬间眯起眼睛，柔顺的短发随意地披散着，随风而动。

她安静地站在那里，却带着肆虐天地的杀气。

巷子里的几个流里流气的小混混正意图不轨，回头就看见了陆眠。

这伙人突然来了精神。

“这个小妞正点。”

“两个高中生，我们今天走运了。”

刺耳又难听的笑声，声音很大，还很恶心。

陆眠随手一抛，头盔稳稳地落在摩托车的后视镜上。

她一步一步朝着隋愿走去。

已经吓傻的隋愿在那一瞬间脑子里是空白的，她瘫在地上，无法动弹，也无法说话，眼里只有陆眠乘风而来的纤瘦的身影。

像神一样。

叶谨闻开车带着萧祁墨回住处那边。

定位信息没那么精确，唯一能确定的是“十三号”在附近出现过。

彼时叶谨闻正稳稳当当地开着车，不承想一辆通体黑色的摩托车擦着他的车疾驰而去。

叶谨闻倒吸一口冷气，只差五厘米就要蹭上了。

摩托车是很多男人的梦，他也不例外。

叶谨闻的视线追随那摩托车而去，却发现——

“七哥，是小眠眠，她……她好‘A’啊。”叶谨闻惊叹的口气中带着艳羡。

“她好像在酒吧那边停下了。”

叶谨闻猛地踩了刹车，又反应过来：“不对，我们得去找‘十三号’。”要是错过了这次机会，下次还不知道什么时候能找到人呢。

萧祁墨坐在车后座，修长的腿换了一个姿势，往窗外看了一眼，正好看到酒吧隔壁的一条暗巷里，陆眠下了摩托车正跟几个小混混对峙。

小混混人多，且人高马大，陆眠虽然个子高，夹在一群男人中间还是显得有些瘦弱。

萧祁墨知道她的实力，可……

他推了一下镜框，语气果决：“下车。”

“啊？”叶谨闻愣了一下。

不找神秘人了？

“怎么，还要我请你下去？”萧祁墨的声音里裹挟着一种烦躁。

叶谨闻只好熄了火。

就在他们下车的工夫，暗巷里的陆眠动了起来，穿着蓝白校服的短发女孩一步步走到瘫在地上的平头少女跟前。

她沉默着，没说话，往后退一步也蹲了下来。她又从兜里掏出耳机，塞到对方的耳朵里，动作不紧不慢，细致又温柔。

戴完之后，陆眠扶着少女起身，扳着少女的肩膀转了一百八十度。

直到此时，陆眠才说出第一句话：“愿愿，我在。”

隋愿的眼泪“唰”地落了下来。她死死地咬着嘴唇，什么话都说不出来，身体颤抖个没停。

叶谨闻突然有个不太好的脑洞：“七哥，那个平头……该不会就是陆眠的男朋友吧……”

萧祁墨一个眼神杀过来。

叶谨闻秒尿。

可陆眠和那个平头就是很奇怪啊，叶谨闻还是第一次看到陆眠对一个人这么上心。那个女孩一向玩世不恭，对什么都不在意，不像是会管闲事的人。

对面的小混混还没察觉到危险，反而更嚣张。

“怎么，一个女的还想跟我们动手？！”

“行啊，哥哥们让你几招。来来来，尽管来！”

反派话太多，而且还聒噪。

还没等他们说完，陆眠就行动起来。她双手插在衣兜里，速度很快，经过人身边时还带着劲风。

陆眠一脚踹头、一脚踹裆、一脚踹肚子，都是一击必杀。她衣袂翻飞，腿法利落，又准又狠。

小混混的惨叫声响彻天地，一个个都捂着头、夹着裆，像虫子一样蜷着身子满地打滚。

陆眠解决完这些，仅仅花了十几秒。

那双手根本就没从口袋里拿出来过。

陆眠站在一片狼藉的现场，周围横七竖八倒着人。她如同从炼狱场里走出来的魔王，狠到了骨子里。可她整个人脚未沾尘，完美干净得一如刚才。

只是校服的拉链有点下滑。

陆眠一句话没说，连一个眼神都没给那些小混混，纤细的手指扫了扫右腿的褶皱，随手扯了一把校服，直接脱下来。

陆眠走到隋愿身边，替她摘下耳机，又顺便将校服披在她身上，不疾不徐的语气里满是温和：“走吧。”

陆眠扶着隋愿走出暗巷，发现萧祁墨和叶谨闻正在巷子口看她。

叶谨闻的眼神有些怪，并着腿，好像还有些……颤抖。

陆眠勾起嘴角笑了笑，一副岁月静好的模样。

叶谨闻的腿更抖个不停了。

大姐，刚才满级高手屠杀新手村的人是你啊，别这么一副事不关己的样子好吗？

亲眼见过了，才知陆眠打架到底有多狠。所以自己之前被陆眠反催眠，那算个啥事啊。

萧祁墨看着陆眠走来，镜片后的那双眼里染着轻淡的笑意，还有欣慰。

他猜测，陆眠这次打架跟之前苏家后巷比起来，仅仅用了一成的实力。动作敏捷，腰肢柔软，挺好。

简单地打过招呼后，陆眠从他身边经过。

萧祁墨轻声开口：“你朋友受伤了，我那里有外伤药，去处理一下吧。”

萧祁墨温文尔雅，绅士细致，恰到好处地关心着人。

可叶谨闻知道，越是这样的萧祁墨就越需要防备，他肯定在谋划着什么。

叶谨闻一时间充满好奇，如果斯文“腹黑”的“墨爷”和暴戾聪慧的陆眠在一起，会产生怎样的化学反应？

萧祁墨的建议很中肯，陆眠表示接受，总归她也得送隋愿去家里休息。

陆眠安抚了隋愿几句，让她上了萧祁墨的车。毕竟隋愿受了伤，不适合再吹风。她则再次跨上摩托车，一路侧随着回了小区。

他们所住的小区叫锦城壹号，锦绣前程的意思，毗邻鲲程中学，是炙手可热的豪华学区房。

户型不多，房价很高，尤其大平层就更是千金难买了。

一行人来到八楼。

隋愿心里有点诧异，但还是安静地跟着去了邻居家。

陆眠没进门，而是在外面先打了几个电话。

“嗯，隋愿找到了。”

不知对方说了什么，只听陆眠冷冷地回答：“不用，我会查清楚。”

萧祁墨的房子挺大，他找了间客房安顿隋愿。

叶谨闻大致扫了隋愿一眼，胳膊上都是皮外伤，消毒包扎好就行，就是不知道还有没有别的地方受了伤。

叶谨闻瞅着站在旁边沉思着望向门口的萧祁墨，突然凑过去神秘兮兮道：“七哥，人是你接来的，你来给小兄弟包扎吧。”

那声音足够谄媚。

萧祁墨冷笑一声，扭头就走：“你来。”

“我……”

“你又不是不会，顺便给他做个心理辅导。”

我不当外科医生好多年了好吧？！

算了，包扎又不是手术，叶谨闻怎么敢劳驾“墨爷”呢？刚才他也只是随口问一句。

叶谨闻尽心尽力地帮隋愿包扎。

不过隋愿胆子很小，是那种易受惊体质。叶谨闻安抚了很久，又说他们是陆眠的朋友，她才稍稍放下心来。不过在包扎的过程中，叶谨闻发现了一件不得了的事。

叶谨闻不动声色地帮隋愿包扎好，又耐心地问：“身上还有没有别的地方受伤？”

隋愿摇头。

叶谨闻连忙给隋愿倒了温水，带关房门走了出去。他略带兴奋地踩着小碎步跑到萧祁墨身边，压低声音道：“七哥，她是个女孩！”

叶谨闻只是把自己的发现告诉萧祁墨，抬头间好像看到萧祁墨的眼神……亮了。

叶谨闻揉了揉眼睛，自己没看错吧？

萧祁墨斯文优雅地笑道：“你去照顾好那位女同学，我去看看陆眠。”

话落，他抬脚走出去。

陆眠正好挂断电话。

两个人对视一眼。

陆眠低低地说了一声：“谢谢。”

听声音，好像有些烦躁。

萧祁墨上下打量陆眠一眼，见她双手在摸口袋还露出微恼的神色。于是他轻轻一笑，递上一盒未拆封的烟和一个打火机。

“找这个？”

不得不说，萧祁墨的观察力确实厉害。

“我很久不抽了，有备无患。”萧祁墨莫名其妙地解释了一句。

陆眠微愣后神色恢复自然，却只接过去打火机，并不碰烟：“答应过人，不吸烟。”

萧祁墨还没从陆眠这句话中回过味来，就见她懒洋洋地往墙上一靠，纤白的手指点燃打火机，凑近那一簇小火苗出神。

陆眠在闻打火机的味道，时不时还用指尖轻撩一下火苗，带着玩世不恭的散漫和疏离。

她撩拨的不止火苗。

萧祁墨的喉结微微滚动了一下，却还是善意地提醒道：“打火机气体中含有丁烷，对身体不好。”

“是不好。”陆眠莞尔，“但能麻痹神经，让人镇定。”

萧祁墨从陆眠的语气中读出了一些复杂：“你和那个女孩认识？”

其实萧祁墨更想问的是她们的故事。他也是头一次有了主动了解某个女生的想法，甚至因为这种想法，他错过了寻找“十三号”的机会。

陆眠不走心地笑笑，指尖合上打火机盖，发出一声清脆的“吧嗒”声，她随手抛向萧祁墨，高档金属在空中划出一个优美的弧度，然后稳稳地落入男人的掌心。

“我进去看看隋愿。”

萧祁墨攥了攥微微有些发热的打火机，薄唇勾起，金丝边框眼镜下的眸子里划过一抹暗芒。

陆眠一进屋就看到了隋愿。

隋愿的脸色有些白，像是犯了错的小孩，低着头不说话。

陆眠顺手摸了一把她的小平头，有些扎手。

陆眠没问原因，也没说嗔怪的话，直截了当地问：“想参加物理竞赛？”

隋愿点点头，情绪很低落：“可是，报名表在老师那里。”

“多大点事？”陆眠笑了，笑得云淡风轻，“隔壁房间录了你的指纹，你收拾好了就过去休息，我先回学校一趟。”

见陆眠就要走，隋愿有些担忧地抓住她的衣角：“眠眠，别打架……会受伤。”

陆眠知道隋愿是在关心自己，摆摆手，轻描淡写中带着不羁的野性。

“他们会，我不会。”

这话说得又狂又傲，却没有丝毫违和感。

“可是……”

陆眠看隋愿弱不禁风又努力关心人的样子，忍不住伸出魔爪在她脑门上撸了一把。

“眠眠……”

在隋愿更加羞怯之前，陆眠收回魔爪，转身离开。走之前她还冲隋愿眨了一下眼睛，清冷纨绔又风情万种。

隋愿愣住，苍白的脸蛋以肉眼可见的速度红了。

萧祁墨和叶谨闻站在旁边，感觉这剧情有点不大对劲……

直到听到外面传来关门声，叶谨闻才赶紧凑到隋愿身边，一脸八卦的表情。

“妹妹，你和陆眠是怎么回事啊？”

“我们啊……”隋愿怯怯地一笑，“是过命之交。”

学校里，苏老爷子接到隋愿平安的消息后，也顺便告诉了校方领导。

几个老师暗自庆幸，没闹出事来就好。也幸好是苏老爷子找了大神帮忙，才能这么快找到隋愿，不然后果真是不堪设想。

“苏老，可得好好谢谢这位大神！”

苏老爷子非常认可地点头，一双饱经风霜的眼睛里带着别人看不懂的复杂。

他的语气悠远绵长：“是该好好谢谢她……”

新生欢迎会。

丁猜盘点班内人数时发现少了陆眠，四下询问以后才知道她出去了。

他担心学生，就去外面找人，出了礼堂发现一个老人拄着拐杖，站在门口左右看着什么。

丁猜走过去询问：“请问您找谁？”

苏老爷子不认识丁猜，伸手往礼堂内指了指：“我想找陆眠的家长，高一(25)班的陆眠。”

“陆眠？”丁猜回头往里看了一眼，表情有点奇怪，“她的家长今天没过来，说是很忙脱不开身。”

“一个都没来？”

苏老好像明白了什么，表情变得冷淡起来。有些事，他也听说过。

“老先生，您找陆眠的家长什么事？还是陆眠做了什么？是这样的，我是她的班主任丁猜，您有什么事跟我说也行，或者我帮您打电话给陆眠的母亲。”

“也行。”苏老爷子点了点头，看丁猜有些紧张和担忧，连忙解释，“丁老师别担心，陆眠做了好事救了人，我是来感谢她的，顺便想跟她的父母交流交流。”

苏清河是隋愿的资助者，要这样说也没问题。而且他想陆眠性格孤冷，不爱说话，亦不是那种跟父母邀功请赏的孩子。如果这件事由他来说，说不定还能让她的父母多关心关心她。

丁猜立刻就跟陆眠的母亲傅曼联系，脸上还带着与有荣焉的骄傲感。他的学生做了好事，他这个班主任当然开心了。

只不过电话响了好几遍，硬是无人接听。

等到终于打通时，丁猜隐约听到那边传来“高三（1）班的同学和家长请往这边走”的声音，他有些错愕，不确定地“喂”了一声。

傅曼的口气挺不耐烦的，接通电话后也不主动说话。

丁猜打破沉默，无奈地道：“陆眠妈妈，我是陆眠的班主任丁猜，有件事我想跟您说一下……”

“丁老师，”丁猜的话还没说完，傅曼便插话进来，“不好意思，我这边很忙。关于陆眠的问题，我回家会好好管教她的。”

说完她便挂断电话，连一句问候都没有。

丁猜和苏老爷子面面相觑。

两个人愣怔间，隔壁高三动员会的家长和学生陆陆续续走了出来。

乌泱泱的人群中，丁猜一眼就看到了穿着暗红色连衣裙的傅曼。却在准备张口喊她时，看见一个娇俏的女孩挽住女人的臂弯以及一个中年男人的臂弯，甜甜地唤着“爸、妈”。

那一瞬间，丁猜懂了，原来这就是所谓的脱不开身。

苏老爷子似乎也懂了。

“真有意思。”苏老冷哼了一声，气得直接甩了袖子，拄着拐杖走了。

丁猜手里拿着电话，在这九月的天气里，脚底生出一股凉意。

他只是想告诉傅曼，陆眠做了好事……

这边的陆心暖陪着傅曼和陆知斋出了礼堂。

动员会进行得并不完美，该上台演讲的优秀学生代表苏珏和优秀老师孙佳莹，都因为临时有紧急事情而推了。

陆心暖倒是上了台，可怎么也找不回之前那种志得意满的感觉了。

直到刚才亲眼看到傅曼挂断陆眠班主任的电话，陆心暖才微微勾起一抹笑。

“妈妈，刚才是姐姐的班主任打来电话吗？”

傅曼神色淡淡：“估计是陆眠又犯了什么事，让我给打发了。”

“原来姐姐真的没请假啊……”

第五章

再次偶遇

陆心暖说完，傅曼疑惑地问了一句：“什么请假？”

“哦，我……”陆心暖后知后觉，佯装自责了一下后说道，“我看到姐姐出学校了，她说去找我们班的一个同学。”

“出校？找人？找你们班的？”傅曼拔高了音量，“这关她什么事？她一个学生找什么人？她有那个能耐吗？”

陆心暖摇头：“不知道，但姐姐应该是出于好心。”

“好心？我看她是存心，不好好上学，这种事倒是积极。幸好我没去给她开家长会，不然我的脸都要丢光了。”

“妈，具体情况我也不知道。或许，姐姐真的找到了人……”

傅曼不予认同地摇头，越说越气：“她班主任的电话都打到我这里了，还能有什么好事？今天她回家，我必须好好说说她。”

说完，傅曼还看了一眼陆知斋，提醒道：“今晚你要跟我站同一条战线，我们必须得给陆眠上一课。她自己不学好也就算了，可不能耽误了暖暖。人家老师说了，高三这一年很关键，父母一定要给孩子提供最好的学习环境，一切事情都要给高考让路。”

闻言，陆知斋不轻不重地“嗯”了一声。

陆心暖满足地勾起嘴角，希望这次能彻底赶走陆眠……

即将放学的时候，陆眠找到了班主任丁猜。她话没多说，就管他要了一张物理竞赛的报名表。

这种表格都是统一格式，找谁要都一样。

丁猜很震惊，非常震惊，想到陆眠的成绩，又不想伤害她这么积极的心，于是咬着牙给了。

丁猜忽然觉得，给陆眠补课的事情可以提上日程了。

然而陆眠转手就把这张报名表给了隋愿。

隋愿不知道陆眠是从哪里得来的，折起来，小心翼翼、倍加珍惜地放进书包里。

“眠眠，你参加吗？”

“我？”陆眠的指尖缠绕着一根数据线，松松垮垮地摆手，声音慵懒而随性，“我不行。”

“你胡说，你明明……”

“嗯？”陆眠的尾音一扬。

隋愿秒怂，只好换了一个话题。

“眠眠，我没想不开，我只是想出去散散心。”隋愿坐在床上，弱弱地解释。此时她人在陆眠的房子里，没有外人在场，也放开了一些。

“而且我也没打算去酒吧，是他们截住我把我拉过去的。”隋愿掩下内心的苦涩。

陆眠没说什么，长腿钩过一把凳子，随意地坐在上面。椅背朝前，她顺手将胳膊垫在上面，手托着下巴看隋愿。

她笑了，笑得嚣张又潋滟：“小光头，别紧张。”

隋愿嘟囔道：“我明明比你大……你才是我们中间最小的……”

陆眠更想逗隋愿，伸手过去，揉了一把她的小平头：“我不小，我大着呢。”

顺着陆眠的话，隋愿的视线从她那张绝美的小脸往下看。

嗯……羡慕……

陆眠看着隋愿睡着才离开。

她在走廊里摁了电梯后，就低着头一边看手机一边等待，身后冷不丁传来开门声。

萧祁墨正巧从家里出来，手里拎着装了垃圾的黑色塑料袋，看到陆眠的时候，微笑着打招呼。

两个人再次偶遇。

“要走了？”萧祁墨问。

“嗯，回去。”

萧祁墨知道陆眠要回哪里，抬手指了指腕表，示意陆眠看时间。

陆眠懒懒地抬头：“手表挺贵，手腕也挺好看。”

早就知道陆眠说话噎人，萧祁墨听着听着也就习惯了。

他无奈地摇了一下头，淡淡地开口，绅士地说："十点了，我送你。"

陆眠抬头，一双清澈漆黑的眼里倒映着萧祁墨温文尔雅的身影。

陆眠收起手机，上前走了一步，跟男人保持着三十厘米的距离，忽然笑得一脸真诚。

萧祁墨微顿，不明白陆眠的笑从何而来。

"萧先生也亲自丢垃圾？"

陆眠突然往前倾了一下身体，伸手掂了掂那个黑色垃圾袋，空荡荡的，眼底的揶揄不言而喻。

被现场拆穿的萧祁墨脸上有一瞬间的无奈掠过。

正巧电梯来了，门打开后，萧祁墨慢条斯理抬腿走进去，避开了这个尴尬的问题。

陆眠抱起双臂，轻笑了一声，跟着进了电梯。

透过猫眼一直暗中观察的叶谨闻忍不住自言自语起来："我早说过倒垃圾这个理由不合适。"

最终，陆眠还是坐上了萧祁墨的车。

她骑摩托车回陆家会有麻烦，况且车上的空调吹着很舒服。

陆眠慵懒地倚靠着座椅，这次并没有玩手机，而是看着车窗外的夜景出神。

萧祁墨打破沉默，随意地问道："你在学校还好吗？"

萧祁墨看过陆眠的资料，也了解过她的一部分情况。

"那群孩子挺可爱的。"陆眠懒洋洋地换了一个姿势。

萧祁墨偏头看了陆眠一眼，只见她的眉眼间染着不羁的嚣张和狂妄。她明明只是个十九岁的小女孩，却老成得不行，即使眼前摆着一堆困难，也进不到她心里。

就算有人为难她、嘲讽她，在陆眠眼里也只配得上"挺可爱"这三个字。

陆眠遗世独立地站在人世间，清冷、理智、疏离地俯视众人。

"你的那个朋友叫隋愿是吧？叶谨闻说她的情况不太稳定，心理比较脆弱。看来鲲程学校在某些方面还有待加强。"萧祁墨一口气说了许多话。

陆眠轻轻地笑了笑："我觉得也是。"

尤其是隋愿的那个班主任，确实该安排一下了。

两个人有一搭没一搭地说着话，很快就到了陆宅门口。

陆眠走下车却没关门，白皙的手臂搭在车门上。她朝着车里看，态度挺温和的。

萧祁墨回头看陆眠，心想：这小丫头莫不是开窍了？然而还没等他想更多，耳边便飘来一句很真诚的疑问。

“萧先生，路费多少钱？”

萧祁墨温文尔雅的面上有了些别的情绪，他伸手揉着跳动的太阳穴：“回去吧……”语气要多无奈有多无奈。

“好。”

陆眠潇洒地关上车门。

萧祁墨目送陆眠走进门，给叶谨闻打了个电话。

“我觉得鲲程学校是个值得一去的地方，你觉得呢？”

叶谨闻：“这……”

什么玩意儿?

陆眠走到大门口，往常这个时候偏楼应该很安静了。她远远看见灯光大亮，看来他们还没休息。

陆眠往肩膀上拢了拢背包带，踢踏着地上并不存在的小石子，慢悠悠地晃进去。

她这个样子绝对是吊儿郎当、不学无术的小痞子一枚。

客厅里。

傅曼、陆知斋，以及陆心暖坐在沙发上，一杯水接一杯水地喝着，似乎在等着什么。

看到陆眠晃晃悠悠地回来，他们强压在心底的情绪终于有了爆发点。

“陆眠，我有话跟你说。”傅曼强势地开口。

陆眠停下脚步，一只手拢着背包带，另一只手放在裤兜里。

陆眠把校服借给了隋愿，只着简单的白T恤。白T恤的领子洗得宽松又起皱，还有些磨边，看上去就一副不值钱的样子，可穿在她身上，却有种另类的时尚感。

陆眠微偏了一下头，冷冷地看向傅曼，声音冷到骨子里：“想说什么？”

傅曼冷不丁一颤抖，眼神飘忽，气势弱了下去。

又是那种让她从骨子里就害怕的眼神，她到了嘴边的话就那么卡在嗓子眼里。

客厅的气氛沉闷、死寂、窒息。

一阵沉默中，陆心暖施施然地起身，提了一句：“姐，妈想说今天你的班主任给她打电话了。”

傅曼立刻清醒过来，重新打起精神。

“陆眠，你跟我说说你到底想怎么样？我说过了，你能进鲲程中学不容易，可你为什么总是逃课，总是让人操心？”

陆眠左右活动了一下脖子，将书包往地上一丢，双手抱胸。

“所以呢？”

傅曼暗自磨牙：“你……你要是不好好上学，我干脆也不花这个钱供你了。”

把所有钱都拿去培养暖暖，岂不是更有价值。

“妈，姐姐她才十九岁……不上学又能做什么呢？”

“十九岁还小吗？！人家十九岁都上大学了。你看她，才上高一，要不是她小时候闯了祸，害了你，你今年也早就去了心仪的大学了！”

陆心暖垂着眼睑，声音很小：“都过去了，我不怪姐姐的。”

十九岁的年纪，正常情况下是该上大学了。

陆心暖和陆眠都是十九岁，之所以比人家晚一年上学，是因为姐妹俩六岁时出了点意外。后来因为绑架案，陆眠又耽搁了两年。苏珏则是因为小时候生了场病，入学也比其他孩子晚了一年。

陆眠就站在那里，好看的嘴唇勾着，眼里流露出狠和冷。她看向傅曼：“我再说一遍，六岁那年，不是我害陆心暖摔断胳膊的。”

“现在说这些还有什么用？”傅曼随口一说，根本也没指望能掰扯出什么，直接忽略，“十九岁在外面打工的人多得是。”

傅曼最后下定决心，撂了狠话：“实在不行，陆眠，你退学吧。”

“让姐姐去打工？”陆心暖低呼出声，“妈，姐姐才刚回来……”

“你看她的心在这个家吗？成天往外跑不说，小姑娘家家的还回来那么晚。”

“其实叔叔倒是提过，可以在公司里给姐姐安排一个职位。妈，我们去找叔叔吧，他或许能给姐姐安排一份轻快的活，每个月还能赚个三四千元。”陆心暖建议道。

陆眠听懂了她们话语里的意思，也没生气，反而觉得挺有意思。她斜靠着墙，极认真地听他们说着，好像在听相声一样。

不过一提到二房一家，傅曼就连连摇头。

“不行，不能再麻烦你二叔他们了，我拉不下这个脸。当初借了他们五百万元，现在还有四百五十万元没还上。上次又托他给你姐找关系上学，现在我怎么好意思再让人家给你姐安排工作。”

“那该怎么办啊……”

娘儿俩左右为难，沙发上的陆知斋就抱着一份文件看，冷漠得仿佛是个外人。

陆眠摇了摇头，身子动了动，散漫地走到那对母女面前，一只手搭在傅曼的肩头，一只手搭着陆心暖，行为纨绔，显得玩世不恭。

陆眠轻轻地“呵”了一声，慢悠悠地开口：“别演了，怪累的。”

少女一双清澈干净的眼睛看着母女俩，带着看透一切的了然和释然。

在母女俩还没反应过来的时候，肩上的手已经离开了。

陆眠重新拎起书包，抬腿上楼，一边走一边笑：“演技挺好，只是剧本不怎么样。”

陆心暖和傅曼双双尴尬起来。

陆眠说话向来如此，像一根刺不轻不重地刺入心脏，拔不出又压不下，分分秒秒磋磨着人。

冠冕堂皇的遮羞布被陆眠轻飘飘地扯下来，剩下的便是赤裸裸的阴谋与算计。

陆眠没理会，直接上了楼。她一把拉开书包链，扫了一眼暗沉的房间，把发夹礼盒还有几本书丢进包里，再看一眼，好像也没别的东西可以带走了。

她又晃悠悠地下了楼。

傅曼、陆心暖和陆知斋还在客厅里，尴尬地说着话。

傅曼见陆眠重新下来，心里“咯噔”一下：“你干什么去？”

陆眠从傅曼身边经过，神色淡淡：“就当我没回来过吧。”终究等不到他们的一句“欢迎回家”，倒不如一刀了断，干脆利落。那些盯着她的人估计也挑不出什么毛病。

“你要走？”傅曼的声音里带了些慌乱，可陆眠已经率先出了门，背影决绝又冷漠。

傅曼上前追了两步：“眠眠……”

“妈！”陆心暖急切地唤了一声，顺手挽住傅曼的臂弯，“小心脚下。”

就这片刻，陆眠已经走出去老远，连人影都看不见了。

“这个没良心的孩子，她这是要气死我啊。”傅曼又恼怒又难过。

陆心暖无奈地摇摇头：“妈，您别伤心了，说不定姐姐过两天就回来了。”

话是这么说，只是陆心暖看着陆眠消失的方向，心中长长地舒了一口气。

他们陆家再也不会有污点了。

陆眠出了陆家的门，神色一直都是平淡的，抬头看到门口停着一辆黑色的车——正是送她回来的那辆。

陆眠上前走了两步，敲了敲窗子。

车窗慢慢降下来，那张斯文优雅到极致的俊美脸庞缓缓出现，金丝边框眼镜下的墨眸含笑跟陆眠对视。

“你还没走？”

“我猜你可能会出来。”萧祁墨儒雅地说着，随即从驾驶座上走下来，绅士而自然地接过陆眠的背包，再顺手替她打开副驾驶室的门。

“上车，带你回家。”萧祁墨说着。

陆眠愣了一下，扶着车门没动，心里把“家”这个字重复了一遍，有些失神。

她哪里还有家啊……

萧祁墨看陆眠静静地站在夜风中，身形单薄，茕茕孑立，莫名令人心疼。

他忽地想起叶谨闻说过的话：“一个人有多不正经，内心就有多受伤。说到底，陆眠也只是一个十九岁的少女。”

这年纪很多人依旧是父母手心里的小公主、小王子，嗷嗷待哺从未断奶，她却以坚韧的生命力自力更生，独自绽放。

萧祁墨也明白了，为什么“7·26绑架案”回来的另外四名受害者后来都成了死亡状态。

那是因为从前被亲人放弃过，即使再回来也不会得到爱，倒不如抹除个人信息，换个身份重新开始。

萧祁墨敛起心思，在晚风中伸出手，在陆眠柔软的碎发上揉了揉，动作温雅而绅士，完全是不由自主。

“走吧。”萧祁墨又快速收回手掌。

陆眠沉沉地斜他一眼，到最后也没说什么，“嗯”了一声后便上了车。

车子原路返回。

萧祁墨慢条斯理地打着方向盘："神秘人'十三号'……他人确实不错。"

这句话像是随口说的。

但陆眠知道，像萧祁墨这种人，做事绝对不会没有原因，就像他接近自己是为了调查神秘人的下落一样。他就算随便说一句话，她也不能随便一听。对待别人她可以随意敷衍，可这个男人不行。

陆眠神色未变，只是淡淡地看着萧祁墨，示意他继续说。

萧祁墨顿了顿，没在陆眠脸上看出什么异样。

"他救了你们，也给了另外四个人新的身份，他比任何人都了解人心。"

"哦。"陆眠敷衍了一声。

"说实话，神秘人是我佩服的人之一。他确实厉害，也很善良。"

陆眠的眼神很复杂。

"你呢？"

"我什么？"

"你想不想换个身份生活？"萧祁墨慢条斯理道，"不需要神秘人出手，我也可以给你一个新的身份。"

这话没有任何语言陷阱，完全是萧祁墨的肺腑之言。

或许他也能给陆眠一个不一样的生活，他这么想。

陆眠闻言，先是看了萧祁墨一眼，见他并不是在开玩笑，忽地轻笑起来。她笑起来很好看，黛眉杏眼略有些弯，容颜精致。

陆眠微微倾身，将食指微蜷放在嘴边，用玩世不恭又有些调笑的语气道："新身份是什么？嗯？"

陆眠微微上挑的语调，清润灵动的声音，又撩又"A"。

"萧太太吗？呵呵……"陆眠自问自答，还带出轻盈灵动的笑声。

萧祁墨开车的手微微收紧，偏头看过去，少女将身体倾向他，因为动作的原因，安全带束在她的身前有些紧。

萧祁墨微眯眼睛，快速收回视线看向前方。片刻后，他才沉着声音缓缓道："也不是不可以……"

陆眠笑得更明媚，她重新坐好，连连摆手："萧先生，可我不喜欢异地恋。"

一个高中生，一个社会人，实在是太异地了。

萧祁墨失笑，低声开口："我可以改。"

“嗯？”

等到陆眠茫然地看着他时，萧祁墨已经没说话了，只专注地开车。

第二天，高三（1）班。

苏珏像往常一样，来到学校后先掏出手机看群消息。

看到大神说抛出股票的消息时，他当即就兴奋了。他手上的这只股票现在价格已经翻了很多倍，有无数操盘手在盯着。如果现在抛售，绝对能大赚一笔。

中间有好几次苏珏都想抛售出去，每次都觉得价格涨到顶峰了，可第二天还是能收到股票又上涨的消息。因此，他只好强迫自己镇定下来，继续等待。

现在终于等到大神的消息，苏珏当即把自己五百万元买的股票全部挂出去，内心雀跃又兴奋地盘算这次能赚多少钱。

不过苏珏还没等到看结果，突然听到一个重大消息。

“喂，你们听说了吗？我们换班主任了！”

“为什么不让孙佳莹老师继续当班主任了？她又没有做错事。”

有了解内情的人直接说道：“孙老师已经不在鲲程中学了，据说被调到二中去了。”

二中，一个教学质量、学习风气格外恶劣的学校，跟鲲程中学比起来简直一个天上一个地下。

“所以孙老师到底为什么会被调走？”

高三（1）班的同学都挺疑惑的，纷纷过来询问苏珏。

“苏少，这到底是怎么回事啊？”

苏珏出身富贵，家族声望高，一群高中生也自动以他为中心。很多时候，他们不知道的事情，苏珏都能知道一点内幕。

不过这一次，苏珏是真不知道。

昨天因为隋愿的事情，爷爷很生气。但爷爷向来宽厚仁慈，不至于把一名优秀教师调走，而校方也没必要为了一个隋愿这么做。

苏珏摇了摇头，视线最后看向隋愿的方向。以前从未注意过这个平头女孩，直到昨天她失踪，才第一次有了同班同学的概念。

而隋愿跟陆眠又有什么关系呢？

苏珏起身，拨开座位旁边的一众男生，走向隋愿。

苏珏一动，半个教室的人都跟着他动。

陆心暖正在低头看书，也忍不住抬头看过去，面带微笑，整个人显得格外愉快。毕竟她成功地把陆眠赶出了陆家，心里爽得很。

隋愿没有继续休息，坚持去学校上课。她昨天耽误了一天的学习，这会儿正着急补习，抬头看到苏珏站在桌前，怯怯地问："怎……怎么了？"

苏珏顿了顿，问："昨天是陆眠找到你的？"

隋愿点点头。

"你跟她认识？"

隋愿摇头。

这个人的语气一听就很不好，她可不能给眠眠带去麻烦。

苏珏有些懊恼。

昨天隋愿失踪，他回家后没少被爷爷训斥，说他不关心同学，说能安全找到隋愿都是陆眠的功劳。

他挺烦这样的。自从陆眠回来以后，爷爷嘴里就只剩下陆眠，连亲孙子都不管不顾了。

苏珏倒是很想找陆眠问清楚，昨天到底是怎么一回事。想到这里，苏珏抬腿直接走出教室。

陆心暖一直默默地关注着苏珏，看他往外冲，赶紧放下笔跟了出去。

教室里立刻一群起哄的。

陆心暖拦在苏珏面前，温柔大方地问："苏珏，你干什么去？马上上课了。"

苏珏回头看了陆心暖一眼，声音淡淡的，问题也很奇怪。

"陆心暖，你了解你姐吗？"

陆心暖错愕地抬头，苏珏并不是那种主动跟女孩交流的人，除了跟她说话多一些，从未见他主动谈论另外一个女生。

陆心暖一直以为这是一种特殊对待，她在苏珏心里是不一样的。

可现在，听着苏珏关注另一个女生，还是她姐姐，她之前赶走陆眠的那点开心消失殆尽。

"苏珏，你怎么了？陆眠从小就很古怪，跟我们也不亲，很少有人了解她。"随即，陆心暖又无奈地摇摇头，"更何况她现在已经跟我们斩断关系了。"

苏珏拧起眉。

“她昨天回家很晚，爸妈说了她两句。她收拾了东西就走了，还说让我们当她从未回来过。”

“她去哪儿了？”

“谁知道呢！她可能认识一些外面的朋友吧，不然怎么会回来那么晚？”

这话说得，连苏珏都察觉到一丝不怀好意。

苏珏深深地看了陆心暖一眼，抿着嘴唇，没再谈论这个话题，只是淡淡地问道：“你为什么针对隋愿？”

“什么？”

陆心暖冷不丁地听到这话，整个人僵住了。

苏珏继续开口：“前天中午，你明知隋愿因为不能参加竞赛的事情心情不好，晚上为什么又让她替你画黑板报？”

迎着陆心暖震惊错愕的眼神，苏珏的语气更加冷淡。

“我问过一起画黑板报的同学了，她们都借口学习忙，把所有工作推给了隋愿，隋愿昨晚一直画到闭寝才回去。”

压死骆驼的可能不是重物，而是一根稻草。正是因为这种处处被排挤的处境，才导致了隋愿离校。

苏珏听说陆眠昨天找到隋愿的时候，她正被一群小混混围着。如果再晚一点，后果将不堪设想。

陆心暖委屈至极，眼眶忽然就红了。

“苏珏，我并不知道这些，你怎么能这么说我？”

苏珏沉默着，少了温和，多了几分冷漠。

“但愿吧。”丢下这三个字，苏珏抬腿便朝高一的教学楼走去。

陆心暖看着苏珏走远的背影，手死死地攥紧校服，眼底藏着怨恨和不甘。

苏珏来到高一（25）班的时候，高一年级松散喧闹的学习氛围让他愣住了。他再一想这里是25班，也就能理解了。

学校明面上不说按成绩分班，实际却是这么做的。25班，已经算是垫底的班级了。

苏珏随便往里看了一眼，便看见教室角落靠窗的位置正坐着一名短发少女。她端着一本书，安静悠闲地看着。她的脸上没有戾气和冷漠，一派云淡风轻。

她前桌的两个男同学正满脸殷勤地帮她打扫桌面，又整理课本。

“眠哥，你看行吗？”

经过几天的相处，郭子皓和袁浩已经唯陆眠马首是瞻。他们觉得陆眠太酷、太有型了，从内心深处就想叫她一声“哥”。

这绝对没有任何贬低之意，只有敬畏。

陆眠漫不经心地扫了一眼桌面：“挺好。”

两个人立刻心花怒放。

“眠哥，我在小卖铺淘的这支笔，手感细腻，重量匀称，粗细有度，绝对适合转笔。”“瘦浩”恭恭敬敬地献出一支笔，夹在陆眠的两根手指之间。

“胖皓”也不甘示弱，从桌洞里掏出一摞言情小说。

“眠哥，这些小说中有你喜欢的吗？”

陆眠觉得他们挺可爱，转着“瘦浩”递过来的笔，再随手翻了两下“胖皓”的那摞书，眼里压着一抹旁人看不懂的复杂。

“放那儿吧，我慢慢看。”陆眠道。

“好咧！”两个人喜滋滋的。

转头看到外面有人盯着他们“眠哥”看，“瘦浩”立刻跑了出去：“同学，你找谁？”

苏珏愣了一下，没想到陆眠那么冷冰冰的一个人，还有人愿意为她鞍前马后。

他端着学长的架子：“喊一下陆眠，我有事找她。”

果然是来找“眠哥”的。

“瘦浩”拦在门口：“你是谁啊？找我们眠哥什么事？”

“我是苏珏。”

苏珏的名字，鲲程中学无人不知。

即使是高一刚入校的人，在那群花痴女同学的推广下，也都记住这个名字了。

这种风云人物来这里找陆眠，很快就引起教室里同学的注意。

好多女生眼神放光地看着门外，暗暗嫉妒为什么苏珏找的人不是她们。

“瘦浩”“啧”了一声，说了一句“你等着”，就朝教室走去。

“眠哥，苏珏找你。”

陆眠闻言，微微偏头看向门口。对上苏珏那双冷淡且不耐的眼神，她勾起邪肆的笑，平静而淡然地说：“让他滚。”

“瘦浩”惊了惊，情不自禁地竖起大拇指，很快便向苏珏传达了这条消息。

“我眠哥说了，让你‘鸽吻’。”

鸽吻？

苏珏反应一秒，随即很不可思议地看向嚣张邪佞的陆眠。

就这么被毫不客气地拒绝了！苏珏很尴尬。

他从高三部亲自来高一部找她，她这是什么态度？

看看那群女生，有多少人做梦都想跟他有联系，陆眠这么做也太狂妄了。

确实，教室里已经有好几个女孩凑成一堆，攥着拳头替苏珏打抱不平了。

尤其是班长白芳菲，端着一张娇艳明媚的脸，在心里又狠狠地记了陆眠一笔，再回头恋恋不舍地看向教室门口的苏珏。

苏珏打算问清楚昨天是怎么回事的想法就这么被掐断了。

苏珏也是一个自尊心较强的人，被人这么拒绝，扭头就走。

“胖皓”和“瘦浩”有些担忧地凑到陆眠身边。

“眠哥，苏少不会为难你吧？”

他们心里担心，陆眠这个当事人却云淡风轻，一副事不关己的样子。她修长的手指轻轻翻着书页，面不改色，声音中带着狂妄和不羁：“那又怎么样？”

“胖皓”和“瘦浩”更加崇拜：在“眠哥”眼里，那位大名鼎鼎的苏少顶多就是小学鸡水平吧？

“对了，”陆眠那双好看的杏眼亮了一下，“知不知道图书馆在哪里？”

“知道，眠哥，等大课间带你去啊。”

“好。”

第二节课后的大课间。

一个瘦子和一个胖子中间夹着一名漫画美少女，朝着校图书馆的方向走去。两个男生说说笑笑，中间的美少女时不时地点头笑一下。

那画面，让无数男生心里冒出来一个念头——

为什么不是我？

“眠哥，那边是艺术楼，那边是行政楼，那边是后山。”“胖皓”一边走，一边指着各处介绍着。

陆眠没怎么逛过校园，耐心地记下，伸手指着后山那边，偏头问：“后山那边有什么？”

“说起这个……”“瘦浩”压低声音，谨慎地道，“眠哥，后山有个禁地，我们不能去。”

“哦？”陆眠来了兴趣，清澈的眸子里写着三个字——“我要去”。

“瘦浩”无奈，继续解释道：“后山有一处亭子，那亭子特别邪门，进去之后人会不由自主地发抖、心跳加速、呼吸困难，就好像有一双无形的手掐住你的脖子一样。学校不允许学生靠近，装了高压电网。听说亭子很邪门，所以……”

每所学校似乎都有点灵异传闻，鲲程中学也不例外。

陆眠的眼睛更亮了。

“胖皓”和“瘦浩”怕陆眠出事，连连恳求。

“之前有学生不死心进去过，才刚进去就觉得不行了。要不是救得及时，恐怕……从那以后学校便装了高压电网，眠哥，你可不要冒险啊。”

“好的。”陆眠答应得十分痛快。

她跟别人不一样，她那不叫冒险。

“胖皓”和“瘦浩”面面相觑，怎么越说“眠哥”越想去了啊……

两个人正担忧着，抬头一看，办公楼方向停着一辆奢华优雅的豪车，视线立即被吸引过去。

“天哪，芜城这种地方还能见到这种限量款豪车？”

陆眠没多少兴趣，只是懒散地朝那边看，下一秒却眯起了眼睛。

萧祁墨？

张校长一路从办公室把萧祁墨送下楼，态度恭敬得不行。

“萧先生，您真的决定了？”

窗明几净的行政楼前，萧祁墨挺拔地站在那里，将挽起袖口的左手缓缓放进西裤口袋里，动作优雅又从容。

他客气疏离地跟校长握手，平静地道：“张校长，请叫我祁主任。”

张校长冷汗涔涔：“萧先生，您真要伪装成教导主任？”

这么一个大人物到他们学校调查，没有大张旗鼓，却只低调地当个不授课、不开讲座、不领工资的挂名教导主任，他着实怕怠慢了萧祁墨。

“张校长，后山凉亭的事你不想解决了？”萧祁墨慢条斯理地收回手，推了一下眼镜，“换个身份，更方便调查。”

张校长顿悟，为了查清后山凉亭的真相，同时避免引起师生恐慌，只得让这位萧先生暂时隐姓埋名，以教导主任的名义留在学校了。

“祁主任，那您什么时候方便来上班？”

萧祁墨本想说过两天的，余光扫到不远处的某个少女。少女身材高挑，漂亮精致，即使站在人堆里，他也能第一眼看到她。

陆眠，又见面了。

只是她身边多余的两个男生是怎么一回事？

如果不是亲自来学校，萧祁墨都不知道陆眠还有这么平易近人的一面。他那双藏在金丝边框眼镜后的幽深的双眸染上意味不明的情绪，声音低沉又性感，语气平静地开口：“现在就可以上班了。”

张校长一脸疑惑，随着萧祁墨的视线看向不远处。那里正站着一名少女，也在看着他们这边。

张校长虽然胆怯萧祁墨，却还是多嘴说了一句：“祁主任，那个女学生比较特殊。若是以后她做了什么违反纪律的事，我们尽量采取温和教育。”

这话倒是让萧祁墨更加好奇起来。

“为什么？”

“跟您说也没事。她是‘7·26 事件’的受害者，教育局那边特意嘱咐过，尽量让她自由成长。可能是她家里有关系，所以才会比较照顾吧。”

萧祁墨嘴角微勾，似乎在冷嘲。陆眠的家人都巴不得她走得远远的，怎么可能帮她做这些。如果不是陆家人，那肯定就是别人授意的了。

这丫头身上的谜团真是越来越多了。

陆眠隔着十几米远的距离，远远地看了一眼萧祁墨，然后径自走开。

正痴迷豪车的胖瘦哥俩儿回过神来，赶紧跟上。

“眠哥！眠哥！你走错方向了，图书馆在那边。”

“你们回去吧，我去后山。”

她还真去！

“眠哥，不能去啊，要去也得我们陪你去。”

陆眠没这个打算，已然走出很远，还朝他们挥了挥手。

胖瘦哥俩儿都傻了眼，愣怔地看着陆眠潇洒悠然的背影：“完蛋了……我们闯祸了！”

陆眠来到后山，没怎么费劲就找到了传说中的诡异凉亭。凉亭四周确实装着高压电网，想来这个凉亭也没办法拆除，于是只能用这种方式将它隔离。

这个凉亭的确很神秘。

根据苏老爷子给的资料，绑匪最后的消失点就是在鲲程中学，具体位置不详。他们来这里的目的，也不得而知。

陆眠需要仔细勘察整所学校，不能放过任何有问题的细节，或许这样，才能找到那群人真正的老巢。

她慢慢地靠近凉亭，闭上眼睛，细细地感受着周围。不过还没等她感受到什么，身后就传来从容的脚步声，以及一道优雅温和的男人的声音。

对方说："陆眠，我来了。"

第六章

放学门口见

陆眠听到声音，慢悠悠地睁开眼睛，脸上染着“你来就来，关我什么事”的神情，回头看向来人。

萧祁墨不动声色地朝前走了两步，看着几米开外的凉亭道：“想进去？”

“与你无关。”

陆眠知道现在没办法继续探查了，掉头就往高一教学楼走。她心中还是小小地疑惑了一下，偏头问了一句：“萧先生怎么会在我们学校？”

萧祁墨笑了，挺优雅的，他慢条斯理地挽着衬衫袖子：“自我介绍一下，我是你们的教导主任祁墨。”虽然只是个挂名的。

“教导主任？”陆眠不知萧祁墨什么意思，停下脚步，却还是乖巧地喊了一声，“祁老师好。”

“我不是老师。”

“祁主任好。”

萧祁墨满意地笑了笑：“以后你们的纪律就归我管了，你要乖一点。”

陆眠越来越听不明白萧祁墨的话，她看了对方一眼，他那意味不明的复杂笑意让她愣了一下。

莫名其妙。

陆眠摇摇头，并不打算继续纠结。

“祁主任，我回去上课了。”

“真乖。”萧祁墨欣慰地夸了陆眠一句，随即缓缓地靠近女孩，很谦虚地讨教，“我对芜城不是很了解，中午帮我介绍一家餐厅吧。”

“百度比我有用。”

依旧是呛死人不偿命的“画风”。

“我想你也不希望以后再发生隋愿那样的事情，我这个新上任的教导主任不知有没有荣幸请你为我接风？”

提到隋愿的名字，陆眠的表情就柔软下来。不就是一顿饭的事嘛，她请了。

“放学门口见！”

说完，陆眠踢踏着地上的小石子，悠悠然地走了。

萧祁墨看了一眼那单薄的背影，再看了一眼被高压电网环绕的凉亭，眼神越发幽深。

陆眠回到教室，胖瘦前桌急忙回过头来关心她。

“眠哥，你没事吧？你没有闯进凉亭吧？”

“眠哥肯定没进去，不然也不会在这儿了。”

陆眠摆摆手，不欲多谈。正巧班主任丁猜进来了，紧急宣布一件重要的事情，热热闹闹的教室里瞬间安静下来。

“我们学校聘请了一位新教导主任，以后他重点抓你们的纪律。平时你们松松散散的，我这个班主任睁一只眼闭一只眼也就算了。但人家是校方聘请的，他可不会给任何人留面子。你们要是被他抓住了，谁也保不了你们。”丁猜表情严肃地说道。

讲台下一片哀号，感觉史上最严酷的纪律管理要来了。

一群上课喜欢说话、开小差的同学默默看向教室后门。

这个新上任的教导主任还没露面就拉了一大堆仇恨。

丁猜讲完这件事后，就善良地把课间时间归还给学生。他一路从讲台上下来，走到陆眠桌边时，表情变得柔和又兴奋。

“陆眠，好好加油啊！”

丁猜指的是参加物理竞赛的事。

陆眠朝着单纯的班主任微微一笑，如果老班知道她压根儿就不去参加竞赛，大概会难过？

高三（1）班这边也在谈论着新教导主任的事。

正议论纷纷时，某个男生突然大叫了一声：“苏少，你这次赚了一千五百万元啊！”

谢辉阳一脸崇拜地看着苏珏，忍不住高声喊出来。

“上次赚了一千一百万元，这次又赚了一千五百万元，苏少，你真是天才，未来的金融圈之神。”

这条消息如平地惊雷，炸得整个教室都喧闹起来。一群人迅速围住苏珏，两眼放光。

苏珏内心也是震撼的，面上却一如往常那般平淡：“这都是小事。”

在苏珏眼里是小事，但在众多高中生眼里，这样的能力或许他们追逐一辈子，都不能望其项背。

“苏少，中午我攒个局，给你庆祝庆祝怎么样？！”谢辉阳仗义地说。

苏珏赚了钱，心里高兴，连连摆手说道：“是我该请大家吃饭，中午有时间的，大家一起聚个餐吧。”

“苏少发话了，要聚餐啦，中午谁去，快来我这儿报个名！”谢辉阳平时跟苏珏关系不错，主动承担了这个活。

苏珏没理会那些，看着手机上的大笔入账，有些失神。有了这两次炒股记录，爷爷应该能对他另眼相看了吧？

想到爷爷，苏珏又想起了陆眠。

那个女孩冷漠而不可一世地拒绝见他，苏珏别提有多郁闷了，他还从来没受到过那种冷遇。

“心暖女神，你中午应该有时间吧？”

谢辉阳一边拿着小本子，一边凑到陆心暖的座位旁，目光暧昧地看着她，准备记下她的名字。

这让班里其他女孩羡慕不已。她们心里跃跃欲试，却都不敢报名，因为苏珏不喜欢和女生打交道。他唯一区别对待的就是陆心暖了。

陆心暖脸上自然是有面子的，可想到早上苏珏对她说的那番话，她抿着嘴唇，矜持而含蓄地看向苏珏，内心不知道有多期盼他过来邀请她。

可等了一会儿苏珏都没有动静，她只得摇了摇头：“你们男生去玩吧。”

陆心暖这番话相当高明，算不上拒绝，也显示了大度，更一言堂地断定：这是一场只有男生的聚餐，暗中打压了那些想去参加聚餐的女孩。

班里很多女孩都黯淡地退了心思。

陆心暖都不去，她们又有什么资格去呢？

“心暖，你怎么不去啊？”陆心暖的同桌曾娜兴致勃勃地摇着她的胳膊，“只是吃顿饭而已。”

“我……”

“你要是不去，我们玩还有什么意思啊？”谢辉阳摊手。

曾娜也连连点头，她还指望着沾点陆心暖的光，一起跟着去呢。

直到苏珏从座位上起身，迎着全班同学的眼神来到陆心暖的课桌前。

陆心暖心跳加速，强压着心底的期待。

“中午过来吧。”苏珏淡淡地说，还没等陆心暖开心一秒，他又补充，“叫上陆眠。”

陆心暖明媚姣好的脸瞬间僵住。

“她……”陆心暖放在课桌下的手狠狠地攥着，隐忍地点了点头，“好，我试试。”

他们的对话别人都听不太懂，只是有些好奇陆眠是谁。

怎么感觉陆心暖好像只是被“顺便邀请”一样？

陆心暖若无其事地应下来，在心底又狠狠地给陆眠记了一笔。

她都把陆眠赶出去了，为什么陆眠还阴魂不散？甚至在她的世界里更加嚣张肆虐？

既然这样……那好啊，那就让陆眠去好了。

陆心暖这次要让陆眠彻底知道，她们之间的差距到底有多大。

很快，几个人就确定了去参加聚会的人。

陆心暖佯装大度，还特意邀请了几个跟她玩得不错的小姐妹。小姐妹们高兴地夸她，惹得她嗔笑连连。

苏珏又邀请隋愿，但隋愿拒绝了。

苏珏也不勉强，当即十分豪气地让家里人帮忙定了“MM记”的包间。

一群学生兴奋地扔起了课本。

“MM记”无人不知，餐厅才开业一年，却凭借主厨高超的厨艺一跃成为芜城“排队都预订不上”的高档餐厅。也就是苏家和他们有交情，才能一个电话就订下包间。

众人无不期待。

陆心暖跑到厕所，偷偷给傅曼发信息。

“妈妈，苏珏这次炒股又赚了一千五百万元，他中午请我吃饭，我就不回去了。不过……苏珏好像对姐姐有意见，你能不能让姐姐也过来，让她趁着这个机会好好给苏珏道个歉？”

傅曼很快回复信息：“暖暖放心，妈妈这就给你姐打电话。”

她的女儿能和苏珏这样有能力的年轻人交好，前途一片光明，她可不能让陆眠坏了好事。

只不过是让陆眠赔罪而已。

陆心暖收到回复，心里放心多了。她拨通陆眠的电话，仅仅响了一下就挂断了。如此，她就能留下通话记录，证明自己有跟陆眠联系过。

“教导主任来了！”

不知是谁喊了一声，在厕所里偷偷用手机的陆心暖吓了个激灵，立刻藏起手机，做贼心虚地逃出厕所。然而，外面并没有所谓的教导主任。

察觉到是谢辉阳在开玩笑，陆心暖气得嗔骂了两句，心里却有了其他念头。也不知道这位新上任的教导主任什么来头，如果能想办法跟他交好就好了。

陆心暖现在没有孙佳莹护着了，新的班主任看上去又有些铁面无情，她只得另想办法。

傅曼一边想着苏珏这个孩子真有出息，一边拨通陆眠的电话。她也不管陆眠这个时候是不是在上课，又是不是方便接听电话。

当然，陆眠即使方便也不愿意接听，一下就摁断了来电。

她咬着笔管看向窗外，开始认真琢磨——到底请萧祁墨去哪里吃饭呢？

恰巧赚了点小钱，就去一个差不多的地方吧？

想到这里，陆眠掏出手机，伸出纤长的手指发了一条短信。

中午放学后，陆眠慢悠悠地出了校门，懒懒散散地看向对面，就看见了那辆优雅奢华的车。

陆眠特意挑人少的时候出来，这会儿看看周围没人，才勉为其难地坐上萧祁墨的车。

车上，叶谨闻负责开车。

陆眠和萧祁墨坐在后座，打过招呼报上地址后，车内一片死寂。

萧祁墨放下财经杂志，有一句没一句地找话题：“你订包间了？”

陆眠点头：“订了。”

“好订吗？”

“好订。”

前排开车的叶谨闻内心感慨：这尴尬出天际的对话啊！

当高冷“墨爷”遇到“直女”陆眠后，这“画风”让他只想哈哈哈——

车子来到“MM记”门口，萧祁墨先进去接电话。

叶谨闻去停车，陆眠背着书包吊儿郎当地往餐厅里去。她一只脚还没踏上台阶，身后就响起一个熟悉的声音。

“陆眠。”苏珏从后面走来，眯着眼睛叫住她，他挺意外陆眠会来的。

陆心暖也以为陆眠是来赴约的，心里暗自得意片刻，和几个小姐妹一起站在苏珏身边，完全一副女主人的架势。

几个小姐妹问这个陆眠到底是谁，陆心暖没详细说，只低声解释陆眠得罪过苏珏，这次是来道歉的。

一众人心下都有些了然，对陆眠的态度也就冷了几分。

苏珏之前被拒绝的心情好了很多，心想陆眠到底是个女生，估计也是被自己的炒股能力惊到，这是好事，他也找回了身为苏家少爷的尊严。

苏珏做了个“请”的姿势：“一起进来吧，我预订了包间。”

陆眠挺茫然的，所谓冤家路窄也不过如此。

看着乌压压盯着她的那些学生以及各种不怀好意的眼神，陆眠有些头疼，很不耐烦地揉着太阳穴，勾起嘴角：“你以为你是谁啊？”

飘来的这七个字让一众学生蒙了，这怎么看都不像是道歉的态度吧？

陆心暖上前一步，显得温婉又大方：“陆眠，苏珏好心请你吃饭，既然来了，也该放下你的架子了。”

曾娜讨好地挽着陆心暖的胳膊，也跟着附和：“我们苏少今天赚了一千多万，人家喊你来是给你机会，别给脸不要脸。”

“装什么清高啊，真清高也不会来这里了。”

陆眠想到傅曼的电话，顿时明白了什么。她蓦地勾起嘴角，突然很恶劣地笑了。

众人看着陆眠的模样，都有些愣怔。这也太好看了吧，难怪学校里总有人说要换校花。

要不是因为陆心暖相貌、家世、学习、德艺样样都过关，恐怕这校花的位子早就是陆眠的了。

陆眠偏头俯视这群人，依旧是那副恶劣的样子，轻轻启唇：“我在壹号包间，你们呢？”

壹号包间？

没来过“MM记”的普通学生纷纷用眼神询问苏珏和陆心暖这是什么意思。

陆心暖垂眸淡淡地解释：“壹号包间，是这里最尊贵的包间，一向只留给特定的贵客。”说完，她抬头看向苏珏，甜甜地笑着，“苏珏，我们都是学生，其实也没必要非去壹号包间。”

陆心暖自然相信苏家的能力，可是……

苏珏的脸色无比难堪，他噎了半晌，才咬着牙根开口：“我们是普通包间。”

普通包间与壹号包间的差距就好像自行车与保时捷的区别，即使以他的能力，也只能订到普通包间。

众人面面相觑：“这……”

所以，陆眠是来赴别人的约，而非苏少的？

陆心暖也是满脸不可思议，她本来是想给陆眠难堪的，没想到自己先落了面子。可是，怎么可能呢？

陆眠怎么有资格去那么高档的包间？又是怎样的贵客会请她去呢？

“陆眠，你真没必要扯这种谎话，没意思。”陆心暖摇摇头。

众人略有揣测，连苏珏也有些动摇。

然而就在众人组织语言准备再进行下一轮攻击的时候，一个长相俊逸、气质温和的年轻男人走到了陆眠身边。他一身简单的西装利落有型，娃娃脸虽显年轻，却由内而外散发出一股骄矜的气质，一看就是家世显贵的翩翩贵公子。

苏珏倏地愣住。

“小眠眠，还愣着干吗？快进去啊！”

叶谨闻从后面走过来，无比亲切地叫着陆眠。

看到这群人似乎在为难陆眠，叶谨闻很仗义地将陆眠护在身后，口气略冷道：“苏小少爷，你有事找我们家小眠眠？”

在叶谨闻有些冷的眼神下，苏珏终于找回了神志，艰难地开口，显得无比恭敬：“叶……叶先生……”

苏珏在气势上差了一大截。

他们苏家在芜城内算有头有脸的家族，在锦京也有些势力，可是跟真正的锦京大家族比起来时，他们这点权势压根儿就不够看。

“叶先生，请。”苏珏颇有自知之明，主动让开路。

其他人见了这架势，自然也不敢说话，只是很不甘心，也就是看在叶先生的面子上才会放过陆眠。

然而他们却看见这位让苏少都忌惮的叶先生，竟然很“狗腿”地侧身让陆眠先走。

而陆眠还有些爱理不理。

一众人觉得太玄幻了。

苏珏表情愣怔地目送他们二人离开，再回神时后背已经湿了一大片。不过他到底是接受过良好教育的大家公子，没有当场失态。

苏珏认识叶谨闻，叶谨闻每次去苏家都是爷爷亲自招待，自己和父亲都没有资格介入他们的话题。

这样一位人物，没想到陆眠会和他认识，并且看起来关系还不错。

“苏珏，那位是？”陆心暖强压着心中的不满，上前小声问。

“叶谨闻，叶医生。”

“叶医生？”陆心暖的眼神微闪，似想起了什么。等陆眠走远了，她才在后面幽幽地说道，“原来他就是陆眠的心理医生啊。”

“心理医生？”

周围的同学来了兴趣，本身就对陆眠不满，这会儿就想听一些八卦。

陆心暖看着一众人好奇的眼神，摇摇头：“具体情况我也不知道，我也是偶然得知陆眠她……总之，叶医生是她的心理医生。”

“治疗好久了。”陆心暖又补充了一句。

苏珏站在台阶上，拧着眉看向陆心暖，眼底的温度冰冷。

陆心暖更觉难受，可说都说了，她又没有说谎，苏珏干吗这么看她？

陆心暖努力使自己的脊背挺得更直一些。

“原来陆眠有心理疾病啊。”

那群八卦的学生面面相觑，悄声议论开。

“是抑郁症还是精神病？我早就感觉这个陆眠不正常了。”

“苏少，我们以后还是离陆眠远点吧，那个女孩太邪性了。”谢辉阳也这么说，他察觉到苏珏对陆眠有些许不同，随即还努了一下嘴劝道，“同样都姓陆，我们的心暖女神可比陆眠要强多了。”

“是吗？”苏珏淡淡地反问一句，看向陆心暖的眼神变得更冷。

就算他落了面子，被陆眠给呛了，可拿这种事来攻击一个女生，苏珏自认为还没这么卑鄙。更何况陆眠被绑架了两年才回来，她本身就是一个受害者。

苏珏眯着眼看着一旁的同班同学，下命令道：“叶医生和陆眠的事情谁也不许往外说。”

“是是是。”

众人只当苏珏面子上挂不住，自然闭紧了嘴巴。

等众人陆续往餐厅里走时，苏珏落后几步警告陆心暖：“有些人不是你想的那么简单的，你好自为之。”

“我……苏珏！”陆心暖追上两步，可看着苏珏冷硬的背影，她感觉自己想要抓紧的东西似乎越走越远了……

为什么陆眠要回来？如果她不回来，事情就不会是这个样子……

壹号包间里，萧祁墨已经坐好了。见陆眠和叶谨闻一前一后地走进来，他颇为好奇地推了推眼镜：“就这儿？”

陆眠顿了一下：“不符合祁主任的身份吗？”

“这倒不是。”

叶谨闻在内心大呼，这与符不符合身份无关好吧，关键是她一个学生怎么能订到这种包间，还一副理所当然的模样？

“我在 App（手机软件）上抢到了贵宾券。”陆眠这次好心地解释了一句，顺手掏出手机在叶谨闻面前晃了一下。

叶谨闻都没看清页面内容，陆眠便把手机收了起来。他十分纳闷，自己怎么就没抢到过这种券呢？而且“MM 记”会往外发放这种超级贵宾包间券吗？

不过没人帮他解答。

陆眠坐在那里，一种纨绔不羁的姿势，一副邪肆张扬的表情，专注地玩着手机。

萧祁墨则讳莫如深地看着陆眠。

得，这两个人的气场太强，自己先去趟卫生间排解一下。

真不明白萧祁墨的心思，他跟陆眠吃饭，为啥叫上自己？

叶谨闻出了包间门。本来他们包间是有单独卫生间的，但他想出去透口气。

一阵释放之后，他正在洗手台边洗手，好巧不巧地听到隔壁女卫生间传来议论声。

“心暖，那个陆眠到底是怎么回事啊？”

“是啊，心暖，你悄悄告诉我们呗。”

曾娜和几个女生陪着陆心暖出来上厕所，免不了又提到陆眠。有人的地方就有八卦，这群学生也不例外。

陆心暖很为难地摇了摇头：“其他的我也不清楚，毕竟我跟她也不认识。”

曾娜等几个人了解地点点头。

“不过这个陆眠可真狂啊，竟敢那么跟苏少说话。”

“就是，仗着自己有病。苏少也就是让着她，才没跟她计较。”

陆心暖的脸色有些不好看，对“让着她”这三个字很敏感。

其他几个女孩立刻打圆场。

“当然，苏少还是对心暖最好。苏少这次为了你，还专门订了‘MM记’的包间！”

“是啊，我们好羡慕啊！我都没来过这种地方！心暖，今天真是沾你的光了！”

女孩们边说边走出去。

随后走出来的叶谨闻气息阴沉，一张娃娃脸也变得冷峻起来。

等回到壹号包间时，萧祁墨率先察觉到叶谨闻的异常。

“怎么了？”萧祁墨优雅如常。

叶谨闻暗看着专注玩游戏的陆眠，走到萧祁墨身侧，低声说了几句话。

陆眠对他们的悄悄话并不感兴趣，眼皮都没掀一下，只是耳边很快响起萧祁墨优雅中又带着几分冷意的声音。

“请老板过来一趟。”

陆眠微微抬头，眼神复杂又错愕。

“好咧。”叶谨闻应得欢快，屁颠屁颠地跑去执行了。

那群没素质的学生，在背后议论一个无辜女孩，这口气怎么都要帮陆眠讨回来。

叶谨闻出去后不久，陆眠的手机页面突然弹出一条消息，她太阳穴猛地一跳。

陆眠盯着短信，再扫了一眼萧祁墨，服了。

“有人要见你，来头挺大。”

就陆眠这愣怔的工夫，一局游戏输了。

她噼里啪啦地回了短信。

“别闹，你自己处理。”

发完短信后，陆眠觉得整个人都有些不好了，干脆瘫在沙发上闭目养神。

萧祁墨察觉到陆眠的情绪变化，微微坐直身体，偏头笑着：“怎么，不当着教导主任的面玩手机了？”

如果不是萧祁墨提醒，陆眠还真忘了他的这层身份。教导主任的其中一项工作就是没收手机，抓一个记一个。

陆眠轻笑一声，眼也没睁：“现在是在校外，祁主任。”

陆眠才刚说完，便觉得头顶多了一层投影，她懒懒地睁开眼。

萧祁墨双手撑着沙发背，身体微微倾斜，投影正好将陆眠包裹在沙发上。他自上而下俯视着这个纨绔不羁的少女，还带着几分侵略性。

陆眠的心漏跳了一拍。

这个人……有点小帅。

陆眠也就慌乱了几秒钟，很快便恢复镇定，抬手轻轻托着下巴，很认真地思考萧祁墨意欲何为。

萧祁墨温文尔雅的声音很快给了陆眠答案：“若是在学校抓到你，我是要没收手机的。”

明明是个斯文优雅、无比正经的男人，可萧祁墨此时此刻的行为像是在欺负小兔子的大灰狼。

陆眠微微有些失神，她不是在琢磨萧祁墨口中的“收手机”，而是很奇怪自己为什么会让他侵入自己的安全范围。或许是从直觉上感觉这个男人不会伤害自己，所以才一而再地默许他的靠近。

包间外响起两道脚步声。

萧祁墨和陆眠同时起身，因为起身的速度不一致，导致陆眠的额头不小心擦到萧祁墨的下巴。

那一瞬间的触碰虽冰凉，却点燃了某种火苗，让两位大佬互相眯了眯眼睛。

谁也看不懂对方的心思。

门就在此时此刻被推开。

叶谨闻正带着老板过来，一抬头就看到这两个人站在原地，动作僵硬得像罚站似的，很是莫名其妙。任谁都觉得这两个人之间有问题。

叶谨闻也没工夫思考那么多，将一位表情严肃、态度恭谨的年轻男性引见到萧祁墨面前。

对方看起来也就二十五岁上下，身上带着一些成熟的社会人气息。

“七哥，这位是虞人虞老板。”叶谨闻介绍。

萧祁墨若无其事地将视线从陆眠身上收回，绕到餐桌旁坐下，姿态优雅又从容。

他语气平和缓慢地说：“虞老板，幸会。”

虞人先是对着那边的陆眠躬了躬身，算是打过招呼，随即面向萧祁墨，依旧是恭恭敬敬的模样。

“祁先生，请问您有何吩咐？”

能在“MM记”的壹号包间就餐的人，来路自然大。就算对方没有自我介绍，他也得一一客气地问候。

萧祁墨笑了，挺温和的。

“虞老板，把今天苏家订的包间退掉，损失由我来十倍承担。”

叶谨闻连连点头，那群人不是巴巴地想来“MM记”吗？“墨爷”就让他们看得着，吃不着。

这个要求倒是让虞人很意外，也让旁边的陆眠挺意外。

如果她猜得没错，这个决定大概跟她有关。是叶谨闻听到了什么风言风语？还是陆心暖他们在包间内大放厥词？

不管因为什么，陆眠并不反对这个决定，睫毛轻轻敛着，随手拉了一张椅子坐下，默不作声。

虞人仅顿了几秒，旋即点头：“好的，祁先生。”

他甚至连一句原因都没问。

“请问三位，还有别的问题吗？”

萧祁墨轻轻摇了摇头，陆眠也跟着摇头。

虞人这才退出去，恭敬地关上包间门。

叶谨闻往外探着头，看着虞人的背影走远，好奇地问：“这答应得也太爽快了吧，连原因都不问，就不怕得罪苏家人吗？”

“大概吧。”萧祁墨随意地应了一句。

他们这顿饭吃得很舒坦，“MM 记”的招牌菜都各自上了一小份，顺便还赠送了两个精致的汉堡，到最后都进了陆眠的肚子里。

“茶足饭饱”后，叶谨闻更觉奇怪。明明是中式餐厅，竟然还做汉堡这类东西。这家餐厅确实跟别家不太一样。

他们在这边享受美食，陆心暖那边却被餐厅保安请出了包间。十多个人尴尬地站在“MM 记”门口，大眼瞪小眼，一脸的茫然无措。

“苏珏，这是怎么回事？”陆心暖有些担忧。

吃饭事小，可被人赶出来的感觉实在太尴尬，也太丢脸了。

旁边那些个想要跟着沾光享受“MM 记”美食的同学不知道该说什么。

“会不会是陆眠？”陆心暖有意引导。

苏珏的视线从“MM 记”的牌子上收回，落在了陆心暖身上。此时此刻，他已经懒得提醒什么，只是心里在想，这次大概真的得罪人了。

之前炒股赚钱的那几分畅快感现在也消失得无影无踪。

下午，萧祁墨把陆眠送回学校，亲眼看着她进了教室才和叶谨闻一起离开。

叶谨闻一直追在身侧问他：“七哥，你今天为什么喊我过来？”

萧祁墨可不像是做无用之事的人。

萧祁墨确实有自己的打算，指了指办公楼的方向，声音淡淡的：“给你安排一个新任务。”

“有任务了？快说快说！”

“替我当好这个教导主任。”

这一本正经的口气让叶谨闻差点背过气去。

“七哥，你别太过分，是你自己要来当教导主任的，干吗拉上我？我自己的诊疗所还顾不过来呢。”

“哦，是吗？”萧祁墨回头看了叶谨闻一眼，眉眼清淡，声音也很平静，“一个被患者反控制的人，有什么脸继续当心理医生？”

叶谨闻在心里骂了一句脏话。

他们有一间单独的办公室，环境清幽，一看就是校方精心布置过的。

两张办公桌相对，叶谨闻早就被安排得明明白白，监督学生什么的，偶尔走个过场也就算了。

彼时，叶谨闻正闲得无聊，打开校园贴吧随意浏览。

一条热度很高的帖子横亘在头版，引起了他的注意。

帖子标题——《警惕你身边有心理疾病的人！》。

叶谨闻到底还是骂了出来，点进帖子一看，虽然没指名道姓，但下面的留言却都在往陆眠身上引导，甚至连照片和班级都挂了出来。

叶谨闻是心理医生，知道这种帖子会对患者造成多大的伤害。患者本身已经很痛苦了，却还要被挂到面上任人口诛笔伐。

当舆论成为手段，每一双手敲下的每一个字都将成为杀人的利器。就在叶谨闻义愤填膺地准备跟帖回复时，却忽地发现——

页面打不开了？！

叶谨闻茫然地抬起头，稍稍侧身看向对面。

办公桌对面的萧祁墨正慢条斯理地从电脑前收回双手，身子微向后靠，镜片下那双漆黑的眼睛里闪烁着幽深的光芒。

叶谨闻感觉萧祁墨的气息有些不同。

“七哥，你删的？”

大佬默不作声，算是默认了。

叶谨闻探过身子，隔着办公桌凑向萧祁墨，一脸八卦的表情。

“七哥，你对陆眠好像不太一样啊？仅仅因为她是找到神秘人的唯一线索吗？你又是替人家出气，又是送人家回家，现在还默默地替人家删帖子，这可不像你的风格。”

叶谨闻很了解，萧祁墨这个人吧，看上去斯文优雅、彬彬有礼，好像没有多少情绪波动，可实际上，他却是个疏离到骨子里的高冷的男人，杀伐决断，狠厉无情。

叶谨闻说话间，萧祁墨已经起身，修长的手指顺手一带，钩起西装外套就往身上披。

“我既然挂了教导主任的头衔，这些就是分内之事。”萧祁墨一边说，一边走出办公室。

叶谨闻无语，让他丢下心理诊所，骗他来鲲程学校的时候可不是这么说的。

校园贴吧里关于陆眠的帖子就像是石子投湖，在湖面上泛起轻微的涟漪后，就恢复了平静。在更多人看到之前，萧祁墨下手快准狠地删了帖子。

可是他防得住网络，却防不住嘴。

关于陆眠有心理疾病的传言很快就在各个年级蔓延，甚至还有好几个家长联名给学校打电话，让校方必须把这种有潜在危险的学生赶走，不然他们家孩子的生命安全无法得到保障。

高一（25）班的教室。

前排“瘦浩”担心地看着陆眠，而她仍若无其事地翻着小说、转着笔，好像外面的一切都跟她无关。

“眠哥，你别把这些事放在心上，贴吧里的人都是在胡说八道。”“瘦浩”这么说着，却也能想起那条帖子下一条又一条的留言。

“陆眠滚出鲲程中学。”

这样的语言暴力谁能受得了？

“眠哥，他们就是嫉妒你的美貌！”

这话说得，陆眠轻笑了一声。

陆眠手里的圆珠笔停下，笔杆轻轻地在脸颊上蹭了蹭，很认真地点头：“是该嫉妒。”

对面“瘦浩”的脸倏地变得通红，好看好看太好看了……

“不过那帖子现在已经被删了，没多少人看到。”“瘦浩”努力找回自己的声音。

“删了？”

陆眠还想顺着 ID（账号）找人呢，却没想到被人抢先下手了。应该不是贴吧管理员，若是他们想删，早在一开始就不会让这种帖子通过审核。

陆眠有些莫名其妙，起身往厕所走。她悄悄给“零”发了一条短信询问，“零”却回复说压根儿不知道这件事。

不是她的人，又会是谁呢？

卫生间里凑着三三两两的女生。

她们看见陆眠，一个个抱团离得很远，就仿佛她是瘟疫，随时都会传染给她们。其中一个女生似乎早就对陆眠有所不满，英勇地站了出来。

“陆眠，你自己有病，就不该出来吓人。”

陆眠收起手机正烦躁，偏头就看见一个女生冲自己张牙舞爪，言辞犀利。

感觉有点面熟，她又不记得是谁。

对方的话让陆眠想起某些事情，脸色有些阴沉。她敛了敛眼睫，两步走到女生跟前。

对方有些害怕，但还是梗着脖子强撑着。她后面的小姐妹扯了扯她的衣角，让她小心点。

“你……你犯病了吗？你可别乱来，学校不会放过你的。”

陆眠看着这群明明很弱，还嘴上不饶人的学生，突然邪气地勾起嘴角，又冷又狠。她微微靠近那几个人。

几个女生被吓得不行，直接失控地尖叫出声。

陆眠很无辜，若是她真的出手，这群人早就连声音都发不出来了。

“别叫了！”陆眠烦躁地揉着太阳穴。

一双清澈冷冽的眸子看着这几个女生，女生们又被吓到，不敢发出声音，心里别提有多后悔了，为什么要跟陆眠同时上厕所呢？

陆眠压根儿没把这些人放在眼里，更不在乎流言蜚语，但不在乎并不代表她会纵容。

那个傻傻的、怯怯弱弱的小光头若是听到了这些话，肯定又会胡思乱想了。

陆眠面带警告，缓缓开口：“知道上帝造人的时候，为什么让人有一对耳朵、一双眼睛，却只有一张嘴吗？”

女生们一脸茫然，多看多听少说话？

“那是因为，”陆眠放缓了语速，阴沉沉地眯着眼睛，“绝对强大的人，他想怎么样就能怎么样。”

女生们骇然，被陆眠的气势吓到。绝对强大的人……此时此刻在她们面前，陆眠就是这个绝对强大的人，她俯视着她们，她睥睨着一切。

女生们纷纷逃也似的离开卫生间，围在卫生间外面的人也都自动躲得远远的，生怕被波及。

刚才的那一声声惨叫可真让人捏一把汗，不知道的还以为陆眠在卫生间行凶。

卫生间瞬间空了，陆眠洗完手慢悠悠地走出来。

这个时候快上课了，走廊上已经没有多少人。

陆眠出来时，正巧看到拐角处站着一个矜贵的男人。他身体轻轻靠着楼梯扶手，眉眼淡漠疏离，双手抱在胸前，正闲适从容地望向她，仿佛早就预料到她会出来，眼底没有丝毫意外。

教导主任啊……

陆眠顿了顿，走过去平静又无辜地解释："我没动手。"

教导主任的另一项工作就是严查纪律，禁止校园打斗。校领导那边从未奢望这个挂名教导主任管纪律，只要他处理好后山凉亭的事，他们就谢天谢地了。但学生和老师不知道这些内情，都格外尊重忌惮他。

萧祁墨顿了顿，只轻飘飘地说了一句"没关系"，便将这个话题略过去。也不知道他说的是这件事没关系，还是其他的没关系。

"为什么不告诉别人真相？"萧祁墨静静地问。

陆眠是"7·26 事件"的受害者，是被放弃过的无辜人，现在好不容易回来了，却还要遭受旁人的恶意揣测。

陆眠抿着嘴唇思考这句话的可行性，思考了半分钟后却笑了，笑得有些勉强。

陆眠冲萧祁墨摆摆手："祁主任，该上课了，你是不会耽误学生上课的，对吧？"

萧祁墨有些不情愿地点点头，随即语速有些快地说："帖子 ID 是手机号码 121××××2658 的人发布的，机主姓名是陆心暖。"

陆眠的脚步顿了一下，回头，眼底一片了然。

"她呀……"

第七章

教导主任

萧祁墨目送陆眠回到教室，无奈地摇摇头，若无其事地从一间间教室门口经过。偶尔有同学往窗外看，就能看到他那张俊美无双的神颜，发出一阵惊叹。

但是很快，同学们便发现他会站在教室后门，隔着窗户往里看。

那种被后门窗户支配的恐惧，立刻让走神的学生们乖乖听课。

大家心里都奇怪得很，这么帅的人是谁？

高三（1）班。

陆心暖知道帖子被删除后，心里有些忐忑。趁着老师上课时去拿卷子的工夫，她特意写了小字条让人传给苏珏。

这充满八卦气息的小字条让很多同学都盯着他们笑。

苏珏心里藏着事，拿到陆心暖的字条后，很不耐烦地拆开。

“苏珏，我只说过叶医生是陆眠的心理医生，我没说过她有病。”

苏珏看完之后也不知道是什么情绪，反正脸挺冷的。他顺手准备将字条扔进后面的垃圾桶，侧身的一瞬间却不巧地跟教室后门的一双深眸对上。

苏珏冷不丁心脏收缩，仔细多看了两眼。那是一个陌生的年轻男人，戴着极具设计感的金丝边框眼镜，俊逸的脸上很平静，一双冷眸没有任何温度。

苏珏从未在芜城见过这样一个人，更没见过学校里有这样一位老师，一时间都忘了要扔字条的事。

“砰！”

萧祁墨一脚踢开后门。

教室里的同学被吓了一跳，个个神情紧绷地看着后门的方向，同时屏住呼吸。

萧祁墨并没有释放气场，可因为他的到来，依旧让全体学生感受到一种压迫感，气息一时间凝滞。

教室里十分安静，大家都死死地盯着这号人物。

陆心暖不免有些心虚，担忧地看向苏珏手里的字条。

她不会被抓到吧……

就在这个时候，出门拿卷子的生物老师回来了。

看到萧祁墨的时候，她心里“咯噔”一下，莫不是他们班的学生犯了什么事，正巧让这位新上任的教导主任给抓到了？

“祁主任，这是怎么了？”

她这么一说，学生们都面面相觑，明白过来。

这位就是新来的教导主任，这么帅的一张脸，可惜了……

萧祁墨没理会那位老师，只是走到苏珏面前，示意他把字条交出来。

苏珏一愣，看来这位祁主任早就看到了他们的小动作。

苏珏并不担心自己挨批评，只是回忆起字条里的内容，想了想觉得不该让更多人知道。于是他一不做二不休，直接把小字条撕了个粉碎。

同学们都挺惊讶的。

苏珏虽然是大少爷，却也是个好学生，这么顶撞老师还是第一次。

他们再回头看陆心暖，似乎也明白了他的意思。

萧祁墨眯了眯眼睛，沉着声音问：“谁传的？”

成熟男人的魅力在于，他的情绪不显山也不露水，甚至是平静淡然的，却强大到让人无法忽视。

苏珏别过头，不肯言语。

生物老师也明白了，他们班的学生被抓到传小字条了。

“祁主任，苏珏平时是个优秀学生，回头我让他写份检讨。”

萧祁墨没说话，视线漫不经心地扫了一眼整个教室。

那双眸子太过冷冽，让陆心暖的一颗心都提到了嗓子眼。她死死地盯着苏珏，暗中祈祷他不要把自己供出来。

陆心暖一向遵守纪律，是老师眼里的好学生，也是父母嘴里的乖乖女。要是被抓到，就太丢脸了，还会给这位新教导主任留下不好的印象。她一双手拧着衣角，心中不免又暗怪陆眠，只要一沾上陆眠的事，就绝对没有好事。

萧祁墨到底没有僵持下去，毕竟惩罚学生并不是他的目的。他只是淡漠而疏离地看了一圈，然后便收回视线，负手离开了。

教室里所有人，包括生物老师，齐齐地松了一口气。

陆心暖也逃过一劫似的拍了拍胸口，对苏珏露出一个感激的眼神。说到底，苏珏还是向着自己的吧？

下课以后，陆心暖找到了苏珏。

“苏珏，谢谢你今天没提我的名字。你的好，我都记在心里了。”

苏珏不太理解这句话，他做这些都跟陆心暖无关。

他心里烦，也就没太搭理她。

正巧外面有人喊陆心暖，约她一起去广播室，陆心暖羞涩地说了一句“下次请你吃饭”，便跑了。

校广播室。

陆心暖熟门熟路地来这里准备稿子，打开电脑及音响设备。

她是鲲程学校广播团的团长，一周有一次播音。

这是下午大课间的一段休闲时间，也是很多男生特别期待的时刻。因为他们的女神陆心暖又要给大家讲故事了。

陆心暖朗读的内容是《触底反弹》，这是一本非常正能量的书。

网上有这本书的有声版，那个名叫“苍雪”的配音演员，通过声音将这本书的灵魂都读了出来。

“苍雪”是陆心暖的偶像，也是她一直模仿的对象。

最近这段时间虽然有很多不愉快，但一想到苏珏的维护，陆心暖的心情还是好了几分，对待学妹的态度也好了很多。

学妹帮陆心暖接好温水后，崇拜地恭维她：“陆学姐，你的声音真好听，大家都说要是你能天天来广播室就好了。”

陆心暖微微一笑，翻到了《触底反弹》的第九章。

“大家好，这里是校园广播室，我是你们的朋友陆心暖……”

萧祁墨回到办公室，叶谨闻正一脸八卦地等着他。

“怎么样？又去慰问陆眠同学了？”叶谨闻笑着。

这会儿正好听到广播中响起陆心暖的声音，萧祁墨的声音淡淡的。

“你去执行一个任务。”

“又有任务？”

然而叶谨闻听到任务内容以后，一张娃娃脸垮了，只想问一句：能不能拒绝？

萧祁墨的眼神给了他答案。

叶谨闻只好屁颠屁颠地往校广播室赶去。

广播室里。

小学妹看到叶谨闻敲门，愣了一下，好帅啊！

叶谨闻低声跟她说了几句话，小学妹就欢快地走了。

毫不知情的陆心暖正专注地朗读，直到余光瞟到叶谨闻，冷不丁地错愕了一瞬，读的句子也打了个结。

陆心暖连忙关上音响，不解地看着叶谨闻。

叶谨闻双手撑在桌子上，一张娃娃脸笑眯眯的：“陆小姐，听说你把我跟陆眠的医患关系传出去了？”

叶谨闻是笑着说的，可脸上的表情很吓人。

陆心暖没见过这种架势，也知道他是一个有名的心理医生，一时间愣在那里。待反应过来后，她的眼眶泛了红。

“叶医生，你误会我了。”陆心暖像是受了极大的委屈。

叶谨闻“啧”了一声，这个女孩虽然年轻，演技倒是挺好，不往娱乐圈发展真是可惜了。

“陆小姐，我有个朋友在当演员，要不要他介绍你入行？”

如此讽刺让陆心暖羞红了脸，泪珠在眼眶里打转。她本来就是那种小家碧玉型的乖巧长相，这会儿更是让人我见犹怜。

叶谨闻很不优雅地翻了个白眼，往桌上一坐：“说吧，为什么要这么伤害陆眠？”

“您在说什么……”陆心暖不傻，一直盯着音响的开关。

她跟这位叶医生的对话说什么也不能泄露出去，否则她陆心暖就成了鲲程中学的大笑话了。

叶谨闻面色冷淡：“你和陆眠是双胞胎姐妹，当我不知道？”

“我……”

“怎么，对外从来没说过你跟陆眠的关系？你是有多嫌弃她？”

“是，我跟陆眠确实是双胞胎姐妹！”像是很难启齿一般，陆心暖咬着牙说出口。

“叶医生，既然你都知道，那也该清楚陆眠确实不正常，她也确实在你那里接受过心理治疗。如果你是怪我把这个消息说出去了，那你真的怪错人了，我没有说谎。”

“哦，我这个心理医生都没给她下诊断，你倒是厉害，直接给她盖了戳，说她有心理疾病。”

“你看她那个样子，像个正常人吗？”陆心暖越说越理直气壮。

自己总不能因为陆眠是受害者，就一辈子都哄着她、让着她吧？自己又不欠陆眠的。

“那我也以一个专业心理医生的身份告诉你，陆眠她很正常。”叶谨闻的语气坚决。

陆眠的不正常完全在于她的思维和行为跟别人不一样，而非她心理有问题。如果非要说有问题，那也是她太聪慧，才会显得跟别人格格不入。

“倒是你，跟她明明是亲姐妹，却还在背后抹黑她，把她挂在校园贴吧上任人议论。”

陆心暖被呛了一番，咬着嘴唇心里百转千回。她心虚的表情早就说明了一切。

也幸好广播室暂时没人，也没人听得到陆心暖和叶谨闻的对话，不然她也不会说这么多。

“叶医生，我并没有抹黑她，是她自己满身污点。我爸妈不喜欢她，家里所有人也都嫌弃她，你还觉得她正常吗？”

叶谨闻轻“呵”了一声。

“那我倒是想问问，你们陆家人有亲情可言吗？两年前‘7·26绑架案’的内情，别人不知道，你陆心暖还能不知道？”

陆心暖忽地僵住，愣怔地看向叶谨闻，对方冷峻如冰的双眸让她的心狠狠地颤抖了一下。

绑架案的内情……这可是他们陆家咬死不说的禁忌。

与此同时，鲲程中学校园内炸开了锅。

这个时间段是大家休息玩闹的时间，偶尔听听陆心暖的广播，倒也觉得惬意。可谁也没想到，本来广播念得好好的，却突然中断了。

正当大家猜测是不是音响坏了，陆心暖的声音又重新出现，同时出现的还有一位心理医生叶医生。

这两个人的对话被广播出来，让一众学生惊呆了，好像窥探到了什么大秘密一样。

很多人挺茫然，不知道叶医生和陆眠是谁。但他们能听懂大概的事情，就是校园贴吧里让陆眠滚出鲲程中学的帖子是陆心暖发的。

还有……她们俩是双胞胎姐妹。最为震惊的是高三（1）班的学生，尤其是跟陆心暖交好的那几个朋友，个个瞠目结舌。

当初陆心暖可是口口声声说不认识陆眠的，结果这两个人不但认识，还住过同一张肚皮。一时间，陆心暖甜美女神的形象直接跌到地上，且摔得粉碎。

而在高一（25）班，“胖皓”和“瘦浩”兴高采烈地指着教室里的广播音响，震惊地凑到陆眠跟前。

“眠哥，你竟然跟校花是双胞胎……可你们长得完全不一样啊！”

“哦。”陆眠无所谓地转着笔，“异卵而已。”

“她为什么陷害你啊？明明看起来挺清纯的。”

“是啊，眠哥，‘7·26 绑架案’是什么意思？”

“是两年前轰动全国的那件事吗？这里面有什么内情？”

大家议论纷纷，对陆眠的态度也有了一些转变。

教室里异常安静，大家都竖起耳朵听八卦，都在讨论她们的事情。可陆眠这个当事人却像个局外人，只觉得周围很吵。

她在思考，这又是在搞什么？删帖子，找陆心暖套话，估计都是那个男人的杰作吧？

陆眠的嘴角轻轻勾了勾，清冷的视线看向窗外，有些失神。能被人这么关心，好像……还行。

教导主任办公室。

萧祁墨在电脑前忙活了好一阵，然后满意地靠在沙发上闭目养神。他看起来一副岁月静好、儒雅温润的样子，仿佛刚才暗中控制音响开关的人不是他。

而这边毫不知情的陆心暖，也就是仗着没人会听到，才会吐露真言。

陆心暖越说越恼怒，还越说越激动。

“叶医生看来知道得不少啊。”陆心暖幽幽地开口，“是，‘7·26绑架案’确实没那么简单。当时绑匪绑了我和陆眠两个人，让父母筹钱赎我们。五百万元一个人，一千万元两个人，没钱就救不了人。”

陆心暖阴恻恻地说完，语气中似乎还带着几分得意。

“我家只凑到了五百万元，爸妈只能在两个孩子中选择一个。陆眠从小就不讨喜，谁都管不了她，所以她凭什么让爸爸妈妈选择她？爸妈喜欢的孩子是我，他们第一个要救的当然也是我。”

“听说，你二叔家挺有钱……”这才是叶谨闻十分不理解的地方，他们家若是要借钱，也不是那么难的事情。

“叶医生，你太天真了，我二叔家有钱那是他们的，爸妈已经跟他们借了五百万元了，怎么可能再开口借？就算救了陆眠，她这辈子能赚到五百万元还上债务吗？我爸、我妈，还有我，我们难道就不生活了吗？”

这个理由叶谨闻服气。

因为担心陆眠还不上，又怕债务压到他们一家人身上，所以就放弃了一个孩子。

叶谨闻难以想象，陆眠在听到亲生父母说“救妹妹”的时候，她会有多绝望。

明明放下所谓的面子就能借到钱，明明有能力救却不救，这种性质完全跟“没能力救”不同。

陆眠到现在情绪还能这么稳定，已经算是很善良了。

“那你们有没有想过，她其实也很想活？”叶谨闻的声音有些哑。

“谁不想活呢？我又做错了什么？”陆心暖无奈地笑了笑，“你看，她现在不也活得好好的吗？”

叶谨闻张了张嘴，彻底无语，也根本不愿意跟陆心暖再多说什么，甩袖便离开了广播室。

陆心暖稳了一下心神，像是打了一场艰难的仗，嘴角勾起胜利的微笑。她长舒了一口气，打算继续广播。但学妹从外面走了进来，脸色怪异地看着她。

陆心暖有些心烦地问：“支支吾吾的，有事吗？”

“陆学姐……”小学妹艰难地开口，“你刚刚说的话，都播出去了……”

陆眠是“7·26绑架案”的受害者，是被父母放弃过的孩子，这件事很快就在校园里传开了。原本这是一件隐藏得很深的事情，如今却被知情人亲口爆了出来。

一时间，所有人都震惊了。

陆眠，一个在他们眼里特立独行、高冷孤傲的女孩，竟然有过这样的经历。他们在帖子上讨伐过她，也在私底下孤立过她，却从未想过去了解她。

“为什么？”“胖皓”哭得泪眼汪汪，“眠哥，你好不容易回来了，他们为什么还对你这么冷淡？就不能好好地关心你吗？”

“瘦浩”也抹着眼泪：“那个陆心暖不是说了吗，眠哥的父母本来就不喜欢她，或许他们都没想过眠哥能活着回来吧……这还是亲生父母吗？也太偏心了。”

众人议论纷纷，聒噪得很。

有几个人想过来安慰陆眠，全被陆眠周身低沉的气息吓得后退三步。

陆眠放下手里的笔：“我出去一趟。”

在众人热切的视线下，陆眠有些急躁地离开教室，一路来到安静的后山，闭上眼睛。

陆眠从未想过拿自己的经历博取同情，也从不会卖惨示弱赚眼泪。绑架案给她带来了最深的黑暗，同时也赋予了她不再畏惧黑暗的勇气。

其实没什么好可怜的，她也不需要那种“随风摇摆”的关心。

“陆……陆眠同学……”

陆眠正闭着眼睛，耳畔突然多了一道男声。

她缓缓睁开眼，就看到了一个寸头男生。

“听说心情不好的时候，吃巧克力会让人放松。这是我爸爸从国外带回来的，送……送给你。”

不远处，萧祁墨隐匿在建筑物后面，默默地往陆眠的方向看。看到一个男生靠近陆眠，他不自觉地眯起眼睛。

那男生站在一米开外，双手捧着一个崭新精致的巧克力盒子，递了过来。

陆眠拧了拧眉心。

“你吃吧，很好吃的。”

男生大概很害羞，将巧克力放在陆眠身边的石凳上，扭过头风一般地跑了。

陆眠：“你……”

这边的叶谨闻凑到萧祁墨身边，怂恿道：“七哥，你这位教导主任不过去？”

都有人给“小眠眠”送巧克力了，他还能稳住？

“她需要一点独处的空间。”萧祁墨淡淡地说。

就在叶谨闻大呼萧祁墨宽容大度、突然转性的时候，又听到他饶有兴致的声音传来：“不过是该管管了……”

陆心暖脚步沉重地回到教室，压根儿不敢抬头，更不敢说话。一想到自己之前的那番话被所有人听到了，就恨不能钻到地缝里。

同桌曾娜小心翼翼地走过来，问了一句：“心暖，你没事吧？”

陆心暖心虚地抬起头：“娜娜，怎么了？我没事啊……”

陆心暖的话音刚落，教室里就有人说话了。

“陆女神的心可真大，坑了亲姐姐一把还能若无其事，啧！”

陆心暖听着这些声音，眼泪“唰唰”地往下掉。她从未受过如此羞辱，也从未丢过这样的脸，看着这群平时都哄着、捧着自己的同学，心中悲愤交加，恨得不行。

陆心暖苍白无力地辩解：“你们怎么能这么说我……我当时也被绑架了，我难道就不无辜吗？”

“要是真觉得无辜，就对人家陆眠好一点啊。”

“是她不想承认我们的关系的，是她跟家里人断绝关系的，从来都不是我。”

教室里起哄声一片，大家压根儿就不相信。

苏珏也在教室里，听着这些议论心里有些烦。他从座位上起身，朝着陆心暖走来。

陆心暖抬起头，楚楚可怜地看着苏珏，希望能得到他的支持。可是他连一个眼神都没给她，经过她身边后走开了。

空气中只留下苏珏清冷的声音：“我警告过你，是你自己不听。”

陆心暖死死地咬着嘴唇，流下了屈辱而痛苦的泪水。

陆眠没回去上课，她的任课老师被通知她在后山，老师们便很识趣地没去打扰她。

直到天色渐渐暗下来，陆眠才踢踏着小石子，悠悠地出了校门。此时学校已经放学了，校门口也没有多少学生了。

陆眠抬头准备过马路，就看到对面梧桐树下站着一个儒雅矜贵的男人。

他单手插在口袋里，头微微偏着。夕阳的光洒在他身上，似镀上一层光晕，像是一幅赏心悦目的画卷。

很快，对面的男人也看到了她。

隔着一条马路，男人冲她伸出手，声音清润，沁入骨髓。

“陆眠，回家了！”

家。

这是陆眠第二次从萧祁墨口里听到这个字。

这也是陆眠第二次因为这个字而失神。她神情恍惚地看着对面的男人，仿佛回到了幼儿园的时候。那时的她还没被父母讨厌，父母的感情也还算可以，一家四口其乐融融。

父亲当时很有骨气，明确表示不会继承陆家的基业。他在芜城三环线买了一套八十多平方米的小房子，一家人就那么简单地生活着。

幼儿园就在他们家小区内，周一到周五，父亲都会站在校园门口的一棵老槐树下，冲着她和陆心暖招手：“眠眠、暖暖，回家吃饭了！”就如同此时的萧祁墨一般，迎着夕阳，满身余晖。

陆眠下意识地抱了抱自己，抬脚走过去，眼前却突然飘过来一道人影。

她收住脚步，看向来人。

“陆眠同学，我等你好久了，这束玫瑰花送你。”

青涩的男孩一把将大束玫瑰花塞到陆眠怀里，眼神中带着期待。他还想再说点什么，可挠着头半天也说不出一句话，掉头就跑了。

又一个……

萧祁墨在心里默默地记下一笔，凝眸看见对面的女孩抱着花束朝自己走来。他觉得这不是自己想象中的剧情。

萧祁墨本想说点什么，看到陆眠巴掌大的小脸过于苍白，脱口而出的话也只能是关怀。

“你怎么了？脸色有些发白。”

陆眠垂眸顿了一下，脸色与娇艳的玫瑰花形成鲜明对比。

“一直待在后山，被风吹的。”陆眠不太走心地说着，再次抬头时，眼神已经恢复，“你怎么会在这儿？”

“接你放学。”

“接我？祁主任对学生可真是关怀备至。”陆眠依旧那副玩世不恭、游戏人间的模样。

“反正顺路。”萧祁墨言简意赅。

他们是邻居，这路别提有多顺了。

这让萧祁墨时常觉得，其实叶谨闻也不是没有用，选址的眼光就不错。

陆眠身上带着一股邪气和张扬，耸了耸肩，不置可否，与萧祁墨肩并肩往小区里走。偶尔有经过的路人忍不住侧目惊叹，毕竟这样的颜值，走到哪里都会是焦点。

然而萧祁墨的焦点却在陆眠手中的花上。

她抱着不累吗？拿回家有用吗？

高中生哪来的钱买这么大束玫瑰花？还不是用的父母的血汗钱。

“阿嚏！”

萧祁墨正这么想着，冷不丁打了个喷嚏。他掏出白色的手帕，有些茫然地揉着鼻尖。

陆眠蹙眉看他。

“阿嚏！阿嚏！”

又是两个喷嚏。

即使是打喷嚏，萧祁墨天生的完美颜值也让他在做这个动作的时候显得优雅从容，不疾不徐。

萧祁墨用白手帕斯文地捂着口鼻，金丝边框眼镜下的眸子里带着些许歉意：“我好像对花粉过敏。”

陆眠愣了一下，倒也没犹豫，直接将玫瑰花丢进附近的垃圾桶里。

“抱歉。”陆眠真诚地说。

男人儒雅地笑笑，说了一声“没关系”，慢条斯理地将白手帕重新放回口袋里。

陆眠眉毛轻挑，眼底染了戏谑。

两个人走到电梯口。

陆眠拢了拢书包带，缓缓走近萧祁墨。她一张小脸虽然苍白，可那双杏眸里的光彩耀眼如星。

陆眠露出特别痞的笑，像是大街上不务正业的小混混，缓缓靠近。

萧祁墨一愣。

优雅从容如萧祁墨，这个时候也不免绷紧身体，心跳漏了一拍。他的动作定格，任由陆眠慢慢靠近，细数她羽扇般卷翘的睫毛，不断放大她白瓷般无瑕的皮肤，心情十分复杂。

然而萧祁墨很快就看到那双清澈的眼里的揶揄之意，他敛了敛双眸。

陆眠这是什么意思？

几秒钟之内，萧祁墨的心情就像经历了百转千回。不过他的自控力向来很强，面上不显山不露水，连陆眠也看不出来他有什么异样。

唯有紧绷的身体提醒着女孩，他紧张了……

陆眠轻笑一声，收敛起玩世不恭的情绪，取而代之的是清越的声音如小恶魔一般认真地吐出，且字句清晰。

她说："让一下，我要摁电梯。"

萧祁墨的第一反应是回头看身后，看到被自己挡在身后的电梯按钮，他脸上的优雅差点崩盘，强行从容地一笑，再快速伸手摁了电梯按钮。

电梯门"叮"了一声后打开。

萧祁墨率先走进去，就在他以为自己躲过一个大型尴尬现场时，又听到后面飘来优哉游哉的声音。

"祁主任，忘了提醒你，刚才的玫瑰花都是花苞，没有花粉。"

他真傻，竟然妄想跟一个"直女"谈浪漫。

萧祁墨这张优雅斯文的脸最终还是变了色，他暗自嗔骂了一句，长臂一伸，直接将陆眠带进了电梯。

或许是猝不及防，又或许是意料之外，反应力和武力值都顶好的陆眠却顿住了，毫无征兆地被萧祁墨撞了个趔趄。

萧祁墨长叹一口气，看着陆眠那张发白的小脸有些无可奈何，他认输了。

"我只是想说，今天学校里的事情是我做的。我身居教导主任的要职，就得为学生负责。陆心暖匿名发带有引导性的帖子，还在上课时传小字条，这是对她的一个警告，也顺便还你一个清白。"

陆眠抬头看萧祁墨，一副不怎么相信的样子。她大概是不太相信他前面那几句话，至于后面这一句……

她抿了抿嘴唇，到底没说什么。

陆眠平静地拨开萧祁墨的胳膊，目不斜视地走到家门口。

萧祁墨跟着出来，侧头邀请了一句："来我家坐坐吗？"

"不了。我家的床比你家的沙发舒服。""零"已经把她的定制床安排过来了。

萧祁墨："嗯……"

陆眠有点看不懂萧祁墨那种欲言又止的复杂情绪，却也没心思多想。她想躺着，并且现在急需躺着。

陆眠刷了指纹后进入房间，强撑着的身体找到了落脚点，一头就窝进舒服的大床里。

痛，浑身都痛。

陆眠抬手看了一眼电子表上的记录，叹了一口气。

果然，又到时候了。

陆眠抱着被子蜷在床上，很快，"零"的短信也到了。

零："眠哥，你今天身体怎么样？那个……该来了吧？"

眠："嗯，今天。"

零："你一个月一次的劫难啊！我去找你？"

眠："我隔壁住着锦京萧家人，你们不要露面。"

陆眠指尖微颤抖地发完这条短信，随手将手机丢进被子里。

陆眠痛经，痛到死的那种。这不是从娘胎里带来的，而是那次绑架时落下的后遗症。每个月一次，身体必然会遭受折碎重组，再拆碎，再重组的痛苦折磨。

陆眠捡回了一条命，却也付出了相应的代价。也许终此一生，她都要忍受这种折磨。

陆眠抿着嘴唇，脸色惨白如纸，即使疼到浑身颤抖，也依旧没有发出一点声音。

门铃在这个时候响了起来。

陆眠蹙眉，拨弄了一下腕表，表盘上出现一个小小的人脸。

是萧祁墨。

她点了一下"同意"，防盗门自动开启。

萧祁墨走进来的时候，陆眠已经提了一口气，若无其事地站在他的面前，仿佛刚才那个痛到快要撕裂的人不是她。

"有事吗？"陆眠双手抱胸，安静地靠着鞋柜，脸上的表情有些厌世和倦怠。

萧祁墨自嘲也有被人嫌弃的一天，而后提起手里的“MM记”养生餐：“我家的饭找我家的筷子来了。”

萧祁墨一边优雅从容地说着，一边自顾自地进了房间。

陆眠一路无语地跟在萧祁墨后面，只觉得用“斯文败类”这四个字来形容萧祁墨真的非常贴切。

表面上一派谦谦君子、彬彬有礼的模样，实则“腹黑”又无耻。

陆眠看着男人将养生餐一一摆在桌上，还自作主张地去了厨房，将那双她之前借来的筷子拿出来，规规矩矩地放在座位两侧。

陆眠很快听到他缓慢而凝重的声音背对着她轻轻传来。

“陆眠，如果很痛就不要伪装下去了。”

陆眠的心莫名被什么击中。

下一秒，优雅的男人已经来到陆眠的身侧，很绅士地扶着她的肩膀，带着她往卧室的方向走。

她脸上的苍白早就证明了她不舒服，借口送饭其实只是想看看她到底怎么样了。

她是真的不舒服，却还在粉饰太平，试图骗他。

她真是个小骗子。

陆眠心情复杂，被萧祁墨扶着回了舒服的大床，抱着被子，闷闷地说：“不要以为你很了解我。”

“那……喝点热水吗？”

陆眠顿了一下，声音更闷了：“喝。”

萧祁墨给陆眠接了一杯温热的水，递到她嘴边，让她喝下去。从头到尾他都是很绅士地照顾，不远不近，恰到好处。

或许因为这种细微的照顾，陆眠觉得好像也没有那么痛了。

“嗡……”

手机振动的声音让陆眠回过神来，陆眠想要去够丢在床边的手机，却发现手机率先被萧祁墨拿了起来。

陆眠当即眯起眼睛，眼里闪烁着几分或明或暗的光芒。

萧祁墨没注意，举着手机在陆眠面前晃了晃：“陆家，应该是你家人打来的。”

“哦……”陆眠撑起的手臂释放掉力道，眼里有光芒敛起，没什么耐心道，

“挂了吧。”

一句话说完，她却错愕地看到对面的萧祁墨接通了电话。

傅曼近乎咆哮的声音通过听筒传来。

“陆眠，你对你妹妹做了什么？你是要毁了她吗？你是故意让她在学校里待不下去是不是？我就知道……我就知道你还恨我们。”

傅曼的声音里带着强烈的指控，她像是遭受到重大的打击，将憋在心里的那些话一股脑全说了出来。

“陆眠，绑架案已经过去了，已经过去两年了，你为什么还要翻出来？为什么还要利用别人的同情心来诋毁你妹妹？那件事跟她有什么关系？她那么优秀，还那么善良，她有什么错？”

一口气咆哮完，傅曼察觉到对方有些过于安静，于是又吼了一句。

“陆眠，你说话！”

陆眠这个时候不光不想说话，还想砸了手机。

陆眠一脸烦躁，萧祁墨都知道。他将手机放在耳边，吐字清晰而且冰冷：“您好，我是鲲程中学的教导主任，祁墨。”

对方沉默了足足半分钟才反应过来，好像是在确认号码。确认完以后，傅曼有些不确定的声音传来：“请问老师，陆眠的手机怎么会在您那里？”

傅曼一时间很尴尬，毕竟她能当着陆眠的面说那些话，可当着学校领导的面，这种姿态就有些不合适了。如果进而影响到老师对暖暖的看法，那更是雪上加霜。

傅曼连忙端正态度：“抱歉老师，刚才不知道是您。是不是陆眠上课玩手机，被您没收了？”

萧祁墨没什么表情地冷哼了一声，迎着陆眠莫名其妙的眼神，他自顾自地往客厅走去。

只见萧祁墨闲庭信步到沙发边坐下，单手扶着沙发靠背，对着电话冷冷地回复：“不是，陆眠表现得很好。”

“这不可能。”傅曼果断开口。

萧祁墨没打算继续纠缠这件事，双腿叠放，跷着二郎腿，眼底的“腹黑”越发明显。

“说起陆心暖，我倒是想跟您交流几句。”

“您说。”

“陆心暖上课传小字条，被我现场抓到。”

“啊？”

“陆心暖在校园贴吧里发布‘陆眠有心理疾病，让她滚出学校’的帖子，被我找到了手机 ID。”

“这……”

“还有，绑架案的事情全校师生都可以做证，是陆心暖自己说出来的，与陆眠无关。”

傅曼听着这毫无情绪的声音，心“怦怦”跳快，这根本不是她所认识的暖暖。暖暖一向都是好学生，传字条、发帖子，这不可能。

她转念一想，这可是学校的教导主任，人家没必要撒谎。

傅曼的心颤抖着，一开始兴师问罪的那些戾气早就没了，很谦虚地开口：“老师，这里面是不是有什么误会呢？要不然这样吧，找个机会，我请您吃顿饭，行吗？”

第八章

我有个问题，挺急的

傅曼的态度非常恭谨，几乎算是讨好。

坐在沙发上的男人睨了一眼卧室的方向，声音特别冷地回了一句“不必”，便果断挂断电话。

萧祁墨回到卧室，把手机还给陆眠。

陆眠接过来，拿在手上随意地转着。

萧祁墨失笑，好像给她什么东西，她都能在手里转起来。

“陆家那边应该暂时不会打扰你了，你好好休息。”他这么说。

如果陆眠没有听错，这话里好像还带着几分邀功请赏的意味。

她听错了吧？

她浓淤地敛了一下羽睫，玩世不恭地勾了勾嘴角。

“祁主任，谢谢。”

萧祁墨倍感欣慰，正屈膝准备坐下，又听到一个平静无波的声音。

“您慢走，不送。”

萧祁墨的动作就那么在半空中顿了一下，也仅仅一瞬，他伸手扫了扫裤腿上不存在的褶皱，很自然地直起身子。

“你好好休息。”

“嗯。”

“需要我帮你请假吗？”

“不用。”

萧祁墨抬脚离开了房间。

经过餐厅时，餐桌上的两双筷子让他无奈地笑了笑，自家的两双筷子现在都在这儿了。

也好。

等到房间里彻底恢复宁静，陆眠也终于卸下防备，像只猫咪一样，捂着肚子沉沉地睡去。

陆眠没有请假，第二天照样来上学。

仿佛昨天的事情没发生过一样，她该怎么样就怎么样，对同学的态度依旧冷淡疏离，对熟人也仍是那副玩世不恭的样子。

“眠哥，抄卷子吗？今天要收的。”“胖皓”热情地递过来自己填得满满当当的试卷，颇为自信地摊在她的面前。

陆眠漫不经心地扫一遍，痞坏地笑了笑：“不了。”

“这可是班主任布置的卷子，眠哥，要不我顺便帮你抄了？”“瘦浩”在百忙之中扭过头来，提出要帮陆眠搞定。

陆眠拿着笔杆子，在他们的后脑勺各敲了一下。

“胖皓，你确定要把你这份十二分的卷子交上去？

“瘦浩，你确定要抄胖皓的这张十二分的卷子？”

两个人同时愣住，发出灵魂拷问：“眠哥，你咋知道这卷子得十二分？”

“眠哥”莫不是……有答案？

陆眠无所谓地转着笔：“我瞎猜的。”

“哦哦。”

“瘦浩”放心地点了点头，还是拿起那份物理试卷抄起来。陆眠的卷子没给他，他也没帮上忙。只是在课代表过来收作业的时候，这两个人帮陆眠解释，说陆眠的卷子被他们弄丢了。

课代表想了想昨天发生的事情，对陆眠心存同情，也就没再纠缠。

上午的大课间，陆眠让胖瘦哥俩儿带她去图书馆。

现在她的身体好多了，虽然还是痛，但对她来说也算不了什么。

陆眠要找一些书，找的速度很慢，便让胖瘦哥俩儿先回去。这哥俩儿装模作样地选了两本书，便先行离开了。

陆眠继续寻找，指尖沿着书脊一本一本划过，格外认真。她翻过一排书架，冷不丁跟陆心暖打了个照面。

陆眠面无表情地和陆心暖擦肩而过。

陆心暖站在原地，手指紧捏着手中的书，心中怨气横生。

“陆眠。”陆心暖回头喊了一声，声音不大，却淬着几分阴鸷，“你们马上要月考了，我也要去参加物理竞赛，希望到时候你还能这么云淡风轻。”

陆眠回头看了陆心暖一眼，有些莫名其妙，自己的月考和她的物理竞赛有什么关系？可她也懒得跟陆心暖多纠缠，只说了一句“随你”便抱着选好的几本书悠然离开。

陆心暖心里气得不行，用了很大的自控力才能继续维持表面的端庄。

她心中暗暗下决心，这次竞赛她一定要考第一名。

她要用学习成绩告诉所有人，她比陆眠优秀多了，也比陆眠更值得被救。

陆眠抱着书回到教室，正好赶上班主任丁猜的课。

丁猜已经在让课代表发试卷，看到有学生姗姗来迟，端起严肃的脸。待看清来人是陆眠时，他的脸又大转弯地挤出了笑。

“原来是陆眠同学，这是去图书馆了吧？快坐回去吧。”丁猜本来就对陆眠有较多的包容，在知道绑架案的真相后，就更心疼这个学生，自然也会多照顾她一些。

丁猜一边走下讲台，一边碎碎念：“陆眠同学最近很有上进心，你们也得打起精神，争取在这次月考中考个好成绩。这是你们升入高中的第一次考试，至关重要。”

说话间，丁猜已经走到陆眠的课桌边，本想嘱咐她几句月考的事情，却在看到她借来的那摞书时僵了脸色。

《学渣的逆袭》《物理的味道》……

丁猜一口气噎在嗓子眼，怎么又是这种闲书？

丁猜努力挤出笑，小声嘱咐道：“陆眠同学，你的心情老师理解，不过你看这些书没用，不如来找老师补补课，老师保证能让你物理考到六十分。”

他依旧惦记着给陆眠补课的事情，至于她管自己要了一张竞赛报名表的事，他压根儿就没放在心上。

“老师，月考之后再说吧。”陆眠一边说，一边漫不经心地用一张试卷盖住了那几本书。

丁猜一看，这不是他昨天布置作业的那张卷子吗？

这口气到底没上来。

他转身往讲台方向走，在经过“胖皓”和“瘦浩”二人身边时，终于找到了发泄口。

“郭子皓、袁浩，你看看你们，一模一样的十二分！当老师傻吗，看不出来这是抄的？下次再让我发现抄卷子，你们就别上我的物理课了。”

“胖皓”和“瘦浩”齐齐地盯着卷子上鲜红的十二分，陷入了震惊。

所以，“眠哥”到底是怎么猜到的？

陆眠下课后给隋愿发了一条“加油”的信息，言简意赅。

隋愿给陆眠回了个微笑的表情，后面附带一句话：“眠眠，我决定不去参加竞赛了。报名表是你要来的，应该你去参加。”

陆眠觉得隋愿又想多了，耐心询问：“新班主任对你不好？还是他不承认这份报名表？”

“不不不，他对我很照顾，比以前要好很多。只是眠眠，这次是我自己不想去的。你去吧，就当是为了我。”

这次真不是隋愿想多了，她只是想到陆眠和陆心暖的事情，于是做出了这个决定。

他们的眠眠比任何人都要优秀。

陆眠不知道隋愿的心意，手指飞快地回过去：“愿愿，别闹，考场考号都安排好了，改不了的。”

隋愿回她：“别人不能改，但你能。”

陆眠失笑，盯着短信仿佛看到隋愿摇晃着小光头，狡猾地冲她笑。

“你想要多少分？”陆眠回。

隋愿秒回：“比陆心暖考得好就行。”

怎么又跟陆心暖扯上了？

还没等陆眠说什么，下了课去而复返的丁猜就站在教室后门口冲她招手。

“陆眠，来我办公室一趟。”

陆眠揉揉眉心，丁老师天天都没事做吗？非要盯着她。

陆眠慢条斯理地将手机揣到兜里，双手干脆也插进兜里，吊儿郎当地跟着去了办公室。

没了孙佳莹的物理组办公室，气氛倒也和谐。

丁猜给陆眠拉开凳子，压低声音，隐晦而神秘地说：“明天月考，要不我给你标记几处重点吧？”

陆眠的心情很复杂。她脚尖随意地在地上画着圈圈，平静而懒散地道：“丁老师，我不用。”

丁猜一腔热血哽在嗓子眼，陆续走进来几个老师，他不得不把话咽回去。

“你们班竞赛的准考证打印了吗？”

“还没有。”

“丁老师那边有打印机，传给丁老师一块打出来吧。”

他们这么说着，回头看了一眼丁猜：“丁老师，那就麻烦你了，正好你也把你们班的给打印出来。”

“我们班……”

丁猜心知肚明，他们班除了陆眠就没人主动报名参加竞赛。高一的学生掌握的知识还不够，参加这种竞赛要么是学霸，要么就是去当炮灰。但报名表陆眠没主动上交，他也就没再追问。毕竟以陆眠的成绩，参加或者不参加，意义都不太大。

那边几个老师还在长吁短叹。

“这次竞赛我们班是没希望了，高三（1）班那几个尖子生可不是纸糊的。”

“陪跑呗，总不能一个人都不报吧，那才叫丢脸呢。”

“那倒也是，丁老师，你们班呢？”有老师把视线转移到丁猜这里，后来又想起什么，连忙说道，“我忘了，你们是 25 班。”

对方心直口快，倒也没有多少恶意。但“25 班”代表的隐晦含义，在场的所有老师都懂。

年纪轻又是新上任的丁猜表情尴尬地挠着头笑了笑，不知该说什么才好。

陆眠敛着好看的眉眼，突然打断他，声音淡淡的：“丁老师，我能借用一下你的电脑吗？”

“等会儿，我先给这几位老师打印一下准考证。”

“老师，我有个问题，挺急的。”陆眠坚持。

“什么问题？”

丁猜一边操作电脑，一边探过身子。

“就是这道物理题。”陆眠在纸上写下一串文字，然后推了过去。

丁猜本来只是侧身一看，却在看到这个题目的时候，眼睛瞬间亮了起来。他是物理老师，自然对物理题很感兴趣。

“电脑给你用，我先看看这道题。”丁猜很上道地将电脑让出来。

陆眠坐过去，轻轻扳了一下电脑屏幕的方向，手指在键盘上飞速操作着。

这道题出现后的结果就是——

一屋子的物理老师都凑到了丁猜这边，拿笔的拿笔，算数的算数，一时间五六个老师都没能给出答案来。

“这个题目有点意思……”

“丁老师，你哪里弄来的这道题？真有水平。”

丁猜默默地看了陆眠一眼，眼神挺耐人寻味的。

此时，陆眠慢吞吞地伸了个懒腰，纤细的手指将电脑恢复原貌，并顺手抹除了访问记录，这才站起身来。

“老师，我用完了。”陆眠表现得云淡风轻，好像什么事都没发生过。

“哦。你先回去吧，我有事再叫你。”丁猜压根儿没工夫管她。

陆眠走过去，态度十分诚恳：“老师，帮我把准考证打印出来吧，我正好拿走。”

“不用！月考没有准考证，记得带学生证就行！”丁猜敷衍着，随即很快反应过来，“什么准考证？”

“全国高中物理竞赛准考证。”陆眠微微一笑。

丁猜：“好……”

旁边几个老师也齐刷刷地看着这对师生，表情一言难尽。

看来25班是真没人了，竟然让一个成绩只够擦边的学生去参加竞赛。

教导主任办公室。

叶谨闻再次激动起来：“七哥、七哥，‘十三号’的信号又出现了！”

“说重点。”优雅大佬有些嫌弃叶谨闻的大呼小叫。

“重点！重点就是……”叶谨闻深呼吸一口气，“他在鲲程中学，他的信号刚才在鲲程中学出现过。”

萧祁墨偏头看过来，挽袖子的动作顿了一下。

叶谨闻继续惊讶道：“这次不知道为什么，信号比较明显，覆盖整个鲲程中学。”

虽然无法具体到某个人，但至少位置是确定的。

萧祁墨的表情平淡，让人看不懂他的情绪。他慢条斯理地整理好袖口，嘴角勾起一抹清冷的笑。

“呵，挺嚣张。”

“确实嚣张！”叶谨闻连连点头，“七哥，我突然想起上次探查到神秘人的信号，是在你家小区附近，你家小区对面不就是鲲程中学吗？”

萧祁墨给了叶谨闻一个“所以呢”的眼神。

“所以，这个神秘人该不会是学校里的某个学生或者老师吧。全校好几千人，我们要怎么排查？要不现在我们就把所有人聚到一起，逐一查问？”

叶谨闻的话让萧祁墨想到什么，薄唇浅浅一勾：“不急，总会有机会的。”

全国物理竞赛初赛日。

鲲程中学是芜城的重点中学，竞赛考点也早早地定在了本校阶梯教室。但与此同时，也是高一学生的月考进行时。

那些报名参加竞赛的高一学生，已经提前跟老师请了假。

陆眠觉得麻烦，没去请，拿着证件和笔踩着点去了阶梯教室。

门口，陆心暖从卫生间回来，正巧撞见了陆眠。

陆心暖伸手指了指教室门牌，笑得嘲讽：“你走错地方了，你们高一的考场不在这边。”

“我知道。”陆眠淡淡地应了一句，侧身经过陆心暖身边，找到自己的座位后，安安稳稳地坐下。

陆心暖差点笑喷。

陆眠参加物理竞赛？

考试正式开始。

陆心暖坐回位子上，捏着笔瞥了一眼陆眠的方向，怎么想都觉得好笑。她做起试卷来，心情也畅快了很多。

绑架案的事情让陆心暖成了众矢之的。就因为她获救了，陆眠没获救，那些同学就抨击她、嘲讽她。她打心底里不服气，却也只能生生吞下这口闷气。

这次陆眠主动撞上来，就别怪成绩出来后场面难堪了。思及此，陆心暖垂下头，开始绞尽脑汁地做题。

在陆眠的斜后方，苏珏也发现了她，他诧异的同时还多看了她两眼。从她出现后，他的脑子就已经乱了。

苏珏怎么都看不懂这个女孩，知道得越多，就越觉得神秘。就像现在，陆眠为什么会突然出现在竞赛考场上？爷爷曾说他们苏家配不上她，这话到底什么意思？

一想到这些，苏珏也没什么心情考试了。

考试时间过得很快，阶梯教室里鸦雀无声，只有笔落白纸，奋笔疾书的声音。

直到监考老师提醒“考试时间过去一小时”，很多人才惊觉自己还只做了四分之一的卷面。

百忙之中互相看看，扫到别人试卷也是一大片空白后，每个人心里都微微有些安慰。毕竟来这里的都是尖子生，自己不会，别人肯定也不会。

不过在大家继续埋头演算的时候，阶梯教室的凳子发出轻微的“吱呀”声。

众人还来不及抬头，一个纤瘦高挑的身影已经走到了讲台处。

“交卷？”监考老师不是很确定地问，又低头确认时间，还有两个小时考试才结束。

陆眠点点头，平静地将卷子摊平放在讲台上，不等监考老师苦心挽留，已经一只手放在校服口袋里，一只手转着笔，吊儿郎当地走了。

全体考生一脸问号。

他们愣了几秒后赶紧垂下头，老师说过了，就算不会做也得坚持到最后，不能让别人的节奏影响到自己，要稳住。

不过很快，阶梯教室里又有人离开座位，提前交了试卷。

监考老师挺纳闷，目送一米八的男生离开，拿起刚交的两张卷子，一张只做了一小半，一张倒是都填满了，无奈地摇头。

其他考生：一个两个的，还能不能让人安心考试了？

陆心暖在亲眼看着陆眠交卷，又目送苏珏仓促离开教室后，手里的草稿纸都快被她攥烂了。

陆眠不会做这些题，早交卷也就算了。可苏珏的追随离开让她产生了一种背叛感。她再下笔时，试卷上的题目就怎么也解不出来了……

苏珏追着陆眠跑了好几步才拦下她。

陆眠抬手看了一下手腕上的电子表，蹙眉。

“其实你今天可以不用过来，就算不参加考试，也不会有人说你。”苏珏压低声音说。

陆眠没理苏珏，脸上不耐烦的表情只表达了一个意思：“离我远点。”

苏珏挺尴尬的，但还是追了上去。

“陆眠！”苏珏一边跟着她一边说，“听说你从家里搬了出去，你现在还在上学，又没有收入。你缺不缺钱？我这里有，你先拿去用……”

陆眠莫名其妙地睨他一眼。

苏珏却当陆眠误会了，连忙解释：“这是我自己炒股赚来的钱，跟家里无关，你放心用。”

“炒股？”

陆眠顿住脚步，总算开口跟苏珏说了第一句话。

陆眠并不八卦，不知道苏珏在学校里的这些风云经历。

苏珏却以为这个话题引起了陆眠的兴趣，想矜持又控制不住地补充：“对，在家耳濡目染，我便试着买了一些股票。收益还可以，上次赚了一千五百万元，上上次赚了一千来万元。”

这两笔钱，放在谁眼里都是一笔巨大的款项。尤其对陆家这种普通家庭来说，更是一笔可望而不可即的巨款。

遥想两年前陆家因为缺五百万元放弃陆眠，就知道钱对他们来说有多重要了。

苏珏的内心或许也在期待着陆眠能给出崇拜的回应。

只不过苏珏对陆眠还是不够了解，对方听到他口中的巨额数字后，表情都没变一下，微微侧身绕过他，面无表情地走了。

“陆眠。”

苏珏下意识地伸手扯陆眠，手才刚伸出去，便迎上陆眠冰冷刺骨的眼神。她的嘴角勾着笑，又邪又烈。

“我赶时间。”陆眠平静地说。

“赶什么时间？你就不能听我一句劝？”他都放弃竞赛陪她出来了，却连她的一个眼神都得不到，心里憋屈得很。

爷爷还说让他照顾陆眠，可她压根儿就不领情。

陆眠不但不领情，还很烦，说了一句“关你什么事”，便大步朝着高一教学楼的方向走。

苏珏不死心地跟在后面，一边追一边喊她的名字。

直到……一个芝兰玉树的男人将他拦在了十字路口。

萧祁墨冰冷的双眸隐藏在金丝边框眼镜下，情绪也藏得很深。他的视线锁定苏珏，卓尔不凡的气场一下子将苏珏给压下去。

“祁主任好。”苏珏低低地喊了一声，对于这个教导主任，他莫名产生一种敬畏，就好像明知对方不会对自己做什么，潜意识却告诉自己这个人绝不能得罪。

苏珏的余光追随着陆眠的背影，显得很急切。

“别人考试的考试、上课的上课，你这样吵闹合适吗？”四平八稳的标准的教导主任台词，萧祁墨说起来一点儿也不觉得违和。他的声音从头到尾都很平静，加上他本人儒雅绅士的气质，更显成熟与稳重。

苏珏垂下头：“祁主任，我知错了。”

“回你自己的教室。”

苏珏不太想，好不容易才能跟陆眠单独说几句话。

“怎么，想让我送你回去？”

苏珏心不甘情不愿地回自己的教室，走之前还深深地往陆眠离开的方向看了一眼。

陆眠手里转着笔，晃晃悠悠地来到高一的教学楼。

班里分配的考场号陆眠还记得，找到教室后看到里面已经坐满了学生。监考老师从里面走出来，看着表：“同学，你迟到了一个小时。”

“肚子疼。”陆眠解释。

监考老师不大相信，想要拦下陆眠。抬起头时，眼前却多了一个高大修长的身影。

对方从容地道：“我可以证明，她肚子疼。”

“这……”监考老师反应了几秒，连忙侧开身体让路，“有祁主任给你担保，快进去吧，时间不多了。”

“谢谢老师。”

陆眠点点头，回头看了萧祁墨一眼，一切尽在不言中。

考场内因为陆眠的加入，引起了小小的骚动。毕竟只是月考，监考没那么严格。

陆眠坐下后，前排的“胖皓”往椅背上靠了靠，兴奋地微举起试卷。

“眠哥，你猜我这次能考多少分？”

陆眠趁着整理试卷的片刻，抬头看了看他。

“进步了一个点。”她淡淡地道。

“胖皓”大喜，捂着嘴压低声音，献宝似的道：“眠哥，你抄我的吧，我卷子就这样放着。”他一边说，一边把卷子扯到桌子外面，正好能让后排的陆眠看清楚，抄得方便。

陆眠左手微撑着额头，轻飘飘的口气里还带着几分无奈：“你这一点二分的物理卷子，还是再检查检查吧。”

“胖皓”的表情有些天崩地裂：“我写得可多了。”

“嗯，所以零点二分是辛苦分。”

“胖皓”看着自己写了大半的卷子，上次还打了十二分，这回才一点二分？

他泪眼汪汪地求助：“眠哥，你猜第一道题选啥？”

“选 B。”

两个人交流的工夫，监考老师已经面带羞涩地回来，教室里立刻恢复了安静。

考场一片和谐。

下了考场，“胖皓”拎着书包跟上陆眠。

“眠哥，考试前你干吗去了？”

“去隔壁考场了。”

“隔壁？物理竞赛那个？”

“嗯。”

“胖皓”好像听到了什么不得了的消息，小跑了两三步后回头看陆眠，心里止不住琢磨：他莫不是遇到传说中的低调大佬了？还是无缝衔接两场考试的那种。

是不是大佬没关系，反正都是让他佩服的“眠哥”。

“对了，眠哥，我们芜城昨天发生了一起珠宝抢劫案，你放学回家小心点。我爸说那群人会伤害人质，你要是见到什么可疑人物就赶紧跑。”“胖皓”细细地嘱咐着。

“胖皓”本来只是好心提醒一下，陆眠却上了心。

“对方多少人？长什么样？抢的哪家珠宝？最后消失点在哪里？”

"胖皓"还是头一次看到陆眠对一件事这么感兴趣，手挠着头："这案子是由我爸负责，有些事他也不方便说。我只知道对方有三个人，身形和样貌都伪装过，我爸他们都抓不到，特别狡猾。抢的是城北那家，最后的消失点我就不知道了。"

"谢了！"

陆眠一边说，一边加快了脚步。

城北一家酒屋内。

陆眠换掉校服，一身黑色长裤加短袖出现在酒屋内。她精致扎眼的模样一出现，就引起无数视线打量。

陆眠淡定地坐在吧台旁，只要了一杯冰水。她若无其事地把玩着高脚杯，偶尔玩几局游戏解闷。

萧祁墨从二楼包间下来的时候，第一眼就看到了吧台处的陆眠。周围的一切都很喧嚣、热闹，她却自成一个世界，将所有东西屏蔽在外。

萧祁墨推了一下眼镜，酒屋昏暗的灯光投射在他的镜片上，闪过一抹幽光。

他缓缓下楼，带着压迫感的眼神漫不经心地扫视酒屋大厅。

一个女孩来这种地方太不安全了，更何况还是一个这么惹眼的女孩。

而且她不是来那个了吗？喝冰水像什么话？！

萧祁墨修长的手指捏了捏鼻梁，抬腿就朝陆眠走去。

其间叶谨闻给他发了语音。

"七哥，他们在二楼棋牌室。"

"等着。"萧祁墨冷冷地回了一句。

萧祁墨两三步就走到陆眠身边，他矜贵清冷地靠着吧台，伸手抽走她手里的高脚杯。

陆眠从错愕中抬起头，见到来人是萧祁墨，表情一言难尽。

怎么哪里都有他？

萧祁墨似乎也读懂了陆眠的眼神，斯文的俊脸上染了些许暗沉。

这世上敢嫌弃他的人不多，陆眠算一个。

这个没良心的小浑蛋，他前两天刚给她在温水里放了那么珍贵的滋养药物，她倒好，转头就来酒屋喝冰水。

“肚子不疼了？”萧祁墨的声音算不上温和。

陆眠顿了一下：“还行。”

“怎么来酒屋了？”

“解闷。”陆眠面不改色地回答。

萧祁墨也不做他想，下巴微扬，示意二楼的方向：“楼上有棋牌室，比这里安静，我带你上去解解闷。”

陆眠倒也没推辞，点点头跟上萧祁墨的脚步。

萧祁墨随时都在观察陆眠，见她从容不迫地接受各种不怀好意的人的目光扫视，心中无奈。

他们一路来到二楼，这边比较安静，灯光也很明亮。

萧祁墨推开走廊尽头的包间门，非常绅士地请陆眠先进去。

叶谨闻正跟几个人吆喝着，见陆眠走进来，“啧”了一声，挤眉弄眼地凑到萧祁墨跟前。

“七哥，你不是去解决生理问题了吗？怎么带回来一个？”

“偶遇的。”

叶谨闻端起“看好戏”的架势，熊熊八卦之魂简直不要太明显。

萧祁墨没理他，招手让服务生过来，点了一杯热牛奶。

小孩子就得喝小孩子的饮料。

陆眠挺无奈的，舔了一下唇瓣。很快，一杯热牛奶递到了她的手上，她只好捧在手心。

陆眠不会打牌，就坐在萧祁墨身后，吊儿郎当地晃着一双腿，小口小口地啜饮着牛奶，十足乖巧的学生妹模样。

萧祁墨对此很欣慰，一时间觉得陆眠这样坐着还挺好。

萧祁墨和叶谨闻是一家，另外两个人是一家。一张牌一张牌地打着，双方有输有赢，偶尔闲聊几句，却也很快就变得索然无味起来。

两个陌生人中的“络腮胡”突然看向陆眠，“啧”了一声：“要不，让这个小妹妹帮我们洗牌？”

被突然点名的陆眠愣了一下，很认真地解释：“我不会洗牌。”

“络腮胡”更满意了，要的就是不会洗牌的，多少也能增加点乐趣。

萧祁墨修长的手指递出一张牌，指尖压在桌面上，感觉挺沉。

"她说了不会。"萧祁墨的声音平静，低沉中带着几分威压。

对方不死心，还直接笑了起来。

"不如这样，如果这把你们赢了，你们可以向我提一个要求。如果我们赢了，我就向你们提一个要求，怎么样？"

萧祁墨和叶谨闻的眼神在半空中交汇。

这个"络腮胡"他们盯了半天了，确实需要从他口中探到一些信息。但因为牵扯到陆眠，这个念头他们很快便打消了。

"络腮胡"还在等待答案。

陆眠将粉色的可爱牛奶杯放在旁边，站起来，浅浅笑意中带着若隐若现的邪气。她道："好呀。"

"络腮胡"满意地点点头。

萧祁墨拧着眉心。

"那我就随便洗洗吧。"陆眠看着"络腮胡"，脸上的笑意更邪了。

陆眠接过牌，拿在手心里一张一张地捻开。动作看上去没那么熟练，却是一个让人移不开眼睛的画面。

陆眠的手指纤细而白皙，干净的淡粉色指甲留得不长不短，透着一种健康清透的美。一张张纸牌漫不经心地在手上过来过去，让人觉得看她洗牌都是一种享受。

"络腮胡"眼里的光更亮了。

"小妹妹，你这样洗牌是洗不开的。"他手摸着下巴，笑得如同老狐狸，"你放在桌上，我教你。"

陆眠偏头看他一眼，清澈冷冽的墨眸深处，明明灭灭的嘲讽一闪而逝，她并没有听"络腮胡"的。

纸牌"啪啪"地在她手上过了几遍以后，她十分利落地将牌放在桌子中央。

"洗好了。"

她真的就是随便洗洗。

"络腮胡"怀疑这牌洗得不彻底。

不过有萧祁墨坐镇，他也不好说什么或是做什么。

"络腮胡"招呼四个人道："来，我们继续。小妹妹给我们洗的牌，肯定能让我手气大增！"

“黄老板，你今天手气好，绝对能赢。”“络腮胡”对面的跟班恭维道。

“七哥……”叶谨闻也喊了一声。

萧祁墨并没理会，偏头看到陆眠洗过牌，又安静乖巧地坐到他身后，嘴角浅浅勾起一个弧度。

这次轮到“络腮胡”先摸牌。

他手指兴奋地乱动，划走第一张扑克牌之后便“啧”了一声：“让我看看是什么好牌。”

红桃 4。

他脸上的表情挺嫌弃的。

而轮到萧祁墨时，他手指夹着那张纸牌中最大的牌——大王。他颇感意外，今晚还是第一次摸到这么大的牌。

他的身体微往后靠，低声揶揄道：“洗得不错。”

陆眠正跷着二郎腿玩游戏，有些玩世不恭，百忙之中才懒洋洋地回了他一句：“随便洗的。”

萧祁墨点头继续，等到桌上的纸牌摸完，手里的牌也都整理好了。他盯着手里的无敌王炸牌面，沉默了。

这牌好得让萧祁墨有明牌的冲动。

对面的叶谨闻亦如是，姿态轻松，胜券在握，人都快在椅子上坐不住了。

反观“络腮胡”一伙，脸色沉得如锅底，只想摔牌而去。

陆眠对他们的游戏规则不感兴趣，结束一局两分钟的游戏，抬头便看到萧祁墨递出手里所有的牌，再温文尔雅地宣布：“我们赢了。”

这牌面，闭着眼都能赢。

“络腮胡”和同伴面如死灰，这也太邪性了吧？

“小妹妹，来，再帮我们洗一次。”“络腮胡”不太甘心。

陆眠懒洋洋地抬头：“您先履行承诺。”

萧祁墨和叶谨闻也都静静地看着他。

“看在小妹妹的面子上……”“络腮胡”大手一挥，倒也爽快，“你们提要求吧，在我能力范围内的。”

叶谨闻接收到萧祁墨的信号，冲陆眠眨了一下眼睛后开口问：“黄老板，我们没什么要求，就是想问问你，你脖子上的这条大金链子挺好看，在哪儿买的？”

这么简单的问题，正常人庆幸都来不及，“络腮胡”却警惕起来。

金链子一直藏在衣领下，没人能看到。如今突然被人提到，他反倒有点心虚。

“这个……”“络腮胡”的眼神飘忽。

陆眠嘴角勾起嘲讽的笑，开了口：“就这么为难？难道金链子不是你的？”

被一个这么美的美少女用激将法，“络腮胡”当场不乐意了。

“小妹妹，你可别误会啊，哥哥是正经的生意人。这金链子我也不知道是在哪儿买的，是我在我一家旅馆的走廊捡的。没人认领，我就自己戴着了。”“络腮胡”又补充，“要是有人来要，我还给人家就是了，可没打算昧下。”

陆眠“呵”了一声，没什么兴趣。

萧祁墨和叶谨闻互相交换了一个眼神，内容有些复杂。

看来昨天芜城的珠宝抢劫案跟这个“络腮胡”黄老板并无直接关系。

是的，黄老板脖子上的金链子就是被抢珠宝店登记过的失窃链子。黄老板看起来不知情，还把它戴出来，因此被他们盯上，才来了这家酒屋打牌。

据黄老板所言，失窃物出现在他家的旅馆，也就说明那三个嫌疑人去过那里，说不定此时人还在旅馆里。

思及此，萧祁墨和叶谨闻自然没心情再打牌，隐隐有起身离开的意思。

可黄老板不知道这些情况，他上一把输得那么惨，这一把自然想赢回来，纠缠着不肯放人。

“二位不能赢了就跑吧，小妹妹，再帮我们洗一把，我保证这是最后一把。”

“可是……”叶谨闻想拒绝。

萧祁墨一个安抚的眼神丢过去，示意叶谨闻再玩一局也没什么，就一两分钟的事。

“好吧……”

于是陆眠只好又帮他们洗了一次牌，依旧是敷衍和漫不经心的模样。

一摞牌重新放回桌面上。

陆眠这次没有坐回去，而是单手搭在萧祁墨的椅背上，声音平淡：“我去一趟卫生间。”

“嗯。出门左手边直走到尽头就是。”他贴心地嘱咐。

“好。”

陆眠走后，黄老板的视线还一直粘着。

“黄老板，摸牌。”萧祁墨的声音清冷。

黄老板“扑哧”笑了一声，一边伸手一边笑：“祁先生，你是落花有意流水无情啊。人家小姑娘一看就对你没意思。”

他这话再直白不过，小姑娘虽然是这位先生带来的，可这两个人一看就不是情侣，要不然他也不会心存想法了。

“摸牌！”萧祁墨的声音更低沉。

这次的牌面没上次好，双方势均力敌。

萧祁墨和叶谨闻本打算两分钟就解决问题，却不想花了十分钟也没能结束。再加上黄老板上了心，出牌更谨慎，一时间难分输赢。

二十分钟后。

陆眠拿纸巾擦拭着手指的水渍，慢悠悠地晃回来。她大致睨了一眼牌桌，不羁地调笑道：“还没结束？”

萧祁墨不怎么爽快地“嗯”了一声，把最后一张牌递出去，问：“这么久？不舒服？”

“哦。”陆眠随性地摊着手，“女生嘛，比较麻烦。”

萧祁墨一下子 get（捕捉）到，但不知为何，总觉得有哪里不对劲。

随着最后一张牌落桌，牌局胜负定下。

萧祁墨和叶谨闻险胜。两个人自然不会再继续，跟黄老板告辞后，带着陆眠就往楼下走。

“我送你回家。”萧祁墨已经打开副驾驶座的门，转身间，一个暗示的眼神给了叶谨闻。

叶谨闻心领神会：“小眠眠，我还有事，先走了啊。”

萧祁墨送陆眠，她并不推辞，两个人一路无话，很快便回了锦城壹号。

而当萧祁墨再次接到叶谨闻的电话时，却被通知——

“七哥，嫌疑人找到了，只不过……”他顿了一下，语带懊恼，“不知道是谁抢了我们的人头，先我一步把人五花大绑地扔到警察局门口了。”

第九章
出成绩了

萧祁墨拿着手机，合上防盗门，径直走到阳台处。

夜空星辰点点，他漆黑的双眸里透着几分不属于他风格的疑惑和复杂。

“监控查过没有？”

“黄老板家就是一个小旅馆，监控死角太多。至于怎么扔到警察局门口的，从路边监控看只知道是一辆挂牌车，其余信息一概查不到。”

叶谨闻顿了一下，迟疑道：“这种行事风格有点像……”

叶谨闻没说完，萧祁墨就打断他：“既然已经找到嫌疑人了，就不需要我们插手了。到此为止。”

萧祁墨表现得倒是很淡然，可叶谨闻有些不甘心。

“七哥，我们被抢人头了啊。这件事明明是先委托到我们这边的，眼看着都查清楚了，结果……”叶谨闻在那边攥了攥拳头，“要是让我找到这个人，我一定先跟他大战三百回合。”

说完，他自己又觉得很奇怪。他们的行事过程一直都很隐秘，速度已经够快了，可还是被人捷足先登。

问题到底出在哪儿呢？

萧祁墨没说什么，只是眼神越发复杂。

不过他琢磨的不是珠宝案，而是如何让“流水也有意”呢？

陆眠在家过了一个踏踏实实的周末，原本疼痛又发沉的身子已然恢复，气色也好了很多。

这天是月考发成绩的一天。

陆眠来到教室，发现大家的情绪都不太高，对答案的对答案，估分的估分，三三两两地凑在一起唉声叹气。

高一新生的第一次月考，对以后确实有些影响。

她甩着书包走到座位上，“胖皓”和“瘦浩”就停下说话凑了过来。

“眠哥，你这次估了多少分？”

陆眠放下书包，用脚钩开凳子，坐了下去。

“应该够用了。”陆眠道。

“够用了……是什么意思？”

“哦。”陆眠露出一个笑，“没什么。”

办公室。

丁猜打印出成绩单，正好有老师从外面进来，他手忙脚乱地捂上，有点“此地无银三百两”的感觉。

几个老师笑而不语。

丁猜叹了一口气，拿着成绩单急匆匆地赶往年级主任办公室。

全体班主任开会，会议内容就是这次的月考。每个班主任都拿着自己班的成绩单，堪称大型处刑现场。

年级主任姜华背着手走来走去，神色烦躁，尤其在走到丁猜跟前时，心态就更炸了。

“有些班级这次真是让我刮目相看。年级第一、第二、第三都包圆了，只不过……”姜华冷冷一笑，“是倒数的！”

“我还是第一次见到这样的情况，整个年级前五十名一个没有，倒数三名倒是拿了个满贯。丁老师，你说说这是什么原因？”

丁猜是一个年轻老师，刚教学不久，因为没有老师愿意带25班，他便只好硬着头皮上了。他猜到他们班的成绩会不好，但没想到会这么差。尤其是陆眠，让他看了只想流眼泪。

“主任，都是新生，还不适应高中生活。这次月考后，我一定让学生们多多反思。”

其余几个成绩垫底的班级的老师庆幸地捏了一把汗，名列前茅的班级的老师自然是志得意满。

“你回去好好管理一下自己的班吧！”姜华恨铁不成钢地叹着气，说完月考，话题又扯到了物理竞赛上。

“我听说，物理竞赛的初赛成绩也出来了？”

说到这个话题的时候，姜华的口气温和了很多，态度几乎来了个一百八十度大转弯，带着有些骄傲的语气问：“据说我们高一年级组有个学生比高三尖子生考得还要好？”

高三（1）班。

陆心暖终于等到了期盼已久的物理课。

物理课是新换的老师，也担任着他们铁面无私的班主任。她以前深得孙佳莹的喜欢，可自从新班主任调过来后，很多事情慢慢就变得不一样了。她说不上哪里不一样，就觉得自己身为尖子生，却在无形中少了很多特权……

好在还有这次物理竞赛，她的成绩应该可以让老师对她刮目相看。

“我说一下这次物理竞赛的事啊，我们班有五位同学参加，除了苏珏，其他同学的成绩都还可以。”铁面老师万霖语气平淡地说着。

陆心暖的手微微攥了一下课本，眼里满是期待。

同桌曾娜靠近她，捂着嘴小声道：“心暖，你的高光时刻到了。”

“别这么说，我也不知道自己的成绩……”陆心暖矜持着，可那颤抖的声音早已出卖了她。

这是陆心暖最引以为傲的东西，她就等着这一次扳回舆论的风向。

万霖拿着成绩单，眯眼扫了一下下面的同学，一一念道：“周凯，六十二分；李慧玲，六十八分……”

“苏珏，三十一分。”

苏珏十分平静地接受了这个成绩。

谢辉阳安慰苏珏：“苏少，别放在心上，这本来就是竞赛题，我们这些人连去参加考试的资格都没有呢。”

“没事。”苏珏点点头。

苏珏一开始也很难接受自己考了这么差的成绩，如果他好好写试卷，虽说拿不了最高分，也应该会有六十分以上。不过只要想到他是陪陆眠一起垫底，他也就没那么在意了。

“陆心暖。”万霖往讲台下看了一眼，“八十三分，高三部最高分。”

同学们都下意识地看向陆心暖，看看人家这成绩，跟前几个考三十多分、六十多分的一对比，差别立显。

虽说前几天发生了那样的事，可陆心暖在学习上确实没得什么可吐槽的。

这可是物理竞赛，能拿到这个成绩已经很优秀了。

坐在一旁的隋愿也看了陆心暖一眼，心里不免替陆眠小小地担忧了一下。

陆心暖享受着来自四面八方的视线，脊背挺得更直，人也多了几分自信，颇有扬眉吐气之感。

“老师，八十三分在学校是第几名啊？”有人好奇地问。

这也是陆心暖想问的，为什么老师说是高三部最高分，而不是全校呢？

“肯定也是第一！高二和高一的肯定比不过。”

大家嚷嚷了两句，不停地往自己班级脸上贴金。

万霖面色严肃地敲着桌面，示意所有人安静。

“知不知道什么叫人外有人，天外有天？真当自己天下无敌了？”万霖没什么好脾气地开口，他向来看不惯这种莫名的优越感，拿手敲着桌面，大声地宣布，“这次的全校第一名是高一年级的。”

教室里一片死寂。

所有人都仰着头，难以置信地看着万霖。

万霖轻哼一声：“那位同学考了满分。”

平地一声惊雷，教室里瞬间炸了锅。

“考了满分？这个人是谁？！”

陆心暖的笑容僵在脸上，眼里有什么东西碎裂了。满分成绩代表着什么，她心里再清楚不过。

陆心暖考八十三分已经竭尽全力，对方考了一百分，这就说明这个人的实力远不止于此。关键这可是竞赛题啊，比平时的考试难了十倍不止。

这样的成绩陆心暖从未想过，也不敢想。而且对方还是高一，等于直接把他们这群尖子生吊打了。

陆心暖扬眉吐气的感觉少了大半，手攥着课本，不断地安慰自己，自己还是年级第一，才勉强稳住情绪。

或许新生当中真的有天才也说不定啊。

“老师，这位大神到底是谁呀？跟我们透露一下吧？！”

就算不认识，他们也出于本能地好奇。

万霖轻咳一声，面无表情的脸上带着几分欣赏，缓缓说道：“她的名字叫陆眠。”

“啊，原来是陆眠大神。”

有人嘴快地感慨着，然后——

全班寂静。

陆眠的大名，他们高三（1）班可不陌生。

所有人几乎是下意识齐刷刷地看向陆心暖，眼里的询问之意特别明显——

是你姐姐陆眠吗？

陆心暖也特别想知道，这一定是重名，一定是……

“高一（25）班，陆眠。”万霖又补充，“这就是告诉我们，不要小看任何人和任何班级。”

周围有源源不断的声音涌来，陆心暖仿佛都听不到了。

即使陆心暖再想保持镇定，也还是被这个消息穿透了理智，砸碎了自尊。她一口气卡在喉咙里，上不去也下不来，轰鸣的双耳里只回荡着“陆眠”二字。

陆眠考了第一。

陆眠考了满分。

陆眠只做了一个小时就交卷了啊！

这怎么可能！

“有什么不可能的呢……”隋愿小声地念了一句，怯生生的小脸上染了几分光彩，双手攥成小拳头，在心里兴奋地欢呼了一声。

她就知道，他们的眠眠绝对可以。

隋愿当年第一次见到陆眠时，就知道她跟别人不一样。她安定平静，冷淡疏离，有着不属于她这个年纪的理智。在危机重重的生死关头，她以单薄瘦削的肩膀撑起了他们五个人的天。

如果不是后来发生了那件事……

隋愿甩了一下脑袋，再回神时手心已经因为恐惧攥出了汗，不敢再继续想下去。

不说别的，陆眠的实力毋庸置疑，那丫头只是不在意这些。她有随时随地考满分的能力，但她没有表现自己的欲望和动力。

陆眠就连来鲲程上学，多半也是为了陪她，一小半是为了查绑架案。

隋愿不止一次地想，眠眠帮他们做的事情够多了，他们是不是也该帮助一下眠眠，重新找回活着的意义呢？

他们的眠眠本就该绚烂夺目。

听到这个消息后，苏珏的脸色很难看。本以为陆眠提前交卷是不会做，可事实是她都做完了，还胜券在握。

他怎么那么无知，竟然还想着跟陆眠一起垫底，想着要陪她，真是可笑。

可如果陆眠的物理成绩那么好，又如何会落到这种境地呢？

这边的丁猜因为月考的事情忙得焦头烂额，都没来得及看物理竞赛成绩。当然，他心里也没什么期待。

直到听年级主任提起，他才从别的老师口中知道陆眠竞赛考了一百分。

不光是全校第一，还是全国物理竞赛初赛的第一。

被年级主任训得像双破袜子的丁猜立刻挺直了腰板，在一众老师羡慕震惊的眼神下笑个不停。

年级主任跟他握手，各班班主任都想跟他挖人。

丁猜扬起下巴，高贵又骄傲地走出办公室。然而走到班级门口，他突然又记起他们班的月考成绩，还有陆眠的月考成绩。

怀着冰火两重天的心情，丁猜在教室后门站了很久，心情坐了好几遍过山车。直到有学生喊着“老丁在后面”，教室里才见鬼般地安静下来。

于是丁猜也只好捏着成绩单，冷静地走进去。

25班的月考成绩不好，不用老师说，大家都心知肚明。所以这会儿静悄悄的，谁也不敢说话。

丁猜一边让课代表发月考卷子，一边宣布结果。

每个学生都提心吊胆，直到听到“胖皓”和“瘦浩”以及陆眠的总成绩，纷纷放下心来。

只要垫底的不是他们就行了。

班长白芳菲举手站起来，睨了角落里的陆眠一眼，表情挺不屑的。

“老师，我们班的成绩垫底，那是因为有人拖后腿。有些人总分才考了六十分，这样的人，有什么资格继续留在我们学校。”

教室里一片唏嘘。

前排的“胖皓”回过头来：“眠哥，她说你呢。”

“是吗？”陆眠从小说中抬起头来，清澈的双眸眨了眨。她记得白芳菲，莫名其妙就对自己有敌意的一个小孩。

上次在卫生间，好像就是她领头让自己不要出来吓唬人的。

陆眠手上的圆珠笔在手背转出一个花，顽劣地笑道：“她爱说随她说，她又做不了主。”

“胖皓”：这表情真够劲。

“不过眠哥，你不是说你的成绩够用吗？六十分也太少了……”他总分都考了两百多呢，虽然物理是在“眠哥”的帮助下才没有得一点二分……

讲台上，丁猜拍了拍手，让大家安静下来，并没有回应白芳菲的话，而是话锋一转说道：“陆眠同学虽然月考成绩不好，但她在这次的物理竞赛中，以满分的成绩获得了第一名，为我们25班争得荣誉。”

教室又是一片哗然。有人不明白物理竞赛的概念，但反正只要夸厉害就对了。

白芳菲没参加竞赛，对这个没什么大的感触，只是重新站起来提出自己的疑问：“老师，您确定陆眠没有作弊吗？这样的分数也太不合理了。”

是啊，是挺不合理的。

一个月考考六十分的人，竞赛考了一百分，这是什么操作？

丁猜也很苦恼，物理竞赛满分，物理月考六十分，其他各科……零分。如果他没记错的话，物理竞赛和物理月考的时间是重合的，陆眠无缝衔接两场考试？

更关键的是，她月考只考六十分，该不会就是为了完成跟自己的约定吧……

但身为陆眠的班主任，他还是有必要澄清这个问题的，而且是严肃地澄清。

“作弊是不可能作弊的，因为……”

丁猜故弄玄虚地摸着下巴，在一众学生催促的眼神下悠悠地开口。

“陆眠是第一个交卷的，也是唯一一个做完全部试题的。别人不抄她的就不错了，她又能抄谁的？”

“那她要是提前拿到了答案呢？”白芳菲继续不甘心地质疑。

这话问得极其没有营养，甚至把物理竞赛当成了儿戏，可见陆眠在白芳菲的心中有多么不堪。

“那就更不可能了。”丁猜果断地挥手，“试卷最后一个大题有争议，竞赛组老师分成两派得出两个答案。他们以为没人能答得上来，没想到陆眠的试卷却让他们茅塞顿开，统一了答案。”

换言之，陆眠的试卷就是标准答案。这也是丁猜最为震惊的地方，他在年级主任办公室得知这个消息的时候，也被质疑过。

遇到这样的事情，旁人自然会提出疑问。同学们会，其他老师也会，所以就导致作弊这个问题在办公室里就已经探讨了一番，然后解决了，也才有了后来全体班主任跟他抢人的局面。

丁猜的话有理有据、滴水不漏，完全堵死了白芳菲的质疑。

白芳菲尴尬又懊恼地瞪了陆眠一眼，一屁股坐下。

反观陆眠这个当事人，该转笔转笔，该看小说看小说。物理竞赛第一和月考年级倒数第一的标签贴在她身上，她浑然不觉，不悲不喜。

下了物理课，“胖皓”和“瘦浩”齐齐向后坐着，叽里呱啦说个不停。

他们已经习惯这样，即使知道“眠哥”对他们的话题不感兴趣，可还是会自动以她为中心。尤其是这次考试过后，他们更唯她马首是瞻。

陆眠倒也不嫌烦，偶尔还会懒散地应一句，标准的纨绔公子模样。

“对了，眠哥，那天我跟你说的珠宝失窃案的事情，你可以放心了。三个嫌疑人隔天就被抓住，不会威胁咱老百姓了。啧，我爸立了一功。”

“瘦浩”双手抱拳：“感谢令尊，为芜城除害了！”

“哪里是我爸啊，我爸纯粹是捡漏。”“胖皓”提起来好像还挺嫌弃自家父亲一样，掰着手指头说道，“我爸那边还没头绪呢，结果三个嫌疑人就被五花大绑地扔到他们门口。”

“该不会是超级英雄做好事不留名吧……”

“别扯，我说正事呢。反正我爸是打死也不想领这份荣誉，可是又找不出是谁做了好事，我爸就只能背锅了……”

“这个锅，多少人想背都背不上呢。”

“那我还想知道这个好心人是谁呢。”“胖皓”一脸的求知欲。

陆眠敛着眸子，手指慢条斯理地翻着书页。等他们说完了，她才悠悠地问了一句，眼皮子都没掀一下。

“胖皓，你爸那里还有什么案子吗？”

“那可多了去了。眠哥，你要是不嫌烦，我一一讲给你听！”

陆眠漫不经心地笑道：“好啊。”

陆家。

陆心暖脚步沉重地回到家，傅曼一眼就看出她有心事，赶紧多问了几句。

“暖暖，怎么不高兴啊？”

会哭的孩子有糖吃，陆心暖从小就明白这个道理，但她不会傻得直接告状。她只是红着眼圈勉强挤出一抹笑，隐忍着摇了摇头：“妈妈，我没事。我只是……可能要让你失望了……”

傅曼心里“咯噔”了一下。

陆心暖从小乖巧又听话，学习和文艺各方面都很优异，从不会让人失望。现在她说出这种话，肯定是遭受打击了。

可这孩子从小就懂事，问她什么都憋在心里，只会说一些好话安慰别人，让人越发着急。

傅曼拉着陆心暖坐到沙发上，再三逼问才知道是物理竞赛的事。

可陆心暖竟然说陆眠考了满分，傅曼愣过之后，怎么想都觉得不现实。不过傅曼也没心情去管陆眠，她安慰着陆心暖：“暖暖，你给自己的压力太大了，这只不过是初赛，还有复赛，还有决赛。陆眠也许是一时幸运考了满分，这种幸运又不是长久的。你就不一样了，你有基础又有实力，妈妈相信你的能力。”

“妈……”陆心暖微微仰起头，语带哭腔，“要不你让姐姐回来吧，她一个人在外面，我很担心她。”

傅曼又何尝不担心呢？再怎么骂陆眠，再怎么训她，那也是亲骨肉。可想到陆眠冰冷绝情的样子，她还是摇了摇头：“算了，她一回来就惹我生气，还影响你学习。”

“哦……”

陆心暖似乎试探到什么，心满意足地伏在傅曼怀里。

“对了，妈，我能不能跟着苏珏学炒股啊？”

“炒股？”

“嗯，他这方面挺厉害的，每次都赚很多。我想尽快把我们家的债务还上，这样你就不用再这么辛苦了。”陆心暖这么说着，对苏珏的能力深信不疑。

傅曼不懂炒股的事，却也听说过炒股有风险，电视上报道过很多因为炒股失败而跳楼的新闻。她不着急还钱，只要陆心暖争气，未来这笔钱都是小事。

“暖暖，你现在的任务是学习，赚钱的事有妈妈在。”

“妈，其实我就是想找个机会跟苏珏多交流交流。”

这段日子苏珏的冷淡陆心暖都看在眼里，或许以前还会待价而沽，但在见识到苏珏的这些能力后，她还是觉得要抓紧他。

至少，不能让陆眠捡了便宜。

“你不用给我太多钱，几千块钱就够了，我们一点一点地来。”

陆心暖兴致勃勃，傅曼也不忍伤了女儿的心，咬着牙将刚发的一笔工资转了一半给陆心暖。

三千元。

陆心暖甜甜地笑着，点了领取。

夜深。

陆眠一身黑衣黑裤，满身肃杀之气地回到锦城壹号。她脱下衣服，换上舒适的睡衣。

她懒洋洋地坐在电脑前，空荡荡的房间里光线微弱，只有电脑屏幕坚定不移地亮着。

陆眠精致的小脸被这光线衬得有些冷白。

在一群嗷嗷待哺的股友热情的催促下，陆眠又精心研究了一只潜力股，给“零”发了过去。

剩下的事情“零”会全部代为处理。不过跟以往不同的是，陆眠这次多说了一句话。

眠：“把群里的人员排查一遍。”

零：“出叛徒了？要不停止这次的信息发布？”

眠：“不用，你先查吧。”

“零”一头雾水，却也尽职尽责地照做。

他们建立这个股友群，并不是谁都可以加进来的。

在Z国，有钱人很多，穷人也一大把。穷人因为没钱，或许治不起病，或许完不成梦想，或许上不起大学，或许……

因此加入这个群的审核条件之一就是：贫穷。

其他条件包括：不沾染不良习惯、没有案底、信用良好等。

日积月累，渐渐笼络了这么一群人，带着他们一起炒股赚钱，并且一再嘱咐要量力而行。同时也不会让他们永久待在群里，当他们的经济实力达到一定程度时，就得从这里离开。

“眠哥”说她不是做慈善，可群里的所有人都知道，她就是在做慈善，她是在用这种方法拯救着一个个在贫穷深渊里挣扎的普通人。没人能做到她这种程度，他们打心底里把她当成信仰。

“眠哥”让排查人员，那她肯定是察觉到了什么。难道是有人伪造信息混了进来？

陆眠没管后续的事情。

隔天上学，物理组办公室要给参加竞赛的同学开个会。

很难得，陆心暖、苏珏和陆眠又聚到了一间小教室。小教室里的座位不多，陆眠到的时候已经满满当当地坐了人。

陆眠的到来就像是外来客一般，让本来有些喧闹的教室，瞬间归于安静，众人齐齐对她行注目礼。

别人可能不知道，但参加过物理竞赛的人谁会不知道陆眠。

一个小时就交卷并考满分的神人……

片刻的鸦雀无声后，陆心暖像是意识到什么，连忙起身。

“眠眠，没位子了，你坐我这里吧。”陆心暖的态度真诚又温柔，一副好姐妹的样子，让旁人愣住了。

苏珏跟陆心暖坐在一起，倒也没迟疑，拉开了椅子后侧身让开。

“陆眠，你们姐妹俩坐一起吧。”

陆眠径直走进教室，对于他们的热情没有给予回应。她目不斜视地走到教室最后面，单手撑着窗台，轻盈地一跃，就坐了上去。

惺惺作态的陆心暖也只能尴尬地坐回去，苏珏亦如此。

周围的同学先同情了这两个人一把，却怎么都对陆眠生不出厌恶。

等负责的老师进来的时候，看到的就是那位长得极美的短发少女，玩世不恭地坐在窗台上。偶有微风拂过，她发丝飞扬的样子就像是从漫画里走出来的。明明没有座位是一件很尴尬的事情，她却从未有过一丝的不自在。

这样的人，内心该有多强大？

负责的老师赶紧收回视线。

这次会议主要是讲复赛的学生名单，以及下一次复赛的时间、地点等事项。

陆眠本不想参加，却冷不丁收到了隋愿的短信。

“眠眠，你们在开会吧？你是不是不想参加复赛了？可我希望你能继续走下去，如果你能被保送……我就答应你一个要求。”

陆眠心想隋愿是不是给自己装了监控仪，竟然可以猜到她的心思，还这么准确无误。

陆眠的视线落在最后一行字上。

——答应你一个要求。

她的眉眼温柔，浅浅地勾笑，回道：“小光头，等着。”

开过会后，陆眠动作飒爽地跳下窗台，第一个走出教室。

苏珏抬腿跟上她，陆心暖则在后面追。

追到走廊深处，陆心暖突然“啊”了一声，弱柳扶风般地蹲下去。她声音柔柔地朝前唤着：“姐，你慢点走，我崴了脚。”

苏珏的速度比陆心暖快，在距离她一步远的距离停下，五官清冷地回过头。虽然有点怪她关键时刻掉链子，可身为男生，也不可能对受伤的同学置之不理。

苏珏伸出胳膊扶着陆心暖站到墙边：“你先等着，我去追她。你想跟她说什么？”

要不是陆心暖跟着，苏珏早就追上陆眠了。

“苏珏，算了吧……”陆心暖摇摇头，“她不会听的。”

苏珏挺烦陆心暖这样，说话总是说三分留三分，还有四分带着隐喻。

“你到底想跟她说什么？”

“我……我就是想关心一下她现在住在哪里，怎么生活，没别的意思。”

苏珏点了点头，语速飞快地道：“我帮你转达，一会儿回来我再带你去医务室。”

“嗯……”

陆心暖看着苏珏有些迫不及待，眼里的温度也越来越低。

苏珏提速，终于在陆眠走下最后一级台阶时追上了她。

“陆眠，你能不能尊重一下别人？”苏珏着急追人，吼了一嗓子。

陆眠正吊儿郎当地往教室走，听到苏珏的这声控诉，回了头。

这孙子真是莫名其妙。

“你妹妹追你，崴了脚。”苏珏一边说一边走到陆眠面前，“她给你让座你都不搭理她，也太不礼貌了。”

陆眠心想这是来找自己算账的，因为她没接受他们虚情假意的让座，他们便生气了。

陆眠眉眼清冷，露出很恶劣的笑，周身阴沉的气息把苏珏逼退了两步。她语带嘲讽：“苏珏，你是真傻还是装傻？看不出来我很讨厌你们吗？”

苏珏被呛得难堪，梗着脖子强撑着气势：“你就算讨厌我，也该给我一个理由。”

“八字不合。”陆眠敷衍道。

“你是个高中生，怎么能这么迷信？”

陆眠被苏珏气乐了，眼波流转间，有暗芒一闪而逝。

她笑：“我还知道你今天有血光之灾呢。”

“陆眠，你真是越说越离谱了。”

陆眠压根儿不跟苏珏废话，伸手拽住他的衣领，右腿提膝，撞击上他的腹部。在他没来得及呼喊之前，她的手指松开衣领，将他甩了出去。

苏珏高大的身体摔在地砖上发出的闷声，让人听得捏了一把汗。

陆眠的个子本来就高，俯视着地上的男生，如同女王降世，绝美精致的眼里染着生人勿近的狠戾和阴沉。

“我不搭理你们，你们就给我乖乖待着。惹毛了我，苏老头的面子我照样不给。”

陆眠一边用纸巾擦着手指，一边施施然地离开。

苏珏回过神来，这才意识到自己又被陆眠揍了。

陆眠出手的那一刻，苏珏连半点回击的余地都没有。

血光之灾，挺讽刺的。

苏珏吃力地坐直身子，却发现不远处一道冰冷高大的身形，那人视线在他身上扫过，再若无其事地转身。

那是……祁主任？

“七哥，小眠眠！”叶谨闻眼尖地看到什么，指着学校花坛处，眼睛瞬间瞪得特别大，“七哥，你还是别看了。”

叶谨闻壮着胆子，横身拦在萧祁墨面前。

然而萧祁墨的身高比叶谨闻要高一些，早就看到了花坛处的那一幕——清冷孤傲的女孩正跟一个平头女孩聊着天。他们认识那个女孩，叫隋愿，跟陆眠有过命的交情。

萧祁墨看到她们聊着天，看到陆眠还时不时地摸一把那个平头女孩的脑袋。兴许是聊到了什么开心的事情，她露出了罕见温柔的笑。

那是萧祁墨没有见过的。

“走吧，七哥，人家闺密之间聊天呢。”

萧祁墨面无表情，岿然不动。

“七哥，走吧！”

叶谨闻见萧祁墨大有一副冲上去维持纪律的样子，费了好大劲才将萧祁墨弄走。

萧祁墨秉持着尽职尽责的心态，中间还不忘抓了两个乱纪的学生，黑着脸叫他们去办公室。

这边的隋愿往萧祁墨消失的方向看了一眼，声音软软地道：“眠眠，他怎么来学校当教导主任了？”

隋愿是记得萧祁墨的，陆眠的邻居。

陆眠没什么兴趣：“谁知道呢。”

“我感觉他好像一直在盯着你，就是那种没有恶意的关注。他该不会喜欢……”隋愿的声音渐渐弱下来，也偷看陆眠的反应。

见陆眠面色正常，她才小心翼翼地道：“他挺帅的，我们班同学都盼着他来巡查。”

陆眠又伸手偷摸了一把小光头，眯着眼睛一副心情很好的样子：“我觉得吧，他只是想通过我找到神秘人。所以小光头，你不要胡思乱想。”

隋愿紧紧抓住陆眠的手，不再让她乱动：“那你打算怎么办？”

“顺其自然呗。他能找到神秘人，那是他的本事。”

教导主任办公室。

萧祁墨面无表情地坐在沙发上，跷着二郎腿，气息平稳。他无形中释放出的威压，让被抓的学生胆战心惊。

毕竟还是高中生，被教导主任，而且是非常严厉的教导主任叫到办公室，总会慌，更后悔刚才为什么不小心一点。他们心虚又心慌，最担心被抓的后果。

萧祁墨没说话，只看他们一眼就知道他们在想些什么。

叶谨闻本想过来劝两句的，一个字都还没说，就见萧祁墨换了个姿势看向男生们，将他们教训了一顿。

“祁主任，别吓到学生。”叶谨闻道。

萧祁墨置之不理，左手手臂搭在沙发背上，右手拿着手机打开记事本，眼睛盯着不远处的电脑屏幕，骨节分明的手指随时准备记录下来。

办公室十分安静，男生们慌得不行，几乎要给萧祁墨跪下了。

“送花？送巧克力？”萧祁墨小声念叨着。

叶谨闻心想：这位“墨爷”该不会钻牛角尖，上网学习追女孩的技巧吧？

不就是那晚人家黄老板说了一句“落花有意流水无情”嘛，不至于呀。

萧祁墨抬眸扫了不远处的学生一眼。

“你手腕上是什么？”

不是手表也不是手链，一个黑色的圈圈，由于不符合手腕尺寸，还勒出了一圈红痕。

男生惊慌失措，连忙把手背到身后：“没什么，就是辟邪的。”

另一个男生开口道：“小皮筋，爱的证明。”

没等萧祁墨琢磨过来“辟邪”是什么意思，叶谨闻已经让学生出去了。

叶谨闻扭头的瞬间，看见沙发上的斯文大佬专注而又认真地打下一行字：爱的证明——小皮筋。

叶谨闻无语：“我有一句……”

“想好再说。”萧祁墨的声音平和。

“我有一句实话想说，七哥，小眠眠是短发，她用不着小皮筋。”

萧祁墨后知后觉，重新打开手机，又一个字一个字地删除。他优雅地起身，理了理身上的褶皱，迈开长腿就往外走。

“看来得问问别人。”

叶谨闻追出去，用极低的声音道：“七哥，小眠眠的事情先放一旁。你能不能先管管你的业绩？你又被抢人头了。”

苏珏被揍之后，一直没回去找陆心暖。

陆心暖有些担心，慢吞吞地找过来，发现了倒在地上的苏珏，连忙叫人去医务室找校医。

校医简单地给苏珏检查了一下，见没有受伤，便让苏珏躺在床上休息。

“你就算不说，我也知道是姐姐做的。”陆心暖攥着拳头坐在病床边，满脸懊恼。

“不是她，是我自己撞到了。”

“苏珏，你真不用为了陆家而维护姐姐。如果是她的错，那她就该承担。万一你的伤很重，她这不是……”

“我说了，不是她。”苏珏不愿多谈。想到一些事情，他又忍不住开口问，“陆心暖，你爸妈为什么会讨厌陆眠呢？”

第十章

眠眠在，就好了

病床边。

陆心暖放在膝盖上的手指倏然收紧。

爸爸妈妈为什么会讨厌陆眠呢？

原因真的太多了。

三岁之前没那么明显，三岁之后，陆眠骨子里的恶劣性格就慢慢暴露出来。

“姐姐她……很爱撒谎。”陆心暖失落地开口，“她从小跟我们不太一样……我记得四岁那年，有一天她拿了一个鼻烟壶回家。我妈看那东西挺贵重，问她哪里来的，她说下围棋时从一个老头儿那里赢回来的。”

说到这里，陆心暖轻笑了一声，带着淡淡的嘲讽。

“苏珏，是不是很可笑？一个四岁的孩子，怎么可能赢得过一个老人家？还赢了一只贵重的鼻烟壶回来？我们都觉得她是偷来的，就带她去还回去，只不过再也没找到过那位老人家。”

苏珏哑然，在他的认知里，的确没见过这种天才。就连他们苏家的那位天才围棋公主，也是到了七岁才开始显露天分的。

“还不止这些。”陆心暖摇头，“她很难相处，不喜欢别人碰她的东西。她也很爱拆家，我家电视机坏了要送去报修，她先给拆了个七零八落说是能修好，还有空调、电脑等。这样的事情太多了，日积月累，爸爸妈妈也就对她没了耐心。”

苏珏沉吟道：“那你们有没有想过，她说的可能是真的？”

“怎么可能呢，才几岁的孩子……”陆心暖有些无奈，“再说了，我家的经济条件不好，经不起她这么折腾。”

苏珏陷入了沉默。

话说到这里，陆心暖眼波微微一转，很难过地开口：“要是我们家的经济条件好点就好了，爸爸妈妈或许就不会再那么愧疚，或许也会耐心地发现姐姐的优点。”

苏珏没吃过缺钱的苦，不太能理解这种心情。

“苏珏，我能跟着你学炒股吗？”陆心暖终于开了口，“我只投几千块钱，赚了就当给家里赚点生活费。赔了我就再也不投了，当买个教训。”

苏珏抬头看着陆心暖无限崇拜的眼神，想到陆眠的遭遇，鬼使神差地点了点头。

反正他现在有那个大神群，也不用担心会赔，就当是做点好事吧。

趁着在医务室的时间，苏珏嘱咐陆心暖抽空去办一下该办的手续。

陆心暖笑得温婉，一一记下。

苏珏身体不舒服，先回苏家养着了。他心里其实是有委屈的，却不敢把实话告诉家里人。毕竟亲爷爷对陆眠比对他要好。

苏珏在后院凉亭里找到独自下棋的苏老爷子，一瘸一拐地踱过去。

“爷爷，还在下棋？”

苏老爷子头也没抬：“这周有围棋赛，我是主办方。”

自家爷爷喜欢这些文雅的东西，苏珏也说不了什么，坐下来瞅了棋盘一眼，感觉挺复杂。

苏老爷子自己跟自己对弈，也有些烦了，一把将棋子给扔回去：“唉，要是眠眠在就好了。”

“陆眠？”

“是啊！”说起陆眠，苏老爷子略显苍老的脸上来了兴致，眉飞色舞道，“我看她跟人下过一次，把对手杀得片甲不留。哈哈哈——那时候她才四岁，也就这么高吧。”

老爷子拿手比着高度，苏珏的脸色僵了又僵。

苏珏反应过激，一把抓住苏老爷子的手。

“爷爷，她是不是还赢了一个鼻烟壶？”

苏老爷子莫名其妙，嫌弃地抽回手去。

“那我就不知道了，我那个时候有急事，看她下完棋就匆匆走了，不知道后续情况。”

苏珏无语地瞪了爷爷一眼。有急事还要去看人下围棋，估计那件事也不怎么着急吧。

"都怪你小子！"苏老爷子踢了苏珏一脚，"谁让你那个时候发高烧，气死我了！怎么，你知道这件事？"

苏珏觉得很玄幻，也不知道该怎么说，脑海里只有一个念头——陆眠没有说谎，是陆家人误会了她。

苏珏没回答爷爷，更进一步地问道："爷爷，那你觉得陆眠和苏珞比起来，谁厉害？"

苏珞，就是他们苏家的围棋小公主，最近一直在外地比赛，才十七岁就拿了不少大奖。

苏老爷子手摸着下巴，视线在棋盘上扫来扫去："难说。"

"怎么呢？"

"我不知道眠眠后来有没有继续钻研过围棋，但苏珞在七岁显露天赋后，家里就一直有意培养她。现在很难判断她们的实力。"

"爷爷，要不然……您辛苦一下，让陆眠也去参加围棋大赛吧。"

如果陆家人在围棋赛上看到陆眠的表现，或许当年的误会就能解开。或许，陆眠也就没那么讨厌自己了。

"你这个孙子，真当你爷爷脸面那么大啊。我倒是想，但她不愿意谁也勉强不了。"

苏珏汗颜。

没想到在芜城备受尊敬的爷爷竟然会说出这种话。

"爷爷，你试试吧。这对陆眠来说很重要。"

面对孙子的软磨硬泡，苏老爷子也没办法。他确实也很期待，于是在放学后给陆眠打了电话。

陆眠正在书店买书，一本一本地看过去，没看到自己想要的，手机倒是先振动起来。

陆眠没打算在书店接听电话，不管对方是谁，都会毫不犹豫地挂断。

苏老只好手速很慢地打字发信息给陆眠。

"眠眠，这周末爷爷办了一场围棋赛，你要不要来参加一下？"

苏老打这些字足足花了两分钟，发过去后等了不到两秒，就有了回复。

"不去。"

苏清河举着手机眯着眼，无奈极了。是吧，这丫头对这些事一般都不感兴趣，试了也白试。

陆眠合上手机，随手抽出一本小说，走向收银台。

门口悬挂着液晶电视，上面在播放芜城新闻。

一个腹部微隆的中年男人，一身规整严肃的制服穿在身上，正对着镜头摆手。

“不是我，我没有，别乱说。我真不是芜城的守护神。”

陆眠漫不经心地扫了一眼，电视上男人的模样跟她的前桌“胖皓”有几分相似。

陆眠勾起嘴角：“老板，结账。”

老板一边扫着条形码，一边感慨：“我们芜城啊，出了个守护神。啧，这年头还有做好事不留名的，也是奇了怪了。姑娘，十八元。”

陆眠递上手机付款码，笑了笑：“也许只是无聊吧。”

“什么？”

等老板回过神时，陆眠已经走出门了。

玻璃门上的风铃晃荡了两下，发出清脆悦耳的碰撞声。

“真是个奇怪的女孩呢。”

心理诊所内，叶谨闻一把关上电视机，气得团团转。

“七哥，你看到了吧？那位已经成芜城守护神了，你竟然还在这里稳如泰山。”

萧祁墨静坐在沙发上，并不理会头顶冒烟的叶谨闻，淡定地看着手机，细细品着从别人那里得到的信息。

叶谨闻抻长脖子看过去，气得抽走了萧祁墨的手机。

“七哥，这话有什么好琢磨的，不就是说朝夕相处更能促进感情吗？”说完，叶谨闻“呸”了一声，“求你了墨爷，你能稍稍把心思放在工作上吗？你忘了你来芜城的目的了？”

萧祁墨并不恼，幽深的目光缓缓定格在叶谨闻脸上，平静地等着他说下去。

“七哥，一定是他做的。他知道你在芜城，故意要截你的人头。不然怎么会那么巧？我们盯上的案子，偏偏总会被抢先一步。芜城守护神，哼，我看他就是跟你过不去。”

萧祁墨优雅地抬起漂亮的手指，摆了摆：“能力不够，怪不得别人。”

行吧！叶谨闻没什么好说的，就是觉得芜城这个地盘都已经由他们接手了，却还被抢了人头。

“墨爷”不要面子的吗？

“七哥，今天 LiYo 公司的晚会去参加吗？就是那个涉嫌扣留工人工资却怎么都抓不到把柄的公司。”

“晚会……”萧祁墨似乎想到什么，从容地理了一下衣领，点头，“你说得对。”

——我对什么了啊？

“我给陆眠打电话，请她以女伴的身份陪我出席晚会。”斯文俊雅的男人起身。

叶谨闻抛过去一个白眼：“你知道她的电话号码吗……”

最后，在萧祁墨关爱的冷峻眼神下，叶谨闻乖乖献上陆眠的电话号码。这还是陆眠之前做心理诊疗的时候留下的。

陆眠晚上有时间。不过对于充当萧祁墨的女伴，她并不感兴趣。

“为什么不是女总裁带着两位助理参加宴会呢？”陆眠问。

萧祁墨和叶谨闻哑口无言。总之，不管怎么说，陆眠最后同意了一同出席。

叶谨闻把车开到楼下，萧祁墨坐在后座上。

陆眠一身简单的黑色衬衫、黑色紧身长裤，准时下楼。衬衫袖口被挽起，露出一截冷白细腻的手腕。那双长腿在裤子的包裹下，更是显得逆天长。

萧祁墨一边绅士地请陆眠上车，一边解释：“临时邀请你，抱歉。”

陆眠“哦”了一声，这身打扮虽然不符合晚宴场合，但是说真的，实在太酷了。

叶谨闻还是头一次见到能把黑色穿得这么帅的女孩。他偏头看了一眼自家七哥的着装，同样的黑色系西装。

叶谨闻低头看一眼自己的白色西装，暗戳戳地美起来。

为啥叶谨闻觉得自己才是大总裁，身后这两个黑衣控更像保镖？

“开车。”萧祁墨低沉优雅的声音从后面传来。

沾沾自喜的叶谨闻踩了一脚油门：“好咧！”

宴会场地就在 LiYo 公司老总家。

车子一路开到那边。

停好车，叶谨闻贼兮兮地溜到萧祁墨身边，嘀咕道：“七哥，你看着吧，我今晚安排了人，绝对能抓到那位芜城守护神。”

萧祁墨莫名其妙地睨了叶谨闻一眼。

“哦对，不能吓到了小眠眠！”叶谨闻立刻紧抿双唇，比了一个“OK”的手势。

总之，这次为了不被抢功劳，叶谨闻已经提前安排好了。

只要那位守护神一出现……

“小眠眠，你别在意啊，我们就是闹着玩的。”叶谨闻真诚地解释。反正陆眠也听不懂，别吓到她就行。

“没事。”

陆眠勾出一抹单纯无害的笑，迈着步子同萧祁墨一起走进去。

叶谨闻这位助理功成身退，悄悄去忙别的事情了。

私人宴会并不大，也没那么多讲究。

陆眠和萧祁墨同时登场，颜值和着装引来全场关注。一加一大于二的气场，让所有人即使想上前攀谈，也都没了胆量。

有那个又酷又美的女孩在，哪个女人敢上去跟萧祁墨说话？

而有这个又冷又帅的男人在，又有哪个不怕死的敢去跟美少女搭腔？

之所以陆眠这身打扮都没被误会是男孩，主要还是因为她的身材。

萧祁墨多看了几眼，隐藏在镜片下的墨眸隐隐荡漾着什么。每一次见陆眠，他似乎都能见识到一个不一样的她。

陆眠身上的谜团太多，就像是一本打开了扉页的书，吸引着他不断地往下探索。

萧祁墨陪陆眠游走在宴会厅，走过一圈，淡淡地打了招呼后，两个人很默契地在客厅的飘窗边驻足。

这里光线比较暗，人也少，他们都愿意待在这儿。

“其实我平时不喜欢来这种场合。”萧祁墨端着水晶高脚杯，不喝，只轻轻晃着，有一句没一句地聊着。

“今晚呢？”陆眠的话也不多，只偶尔搭句腔。

“今天比较特殊，我跟叶谨闻得知这家主人是LiYo公司的老总，曾恶意拖欠工资。这次能来到他家，机会比较难得，就想过来找找证据。”萧祁墨并不隐瞒，甚至还想通过这些话窥探陆眠有什么情绪上的变化。

暗淡光线下的陆眠，清冷立体的五官柔和了不少，一双冷冽的杏眸里是干净且平静的笑。

萧祁墨吃力地别开眼。算了吧，他没看出什么，倒是先把自己搅得心烦意乱。

恰巧宴会主人黎阳前来敬酒，用人恭敬地站在一旁，弯腰递过来两杯红酒。

萧祁墨和陆眠纷纷接过。

“祁先生，感谢您的大驾光临。这杯酒，我敬你们二位。”

萧祁墨素来温文尔雅，淡笑着抿了一口红酒，顺手夺过陆眠手里的酒杯，换上一杯饮料。陆眠愣了愣，接过杯子喝下一口。

萧祁墨将酒杯放回托盘上。

“黎先生，您请忙。”

“好好好，有照顾不周的地方还请见谅！”

“请。”

等到黎阳走后，萧祁墨拧眉看着陆眠。

陆眠手插在裤兜里，脚尖有一下没一下地戳着地板。

一个斯文有礼，一个纨绔不羁。

“看我做什么？”陆眠突然笑起来，眉眼微弯。

萧祁墨哪里还敢说什么，只不轻不重地嘱咐她“不准喝酒”。只不过他眼角的余光扫向陆眠，却发现她的脸颊泛起不正常的绯红。

这丫头该不会……

萧祁墨心中的念头一闪而逝，轻声关心道：“你怎么了？”

“没怎么呀。”女孩回答得十分干脆，却轻轻甩了一下脑袋，等再抬头时，眼里氤氲着雾气，迷迷蒙蒙的。反观她的小脸，还是那么一本正经，一动不动。

还说没怎么，她明明就是醉了。

怎么会？明明刚刚那杯饮料酒精含量很低。

“有没有不舒服？”

陆眠歪了一下头：“心率加快伴随短暂性眩晕，反应速度降低百分之二十，体表温度降低零点五度，初步判断……”

陆眠顿了一下：“急性酒精中毒。”

萧祁墨上前一步，绅士地将陆眠扶到沙发上坐下，又唤来用人倒了一杯温水，慢慢给她喝了下去。

“陆眠，能听清我说话吗？”萧祁墨有些手忙脚乱，他从未主动照顾过人，更没照顾过喝醉酒的人。

眼前这个丫头在别人看来，除了脸蛋有些红，其他还算正常，可一些细微的差别却逃不过他的眼睛。

此刻的陆眠跟平时不太一样，身上少了一些戾气，多了一些……可爱，让人忍不住想哄。

“陆眠，你还好吗？”

陆眠觉得自己还行，点点头，情绪正常，不吵也不闹。她坐在沙发上的姿态前所未有地板正，乖得有些过分。

萧祁墨不知该怎么处理。

叶谨闻的电话就在此刻打来，听声音挺郁闷的。

“七哥，我们又被截和了。”叶谨闻几乎要哭了，“我明明在这所别墅布置了暗哨，还是被那个浑蛋抢先一步，撬开保险柜拿走了证据。关键是我还没抓住他。”

萧祁墨抬起手，有些疲倦地捏着高挺的鼻梁，视线漫不经心地扫过陆眠，优雅又斯文。

他下着命令：“撤。”

“不行，我不撤，今晚我一定要追上他。”

“我说，撤。”萧祁墨的语气略沉，让叶谨闻嗅到了几分不同寻常，也㞞了：“七哥，你那边出事了？”

“去开车。”

当萧祁墨扶着陆眠坐到车里，叶谨闻才知道萧祁墨那阴沉的口气是为何。

“小眠眠喝了多少啊？”

“一口，饮料。”

“一口饮料就醉成这样？”这也太神奇了，不过在医学上确实有一种体质，一点酒精不能沾，一沾就醉。

不出意外，陆眠就是这种体质。

萧祁墨帮陆眠摆正姿势，让她尽可能舒服些，并顺手拎过毛毯，搭在她的身上。

陆眠也乖，给她摆成什么样就什么样，也不说话，就睁着大眼睛静静地看着萧祁墨，表情是那种极可爱的严肃。

好像此时对她做什么，她都会乖巧地接受，偶尔还会冲他们勾起一抹无害的笑。

本来那张小脸就绝美迷人，这一乖巧下来，一颦一笑皆是撩。

叶谨闻连忙转过身，启动车子。

“小眠眠喝醉酒还挺乖的。”

叶谨闻嘴里念个不停，甚至还铤而走险地往后看了一眼，突然有了一个坏主意。

这么乖巧，不知道问陆眠一些问题，她会不会据实以告……

恶向胆边生，叶谨闻完全忘了陆眠平时有多高冷，不怕死地调侃：“陆眠同学，请问救你回来的神秘人‘十三号’在哪里？”

“‘十三号’啊……”

车内的气氛陡然收缩，像被按了暂停键。

在这声绵软的回应下，萧祁墨和叶谨闻的脸色同时起了变化，不禁紧张起来。这可是他们追查已久的信息，到现在仍一无所获。

陆眠终于肯说实话了吗？

叶谨闻擦了一把辛酸泪，想当初他费了多少口舌，却从她嘴里连半个字都套不出来，还差点把自己给搭进去。

现在好了，真相就在眼前。

醉酒后的小丫头要好应付多了。

叶谨闻通过后视镜看着陆眠，两眼发光。

陆眠不知他们的心思，板板正正地靠在座位上，手指揪着毛毯上的绒毛，偏头笑了起来。

她一本正经地说：“我们Z国目前发射的神X飞船只到十一号，十三号还在研究当中，预测未来三五年内才会正式发射神X十三号。”

叶谨闻一脸震惊。

他问的是神秘人“十三号”，为什么会扯到神X飞船十三号？

萧祁墨在旁边静默，嘴角却勾起一抹笑。

“小眠眠，你被绑架那两年里发生了什么？”叶谨闻依旧不死心。

陆眠虽然醉了，但不傻，她敛着羽睫，再抬头时，板起学术小脸很有原则地道：“现在轮到我问你了。”

这什么操作？她都醉了，还惦记着这些？

“物理界的两朵乌云是什么？”

猝不及防，叶谨闻的脸以肉眼可见的速度僵硬。

叶谨闻收回之前的所有话，醉酒后的陆眠同样不好对付。

叶谨闻没说什么，后座却传来一个温文尔雅的男性的声音。

“这是著名物理学家开尔文男爵在二十世纪初提出的。第一朵乌云，主要是指迈克耳孙－莫雷实验结果和以太漂移说相矛盾；第二朵乌云，主要是指热学中的能量均分定则在气体比热以及热辐射能谱的理论解释中得出与实验不等的结果。”

叶谨闻握着方向盘的手抖了抖。

陆眠像是找到了共同话题，身子微微坐起，脸颊还染着绯红，眼底强烈而巨大的探索欲在熊熊燃烧。

“那我们来聊一下相对论和量子力学吧？”

萧祁墨斯文地点头：“好。”

叶谨闻一脸无语的表情。

一路开车回锦城壹号。时间不长，后排两位大佬已经从量子力学聊到了虫洞理论。

叶谨闻知道陆眠的物理好，却没想到会好到逆天。

他们的话题叶谨闻一个字都插不进去，就算偶尔说上一句，也会被陆眠呛得连破袜子都不是。

这个时候的陆眠，别说套她的话了，简直就是一个折磨死人的学术狂。

叶谨闻心塞地揉了揉太阳穴，假笑着提醒后排的人：“七哥，到了。”

陆眠动作有些缓慢地下了车，片刻的眩晕让她顿了顿。再回神时，她身边已经多了一条手臂。

斯文男人真诚而内敛地微笑：“实在不行，你可以扶着我。”

陆眠没应，先一步抬腿离开，还不忘提醒后面的萧祁墨和叶谨闻。

“你们到我家来，我们继续。”

那口气，更像是……学识渊博的教授。而他们，是她的学生。

“七哥，你自己去吧。我累了，真的。”

萧祁墨倒是想这样，关键是陆眠压根儿不同意，转身后很严肃地瞪着他们二人，并强调：“一个都不能少。”

——求助，醉酒大佬强行给自己上物理课，我该怎么拒绝？！

叶谨闻脚步虚浮地跟着上了楼，看着前面大佬走姿的陆眠，再看看身旁斯文优雅的“墨爷”，心中无限悔恨。

早知自己会被这么迫害，他肯定坚决不去招惹醉酒的陆眠。可自己这时已经被她盯上了，不去不行。

头一次来到陆眠的小天地，叶谨闻除了不想学习，还好奇得不行。

萧祁墨抓住叶谨闻的衣领子，将他丢在沙发上，目不斜视道：“别乱看。”

“七哥，你不好奇？”叶谨闻不信。

萧祁墨推着金丝边框眼镜，儒雅地微笑：“不好奇。”

他们聊天的工夫，陆眠的手里已经多了一本《时间简史》，又拿出白纸和笔分给他们。还是那身黑衣黑裤，此时的她除了清冷酷帅的气场，还多了几分学术气息。

叶谨闻心呼不妙，他不想坐在这里，他宁可去追芜城守护神，也不要听物理课。

“七哥，小眠眠这么下去不行啊。你看她这亢奋的状态，今晚绝对是通宵。”

“所以？”

“我想想办法……”叶谨闻的脑速转得前所未有快，“对了，找隋愿，隋愿跟她关系好，肯定知道该怎么办。”

萧祁墨默许了。

通宵没问题，但不能让陆眠一个女孩熬通宵，更何况她明天还得上课。

大晚上的，叶谨闻几经周折才找到隋愿的电话，给她拨了过去。

“眠眠喝带酒精的饮料了？”电话里，隋愿的声音虽微弱，惊讶之意却很明显。她也没有推辞，连忙跟班主任请了假出了寝室。

有萧祁墨的帮忙，隋愿出校很顺利。

叶谨闻去接隋愿，她怯怯的小脸上一直挂着担忧。

“怎么，陆眠喝醉酒很麻烦？”叶谨闻也跟着捏了一把汗。

“也不是麻烦，就是……”隋愿不愿多说，私心里其实也在防备着什么。

两个人重新回到陆眠的住处。还没进门，里面率先传来一道理智而冷冽的少女的声音。

“你可以不听，但你得先打赢我。”

声音过于冰冷无情，叶谨闻觉得周围空气的温度都降低了两三度。

“不太妙……”隋愿弱弱地说了一声，拧着眉心直摇头，“眠眠已经开始第二层教学模式了。”

“什么第一层、第二层的？”

“第一层是理智教学，她会平心静气地跟你科普知识点。第二层是暴力教学，谁想劝她睡觉或是不好好听课，她就会生气。她生气的时候还挺吓人。”

是，叶谨闻知道，太知道了。她揍起人来简直跟大神屠杀新手村没什么区别。

“还有第三层？”

“魔鬼教学。”隋愿深吸一口气，要不然自己的学习成绩怎么会这么好呢？

隋愿连忙刷了指纹进门。

两个人进门就看见黑衣黑裤的帅女孩一只手端着书本，一只脚踩着茶几，清冷的面庞上染着邪肆不羁的霸气和邪气，简直纨绔至极。

而在她面前的萧祁墨正捏着鼻梁，无声地叹着气。

“好……好可怕。”叶谨闻默默地站到隋愿身后。

隋愿不喜欢和别人交流，但此刻也没办法，上前劝道：“祁主任，你不能让眠眠去睡觉，她会觉得你是在挑衅她。”

“你得跟她探讨问题，她说什么你就听着、应着，最好顺便做一下笔记。”

萧祁墨捏着鼻梁的手指一时间顿住。

她醉个酒都这么别致？

“这种状态会持续多久？”萧祁墨顺手拿起茶几上的笔，妥协道。

“不出意外，她大概上两个小时就会下课。”

叶谨闻大惊失色：“还要两个小时！”

萧祁墨：“大家一起坐吧。”

三个人终究还是听完了陆眠的深夜物理课程。

让萧祁墨惊讶的是，本以为陆眠只是酒精反应，胡言乱语，却很意外她所说的每一个知识点都深入浅出，正确无误。这样的实力竞赛考一百分，绰绰有余。

但陆眠的履历档案萧祁墨看过，上面写着：成绩及格。

九年义务教育中的“及格”，这已经算是很差的评语了。

萧祁墨更知道这些知识量绝对不是一蹴而就的，他不明白的是，她明明可以很优秀，为什么却处处收敛呢？

难道是因为原生家庭？

隋愿照顾陆眠睡下，从卧室走出来时，神色疲惫。

“谢谢祁主任和叶医生，现在已经很晚了，你们也回去休息吧。”

“她明天如果身体不适可以联系我，我帮你们请假。”萧祁墨绅士地嘱咐道。

隋愿垂眸，轻笑一声：“她睡一觉就好了，明天你们见了她也不用大惊小怪。”

“总之，你们明天就会知道了，以后也不要再让她碰酒精饮料了。”

叶谨闻疯狂地点头，他就是自己喝吐、喝死，也不会再让陆眠沾任何酒精。

两个人走出陆眠家。

叶谨闻瞅到萧祁墨略有些失落的脸，很震惊：“七哥，你意犹未尽？”

不等萧祁墨说什么，他突然很认同地点了点头：“也是，你已经很久没找到这么聊得来的人了吧？！”

天才的世界是孤独的，没多少人能理解他们。

或许陆眠就是从小不被理解，才会被家人说成“撒谎精”。久而久之，她自己也就懒得再表现自己，免得惹来家人的质问和一身麻烦。

这么想想，陆眠和萧祁墨倒是莫名般配。是那种灵魂伴侣般的般配。

“七哥，虽说今天陆眠意外醉酒我们必须帮忙，却也不能忘了正事啊。那位芜城守护神怎么办？我们得尽快把他揪出来才行。”

叶谨闻的碎碎念萧祁墨没怎么理会，解了指纹锁后走进房间，目光越发幽深。

“你记得在电视上接受采访的郭水天队长吗？”萧祁墨的声音淡淡的。

“记得。他们单位有几个未破解的案子，怎么了？”

“他有一个儿子叫郭子皓，是陆眠的同班同学及前桌。”

叶谨闻上一秒还不明白这个问题有什么关联，这一秒倏地打了个寒战：“七哥，你该不会怀疑芜城守护神是陆眠吧？是她跟我们抢人头？”

“我没这么说，是你说的。”萧祁墨优雅地转身，走到酒柜处随意抽出一瓶红酒，再慢条斯理地打开。润泽透红的液体顺着水晶玻璃杯流动，在灯光下是妖冶的红。

男人轻轻摇晃酒杯，一举一动都透着矜贵与雅致。

叶谨闻朝着隔壁方向看了一眼，突然大彻大悟：“我明白了，你是在用排除法。就目前来看，小眠眠可以彻底排除了，对吧？”

萧祁墨没回答叶谨闻，俊雅的五官是依稀可见的好情绪，却也染着几分别人看不懂的高深莫测。

他握着高脚杯，冲着隔壁方向举了举。

晚安。

陆眠一觉醒来，房间里空荡荡的。她叼着牙刷，手揉着太阳穴，清澈的眼底掠过一抹不为人知的情绪。

陆眠准时来到学校，如往常一样，吊儿郎当地坐下，拿起小说就开始阅读。任周围的同学补作业的补作业，交卷子的交卷子，她自岿然不动。

即使学习委员们想说点什么，绕到了陆眠这边，也会因为她拒人于千里之外的气息而打退堂鼓。

陆眠独来独往，在这个班级能跟她说得上话的，也就只有“胖皓”和“瘦浩”那两个学渣了。

年级倒数后三名凑在一起，其他同学除了嗤笑几声，也不会放在心上。

这天的“胖皓”有点沉默，陆眠来了以后只跟她打了一声招呼就扭过头去，埋头不知在忙些什么。

斜前桌“瘦浩”偷偷告诉陆眠：“胖皓抑郁了。”

“为什么？”陆眠挑起眉毛。

“他爸一连破获了好几个案子……”“瘦浩”压低声音，语气还挺无奈。

“胖皓”还是听到了，哭丧着脸回过头：“再这么下去，我爸就要升副局长了。”

“瘦浩”：“这话听着怎么这么欠揍呢？”

陆眠浅笑，若无其事地翻开书页，轻轻地翻过去：“所以？”

“瘦浩”满脸不理解：“胖皓，虽然这些事都是那位芜城守护神做的，不过你爸也有功劳啊。他刚正不阿，勇敢地替别人伸张正义，这都是他应得的。更何况现在是找不到这位守护神，等找到了再另行嘉奖也不迟啊。”

至于因为这点事就抑郁吗？

“胖皓”摇着头：“你们不懂，我不是因为这个，是我知道芜城守护神是谁了。”

“谁？！快说、快说！”“瘦浩”一脸兴奋的表情。

“瘦浩”是超级英雄迷，对这些桥段极其感兴趣，“芜城守护神”可不就是超级英雄的翻版吗？

陆眠的眉眼平淡，漫不经心地又翻了一页书。

“她是个女生，芜城守护神绝对是个女生。”

“女生？劲爆啊。”

陆眠换了个姿势：“你是怎么知道的？”

“昨天深夜，她把一家公司拖欠工资的证据扔到了我爸单位门口。大概是个年纪不大的女生，不知道这事不归警察管。我爸拆开后，从里面掉出来一张叠得整整齐齐的纸。”

“胖皓”深吸一口气：“这张纸是汉堡纸，就是平时我们吃汉堡的那种防油纸，知道吧？”

“瘦浩”点点头，却还是不明白。

而陆眠的心一紧，好看的杏眸微微眯起。

“问题就出在这张汉堡纸上，上面画着一只卡通猫头。经我分析，那笔触绝对是个女生的，我还拍了照片呢。”

“胖皓”偷偷摸摸地拿出手机，把照片展示给“瘦浩”和陆眠看。

陆眠扫了一眼，微笑着起身：“去上个厕所。”

厕所里。

陆眠单手转着一包纸巾，皮笑肉不笑地给“零”发短信。

“你故意的。”

“你咬我啊！”“零”回复。

陆眠什么也没说，冷笑着进了格子间。

昨晚陆眠不方便行动，派“零”去 LiYo 老总那儿找证据。可这个家伙，背着她做了多余的事情。

那张画着猫头的汉堡纸她确认过，是她不知何时随手画的。好在也仅仅暴露了这点痕迹……

陆眠压下心中的郁闷，面色平静地走出卫生间，却被一个人拦住了去路。

陆眠的手指间，那包纸巾还在轻盈地翻转。她另一只手插在校服口袋里，羽睫微敛，盯着自己的脚尖，看也不看来人。她清冷的嘴角勾起一个邪气的弧度，收着尾音，轻轻吐出三个字：“找死吗？”

苏珏的心脏收缩了一下。昨天挨揍的场景又浮现在脑海，他毫不怀疑陆眠这句话。

无论什么时候见到陆眠，她都是这种目中无人、狂妄不羁的样子。

可他不甘心，不死心，不长记性。

有学生看到他们，一脸八卦地偷笑着跑开，在远处小声议论着。

“苏少怎么又来找陆眠啊？”

“我赌一包辣条，苏少肯定是看上陆眠了。”

他们的议论声没引起陆眠的注意，却先被白芳菲听到了。

“说够了没有？”白芳菲气呼呼地赶人，目光阴冷地瞪了一眼陆眠的方向，愤恨地回了教室。

陆眠也想回教室，被苏珏拦住。

“陆眠，我已经听爷爷说了，你小时候下围棋赢了鼻烟壶的事情是真的，你没有说谎。”苏珏怕陆眠走掉，又加快语速道，“我没别的意思，我爷爷主办了围棋比赛，如果你能来参加，就可以当面证明给你爸妈看，他们就不会再误会你了。”

说了半天，陆眠也没听懂苏珏是什么意思。

别告诉她苏珏良心发现，要帮她在陆家正名啊。她不信，也不屑。

“陆眠，这是一个机会。”苏珏强调。

陆眠挺烦的，将纸巾包抛到空中，偏头笑道：“你觉得我很在乎那个？”话落，纸巾也稳稳地落回她的手心，她又继续抛着玩。

“那你在乎什么？”苏珏顿了顿，低头想了一下，像是下定什么决心，“这次围棋大赛，第一名将会获得两千万元的奖励。”

两千万元……

陆眠眯起眼睛：“我倒是不知道苏家什么时候这么大手笔了。”

“这两千万元是我赞助的不行吗？”苏珏挺直腰板，“我之前就说过，我炒股赚了两千多万元。前几天我又投了一笔钱，剩下的这两千万元我就当成奖金赞助给爷爷的围棋赛，这没什么吧？”

“哦，你又投了一笔？”陆眠这次倒是多跟苏珏说了几句话。

苏珏终于找回男性的尊严，口气中有志得意满的骄傲。

“是，这次应该还能再赚一笔，所以两千万元对我来说算不上什么。你要是感兴趣，我也可以带着你炒股，陆心暖之前也找我投了三千元。”

“哦……”陆眠眯着杏眸，眼里闪烁着不为人知的光芒，笑着问苏珏，“你投的哪只股票？”

苏珏毫无防备，直接说了出来。他以为陆眠不懂这些，毕竟炒股很复杂，他教陆心暖的时候还费了不少功夫呢。

听苏珏报上那串数字代码，陆眠一把将纸巾攥在手心，脸上邪气的笑容罕见地带了一抹真诚。她竖起大拇指，戏谑道："苏珏，你真行。"

苏珏心头一击，突然有些轻飘飘。

陆眠这是在……夸他？

没等苏珏仔细回味，对面的女孩已经擦身而过，空中仅留下她轻盈悦耳的余音。

"围棋赛我会去参加的，你等着吧。"

重新坐回座位上的陆眠，嘴角还勾着一抹笑。

被"胖皓"和"瘦浩"看到，两个人神同步地抱了抱胳膊，身子有些颤抖。

"眠哥，你这表情有点瘆人……"

"是吗？"陆眠神秘兮兮地眨了一下眼睛，玩世不恭至极，"我很温柔的啊。"

胖瘦哥俩儿抖得更厉害了。

陆眠笑笑没说话，掏出手机给"零"发短信。

苏珏回到自己的教室，才慢慢找回了心跳，捂着胸口满意地笑出了声。

陆心暖正在收卷子，从苏珏身边经过时也感受到了他的好心情，戳了一下他的肩膀，甜甜地问："苏珏，什么事这么开心？"

苏珏顿了顿，收敛起笑意："没什么，周末我家组织了一场围棋赛，到时候叫上你爸妈一起来观看吧。"

"围棋赛？苏爷爷也在？"

"嗯，他肯定去，他是主办方。"

陆心暖垂眸，不知想到了什么，手里抱着一摞卷子，有一下没一下地翻着。

"苏珏，这个围棋赛谁都能参加吗？"

"那倒不是，我爷爷举办这场交流赛是为了选拔出一批围棋高手，参赛的报名者也都要经过一番筛选才能正式参赛。为了吸引更多高手加入，我把自己赚的两千万元也转给爷爷了，让他当冠军奖金。"

陆心暖狠狠地咽了口口水，抱紧了试卷，抬起头时眼里染了些崇拜和渴望："那我……"

苏珏没听陆心暖往下说，自顾自地道："我去邀请你姐参加，她答应了。"

“啊？”陆心暖突然失笑，脱口而出的话生生咽了回去，“苏珏，你该不会是昨天听了我的话，才特意去邀请陆眠的吧？早知道我就不告诉你了，免得她给苏爷爷添麻烦。”

“这个到时候你就知道了。”苏珏不打算多言，正好手机振动起来，他便掏出来查看信息。

陆心暖抱着卷子，用力压下心中的遗憾。

“你放心，到时候我会带着妈妈去现场的。我爸在外地，去不了。”

陆心暖笑意盈盈地答应着，抱着卷子转身的同时，还无比真诚地夸了一句：“我姐说不定还能拿冠军呢，是吧？”

苏珏没听到这些话，当然也没听出陆心暖那看好戏的口气。

他只是盯着手机屏幕陷入了愣怔之中，大脑一片空白。

他……被踢出股友群了。

苏珏愣了足足一分钟，谢辉阳从后门走进来拍他的肩膀：“苏少，还愣着干吗？手机赶快收起来啊。”

苏珏木木的，身体僵硬，浑身发冷，脑海里只有一个念头——

他被踢了。

第十一章

这种锅，她不背

见他的表情有些异常，谢辉阳帮他收好手机，又关心道："苏少，你怎么了？"

苏珏终于从一片空白中回过神来，第一反应是拿出手机重新申请加入。然而当他再搜索那个群的时候，已经找不到了。

苏珏甚至都不知道自己被踢出去的原因，一点征兆都没有就被踢了。

"苏少，前两天你说的那只股票，我已经让我爸投了三十万元，什么时候出手你记得告诉哥们儿一声啊。"

苏珏的手抖了一下，看了一眼同桌谢辉阳，又看了看前方陆心暖的背影。

他顿时泄了气。

陆眠放学后出了校门，看到萧祁墨和叶谨闻一同站在马路对面的法国梧桐下，似乎在等她。

陆眠没个正形，手抓着书包带，踢踢踏踏地走过去。看到叶谨闻的娃娃脸上染着菜色，她好心情地问候了一句："叶医生，你怎么了？"

"还不是你。"那口气，还有那眼神，别提多幽怨了。

"我？"陆眠"呵"了一声，"听不懂。"

叶谨闻像是被踩了尾巴的猫，跳到她面前。虽然他个头比陆眠要高出十几厘米，气势上却矮了一截。他手叉着腰批判她："小眠眠啊，昨天晚上我都被你折磨坏了。你还装听不懂？我才是真不懂好吧，都快被你掏空了。"

不仅被掏空了，他还被点名批评是陆眠带的最差的一届学生中最差的一个。

陆眠眯了一下眼睛，清澈的眸子上下打量了叶谨闻一圈，无言地嫌弃。

这种锅，她不背。

萧祁墨用手拨开叶谨闻，口气略带嫌弃："说话注意用词和语境。"

叶谨闻满脸怨念。

萧祁墨不理会叶谨闻，走上前递过来一盒精致的餐点，又温文尔雅地道：“给你在‘MM记’点了清粥，回去就能吃了。”

萧祁墨的表达方式不会轰轰烈烈，只有细水长流和恰到好处，很熨帖。换了别的女生，大概早就掉进他的绅士陷阱中。可陆眠不想接。

萧祁墨笑了笑，俊美的眉眼中染着温柔：“那里的老板又赠了两个汉堡。”

陆眠这才伸手接过手提袋。在对面两个男人欣慰的视线下，她将汉堡掏了出来，将清粥又还给了萧祁墨。

小浑蛋的脑回路果然与众不同。

萧祁墨别提多无奈了，嘴角的笑意却更深。他顺着陆眠的心意，将清粥接过来，随口问道：“昨晚你陪我参加宴会的事情还记得吗？”

萧祁墨想起隋愿的嘱咐，想来陆眠喝醉酒后会断片，完全不记得昨晚的事。

不过很意外，陆眠点了点头，茫然地反问：“为什么不记得？”

“你喝饮料了。”叶谨闻声音微弱。

“对，我是喝了一口饮料，有问题吗？”

叶谨闻捂着额头：“问题不在这里，是在你喝饮料之后好吧？！”

“我知道自己不能喝含有酒精的饮料，喝过之后祁主任帮我叫了一杯温水。随后你们就开车送我回家，我还在门口跟你们说了谢谢。再然后，我就休息了。”

叶谨闻的表情有些撕裂，一巴掌扇在自己的脸上。

他总算明白隋愿说的那句“不要大惊小怪”是什么意思了。

陆眠喝醉酒不光断片，还会给自己脑补断片的过程。看她这副言之凿凿、头头是道的样子。

萧祁墨倒是淡定，在内心骂了句“小浑蛋”后，轻咳着让叶谨闻噤声。随后他又开口，带着些许期待。

“陆眠，我这两天有事要出差，你有没有什么要嘱咐的？”

叶谨闻偷看了萧祁墨一眼，无语。

萧祁墨没管他，静立在那里，薄唇微微地勾着，金丝边框眼镜下的墨眸专注地盯着女孩。

大概是感受到了萧祁墨炙热的视线，陆眠面无表情地将两个汉堡揣进兜里，清冷地点点头。

“哦，还真有。”

萧祁墨的好心情立显。

这个小浑蛋，总算有点人情味了。

正待萧祁墨偏头等陆眠的嘱咐时，却看到距离自己三步之远的少女眉眼间似笑非笑，往前走了两步。

萧祁墨高大的身形微顿，缓缓眯起眼。

陆眠说："祁主任，你的皮带扣……开了。"

这就是……陆眠的嘱咐？

萧祁墨俊美的脸庞以肉眼可见的速度崩盘，微微眯起的墨眸里染着不为人知的情绪。

"出差被别人看到就不好了哦。"说笑间，少女已经退离了三步之外。

如此大型尴尬场面，大概也只有泰山崩于前而色不变的萧祁墨能"hold（控制）"住。

叶谨闻正低头找地缝，萧祁墨将装有清粥的手提袋递过来。他本能地接过来后，便看到萧祁墨抬起了手指。

萧祁墨捏了一下高挺的鼻梁，旋即顺手摘下金丝边框眼镜，从西装口袋里拿出白色手帕，轻轻擦拭起镜片来。那慢条斯理的样子，如电影画面的慢动作。

叶谨闻浑身的汗毛都竖了起来。或许旁人都以为萧祁墨是在缓解尴尬，但他知道，萧祁墨摘眼镜了！

叶谨闻最清楚不过，萧祁墨的近视度数几乎可以忽略不计。他之所以戴着眼镜，只是要掩盖眼底的锋芒。

戴上眼镜，萧祁墨是儒雅的绅士。

摘下眼镜，萧祁墨就是地狱的魔鬼。

就在叶谨闻想入非非之时，萧祁墨已经擦拭干净镜片，又重新戴了回去。整个过程很短暂，仅仅十几秒。

叶谨闻松了一口气。

下一秒，他却听见萧祁墨充满危险意味的声音："陆眠，知道你这样做会有什么后果吗？"

陆眠拧着眉，歪了一下头，脚尖戳着地面，显得没什么耐心。

她事不关己地开口："不知道，也不想知道。"

叶谨闻小心翼翼地看向萧祁墨。

伫立在法国梧桐下的绅士的男人，嘴角不显山不露水地噙着笑。

哪怕是此时此刻，萧祁墨也保持着温文尔雅的风度和气质。他优雅地将白色手帕叠放进口袋的同时，也打算结束对话。

“这几天照顾好自己，有事就给我打电话，我会赶回来帮你。”

“不用了，我没什么要帮忙的。”陆眠有些不耐烦，“祁主任，我先回家了，汉堡快凉了。”

萧祁墨无奈地道：“回去吧。”

叶谨闻：正式宣布，最难接触的人排行榜现在换榜了。

第一：陆·怼人·眠。

第二：陆·教授·眠。

第三：陆·直女·眠。

第四：陆眠的萧祁墨。

萧祁墨目送陆眠决然离开的背影，一只手插到口袋里，目光幽深。

半晌，萧祁墨恢复平静，低声笑了：“小浑蛋。”

总有一天你会知道的。

陆心暖回到家时，傅曼已经做好了饭。

陆心暖是高三的学生，最需要尽心照顾，傅曼也尽职尽责地做好后勤工作，给她提供最舒适的学习环境。

“妈，苏珏说姐姐要去参加围棋赛。”

餐桌旁，陆心暖喝了一口汤，随口提起。

傅曼给陆心暖夹了一个鸡腿，又端起碗盛鸡汤。

“暖暖，你是不是也想参加？”傅曼语重心长地嘱咐她，“妈妈知道你多才多艺，但眼下正是你冲刺学习的阶段，还是应该以学习为主。”

“嗯，我已经跟苏珏说了我不会参加。”陆心暖一脸乖巧，“不过，妈，周末的时候，我们一起去看姐姐比赛吧，给她加加油。”

“不去了。你学习你的，就别管你姐的事了。”

“她是我的亲姐姐，我怎么能不管呢？而且这次围棋赛是由苏爷爷主办的，我也是担心姐姐那边出什么岔子。”

闻言，傅曼手中的筷子停了下来。

傅曼知道女儿想嫁入苏家的心思，也知道女儿一直在以名门闺秀的标准要求自己。但不得不说，女儿最近的心思越来越不在学习上了。

是从什么时候开始的呢？大概是在陆眠回来以后。

傅曼拧着眉，还没开口拒绝，陆心暖就以退为进地提前开口："妈，你要是不喜欢，我们就不去。"

"也不是不喜欢……"傅曼叹了一口气，"算了，去看看吧。"

陆心暖满足了。她还真不相信就陆眠那吊儿郎当的样，围棋段位能有多高。

"对了，妈，你还记得姐姐小时候拿回来的鼻烟壶在哪儿吗？您当时没收了，后来我就没再见过。"

"那个啊……"傅曼微微一笑，"搬家的时候丢了。"

"哦。"好可惜……陆心暖记得，鼻烟壶瓶身上画着两幅微缩棋局图，若是能拿给苏爷爷看，他一定会很喜欢。

晚上吃过饭，陆心暖回房间学习，傅曼收拾好厨房也回了卧室。她从梳妆台的抽屉深处掏出来一个小盒子，轻轻打开，里面安静地躺着一个手心大小的白瓷小瓶，瓶身上画着精细的棋局图。

傅曼小心翼翼地将鼻烟壶拿在手里，瓶底还印着年代，是个古董物件。她偷偷找人估算过，价值三百万元。

当初陆眠把这个东西交给她以后，她便一直珍藏到现在。

那时的陆眠才四岁，虽然从小性子清冷，也不太说话，却也是个可爱的小天使。

小天使悄悄把宝贝塞到她手里。

"妈妈，送你一样礼物，是我下棋赢回来的哦。"

那时的傅曼没想那么多，看到是个老物件就慌了。他们家条件拮据，如果是陆眠不懂事偷来的，他们可没钱赔给人家。即使陆眠说了好几遍是自己赢回来的，她也不敢信。毕竟谁都不可能下个围棋，就把这么贵重的东西输给一个小孩子。

傅曼赶紧带着陆眠去找小区门口的老人家，只不过没找到人。

她狠狠地训了陆眠一顿，也将这个鼻烟壶偷偷藏了起来。即使在两年前发生绑架案的时候也没敢拿出来卖掉。来路不明的东西一旦曝光，那他们陆家以及陆心暖的名声可就毁了，他们这辈子就都别想再抬头做人了。

傅曼恍惚记得，就是从那时候起，陆眠的性子变得更冷也更寡言，做事也更加荒唐了。

荒唐就荒唐吧，总不能让人家戳着脊梁骨说陆家出了个小偷。

傅曼苦心帮陆眠兜了这么些年，那个丫头还那么没良心，唉……

周末很快就到了。

陆心暖和傅曼按照地址提前来到比赛场地——芜城棋院。

棋院内外都挂着条幅，大厅里摆好了整齐的桌子、棋盘，一排又一排，都是为选手准备的。

陆心暖挽着傅曼的手找到了苏珏。

苏珏这几天看上去有些心事重重，陆心暖问了好几遍也问不出什么。这会儿见了面，本以为他心情会好点，他却还是一副冷冷淡淡、满怀心事的样子。

“妈，苏珏这次给围棋赛赞助了两千万元，都是他自己炒股赚来的。”陆心暖与有荣焉地说着，仿佛自己脸上也有光。

傅曼难以接受地点点头，不知该夸什么。

“我这次跟着苏珏投了三千元，肯定也能赚一笔。”

陆心暖倒是对苏珏有信心，但苏珏的脸色却很难看，明显不愿多说：“你们的位子在那边，来了就去坐吧。”

“那苏爷爷……”

“爷爷在忙，没时间招呼你们。”

“哦。”

陆心暖有些失落，本来她就是为了苏老爷子而来，却连话都跟他说不上。没办法，她只得跟傅曼一起坐下，静静地等着看陆眠的笑话。

苏珏心烦意乱地来到苏老爷子这边。

一个中年男人正在跟苏老攀谈，看到苏珏过来，笑着恭维道：“苏老，您这个孙子也是英雄少年啊。听说很会炒股，这次竞赛的奖金就是他资助的？”

两千万元不是一个小数目，很多棋手闻风而动，也跟着过来凑热闹。冠不冠军不重要，就想看看两千万元长什么样。

苏老摆手：“小孩子打打闹闹，不提也罢。”

苏珏性子不稳重，好大喜功，他这个爷爷全看在眼里，也一直有意地敲打他，省得他要飞到天上去。

苏珏倍受挫折，面色极不自然地点头：“是啊，不值一提。刘叔，您才是今天比赛的主角，围棋职业六段，不知吓退了多少竞争对手呢。”

这个中年男人便是此次比赛的特邀选手之一刘白玉，在芜城棋院内小有名气。

刘白玉谦虚道：“使不得，听说这次还有另外一个特邀选手？苏老，是谁啊？”

苏老爷子一脸神秘，笑而不语。

苏珏不耐烦再听下去，便踱步到大厅门口透个气。

苏珏再次掏出手机搜索那个股友群，依旧没有任何消息。想到一群人都在等着他大展身手，他咬着牙手机都快攥烂了。

既然不能靠群里，那他自己研究就是了。他又不是没有炒股基础，他就不信自己比不过那位大神。正发狠间，苏珏抬头便看到两张熟脸走到棋院门口。

“你们是……陆眠的同学？”苏珏打量着面前的胖瘦哥俩儿，好像有点印象，“陆眠呢？”

“胖皓”和“瘦浩”对视一眼。

“眠哥说前面的比赛太磨叽，等决赛的时候再过来。”

苏珏快被气笑，颐指气使道：“我好不容易给她争取的名额，她就是这么对待的？她把自己当什么人了，想来就来？”

“胖皓”和“瘦浩”对视，一脸茫然。

“胖皓”摊着手反问：“可眠哥不是特邀选手吗？苏老先生允许她赛时再过来的啊。”

特邀选手？爷爷安排的？

苏珏后知后觉，被打了脸，气得哑口无言。他给“胖皓”和“瘦浩”安排好座位后，就郁闷地去接待宾客选手了。

“胖皓”和“瘦浩”坐下以后，左右打量间，看到了陆心暖和一个中年女人。

两个人坐在后面嘀咕。

“那位难道是眠哥的妈妈？”

“应该是吧，跟陆心暖坐在一起呢。”

虽然压低了声音，但座位之间的距离就那么一点，前排很容易能听到。

傅曼和陆心暖不太自在地回过头。

“你们是眠眠的同学？”傅曼问道。

“是的，阿姨。”

“胖皓”和“瘦浩”立刻坐得板正，互相介绍了一番。

傅曼点点头，这两个人倒是比苏珏要有礼貌，多少还会笑着叫一声“阿姨”。只是陆心暖没心思搭理这种人，要颜值没颜值，穿得也很普通，他们也只配跟陆眠那样的人一起玩。

两个人回过头，没再理会后排的人。

“胖皓”伸出手：“我赌一百块，眠哥肯定拿冠军。”

“胖子，你过分了啊，那我还怎么赌？”“瘦浩”不甘示弱，“我就赌眠哥肯定拿走两千万元。”

两个人相视一笑，自信地击了个掌。

陆心暖垂眸笑了一声。

这场大赛来了这么多围棋高手，还有一个职业六段的专业棋手。陆眠现在连面都不敢露，她凭什么赢得两千万元？说不定她这会儿正窝在哪儿恶补围棋攻略呢。

此时的陆眠并不是在恶补什么攻略。

她刚从睡梦中苏醒，慢条斯理地起床，像往常一样先处理了一些事务。趁着天气不错，她穿着运动装出去跑了两圈，回来洗了个澡才慢悠悠地下楼，一路溜达着去了棋院。中间经过书店，她还进去挑了两本闲书。

等陆眠到达棋院，正好轮到特邀选手对弈打最后的比赛。

现场很多人都认识刘白玉，输给这么一位六段选手倒是不委屈。可对于另一位从未露面的特邀选手，大家议论纷纷。

“那位特邀选手是谁啊？应该很厉害吧？”

“那肯定啊，苏老的眼光还信不过吗？”

陆心暖摇了摇傅曼的胳膊。

“妈，要不我们走吧。我看眠眠应该不会来了，这都比到最后了。”

傅曼刚要说些什么，后排的胖瘦哥俩儿突然兴奋起来。

“眠哥！”

他们掏出早就准备好的“应援牌”，高举过头顶，无比热情地欢迎着陆眠。

陆心暖和傅曼起身的动作僵住。

特邀选手……是陆眠？

陆眠的出现，给原本十分热闹的棋院带来了一阵清凉之风。

所有人都在好奇这位神秘的特邀选手是谁时，就看到陆眠穿一身休闲运动装，施施然地走进来。

有人上前阻拦："小姑娘，你走错地方了，这边是比赛场，那边才是观众席。"

陆眠莞尔一笑："我是来拿两千万元的。"

她这话说得够狂妄，引得棋院内的选手们纷纷咋舌，摇头嗤笑。

他们比了半天都没赢过那位六段高手刘白玉，这个看上去也就十七八岁的小姑娘，一张口就是要拿走两千万元。

"哈哈哈——"棋院大厅哄堂大笑。

傅曼要面子，整张脸都快挂不住了。周围的笑声虽然都是嘲笑陆眠的，却也跟嘲笑她差不多。她赶忙拉起陆心暖，脚步匆匆："暖暖，我们走。"生怕别人认出来她是陆眠的母亲。

"给你姐发条短信，让她别参加了。"

"胖皓"和"瘦浩"忍不住拦住她。

"阿姨，您别走啊，你总得给眠哥一个展示的机会吧？"

"给什么给？让她去丢人现眼吗？她几斤几两我比你们清楚。"傅曼没什么好脾气，拉着陆心暖就往门口走。

陆心暖心满意足地跟上。

然而两个人还没踏出宴会厅，一把椅子猝不及防地滑到她们面前，精准地拦住了出门的路。

两个人错愕地回头，便看见陆眠吊儿郎当地抱着双臂，正冲着她们笑。

"看完再走。"

傅曼浑身上下透着尴尬，众人火辣辣的眼神盯着，她能预想到过一会儿自己将有多么丢脸。可是她此刻也不好跟陆眠撕扯，只好重新坐了回去。

陆眠翩然转身，冲主位上的苏老爷子笑笑，又向自己的对手刘白玉做了个"请"的手势。

"请开始。"

陆眠的话不多，却铿锵有力，让人无法忽视。

直到这个时候，大家才确定，这位就是苏老爷子特别邀请的最后一位选手——直接跳过初赛进入决赛的空降员。

"她凭什么？"有人不服气。

"围棋圈里可从没听过她的名号，苏老爷子这次也太偏心了。"

刘白玉也不太乐意，他辛辛苦苦打败那么多强有力的对手才走到最后。现在直接来了个空降军，要跟他争冠军？

"苏老，您这样安排恕我很难接受。"

苏老爷子看到陆眠来参赛，高兴得眼睛都眯成一条缝了，这会儿连忙哄道："刘儿啊，我这么安排自然有我的用意。你的实力很强，如果能赢了这个陆眠，你就是冠军。如果你输给了她，就说明她的棋艺比你好，也意味着她比在座的选手都好，她就是冠军。这没有什么不合理的吧？"

就凭当年他观看的那一场博弈，陆眠就有资格当特邀选手。他不是盲目相信陆眠，他可是有根据的。

"可是……"刘白玉觉得跟一个女娃娃下棋掉价。

陆眠倒是没计较那些，她向来不喜欢废话，能动手时绝不啰唆。这会儿她已经云淡风轻地落座，刘白玉也只好坐到对面。

与此同时，棋院的二楼窗户边停驻着一个少女的身影。她从上往下俯视着棋院大厅，位置很好，可以很清楚地看到陆眠的棋盘。

她喃喃道："我倒是要看看，爷爷凭什么那么向着她。"

棋局开始，双方第一步选子。

"你年轻，你先来吧。"刘白玉不想场面难堪，谦让道。

先开局的，会有优势。

陆眠没同意，让人拿来抽签器由双方抽签决定，最终还是刘白玉先下第一步棋。

刘白玉执黑子，先走。

他运筹帷幄地落下一子，笑道："小朋友，要不然叔叔让你几个子？"

"棋局如战场，没有谁让谁。"陆眠冷静地出手。

他们的对弈全程都被摄像头拍摄，所有人都能在大屏幕上看得清清楚楚。

参赛选手们不怀好意地下着赌注。

"我赌这个陆眠五分钟输掉。"

"我赌三分钟！"

开局的棋盘没什么看点，中规中矩，双方势均力敌，你来我往间，谁也没占到谁的便宜。

大厅里原本不看好的人，也不知何时都默默地噤了声。

刘白玉心想：这姑娘虽然有两下子，可要赢过自己还差得远。然而就在他刚落完一颗黑子时，陆眠的第二十六颗棋子紧跟其后，掷地有声地落下。

棋局发生了惊天逆转。

“漂亮。”

主席台上的苏老爷子禁不住拍手大呼，其他棋手也震惊得说不出话来。

这步棋实在妙，看似没头没尾，天马行空，却直接盘活了左上角的白棋。

刘白玉也有些慌，连忙补救，却发现补救为时已晚，左上角已经完全是陆眠的天下了。

不过他到底是职业老手，赶紧在中间杀了一把，提前布局。

然而陆眠根本不给刘白玉机会，几着之间就逼得他节节败退。

关键刘白玉每次都要思考良久才会慎重地落子，可陆眠就像是不过脑子，接着就跟上。

一个小心万分，绞尽脑汁；一个云淡风轻，掌握全盘。谁更厉害，明眼人都看得清清楚楚。

对弈时间不长，局势很快便明朗了。

刘白玉扔下手里的那颗黑子，颓丧地垂下了头。

“你赢了。”他艰难地开口。

“胖皓”和“瘦浩”激情相拥，大呼痛快。

其他选手也心服口服，纷纷竖起大拇指。

苏珏的脸色发黑，像被人扇了两巴掌。他是想用两千万元吸引陆眠来参赛，可他没想到她真的能赢，一时间心情复杂。似乎，他们都小看了陆眠……

而坐在观众席的傅曼和陆心暖也已经不知道该露出什么表情好了。

傅曼盯着大屏幕，她虽然看不太懂，却知道陆眠下棋时运筹帷幄，有条不紊，也能听到众人纷纷夸她棋艺好，简直赛过职业级选手。

傅曼的手死死地攥着衣角，像是被什么扼住了咽喉，难以呼吸。

陆眠会下棋，还赢了职业选手。难道当年那个鼻烟壶真是她下棋赢回来的？

现场一片沸腾，苏老爷子一边拍着手，一边惊喜地宣布：“最后的冠军是……”

“苏爷爷！”

苏老爷子话还没说完，突然从观众席站起来一个娇俏的身影，打断了最后结果的宣布。

棋院大厅里所有人的视线都往观众席看去，陆心暖身姿款款。

其他人都挺诧异的。

傅曼连忙扯了一下陆心暖，总觉得有什么不好的事情要发生。

“暖暖，你快回来……”

可陆心暖已经迎着一众好奇的眼神，走到了前面。

她恭恭敬敬地向苏老爷子弯腰，倒是挺有礼貌，一副知书达理的样子。

“苏爷爷，很抱歉打扰到您。主要我有一个问题想请教在座的所有棋手老师。”

苏清河拧着眉看她，点了点头。

“我想问一个四岁的孩子有没有可能赢过一位棋场老先生？”陆心暖环视一圈，面带微笑。

旁人不太理解陆心暖要说什么，目露茫然。

“正常来说，没有这种可能。”刘白玉认真思考着，语气倒是很平静，不偏不倚，“四岁的孩子一般心智还未开化，从经验上就不是老人的对手。”

其他棋手也纷纷点头，他们这些人算是围棋界里的老手了，传奇故事听了不少，却也没听过这么传奇的。

“四岁确实不太可能。”

“除非是天才。”

提到天才，大家都不由自主地看向苏老爷子。

“我记得苏老先生的孙女就是围棋天才吧，她好像是七岁之后显露天赋，名镇一方的。一局棋让众人目瞪口呆，拍手叫好，还听说现在已经拿了不少国际大奖。”

“这位已经够天才了，难道还有更厉害的？”

二楼窗户处，那个少女轻哼了一声，毫无兴趣地收回视线。

用人在旁边问道：“小姐，您要下楼比试吗？”

苏珞摆着手走开：“不需要。”

楼下大厅里，陆心暖安安静静地听着周围的议论声。在听到大多数人统一口径后，她才落落大方地走到苏老爷子面前。

苏老爷子的神色有些复杂，陆心暖咬着牙尽量不让自己露怯。

苏珏站在旁边，张了张嘴想提醒她什么，也终究没说出来。

“苏爷爷，不瞒您说，我口中的这个人其实是我姐姐陆眠的真实事件。她在四岁时跟一位老先生下棋，赢了一个价值不菲的鼻烟壶古董回来。”

周围的人噤声，信息量太大，一时间都没反应过来。

陆心暖轻盈地转身，笑得弯弯的眼睛里掠过一丝暗芒，仰着看上去十分善良的小脸，天真地道：“所以，像我姐姐这样的，应该算是天才了吧？”

陆心暖说话向来有技巧，更为自己保留了充足的余地。

这话谁也挑不出毛病。

参赛选手们包括刘白玉都很震惊，细细品过陆心暖的话再看向陆眠时，眼神有些耐人寻味。

大家又不傻，心里门清。前脚他们才刚否认了四岁孩子不能赢过棋场老人，这会儿陆心暖就说这是陆眠的真实故事。

鼻烟壶古董，谁会轻易输给一个孩子呢？

不过反观当事人陆眠，依旧坐在椅子上，微敛着羽睫，浑然不在意。

陆眠手拈一枚棋子，在手指间转来转去，闲适淡然得很。

“胖皓”攥紧了拳头：“陆心暖明面上夸我眠哥是天才，实际上是在反讽揭底吧。瘦子，我没理解错吧？”

瘦浩冷哼一声：“自信一点，把‘吧’去掉！”

胖瘦哥俩儿终于忍不住了，拍了拍前排傅曼的肩膀。

“阿姨，您难道看不出来陆心暖在嫉妒亲姐姐吗？这您都不管管？”

“阿姨，做人不要太偏心了。”

两个人的话似乎戳到了傅曼的心窝子里，她面色很难看，低声斥责道：“别胡说，暖暖那不是嫉妒，她只是说实话。”

话虽这么说，可傅曼也很紧张地往陆心暖的方向看了一眼，眼里带着些许恳求，无声地请求她不要再说下去。

傅曼很清楚，不管当年那件事是真是假，这里都不会有人相信陆眠，太离谱了。如今旧事重提，最终也只是给陆家招黑……

陆心暖知晓傅曼的心思，可她控制不住。眼看着陆眠回来后一步一步地展示着能力，眼看着她变得越来越好，跟苏家走得越来越近，抢走原本属于她的光环。她真的坐不住了。

陆心暖希望在场的所有人能够做个见证，就算陆眠现在赢了比赛又怎么样，小时候还不是做过那种不光彩的事情。

看陆眠以后还怎么抬得起头，看苏爷爷还会不会帮陆眠。陆心暖掩饰着内心即将腾飞的雀跃，目光真挚地看向苏老爷子。然而她却并没有看到想象中的暴怒和翻脸，苏爷爷的态度反而更……兴奋了？

苏老爷子苍老的脸上熠熠生辉，浑浊的眸子里是欣赏和激动。他拄着拐杖，中气十足道："现在你们知道陆眠为什么会是特邀选手了吧？"

众人发蒙，这有什么关系吗？

苏老爷子喜不自禁，一边点头一边解释："既然眠眠的亲妹妹都站出来了，我也就不替眠眠藏着掖着了。她呀，四岁的时候确实跟一个老头儿下过棋，厉害着呢。"

陆心暖突然蒙了，猝不及防地愣在那里，苏爷爷在说什么？

"苏爷爷，您怎么会这么说？"陆心暖笑得十分勉强。

"因为当时我就在旁边啊。那时我就在想，这娃娃可了不得，要是好好培养，将来绝对能成大器。'天才'二字，眠眠是当得起的。"

众人一片哗然。

傅曼目瞪口呆，陆心暖则完全呆滞。

这……这怎么可能？

她根本不是在捧陆眠好吧，这不是她想象中的剧情。

陆心暖差点把这些话说出来，后知后觉地咬住嘴唇，表情像受了多大委屈似的。

苏老爷子继续侃侃而谈："她才四岁就把对手逼得无路可走。对了，我当时还拍了视频，留了这么多年，总算有机会跟你们分享了。苏珏，你快连上电脑，给大家看看。"

陆眠转着棋子的动作顿了顿，表情有点嫌弃，还拍了视频啊……

视频一出来，所有人都不说话了，目光灼灼地盯着陆眠，脸上只有一个大写的"服"！

如果说大家一开始还觉得苏老爷子是偏袒陆眠，那么现在，视频一出来，立刻打脸了。

人家陆眠就是这么有本事，从小就厉害。

观众席上，傅曼盯着大屏幕，死死地捂住胸口，流下两行清泪。她空白的大脑里唯一炸开的，都是四岁小天使陆眠的声音——

“妈妈，你相信我，真的是我赢来的，我可以再下一次围棋给你看……

“妈妈，我没有偷东西……

“妈妈，你能站在我这边一次吗？

“妈，我错了。”

傅曼心头翻涌着无数懊悔和痛楚，等她反应过来时，用手捂着嘴巴，泪流满面。

她都做了些什么？那时她为什么就不信眠眠一次呢？

她只知道说不可能、不相信、自己的女儿没那么厉害，她就那么没耐心连几分钟时间都不肯给眠眠证明。是她，是她亲手将小天使从身边推开。

或许眠眠如今的性格，也是她造成的……

傅曼捂着胸口，满眼泪水地看向主席台那边的陆眠。

陆眠感觉到了，随手将手里的棋子一抛，吊儿郎当地装没看见，错开了傅曼的眼神。

陆眠有些烦现在的场面，她只是来拿走不属于苏珏的钱的。化解误会，修复亲情，于她来说没什么意义。展现天赋，收获路人的赞美，她也不稀罕。

陆眠伸了一下脖子，走到苏老爷子面前，张口就道：“苏老，我能把两千万元拿走了吗？”

这一大圈正热闹讨论陆眠段位的棋手们简直尴尬出天际。他们在这里给她封神，她却只想要两千万元。

苏老爷子又无奈又宠她，赶紧指挥孙子把钱安排到位，该登记的登记，该交接的交接。

苏珏此时也回过神，连忙带着陆眠去办手续。

陆眠签字的时候，苏珏在旁边长长地舒了一口气，感慨道：“这次能看到你和家里人解开误会，我这笔钱也花得值了。有了我的这些钱，相信你们一家人肯定能过上好日子。”

陆眠签完字，那支笔在她手里转了一个圈后，她“啪”的一声放下，力道还挺重。

苏珏打了个激灵。

陆眠笑得冷淡，暗暗寻思着苏珏这副施舍恩赐和指手画脚的姿态是什么意思。谁规定她拿到这些钱就一定要用在家里了？

“你……你这么看着我干什么？我可是在帮你，这两千万元还是我赞助的呢。”苏珏有些结巴，往后退了一步。

陆眠的厉害苏珏知道。

可是这次如果没有他的赞助，没有他从中牵线，就陆眠这臭脾气，这辈子也别想跟家里人和解。

陆眠现在这种态度实在有些过分。

陆眠重新捡起桌上的笔，在手里转了两圈后，逼近苏珏。下一秒，笔头精准地戳在苏珏的胸口，带着一股力道和狠戾，让他几乎喘不过气来。

陆眠漫不经心地用另一只手拈起两千万元的支票，嘴角嘲讽的弧度渐深。

“苏珏，你配拥有这些钱吗？”陆眠开口。

苏珏一惊：“你……你什么意思？”

可陆眠已经没耐心替苏珏解答了，将笔往他怀里一扔，拿着支票飘然转身。

苏珏颤抖地拿起笔，他毫不怀疑，如果这是一把刀，此时的他应该已经被开膛了。

陆眠没打算逗留，跟苏老爷子说了告辞后就打算离开。她在经过陆心暖身边时，连一个眼神都没给。

陆眠狂妄不羁，目空一切。

陆心暖从未想到过现在这种局面，更从未想到过她自以为的把柄却成就了陆眠的好名声。

她好恨，也好怨。

妈妈知道后会怎样对待陆眠？妈妈会不会重新叫陆眠回陆家，又会不会把对自己的爱分给陆眠呢？

不对，陆眠手上还有两千万元。

第十二章

好啊，我成全你

陆眠穿过一道道诧异又崇拜的眼神，走到棋院门口时还不忘冲两个前桌打了个响指，随性又酷帅。

“走了，请你们撸串！”

“来了，眠哥！”

“胖皓”和“瘦浩”手里挥舞着“应援牌”，飞奔而去。

在经过泪流满面的傅曼身边时，两个人还顿了一下。不管怎么说，他们心里都极为痛快，有种沉冤昭雪的畅快感。

而傅曼目送陆眠离开，身子沉得就像被绑在椅子上，怎么都动不了。

陆眠对待同学的态度都比对她这个母亲要好。

她真的太失败了……

陆眠和“胖皓”“瘦浩”一起走到外面，正讨论着去哪里消遣，身后就传来急急的脚步声，以及非常惹人厌的声音。

“姐，恭喜你啊，我早说了你肯定能拿冠军的。”陆心暖顿了顿，笑得一脸善良又欣慰，“这下妈妈肯定高兴坏了，以后她再也不用那么辛苦地工作了。”

这话说得，明显就是在向陆眠要钱，让陆眠拿出奖金解决陆家的负债。

陆眠似乎笑了一下，迈开长腿继续往前走。她有自己的打算，并不想理会闲杂人等。

“胖皓”和“瘦浩”叹为观止，再也受不了，直接跟陆心暖对上。

“陆心暖，你还要不要脸了？我眠哥赢了两千万元的时候，你是怎么做的？谁不知道你站出来是想告状抹黑眠哥啊。自己的小心机没耍成，转头就觍着脸管眠哥要奖金。”“胖皓”气得肚子上的肉都在颤抖。

“瘦浩”紧跟而上：“我说陆女神，你家为什么欠钱你心里没点数吗？那钱用来救我眠哥了吗？那钱是因为我眠哥欠下的吗？她被放弃已经很惨了，你还问她要奖金去帮你还债？”

被男生轮番痛骂，陆心暖饶是脸皮再厚也经受不住，眼圈红得不行，泪珠子打着转。

“我说什么了你们要这么谩骂我？我家的情况就是很糟糕，既然姐姐赚了钱，稍微帮衬一下家里不是应该的吗？那也是她的家、她的妈妈啊，我只是替我妈妈……”

“陆心暖，你说够了吗？”陆眠脸上的表情阴沉，语气不耐烦地打断了陆心暖的话。

陆眠转过身看着陆心暖，嘴角勾起一抹嘲讽的弧度。

“不就是想跟姐姐要钱吗？好啊，我成全你。”陆眠哂笑。

“你……”陆心暖一脸茫然。

陆眠依旧笑着，双眸盯着陆心暖，却掏出手机拨了一个电话出去。

陆心暖的心一紧，突然有种不好的预感。

电话很快接通了。

陆眠随手点了免提，漫不经心地看着陆心暖那张情绪多变的脸，越发邪气桀骜。她掷地有声地对着电话那头开口：“张校长，我要给学校捐款。”

陆心暖瞪大眼睛。

电话那头的张校长笑呵呵地道：“那敢情好啊。陆眠同学，你要捐多少？”

“两千万元。”

陆心暖听着那个冰凉的声音悠悠地吐出这四个字，人已经傻了，大脑轴得无法转动，更无法接受陆眠的决定。

从小拮据的家庭环境让陆心暖一直很在意金钱。经历过绑架案后，家里更是捉襟见肘，连三千元都要纠结一番才能拿出来，有苦难言。

而陆眠手中握着两千万元，就那么随便地、轻飘飘地、无所谓地捐了出去。这种心情就像是中了一千万元的彩票，却被人生生撕掉了票根一样。

电话那头的张校长被吓了一跳，一个十九岁的学生，开口就要捐两千万元，绝无仅有。他尽量让自己的语气听起来没那么虚，抱着手机连连赔笑。

“陆眠同学，你确定吗？”

“确定啊，又不是什么大钱。”陆眠云淡风轻，语气浑然不在意。

这小祖宗还真是大手笔。

张校长自然乐不可支，欢欢喜喜地应下。

“不过我有几个想法要说明。”陆眠的嘴角勾起无比恶劣的笑，冷淡的视线若有似无地扫过陆心暖。她的眼里没有陆心暖，可字字句句无时无刻不在磋磨着她，惩罚着她。

陆心暖张大嘴巴，发不出任何声音。

陆眠慢条斯理地说着话，手里不知何时多了一片叶子，捏在手里把玩。

“这两千万元呢，其中一千万元用来资助贫困学生。另外一千万元成立奖学金，用来奖励成绩优异的学生，具体细则我改天跟你详谈。”

那口气，哪里是一个学生对校长该有的口气，纨绔桀骜，肆意嚣张。

“好……好，您说了算。”张校长还得宠着她、让着她，一点儿也不觉得她这样的口气有什么不对。

陆心暖的情绪越发崩溃。

陆眠扫了陆心暖一眼，嘴角那顽劣不堪的弧度更大也更深。只听她悠悠地道：“要不，奖学金的名字就叫‘陆眠奖学金’吧？”

她就是故意的，那又怎么样？

“行，都听你的。”

两千万元的捐款就这么轻描淡写地定下了，像买卖大白菜一样，无比草率，无比快速。

胖瘦哥俩儿几乎要给陆眠下跪。

“眠哥”一出手，就知有没有。陆眠这个操作，可比他们骂陆心暖一百句一千句要强悍多了。

陆心暖不是想要钱吗？那就好好学习争取奖学金啊，又没人拦着她学习。到时候奖学金证书上会清清楚楚地写明——陆眠奖学金。

那场面，想想就刺激！

“眠哥，回头我让我爸也给学校捐个五百万元，这是做好事，我爸绝无二话。”“瘦浩”不甘示弱，怀抱一腔热血，坚定地跟陆眠同进退。

“胖皓”也高高地举手，着急道：“我爸虽然没钱，可我妈是做生意的，她有钱。眠哥，我家也捐五百万元。”

陆眠勾起嘴角，这一幕慈善会的既视感是闹哪样？

可“瘦浩”和“胖皓”才不管这些，他们在看到陆心暖快速变换、天崩地裂的情绪后，心里爽快到了极点。

他们又不傻，陆心暖之前嫌弃的眼神他们可都记得清楚着呢。

这三个人左右夹击，一轮又一轮地打脸，陆心暖彻底承受不住了。

陆心暖的情绪已经溃不成军，原本小家碧玉的脸蛋上此刻满是难堪、抽搐、扭曲、崩盘，还夹杂着嫉妒、愤恨、不甘等各种情绪。她几乎是撕心裂肺地喊出来："陆眠，你真的很过分！你在报复我，你就是在报复我！"

陆眠宁可把钱都给不相关的人，也不肯分给家里一点，可想而知她的心有多毒，有多恨这个家。

陆心暖死死地咬着嘴唇，几乎要咬出血来，字字泣血地指责陆眠。

"你恨我也就算了，为什么要这么对妈妈？她有多不容易你知道吗？"

"得了吧，小白莲，说得怪好听的。眠哥把钱给了你那个偏心的妈，跟给了你有什么区别？"

"你们……"陆心暖从未被人这样羞辱过，从未有过。

陆心暖一直是老师眼中的好学生，父母心里的乖乖女，她拥有无数光环和夸赞，从来没人敢这么对她。

可自从陆眠回来以后，一切都变了。

"陆眠。"陆心暖深吸一口气，强迫自己平静下来，充满怨恨的眼神落在陆眠身上，声音阴冷地开口，"让你给家里一些钱又算得了什么？别忘了，这是你欠妈妈的，也是你欠我的！"

"胖皓"和"瘦浩"满脸问号，这女的脑子坏掉了？

棋院大厅里。

参赛选手们都围在大屏幕前，一帧一帧地看着四岁的陆眠下棋，看的同时还要捂着胸口大呼："小时候的陆眠好萌、好漂亮啊！"

陆眠就像是从模子里刻出来的娃娃一样，扎着两个小鬏鬏，齐刘海下面是又圆又大的黑眼睛，一张肉嘟嘟的小脸看着就让人想伸手揉。可是在她身上也有一种反差萌，明明是个小宝宝，却像个老教授一样，一板一眼，严肃端正。

大屏幕这边一片热闹。

苏老爷子已经看了很多遍，就没跟年轻人凑热闹。他穿过人群，找到了观众席上的傅曼。他对这个偏心的母亲也是颇有微词，看着她哭得难受，想来应该是有什么隐情在里面。

苏老爷子拄着拐杖慢吞吞地走过去，给她递上一张纸巾。

“陆夫人，擦擦眼泪吧。”

“谢谢苏老。”

“我跟眠眠有缘，你不用谢我。”苏老爷子顿了顿，也跟着坐下去，叹着气道，“人这一生很难做到公平，即使是双胞胎，也会下意识地喜欢那个会说会笑、嘴巴甜的。眠眠内向寡言是她天生的性格使然，但这也不能成为你们偏心的理由。”

傅曼满脸痛苦地抬头：“苏老，其实……我也是有苦衷的。”

苏老爷子的身子一顿，突然就后悔了。他过来可不是想听什么乱七八糟的借口的。可她毕竟是陆眠的妈妈，于是他淡淡地问：“哦？那方便说一说吗？”

“眠眠，她……”提起往事，傅曼下意识地捂住腹部，失神地看着某处，回忆起来。

“眠眠在我肚子里的时候就不省心，她发育快，抢了很多本该属于暖暖的生存空间。她成长得倒是很好，却苦了暖暖。医生提醒过好几次，说暖暖生下来可能会体弱。

“体弱就体弱吧，都是自己的骨肉，我肯定哪个都不能放弃。可生产的时候也不顺利，眠眠出生时我难产，生了好久才把她生出来。后果就是导致暖暖在肚子里憋得时间过长，差点儿窒息而亡。

“好不容易救回暖暖的命，她在保温箱里足足待了一个月才有好转。可怜的暖暖，从小就体弱多病、弱不禁风，直到长大后才逐渐好起来。而我……也因为那次生产，失去了再次生育的能力。”

苏老拧着眉，不太理解，所以这些都怪到陆眠身上了？

可要说陆眠身体好，他也有所怀疑。陆眠个子虽高，可她那么瘦，像刮一阵风就能吹倒，可不太像陆夫人口中的“发育快、成长好”。

“陆夫人，您的这种行为更像是迁怒。”苏老爷子直摇头。

“苏老，您误会了，我没说怪眠眠……”傅曼说是不怪，其实内心的天平早已经倾斜。她抿了抿嘴唇，浓重的鼻音让她的声音听起来更落寞也更低沉。

“我承认我是偏心。我们家条件普通，没有用人，我同时看两个孩子太累，尤其是暖暖身体还那么弱，我的重心自然会放到她的身上。对眠眠，也就少了很多关注和耐心。”

傅曼碎碎念了很多，还包括鼻烟壶的事情。

苏老爷子一时之间不知道该说什么好，可能是槽点太多，无处下口。他摆摆手，罢了，跟这种蠢人是讲不清道理的。也许有一天她会真正明白自己到底错在哪里，也会明白自己到底失去了什么。

院子里的陆心暖还在跟陆眠对峙。

陆心暖恼羞成怒，话赶话地说了出来：“你在妈妈肚子里就跟我抢，害得我身体虚弱，害得我长不高，还害得妈妈再也不能生育。这些都是因为你。”

“胖皓”和“瘦浩”二脸蒙，齐刷刷地看向陆眠。

陆眠没生气，只是在笑。她拧着手中的绿叶，偏头笑得嘲讽。对方越是恼怒，她就越是平静，平静得如一汪死水。不管陆心暖说什么，都无法伤害到她。

陆眠慢慢踱步到陆心暖跟前，仗着身高优势俯视她。指尖夹着锋利的叶片，一寸一寸地在陆心暖的脸颊上划着。

陆心暖浑身紧绷。

“陆心暖……”陆眠淡淡地说，“我欠你们的，在两年前就已经还清了。”

“还清？你拿什么还父母的养育之恩？你拿什么弥补我儿时的体弱？”

“呵……”陆眠还在笑，清冷的眸子里没有一点温度。笑着笑着她突然发了狠，手指顺着陆心暖的脸颊滑到陆心暖的脖颈处，使巧劲一掐，瞬间扼住陆心暖的全部呼吸。

陆心暖猝不及防，大脑当即一片空白。

陆心暖毫不怀疑，只要陆眠稍稍用力，她的脖子就会“咔嚓”一声断掉。

“姐……”

陆心暖恳求着，眼里含着泪花却看到陆眠依旧在笑，耳畔模模糊糊传来陆眠清冷的声音。

“你可以继续作死。但我保证，我会一点一点毁掉你现在所拥有的一切。”

陆心暖因为害怕，胡乱抓着空气，拼命挣扎，眼泪也控制不住地往下流。在她觉得自己即将死掉以前，眼角的余光看到一道身影，她用尽最后一点力气。

“妈……救……我！”

傅曼正失魂落魄地站在大厅门口，听到一声含混不清的求救，抬起头四处寻找。她在看到不远处被陆眠掐着的陆心暖时，心慌了。

“暖暖！”

傅曼踉踉跄跄地跑出来，到陆眠跟前后抓住她的手。

“眠眠，你这是在做什么？你快放开暖暖，她的脸都青了。”

傅曼声嘶力竭，用了很大力气都没掰开陆眠的手指。

“眠眠，你到底想做什么？你要怪就怪我好了，一切都是我的错，跟你妹妹无关！”

陆眠“呵”了一声，视线慢悠悠地转移到傅曼身上。

“傅女士，您怎么会有错呢？”陆眠冷嘲热讽，语速不快，慢慢悠悠的。

傅曼听得心惊肉跳，顾不上陆眠的嘲讽，她只知道多耽误一秒钟，暖暖就危险一秒。

她狂呼着，让大厅里的人都过来帮忙。

人们很快出来，却都远远地看着，没有走过来。

棋院的参赛选手都是明眼人，这会儿连苏老爷子都没动，也没下命令，他们就都静静地站在原地，谁也没有上前帮忙。

苏珏倒是想上去帮忙，却被“胖皓”和“瘦浩”拦着。

傅曼有些绝望。

“陆眠！你要报复就报复我，我承认是我偏心，是我忽略了你，都是因为我才造成你现在这么暴戾的性格。你来掐我的脖子吧，我让你掐，你放开暖暖。”

傅女士舐犊情深，陆眠看得嘲讽。

“傅女士，我们来做个交易吧？”陆眠敛着羽睫。

“你说、你说，你到底想要什么？”

陆眠“嗯”了一声：“您跟陆心暖断绝关系，我把她送到国外您再也见不着的地去。我们一家三口一起生活，怎么样？”

傅曼的眼里有什么东西在破碎。

“我不要您的钱。相反，您想要多少钱，或是想要多少荣耀，我都可以给你。”

她这话说得清高又狂妄。

可旁边的苏老爷子听得一阵心酸，手紧紧地抓着拐杖，心也揪得死死的。

这个傻孩子……

"陆眠！"傅曼大喊一声，突然捂着胸口，身体慢慢下滑，瘫软在地上号啕大哭，"你这个恶魔，你怎么可以这么做？！你这个恶魔……"

"原来不是钱的问题。"陆眠喃喃自语了一声，其实她早已经知道答案，所以此情此景她也并没有多少意外。既然说她是恶魔，她也就不介意再给傅曼递上一把刀。

"傅女士，您这么难过，可是记起来'7·26绑架案'了？"

陆眠依旧慢条斯理，云淡风轻。此时的她，就像是掌控一切的王者，谁都无法阻止，谁也压不住她。那从骨子里散发出来的邪肆气息，有种睥睨众生的感觉。

傅曼一僵。

陆眠一只手掐着陆心暖，另一只手还闲适地把玩着那片叶子，笑道："当初的绑架案，我也曾被这么掐着脖子。绑犯问你们救哪个，你们说'救妹妹'。"

周围的人一听，突然都明白过来。两年前的那件绑架案闹得沸沸扬扬，大家都知道。如今当事人这么一说，他们能不明白是怎么回事吗？

"眠哥……"

"胖皓"和"瘦浩"哭成了泪人，陆眠到底是以什么样的心情笑着说出这番话的？

傅曼瘫在地上，手抓着陆眠的裤脚。

"眠眠，妈妈错了……妈妈真的错了，你放开暖暖吧……"

陆眠浑然不觉，轻轻地吹着叶片，悠悠地道："看来你已经做出选择了。"

傅曼有些不明所以，仰头看她。却看到陆眠微微弯腰，轻描淡写地说："从今往后，我跟你们没有任何关系。"

"我以后怎么样跟你们无关，你们以后怎么样也跟我无关。血缘关系束缚不了我，只会让我更恶心。"

傅曼死死地捂着胸口，似乎也被扼住了脖颈，喘不过气来。

她张了张嘴，发不出声音。等到她找回声音时，陆眠已经松开了手指。

傅曼赶紧接住倒下来的小女儿，掏出手机疯狂地拨打急救电话。

陆眠嗤笑了一声，下意识地勾了勾手指，招呼着"胖皓"和"瘦浩"离开。

胖瘦哥俩儿连忙擦干眼泪，亦步亦趋地跟在陆眠身侧。

"眠哥，纸巾擦手。"

"眠哥，今天我请客。"

两个人既心疼又想安慰陆眠，可毕竟是青涩的大男生，安慰起人来也有些笨拙。

陆眠轻笑，一副什么事都没发生过的样子，仿佛刚才扼住陆心暖的人不是她，跟家里断绝关系的人也不是她。

她是陆眠，桀骜、不羁、邪气、玩世不恭。

她可以是天使，也可以是恶魔。她对自己的世界有着充分的掌控能力，她不高兴拥有，也不担心失去。她就是她。

胖瘦哥俩儿一时间找不到话说，有些手足无措。

陆眠眉眼里染着淡淡的笑意，伸手在他们脑门上撸了一把。

"走，我请你们去'MM记'。"

"眠哥……你不难受吗？"

陆眠摇头："不呀。"

"其实现在没人了，你想哭就哭吧……有我们陪你。"

"哦。"陆眠手托下巴，很认真地想了一下，微微嘟嘴，"其实……已经死了的心，是没有知觉的。"

陆眠带着哥俩儿来了"MM记"。

服务生给安排了壹号包间。

一路上哥俩能感受到陆眠似乎真的没那么难过，也稍稍放了心，说话便随意了些。

"眠哥，你今天真是太帅了！"

"胖皓"一脸崇拜："跟我的芜城守护女神不相上下！"

"你的……芜城守护女神？""瘦浩"翻了个白眼，"你都不知道人家是谁呢，就女神。"

说到这些开心的事，"胖皓"和"瘦浩"热血沸腾。

两个人相视一笑，总算找到了最好的安慰陆眠的办法。

"眠哥，你等着，我去叫饮料！"

陆眠吊儿郎当地跨坐在椅子上，浏览菜单的空隙看了他们一眼，眉眼精致，含着淡淡的笑意。

陆眠也没扫他们的兴，漂亮的手指“啪”地弹了一下菜单：“好。”

菜单递到后厨，直接被一个二十五岁左右的年轻男人给拦了下来。他白皙清瘦的手停下快速切菜的动作，将菜刀放入刀架上，大致过了一眼。

他眉眼清淡，狭长的凤眸微微敛着。他不是那种第一眼帅哥，但身上那股稳重高洁的冷峻气质让人移不开眼睛，细看之下很容易让人深陷其中。很快，他那平静无波的眉宇之间就染了些许迷惑。

“经理，这单怎么了？”服务员一脸通红地问。

不苟言笑的男人微抬了一下手：“这单交给我，你们去忙别的。”

“好。”

虞人拿着菜单从后厨走出来，一边走一边摘下围裙，露出原本的挺拔身材。他个子挺高，却有些清瘦，带着几分严谨的气息。

他很快就来到壹号包间门口，敲门之前还听到从里面传来“棋社”“陆心暖”“大赛”等字眼。

他缓缓伸手敲了几下门。

“胖皓”和“瘦浩”同时探出头来。

虞人顿了一下，露出职业的微笑：“贵客您好，我是‘MM记’的……老板，虞人，再次跟您确认一遍菜单。”

一听是“MM记”老板，两个还是高中生的大男生立刻收敛了些。

“老板，您好，快请进。”

两个人很客气地让开一条路，毕竟能进到壹号包间，还被老板亲自接待，这可是他们从未享受过的待遇。

“眠哥，老板……”胖皓小声提示了一句。

陆眠拿着手机，手指还在飞速点着，三两下结束了游戏才慢悠悠地抬起头来。

“哦，有事？”

“虞老板来对一下菜单。”

虞人微微颔首，抿了一下嘴唇，随即字句清晰地将菜单念了一遍。

当他念到“饮料……十二瓶，乙醇含量百分之二”时，低沉的声音特意加重，还放缓了速度。

陆眠收起手机，趁两个兄弟没注意，略带顽劣地冲他眨了眨眼睛：“没错，上菜就行。”

虞人接收到这个媚眼，干巴巴地说了一声“打扰了”，然后便退出包间。

他走出去以后，还拍了拍胸口，一声轻叹气从他的嘴里轻轻地飘出。

虞人回看了一眼壹号包间，那双狭长的眸子收回时，仿佛若有所思。

这丫头是发生了什么事吗？

思及此，虞人发了一条短信出去，让人去查棋院。

一道道招牌菜很快端上来，十二瓶饮料也摆在了桌上。在这些菜品中央，依旧是雷打不动的两个汉堡。

“胖皓”不禁“啧”了一声。

“还是第一次听说‘MM 记’有汉堡呢！”

“瘦浩”一边说一边开了三瓶饮料，分别放在三个人面前。

陆眠也不推辞，抓起饮料跟他们碰了碰。

“胖皓”坐下来，顺手就把菜品往陆眠坐的方向转，却诧异地看见菜品中央的盘子里少了一个汉堡。

“瘦子，你吃了？”他问。

“没啊，眠哥吃的。”

两个人静了静，眼神怪异地看向陆眠，却看见她正在专注优雅地啃着汉堡，动作精致又从容，丝毫没有别人那种夸张之感。

“眠哥……你爱吃这个？”

陆眠“嗯”了一声：“挺好吃的。”

“你吃，都给你。”

两个人不争也不抢，把盘子给陆眠端过去。趁着这个工夫，“胖皓”又开了三瓶饮料，恭恭敬敬地放在陆眠手边，惹得“瘦浩”吐槽他是狗腿子。

“胖皓”不服：“你不‘狗腿’，是谁刚才开饮料来着？！”

“我这不叫‘狗腿’，我这叫义气。眠哥是我大哥，怎么了？”“瘦浩”冷哼了一声，“不像你，心里还装着一个芜城守护神，而我心里只有眠哥。”

“我心里有个女神怎么了？我女神做好事、吃汉堡、画猫头，是个善良、强大又可爱的女孩，多招人喜欢。”“胖皓”一口气说完，随即顿住。

吃汉堡？

他的小眼神一下子落在陆眠身上。

安静三秒后，胖皓突然拍大腿，喜出望外。

“眠哥也爱吃汉堡，我女神也爱吃汉堡，你们好有缘！”

难道善良又强大的女孩都喜欢吃这个？

陆眠若无其事地咀嚼完最后一口，起身在他们俩头上撸了一把。

两个人豪情万丈，又回忆起在棋院的热血打脸过程，喋喋不休。最后抓起瓶子一碰，却发现少了一个人。

“眠哥”呢？

两个人神同步地满屋子寻找陆眠，很快就看到刚才还撸他们头的“眠哥”正站在一米开外，板板正正地背着手，专注地看着他们。

这扑面而来的熟悉感啊……

“眠哥？”

陆眠没应，表情依旧很严肃。

两个人对视一眼，这也会醉？

“我们喝的是饮料吧？”“瘦浩”端着瓶子研究。

胖瘦哥俩儿还没反应过来，陆眠已经慢悠悠地开口了。

“请听下面这道数学题——李白街上走，提壶去买酒。遇店加一倍，见花喝一斗。三遇店和花，喝光壶中酒，原有多少酒？”

两个人不说话，沉默了很久很久。

这二脸蒙的表情让陆眠很不满意。

她双手撑在桌子上：“这都不会？你们真是我带过的最差的一届中的最差的两个！”

两个小时后。

“胖皓”和“瘦浩”全身虚脱地收起纸和笔，在陆眠那声救赎般的“下课”声中，揉着膝盖起身。

两个人互相搀扶，惺惺相惜。再转头时，那个罪魁祸首“陆教授”已经坐在了椅子上，脑子昏昏沉沉。

“胖皓”压低声音：“人生第一次，跪地摁头学习……”

“我们太难了……”

两个人一人一句，还不忘拍下一桌子菜品发朋友圈。

“胖皓”：“学习的快乐，你们想象不到。”

“瘦浩”：“感觉解锁了新世界。”

“算了算了，赶紧把眠哥送回去吧。你快去联系一个女同学，让眠哥暂时住学校寝室。”

两个人也不啰唆，扶起陆眠就下楼。

结账时正巧看到虞老板也在，两个人讪讪地笑了笑。

“你们的账单已经结清了。”虞人一板一眼地通知他们，看到此时的陆眠并不感到意外。只是她现在被两个男生扶着，虽然不出格，却……

虞人声音平淡地说：“我跟陆眠是好朋友，你们把她交给我吧，我给她安排一个房间休息。”

“朋友？”

“对。”虞人的表情十分严肃，正经得让人无法怀疑。

不过哥俩儿却不放心：“不行，眠哥现在神志不清，我们又不知道你说的是真是假？”

即使被狠狠蹂躏了一番，他们也依旧是陆眠坚定的拥护者。

虞人再次失笑，清瘦的脸上多了几分无奈。看来陆眠在班里过得还行，至少不是孤零零的。

虞人试图说服两个男生，胖瘦哥俩儿却率先看到了进入餐厅的一个熟悉的人。

两个人大喜，连忙兴奋地招手。

“祁主任！”

萧祁墨刚从外地回来，第一件事就是来“MM记”点餐，好巧不巧地在这里碰到陆眠，以及她的两个男前桌。

萧祁墨的视线落在女孩身上，眉心微蹙了须臾，像是明白了什么。

他目光幽深，落在郭子皓和袁浩身上时就如同激光扫射机一般。

原本还十分兴奋的“胖皓”和“瘦浩”赶紧站得板正，讪讪地叫人。

“祁主任好！”

祁主任的眼神……好可怕啊！

萧祁墨没理他们，而是目光专注地看着陆眠。片刻间已经打量了她全身，发现没什么异样心才稍稍放下。

虽然一般人也并不能拿陆眠怎么样。

陆眠察觉到萧祁墨的眼神，缓缓掀起眼皮，漫不经心又懒洋洋地道：“哦，是你啊。”

陆眠站得板正，依旧是一张严肃的学术脸。

胖瘦哥俩儿一哆嗦，胆战心惊起来。

“眠哥”该不会也要给祁主任上课吧？天哪，那画面简直不敢想象。

然后，在他们的惶恐不安中，很快就听到陆眠冷淡严肃的声音：“你来晚了，我下课了。”

胖瘦哥俩儿：“啊……”

完了，完了，“眠哥”又说胡话了！

他们能预想到，明天学校通报栏上大概会写着：陆眠挑衅教导主任，记过处分。

两个人头垂得更低了。

萧祁墨推了一下金丝边框眼镜，视线转移到哥俩儿身上，声音极冷地问：“喝酒了？”

“没有，我们就喝了一点饮料……”

“饮料？”

“乙醇含量……百分之二。”

“你们让她喝的？”

“是……因为今天发生了一些事情。”

他们才是有苦说不出呢。谁会相信一个喝醉了的人，竟然逼着他们俩学了两个小时数学。

“她……发生了什么事？”萧祁墨察觉到了什么。

胖瘦哥俩儿的嘴巴才刚张开，旁边就有一个严肃刻板的声音先一步脱口而出。

“她赢了围棋比赛，拿到了两千万元。她妹妹心生嫉妒，把她四岁时赢了一个贵重的鼻烟壶的事情抖出来，本想陷害她，没想到却让她封了神。于是她妹妹恼羞成怒，她妈也偏心，最终导致她跟陆家断绝了关系。”

虞人靠在收银台边，将事情说了一遍，口气虽平淡无波，可狭长的眼底偶尔掠过若有似无的冷光，让人猜不透他的心事。他并未隐瞒，因为这种事情本来就很好查，想瞒也瞒不住。

更何况……这个男人还是锦京萧家人。

听虞人说完，萧祁墨的视线自然地转移到他身上。这个男人他见过，也记得，是“MM 记”的老板，名字很特别，叫虞人。

他怎么会了解得那么清楚？陆眠跟他又是什么关系呢？

第十三章
那就让陆眠自己选

萧祁墨点了点头，陆眠家里的事情他是知情的，不过没想到已经发展到这么严重的地步。

断绝关系……也好。

此时的萧祁墨也更加理解神秘人“十三号”的做法了。虽然“十三号”抹除了另外四个受害者的资料信息，给他们调查“7·26绑架案”带来了很多困难。但不得不说，他是对的。

萧祁墨心里装着事，暂时放过了这两个人。只是一想到陆眠和这两个男生走得很近，心里就不太痛快。

“以后别再给她碰任何含乙醇的东西。”萧祁墨语气严厉地嘱咐着，一副尽职尽责的教导主任模样。

“胖皓”和“瘦浩”两个人疯狂地点头。

“把她交给我吧，我知道她住哪里。”

“辛苦祁主任了。”

两个男生对萧祁墨十分放心，毕竟是教导主任，有师德在那里摆着呢。

然而，在萧祁墨即将扶住陆眠时，他被一只清瘦白皙的手拦了下来。

“祁先生。”对方的声音低沉。

萧祁墨眯眼看向阻拦自己的虞人。

两个男人的视线在空中交锋，一个从容优雅，一个严肃冷沉，无形中好像多了几分不同寻常的意味。

萧祁墨的视线缓缓落在虞人伸出的手上，优雅如常：“虞老板，有何指教？”

“指教不敢当。”虞人淡淡地浅笑，“我是陆眠的朋友，她现在喝醉了，需要休息。”

两个小时的课程都上完了，接下来她就该困了。

“朋友。”萧祁墨重复着这两个字。

陆眠和“MM 记”老板是朋友？什么性质的朋友？

一个又一个问号出现在萧祁墨的脑海中，他也明白了陆眠之所以能订到壹号包间，大概是这位虞老板的缘故。

萧祁墨理智上明白了，心理上却不予认同。他坚持道：“你是不是她的朋友谁也不确定，但我是她的教导主任，有他们可以做证。”

“胖皓”和“瘦浩”点点头，老老实实地当背景板。

两个人时不时地交换一个眼神，总觉得祁主任怪怪的，虞老板也怪怪的……

虞人并不争辩，做了个“请”的姿势，显得挺客气：“也好，那就让陆眠自己选。”

餐厅前台一阵寂静，甚至有点窒息。

虞人不慌不忙，看向陆眠时眼里带着温柔，轻声唤她：“眠眠。”

萧祁墨幽深的双眸里，有什么在波动，他挽起袖子的小臂上露出了青筋。

陆眠哪里知道这些事情，浑然不觉站得笔直，很乖也很安静。

听到虞人叫她，她抬头，懒洋洋地笑道：“帅虞……”

萧祁墨不由自主地推了一下眼镜，指尖触碰到脸颊时，他第一次对自己的外貌产生了怀疑。

陆眠从来没夸过他帅。

萧祁墨盯着虞人看了几秒，灼人的视线从上到下扫了一遍，很是不解。

难道陆眠喜欢这一款？

萧祁墨有些走神，是烦躁所致。等回过神来，意外地发现虞人的眼里藏着几许胜券在握，心中的烦躁更甚，却只得按捺住起伏波动的心，默默地看着陆眠，等着她接下来的话。

这是属于成熟男人之间的暗中较量。

旁边的“胖皓”和“瘦浩”更加不自在，齐齐往后退了一步。

半米之外，陆眠这位当事人还浑然不觉。她的站姿标准，古板严肃，动作却很纨绔，伸手拍在虞人的肩膀上，整个人也靠近了他几分。

萧祁墨心一沉，她的选择是……

虞人微微松了口气，身旁的陆眠又开了口：“帅虞，我的司机来了，我回家了啊。”

全场如窒息般静默。

“胖皓”和“瘦浩”兄弟俩看着被当成司机的祁主任，瑟瑟发抖地抱成团。

虞人狭长的凤眸里多了些许复杂。

“天选之子”萧祁墨司机的脸上也没有多好看，赢了，却也感到失落。毕竟在喝醉酒的陆眠心里，他大概只是司机的身份。如果他早出现一会儿，估计还会担当学生的身份。

既然是陆眠自己的选择，他们也没什么好说的。萧祁墨这位司机只好尽职尽责地带她出门，毕竟也是赢了。在经过虞人身边时，他更是免不了给虞人一个意味深长的眼神。

虞人颔首，恭恭敬敬地送他们出门。

“胖皓”和“瘦浩”也借此机会浑身虚脱地告辞回家。

萧祁墨带着陆眠出了餐厅门。

叶谨闻正开着车来回找车位，见萧祁墨出来了，赶紧开过来。他探头往外一看，这可不得了，吓得直接弃车跳出来。

“七哥，小眠眠又醉了！”叶谨闻快要疯了。

萧祁墨“嗯”了一声，给陆眠开了车门，扶着她坐进去，完全一副大佬的姿态，等待司机开车。

叶谨闻的每个脑细胞都在拒绝，站在外面疯狂地摇头：“我不开车，打死我都不开！”

“她已经上完课了。”萧祁墨淡淡地说。

两个人的对话很奇怪，可叶谨闻能听懂。

“那还好……”叶谨闻重新坐到驾驶座上，像是逃过了一劫。

车子缓缓启动，往锦城壹号开去。

叶谨闻隔着后视镜跟萧祁墨对视一眼，又扫了一眼安静乖巧地坐着的“陆教授”：“七哥，小眠眠怎么会在这里？”

萧祁墨的目光未变，慢条斯理地给陆眠盖上薄毯，敛着眉眼，没回答问题只下了命令。

“去查一下‘MM记’的老板。”

说完，萧祁墨又补充了一句：“仔细查。”

叶谨闻不明白，追着萧祁墨问是怎么一回事。萧祁墨嫌烦，口气不怎么好地给他解释了一番，尤其点明了陆眠和虞人的朋友关系。

叶谨闻沉默了片刻。

“七哥，你有没有觉得我们车里有种硫酸的味道？”

“嗯？”萧祁墨优雅地跷起二郎腿，长腿交叠显得惬意又慵懒，语气里带着强大的压迫感，从容不迫道，“想上化学课了？”

叶谨闻直接被扼住命脉，一路上连半个字都不说了。

萧祁墨送陆眠回家，陆眠虽然醉了，但让她做什么她也照做。刷了指纹进门后，她自己就乖乖地往卧室走。有时候这样的她真的让人分不清她到底是醉了，还是没醉。

萧祁墨叹了一口气，给陆眠盖上薄被。

看着陆眠不由自主地缩成一团的睡姿，再听到她浅淡均匀的呼吸声，萧祁墨的目光沉下来。

“小浑蛋，真的不难过吗？”

房间里只有一声低低的嘤咛，再无人回答萧祁墨。他拉好窗帘，慢慢地退出陆眠的房子。

等回到隔壁，叶谨闻在源源不断的八卦欲驱使下像只小狗一样，寸步不离地跟在萧祁墨身边。

“七哥，你有没有觉得‘MM记’这个餐厅的名字……很别致？”

萧祁墨没回应叶谨闻，向着沙发的方向走去。

叶谨闻于是自问自答：“MM，翻译过来就是眠眠啊。虞老板跟陆眠是朋友，还多次送陆眠汉堡吃，自己餐厅的名字还叫“MM记”。啧，我猜他们绝对不是简单的朋友！”

房间里的温度骤然降了几度。

叶谨闻没察觉到，脑洞不知开到了哪里，突然用拳头捶掌心。

“七哥，隔壁的大平层该不会就是虞老板送的吧？！‘MM记’餐厅那么赚钱，买套大平层是分分钟的事。这么一解释，一切就都说得通了。”

房间内的温度继续下降。

叶谨闻仍在脑补。

“以前只是落花有意流水无情，现在看来是名花已有主……”叶谨闻说，“七哥，你可能要凉了。”

叶谨闻正陶醉地说着，忽然察觉到从某个方向传来杀气，他连忙捂住信口开河的嘴。然而已经晚了，他眼看着一枚圆润光滑的东西飞过来，毫无误差地飞进嘴里。

叶谨闻措手不及，差点儿被噎死，疯狂地捶胸口才将嗓子眼里的东西吐出来。

是一颗葡萄。

叶谨闻无比哀怨地看过去。

罪魁祸首萧祁墨却斯文优雅地翻开杂志："别客气，多吃点。"

叶谨闻："……"

翌日。

陆眠手拎书包，往高一（25）班的方向走。她还没走到教室门口，就听到从里面传来嘈杂的吵闹声。

"大家看到郭子皓的朋友圈没？人家周末学习了呢！"

"全年级倒数第三还敢谈学习，你脑子里除了吃，还有啥？"

"胖皓"气得撸袖子，发个朋友圈也能被嘲，难道学渣就没有人权吗？

"瘦浩"在旁边维护他："我们发我们的朋友圈，你不喜欢就别看，嘲讽别人会显得你很有素质吗？"

众人不听，更大声地笑起来。

大家争吵不休，恰巧陆眠走了进来。她仿佛自带驱散功能，原本凑在后门的那些男同学都自动给她让开了一条路，就像欢迎女王驾到一般。从她进入教室开始，到她坐在座位上，全程都很安静。

而刚才的话题，此时也再难以进行下去。

谁都知道"胖皓"和"瘦浩"是陆眠的人，他们又惹不起陆眠，也就只能在背后笑话一下两个学渣，明面上可不敢说什么。再说了，陆眠上次物理竞赛考了满分，人家现在可是班主任心尖上的学生呢。

陆眠早就对旁人的视线习以为常，一路走到座位上，将书包随手塞进课桌里，便开启了一天的看小说日常。

"胖皓"和"瘦浩"耷拉着脑袋回了座位，罕见地没跟陆眠打招呼，头顶还笼罩着一层乌云。

"你们怎么了？"陆眠抬头问了一句。

哥俩儿面色古怪又恐惧，小心翼翼的。

“眠哥，你清醒了？”

“嗯，醒了。”

“真没想到你醉了会是那个样子……怪吓人的。”

陆眠微微蹙眉：“吓人？我睡觉很吓人吗？”

“睡觉？”哥俩儿有些崩溃。

“我的酒量确实不好，但我一般醉了就会睡觉。我记得昨天是你们扶我下去的，还碰巧遇见了祁主任，他还挺热心地送我回家。”

看看，这说的还是人话吗？上课那两小时的过程是被您吃了吗？

两个人啥也不敢说，啥也不敢问，落难兄弟互相抱了抱，算了吧，算了吧，以后再也不让“眠哥”碰饮料了。

第一节是数学课。

瘦瘦小小的中年女老师站在讲台上，手拿一把三角尺，敲起了桌子：“上周五我布置的那道课后题，做了的举手。”

大家都积极地举起手。

“胖皓”着急地撞了一下“瘦浩”：“哪道题啊？我都忘了！”

“我也不知道。”

两个人回头想请教一下陆眠，然后又放弃了，“眠哥”连数学课本都没找着呢。

两个人慌慌张张的模样早就落入了数学老师裴素珍的眼里。全班就三个人没举手，对，就角落里的他们仨。

倒数第三、倒数第二、倒数第一，出了名的学渣、学沫、学水。

裴素珍心里窝着一团火，拿三角尺指着胖瘦哥俩儿：“郭子皓、袁浩，看来你们都会了，来黑板上做。”

看他们一脸茫然的样子，裴素珍又咬着牙根提醒了一句：“三十二页最后那道思考题。”

悲催的兄弟俩只好拿上课本，垂头丧气地走上讲台。

讲台下一群等着看好戏的同学。

裴素珍睨了一眼云淡风轻还在找课本的陆眠，摇头又叹气。

“有的同学，别以为自己一门功课考得很好就天下无敌了。考得再好，顶了天也只有一百分。高考的时候，阅卷老师可不管你偏不偏科。”

裴素珍说了一大堆，大家都听得出来是在说陆眠。

只可惜陆眠这个当事人好像没听懂一样，垂着头，终于在书桌缝隙里找到了崭新的数学课本。

打开课本，是陆眠对这门功课最大的尊重。

此时，讲台上的“胖皓”和“瘦浩”翻着课本看了一眼题目，再不由自主地对视了一眼。

啧，这道题……

“不许私下交流。”裴素珍回过头来瞪他们。

“老师，就算他们交流一节课，该不会的还是不会啊。”

大家哄堂大笑。

“周末不是去学习了吗？快让我们看看成效啊。”

“安静，别说话。”裴素珍勉强维持着秩序，带着学生一起回顾了上周所学的知识点。等她再次转身，黑板上多了密密麻麻的解题步骤。

裴素珍快速浏览了一遍，然后一口气卡在了嗓子眼。

学生们也跟着意外，就连学习比较好的班长白芳菲都诧异了，不停地翻着作业本看自己的解题方法。两个学渣竟然做出了数学思考题？

课本上没有答案，这两个人在讲台上隔着千山万水的距离，并且解题步骤也不一样，不存在互抄。

这是什么情况？

本想借题发挥的裴素珍哽着一口气，让胖瘦哥俩儿下去后，才开始带着学生分析这两个人的解题方法。

流畅的步骤，新颖的解题方法，答案完全正确。

郭子皓和袁浩腰板挺得笔直，走下讲台时，视线落在陆眠身上，亮晶晶的眼神就跟看天神一样。

陆眠觉得莫名其妙，没理会他们，继续低头看小说。

第二节课大课间，陆眠去了张校长的办公室，敲定了一些捐款事项的细节，又得知“胖皓”和“瘦浩”两家的五百万元已早早地到了账。

陆眠有些无奈，这速度……

谈完了奖学金的事，陆眠吊儿郎当地靠在沙发上，神色冷淡：“张校长，能把鲲程中学的历史档案借我看一下吗？”

“这个啊……已经借出去了。”张校长有些为难。

“谁借的？”

“陆眠同学，这个我不能告诉你。不过你要是想调查绑架案的事情，我这边真没什么线索可以提供给你。绑犯最后的消失地点的确是在鲲程中学，但当时的监控都被破坏掉了。”

“好，我知道了。”

陆眠不在的时候，25班的班主任丁猜将本班同学都召回了教室。

“给大家介绍一下，这位是苏珞同学，是跟你们一起考入鲲程的学生。她之前一直在外地参加围棋比赛，现在回来了。大家热烈欢迎。”

丁猜身边站着一个十六七岁的女孩，她扎着高马尾，穿着限量款板鞋，精致的五官染着淡淡的精英气质，一看就是那种出身良好且出类拔萃的女孩。

下面的同学交头接耳。

“这位不就是苏家的围棋小公主吗？”

“她不是挺厉害的吗？怎么不去1班？”

有人弱弱地问了一句，其他学生面色讪讪。

苏珞没理会那些闲言碎语，站在讲台上平平淡淡地说了一句“大家好”，再无二话。

丁猜笑呵呵地替苏珞解围：“苏珞同学其实是以全年级最高分考入学校的。因为她要外出参赛，所以才安排到我们班，以后大家要相互帮助。苏珞，你就坐在……”

丁猜环视一圈，视线落在陆眠旁边那个座位上时，顿了一下。

不行不行。

苏珞是年级第一，陆眠是倒数第一，这会伤害到陆眠的自尊的。

丁猜立刻打消了这个念头，指了另一侧角落的位置子：“苏珞同学，你先坐在那里。等下次月考过后，我会重新安排座位。”

苏珞摇摇头，比较强势地抬起手：“老师，我能坐那里吗？”

苏珞指的自然是陆眠的位子。

她又补充道：“我喜欢靠窗的位子。”

苏珞志在必得。

丁猜一脸为难。没等他说什么，后排的郭子皓和袁浩先坐不住了。

“胖皓”扬声提醒：“换个地方吧，这里有人了。”

正常情况下旁人听到这话，肯定会秉着先来后到的原则，深表歉意地退出。不知者不怪，他们也不会说什么，可他们低估了苏珞的决心。

苏珞这个人生在豪门之家，又天赋异禀，从小到大没经历过多少挫折，想要做的事情一定会去做成，想要得到的东西也一定会得到。当然，她也比很多依赖家族光环、混吃等死的二世祖要好很多，她有能力，一向主张实力见真章。

苏珞思考了一下，抬头看向丁猜：“老师，我有自由选择座位的权利吗？”

好学生可以在教室里自由选择座位，这是不成文的约定。

“这个……”丁猜揉着太阳穴，着实有些为难，“其他地方也有靠窗的位子，苏珞同学，你就先委屈一下。”

“老师，只不过换个位子，有那么难吗？”

听她这么一说，真让丁猜难住了。

因为苏珞想坐的位子，是陆眠的啊，陆眠现在天天都准时来上课，偶尔还能给他在物理上增光添彩，他可惹不起这个小祖宗。好在陆眠现在不在，不然非得闹起来。

讲台下的学生都挺安静的，来来回回地看热闹。

教室后排传来很明显的嘲讽：“这个位子是陆眠同学的，你学习好又怎么样？人家捐了两千万元，难道还要给你让座？”

“瘦浩”这么说着，不耐烦地摔了一下笔，以示自己对苏珞不满。

丁猜包括其他学生都是一脸蒙。

苏珞“呵”了一声。

“陆眠捐的钱……不就是从我们苏家拿走的那两千万元吗？”苏珞那天看陆眠下棋赢了比赛，自然知道这件事。后来又隐隐约约听说了捐钱以及陆眠跟陆家断绝关系的事情，她当时还觉得挺意外。这样的人，倒也有资格做她半个对手。

只不过把捐款这种事拿出来邀功请赏，苏珞就不怎么认同了。

“瘦浩”不服气，站起来理论：“你们苏家是赞助了这笔钱，但我眠哥也是堂堂正正下围棋，凭真本事赢回来的。什么叫从你们苏家拿走的？”

其他人持续迷惑中。

陆眠……下棋……赢了两千万元……还捐给了学校？

他们的“三观”再次被刷新，信息量太大，一时间都没反应过来。

班长白芳菲站起来维持秩序：“你们两个闹够了没有？陆眠下围棋再厉害又怎么样？你们也不想想，如果苏珞上场，她有本事拿走两千万元吗？还不是人家苏家手下留情。”

说完，白芳菲看向讲台的方向，冲苏珞眨了一下眼睛。

苏家和白家都是芜城的豪门之家，白芳菲和苏珞同岁，自然认识，也是很好的朋友。这会儿白芳菲自然要帮朋友，顺便也打压一下陆眠的嚣张气焰。

苏珞也对白芳菲回以淡淡的微笑。

白芳菲像是受到了鼓励，继续道：“再说了，苏珞是以年级第一的成绩考进来的，她自由选择座位也是理所应当。某些人才应该识相地让开。”

“那我眠哥还是物理竞赛第一名呢，全国的。”

胖瘦哥俩儿还想争辩什么，眼角的余光瞟到从后门走进来一道纤瘦单薄的高挑身影。两个人就像是看到了救星，眼睛一瞬间亮了。

陆眠从校长室回来，心里还想着档案被谁拿走了的事，一进教室看到大家都规规矩矩地坐着，还站着好几个人，微微诧异了一下，倒也没放在心上。

所有人都盯着陆眠，她习以为常，往最后排的窗户边走过去，脚尖一钩就带出了椅子，再嚣张地坐下去。她整个人是一副云淡风轻、玩世不恭的懒散样，对外界发生的一切都不感兴趣。

所有人都眼睁睁地看着陆眠从一摞书籍中抽出一本言情小说，然后垂眸翻看。

周围的目光太诡异了，陆眠总算有了闲心，懒洋洋地掀了一下眼皮，问胖瘦哥俩儿：“怎么了？”

“眠哥，苏珞抢你座位。”

“哦。”

陆眠心平气和地点点头，看也没看讲台，指尖拈起书页，慢悠悠地翻过去，跟周围紧张兮兮的人形成鲜明对比。

一个“哦”字就完事了？

就在大家脑子里都冒出问号时，陆眠又云淡风轻地补充了一句：“先赢了我再说。”

陆眠声音不大，语气平静，却裹挟着强势和狂妄，钻进了每个人的耳朵里。她这不是挑衅，而是目空一切、运筹帷幄的淡定。

于是大家又看向讲台。

苏珞也被激起了胜负欲："赢你？呵……"最后那句轻笑让人听出了几分不屑。

想来也是，人家是围棋小公主，这些年在世界各地参加比赛，抱回的奖杯都能塞满一个房间了。关键人家的脑子还好使，即使经常外出比赛，只要她参加考试，成绩必然优异。再加上她出身豪门苏家，过的简直就是每个学生幻想中的最理想的生活。苏珞想要赢陆眠，分分钟的事。

"你想比什么？"苏珞在讲台上开口，任陆眠随意挑选，她都奉陪。

陆眠翻了一页书，懒洋洋地道："随便你。"

教室里硝烟四起。

到最后还是丁猜强势了一把，直接把一位平时学习不上进、月考也没考好的同学换到最后排后门处，又按照苏珞的要求，给她安排了靠窗的位子。虽然那个位子也并不是她想要的。

丁猜揉着太阳穴，赶紧离开了教室。

下课后。

"胖皓"和"瘦浩"两个人喋喋不休地鼓励陆眠。

"眠哥，我们相信你，比什么你都能赢。"

"你们哪里来的自信？"陆眠笑。

"胖皓"："你给的！"

哥俩儿还互相给了一个奇异的眼神，万一真比不过苏珞，他们还有绝招呢。

当然，那些都是后话了。

苏珞去卫生间，经过陆眠身边时特意敲了敲她的桌子。扫到她正在看一些言情小说，表情也挺无语的。

"陆眠，今天我就会安排好比赛内容。这个座位我要定了！"

苏珞有十足的底气和信心。她说出这句话来，旁人也不觉得有多违和。白芳菲与有荣焉地挽住她的胳膊，也跟着扬眉吐气了一把。

两个人的目光都落在陆眠身上，陆眠想忽略也不行，视线依依不舍地从小说高潮处收回，百忙之中看了苏珞一眼，瞳孔微微闪烁，染上几分不确定。

白芳菲趁机挑衅："怕了吧？不想丢脸就趁早把位子让给珞珞，别到时候弄得自己难堪，还输了座位。"

苏珞静静地站在那里，期待陆眠的回应。

胖瘦哥俩儿有些郁闷。

陆眠看了苏珞一会儿，而后合上小说，茫然地问：“你，哪位？”

陆眠压根儿没听到苏珞说什么。

“胖皓”和“瘦浩”哈哈大笑起来，捂着肚子直不起腰。

苏珞和白芳菲在这里自我娱乐，结果“眠哥”压根儿不知道苏珞是谁。她该不会一直没抬头看对手一眼吧？

“眠哥，她就是之前跟你抢座位的苏珞。”“胖皓”还捂着肚子。

陆眠点点头，原来是苏老爷子的孙女。

苏老爷子的孙子和孙女都挺有趣，冷不丁让她也有了一种子孙环绕的感觉……

陆眠的漫不经心和目中无人激怒了白芳菲：“陆眠，你也太狂妄了！你知道珞珞是谁吗？你敢这么小看她？！赶紧向珞珞道歉。”

“不用了。”虽然被落了面子，苏珞也仅仅尴尬了一瞬，倒也没有多少情绪。狂妄自大的人她见多了，赛后痛哭流涕的也往往会是这群人。

“陆眠，那我们就比赛见真章吧。”苏珞加重语气，提醒了一句。

“好。”

等她们走远后，“胖皓”和“瘦浩”嘀咕起来。

“眠哥，这个苏珞虽然来者不善，但她看上去好像比陆心暖要好一点点……”胖皓摸着下巴分析。

“瘦浩”也点头：“至少没那么不要脸。”

陆眠笑笑，懒洋洋地伸展了一下手臂。

苏珞这个人，一看就是那种心高气傲、少年得志的天才人物。她这样的性格和身份，自然不需要耍什么心机，也没必要隐藏内心的真实想法，喜欢就是喜欢，讨厌就是讨厌，确实比陆心暖要敞亮得多，也比她那个沽名钓誉的哥哥强得多。

陆眠白皙的手指在桌面上漫不经心地敲了几下，“坐久生情”，懒得挪窝，那就陪苏珞玩玩。

中午放学，陆眠照常回到锦城壹号。

陆眠的午餐已经准时放在餐桌上。保温盒的盖子刚掀开一半，门铃就响了。她顿了顿，重新将带有“MM 记”LOGO 的保温盒扣死，打开餐边柜放进去，这才去开门。

不出意外，门口站着的人是萧祁墨。

这一天萧祁墨比较特别，区别于平时的西装革履，他这次身着家居服，围着围裙，手中端着一个托盘，出现在陆眠面前。

托盘上是一些菜品。

叶谨闻从萧祁墨身后钻出来，手里同样托着几道小菜。

陆眠靠在门边，努了努下巴，无声地问什么意思。

萧祁墨冲陆眠从容地笑了笑："上次把筷子都落在你家了，不介意我端过来吃吧？"

陆眠还没来得及回复萧祁墨，他已经率先一步踏进来。叶谨闻暗道一声"不要脸"，也笑眯眯地跟上。

两个大男人将所有菜品一一摆在餐桌上，足足摆了六盘。其中还有两个超厚超豪华的汉堡。

陆眠眉眼微微一敛，抿起了嘴唇。

萧祁墨很快捕捉到陆眠这个微表情，很满意，给叶谨闻使了一个眼神，颇有暗示之意。

叶谨闻搓搓小手："小眠眠，我还有事，就先回去了。"

陆眠："你不吃？"

萧祁墨略感遗憾："忙完了再过来吃也行。"

叶谨闻在心中翻了个大大的白眼，总共两双筷子，有他的份吗？有吗？他心里这般想着，面上还是很客气。

"不了，不了，我太忙了，过不来，你们吃吧。"

萧祁墨从善如流地送叶谨闻出去，长腿很自然地带关防盗门，隔绝了外面男人眼巴巴的眼神。

叶谨闻苦兮兮地回到隔壁，抱着一桶泡面，伸头看了一眼凌乱不堪的厨房，怨恨地吐出两个字。

"禽兽！"

陆眠觉得很神奇，努着嘴看着一桌子菜。

"祁主任，你做的？"陆眠双手环抱，靠在餐桌旁。一眼扫过去都是些可口的菜式，尤其是肉菜丰厚的汉堡，是她的最爱没错了。

"今天下班早，就顺手做了一些。要不要尝尝？"

“也好。”

陆眠倒是不纠结，看到有喜欢的汉堡，勉强让萧祁墨坐了下来。她又从厨房里找出那两双筷子，一人一双。

陆眠拿起汉堡，心情都好起来，嘴角的弧度轻轻上扬，咬了一口。

“嗯，不错！”

萧祁墨心想：总算没白费一垃圾桶的原材料，只要陆眠喜欢就好。他也很默契地没再提昨天“MM记”发生的事情。

萧祁墨优雅矜贵地夹着菜，假装不经意地问道：“这么喜欢汉堡，有什么原因吗？”

“原因啊……”陆眠一连吃了几口，才懒洋洋地道，“因为汉堡是我唯一不需要让给陆心暖的东西。”

萧祁墨的心突然像被什么狠狠地抓了一下：“为什么？”

“汉堡不健康也不干净，陆心暖体弱，吃了没营养。”陆眠倒是毫不避讳，很坦诚地说出来。

萧祁墨从未想过，陆眠爱吃汉堡会是这个原因。一颗心裂了一道口子，再从里面细细弱弱地钻出心疼和酸楚。

原生家庭的影响当真是一辈子的。

萧祁墨正沉默着思考该如何安慰陆眠，却看见对面的女孩轻笑出声，嘴角依旧勾起桀骜不驯的弧度。

陆眠偏着头：“你是不是在可怜我？”

“嗯……”

“骗你的。”陆眠眉眼里染着揶揄，心情还不错地解释，“不用脑补我过得很悲惨，因为我本身也很喜欢吃汉堡。陆心暖不跟我抢，我就更喜欢了。”

这样的陆眠，反而让萧祁墨更心疼。

“你喜欢，我就经常做给你吃。”总比陆眠去吃“MM记”的好。

想到“MM记”的老板，萧祁墨觉得想要抓住一个人的心，就要先抓住他的胃，这话不假。

萧祁墨看着陆眠满足地吃下一整个汉堡，在她准备开吃第二个时，漫不经心地开口：“陆眠，你跟‘MM记’老板虞人……是什么关系？”

陆眠抓汉堡的手一顿，听到萧祁墨的这个问题后，懒洋洋地把汉堡给放回去。

她身子往后一倾，靠在椅背上，没说话，脸上带着若有似无的笑，却很清楚地写了五个字——关你什么事。

当人在产生戒备时，身体会不由自主地后退，呈现自我保护状态。

萧祁墨明白陆眠的戒备，更是心酸。

小浑蛋心里一点儿也没他，他却一天天的……就连这次出差办正事，也有些心不在焉。

萧祁墨心里如翻江倒海，面上却还是波澜不惊，重新将汉堡放到陆眠手里，缓慢地推了一下眼镜。

“别误会，我没想打听你的私事。”萧祁墨绅士地继续说，“我身为学校的教导主任，有责任替你甄别社会上的人脉。你虽已成年，却还是学生。”

为了多了解陆眠，他只得再把这个名义上的身份搬出来。

陆眠笑得极狂野，眉眼里透着桀骜不驯的傲气，摇头道：“祁主任，你是大海吗？”

“啊？”

“管那么宽？”

萧祁墨在心里小声地骂了陆眠一句。

陆眠多说了一句：“你想多了，虞老板那里的汉堡好吃，我跟他是朋友不是很正常的事吗？”

陆眠微微回忆，昨天在餐厅收银台，萧祁墨和虞人确实见过面，也确实提到过虞人是她的朋友。

陆眠轻笑一声，扫视桌子上丰盛的菜品，声音低柔地笑道：“祁主任那么厉害，不信可以去查哦……”

陆眠那双清澈见底的眸子似乎看穿了萧祁墨，他深沉晦暗的视线缓缓落在她的脸上，显得很无奈，铁定问不出什么来。

“继续吃吧。”萧祁墨做了个“请”的手势，在心中安慰自己，倒也不是没有收获，至少陆眠刚刚夸他“很厉害”。

陆眠大佬般地跷起二郎腿，慢条斯理地吃着汉堡，另一只手还不忘掏出手机玩，动作随性又顽劣。

“很厉害”的男人就坐在陆眠对面，她却嚣张到直接发短信给“零”。

眠：“上次的股票可以抛出了。”

零：“总算到时候了，我等这一天等好久了。”

眠：“顺便嘱咐帅虞，让他随便泄漏点信息出去。”

零：“什么意思？”

眠：“要是某人什么都查不到，也挺伤自尊的。”

下午有一节体育课。

体育课集合完毕加热身过后，善良的体育老师就让学生们自由活动了。

苏珞的效率很高，很快就排出了三个比赛项目，并准备好道具，邀请陆眠迎战。

两个人的比赛可是班内炙手可热的话题，好多人都暗中拿辣条下赌注，赌苏珞稳赢陆眠。

陆眠虽然物理厉害，但是她偏科啊。

陆眠虽然赢了围棋赛，但她比不过围棋小公主啊！

一些明里暗里看不惯陆眠的人，此刻都不怀好意地站在了苏珞那边。

第十四章

我不给，谁也抢不走

一大群人来到草坪这边，两派对立相望。

相比苏珞身后一大堆的同学，陆眠这边的人气显然弱了很多。她的身后仅有“胖皓”和“瘦浩”坚定不移地站着。

陆眠对此倒是无所谓。

可“胖皓”和“瘦浩”心里觉得憋屈，这些人是没见过“眠哥”“开大”，不然……非闪瞎他们的狗眼。但眼下这场比赛他们也不能输，事关眠哥的座位呢。

两个人提议：“我们总该找个裁判吧？”

对面的白芳菲不乐意了：“郭子皓、袁浩，你们什么意思？怕珞珞搞小动作吗？这应该是我们担心的问题好不好？！你们知道我们珞珞多好心，为了照顾倒数第一，特意选了几种没那么严酷的比赛方式，你们就偷着乐吧。”

“你们可真好心……”袁浩说话本来就直，撇着嘴，“要真那么好，就别抢我眠哥的桌位啊！”

白芳菲瞪圆了眼睛，直指陆眠：“陆眠，你就不管管他们两个吗？也太狂妄了吧？”

“哦，是吗？”陆眠神色淡淡，微笑着眯起眼睛，说话又狠又傲气，“那我也提醒你们一句，我的东西，我不给，谁也抢不走。”

狂妄吗？

陆眠可比他们狂多了！

白芳菲气得直跺脚，却说不出话来。

苏珞眼里带着淡淡的嘲讽：“好了好了，别吵了。既然双方都不放心，那好啊，就找个最公平的人来当裁判。那个人不能是我们班的同学。”

“那我们找谁呢？”

大家环视一圈。

别班的同学都各玩各的，好不容易有一节体育课，谁都不想耽误。找体育老师吧，他正和几个男生热火朝天地打篮球，也不太好。

“祁主任过来了！”

不知是谁喊了一声，大家慌里慌张地把道具都藏起来。祁主任的铁血手腕在学校那是出了名的。倒是苏珞很坦然，将那些东西拿出来，又说道：“这些都是益智的东西，跟学习有关，主任不会说什么的。”

大家将信将疑地点点头。

“这样吧，你们去把祁主任请过来当裁判。”苏珞笑笑，“免得有人怀疑我们动手脚。”

“好，我去！”白芳菲自告奋勇。

听到这个提议，陆眠目光微闪，有些头疼。当着萧祁墨的面，她到底是赢还是不赢呢？

“你们要不要换个人？”陆眠提议。

苏珞好笑地动了一下肩膀，语气越发轻蔑：“我觉得祁主任挺好，都说他铁面无情，他就是最好的选择。”

“随便你。”陆眠认了。

白芳菲去请萧祁墨，没想到一向铁面无私的祁主任竟然非常痛快地答应了。

萧祁墨走了过来，周身的气场立刻让一群学生抖了一下。他若无其事地扫了一眼陆眠，眼底似有缱绻之意。

陆眠没看萧祁墨也能感觉到他的眼神，心中只有一个念头——这个男人好闲。

“道具无异常。”萧祁墨很快检查完道具，并分发给苏珞和陆眠。

陆眠抬头，不期然对上萧祁墨的视线，他含笑的眼里掠过一抹得逞的揶揄。

陆眠则严肃如常，一本正经地错开了对视。

对面的苏珞开口，手中举着他们比赛用的道具：“陆眠，这是四乘以四规格的数字华容道。就是用尽量少的步数和尽量短的时间，将棋盘上的数字方块按照从左到右、从上到下的顺序重新排列整齐。规则你清楚了吗？”

陆眠点点头。

四乘以四的棋盘，总共有十六个方块空间和十五个方块数字，少的那块数字就是活动空间。简单来说，只要她把棋盘上这“一”到“十五”的数字，按照顺序排列好就可以了。

萧祁墨站在两个人中间，视线若无其事地扫过陆眠，手中已经准备好秒表。

“准备好了吗？”

苏珞：“祁主任，准备好了。”

萧祁墨没应，等着陆眠。

陆眠不耐烦地点了一下头。

“开始。”

萧祁墨低沉温雅的声音落下，比赛双方都垂下头，开始摆弄手中的道具。

围观的学生都抻长了脖子，不敢说话，只默默地、激动地看着。尤其苏珞的手法那么熟练且那么快速，他们都没反应过来，人家就已经排列好了一行数字。她真不愧是围棋天才，这手速、智商和逻辑思维能力，他们无法企及。

再看看对面的陆眠，手指有一下没一下地拨弄着，不像是在比赛，倒像是在把玩什么玩具。

苏珞的赢面很大，时间才过去十多秒，她已经完成了一小半。这个游戏就是要争分夺秒，只要她继续保持这个速度，想赢过陆眠很轻松。

十五秒过后，苏珞轻笑着把最后一个数字归位。她嘴角勾起胜利的微笑，然后举起手。然而一句话还没说，对面率先响起陆眠慢悠悠的声音。

“我拼好了。”

苏珞不可思议地看过去，笑容有些僵硬，陆眠竟然会比她快一步？

萧祁墨轻飘飘地摁下计时器，检查了双方的结果，准确无误，比赛有效。

“第一局是……”

“祁主任，这不公平。”萧祁墨话还没说完，白芳菲等人就不服气了。

萧祁墨微眯眸子。

“祁主任，明明是苏珞先拼好的，她只是没那么快说出来。陆眠虽然快，但至少比苏珞慢了一秒。”

“我同意，光看苏珞的手速就比陆眠快多了，她怎么可能赢得过苏珞呢……”

“胖皓”和“瘦浩”抱胸冷嘲，看吧，就知道会出现这种情况。

一群从不相信“眠哥”会赢的人，当“眠哥”打脸时，他们的第一反应就是质疑。

苏珞也点了点头：“祁主任，我是说慢了一点，不知道您怎么评判？”

萧祁墨一副公事公办的样子，掐着秒表淡淡地解释：“陆眠赢。”

“为什么？”

“在你完成之前，陆眠已经等了你七秒钟。”

此话一出，全场安静下来。

苏珞呆愣住，她身后的支持者们也都如电影慢动作般张大嘴巴。

在这种一秒钟都能定胜负的游戏中，陆眠竟然比苏珞快了七秒？

“瘦浩”手叉腰特神气：“我们眠哥二十秒的时候就完成了，苏珞第二十七秒才完成。”

“苏珞同学，我们眠哥才是真正给你留面子，怕自己太快会伤你自尊。”

胖瘦哥俩儿一唱一和，心里畅快极了。

陆眠倒是云淡风轻，手里抛着不知从哪里来的小石子自娱自乐。

萧祁墨看了陆眠一眼，想来这个游戏对她来说很无聊，她一点胜利的喜悦都懒得表现出来。

萧祁墨现在完全可以确定，小浑蛋的智商至少有一百七，强到令人惊艳。

萧祁墨扫了一眼陆眠玩过的道具，如果换了是他，他要用多长时间完成呢？

对面的同学自我消化了一分钟才回过神来。

既然公正无私的祁主任都这么说了，他们还能说什么呢？说不定恰巧就碰到陆眠擅长的游戏了，反正后面还有两局，结局还未可知。

苏珞输了，确实被伤了自尊。好在她参加比赛的次数多，心态都历练出来了，倒没有一蹶不振。

“第一局是我输了，那就进行第二局吧。”

苏珞将两个四阶魔方交给萧祁墨检查。与此同时，她也不忘提醒陆眠，口气很傲：“陆眠，既然是比赛，你就尽管拿出自己的实力，我不需要你让着我。全力以赴是对对手最起码的尊重。”

她苏珞输了比赛没关系，但被对手“让”，简直就是在羞辱她。

陆眠神色有些复杂地看了看苏珞，最后为难地点点头：“行。”

四阶魔方没问题，萧祁墨分发给双方。平时普通魔方都是三阶，四阶要比三阶难一些。

萧祁墨看陆眠还在抛小石子，就知道这小浑蛋肯定没什么问题。看来就算没自己这个裁判，她也吃不了什么亏。

萧祁墨叹了一口气，总感觉自己毫无用武之地……

“计时开始。”

陆眠对这次比赛神情倒是挺严肃的，大概是被苏珞提醒了，于是稍稍认真了一点。

陆眠一只手放口袋里，一只手拿着魔方。魔方在她手里转来转去，发出清脆连贯的“吧嗒”声。旁人连颜色都没分辨出来，她就已经进行到下一步了，快得他们有点担心魔方会飞出去。就像是一场美轮美奂的表演，她的每一个动作，白皙手指的每一次拨弄，都无比赏心悦目。

“胖皓”和“瘦浩”看得叹为观止，越发觉得……

“眠哥是全能大佬吧……”

“把‘吧’去掉。”

对面的苏珞同样快速地摆弄着魔方，有时会微微卡顿一下才继续进行。时间一分一秒地过去，她的鼻尖已经出了一层薄汗。听到身后时不时传出刻意压低的惊讶赞叹声，她蹙着眉很茫然地看了一眼对面。

这一看不要紧，陆眠正抬手将完完整整的魔方交给祁主任。

苏珞一惊，手里的魔方掉在了地上。她才进行到六分之一，陆眠就已经完成了，这就是她真正的实力吗？

萧祁墨摁下计时器，结果根本不用多说，也没什么争议，陆眠以绝对的优势赢了苏珞。

陆眠拍拍手，根本无心享受胜利的喜悦，更没有兴趣欣赏挑战者的表情，说了句“走了”便潇洒地离开。

“胖皓”和“瘦浩”贴心地补充了一句，似警告某人。

“我眠哥的东西，任何人都别想抢。”

陆眠走了，萧祁墨还在原地，无可奈何地推了一下眼镜，还挺怨念。

小浑蛋，我还在这里呢。

萧祁墨很快也跟着走了。

一群学生恭恭敬敬地目送萧祁墨离开，剩下的人都挺尴尬，也很安静。

白芳菲看着心情不怎么好的苏珞，连忙安慰她：“珞珞，你别难过。这些游戏算不得什么，下次我们跟她比学习，再比围棋。”

苏珞没说什么，胜负已定，她若是纠缠不休，倒显得有些小家子气。她是苏家的千金，还不至于为了这点小事就发脾气。

白芳菲说得对，以后总有较量的机会。她和陆眠总能比出一个高下。

自从经历了体育课的比试之后，陆眠倒是清闲不少。

苏珞不抢座位了，白芳菲也不跳脚了，之前站在苏珞那边的同学也都自觉地绕着陆眠走。

他们觉得陆眠在某些方面确实厉害，但也很神秘。性格神秘、经历神秘、能力神秘，让人摸不清她到底有多少本事，敬而远之是最好的办法。

这一天，下了课。

陆眠收到隋愿的短信，邀请她在两栋教学楼之间的花坛处见面。

陆眠如约而至，隋愿还没来，她便靠着一棵银杏树，大大方方地玩手机，脚尖有一下没一下地点着地面。远远看去，就像一幅画。

“眠眠！”

一声怯弱的呼唤传来，陆眠抬头看过去，看见“小光头”手里抱着一个本子，气喘吁吁地跑过来。

陆眠缓声嘱咐：“跑慢点。”如此温柔的声音，让经过这边打算去高三部的苏珞听到，一时间顿住了脚步。

白芳菲陪着苏珞往那边看了一眼，撇着嘴“嗤”了一声。

两个人默契地没挪动脚步，只远远地看着。

这边的隋愿没听陆眠的嘱咐，还提了速，快步跑到这边。趁她弯腰喘息的工夫，陆眠那双不安分的手已经在她的脑门上摸了好几把。

“眠眠！”隋愿忙不迭地躲开，手摸着后脑勺，“我要跟你说正经事。”

“哦，怎么个正经法？”

陆眠的声音缠绵，慢慢地朝隋愿凑过去。因为她个子高挑，还稍稍弯了点腰，嘴角挂着轻佻的笑。她漆黑的杏眸里含着温柔眨呀眨的，要多不正经就有多不正经。

隋愿赶紧拿本子遮住自己滚烫的脸颊。

这个丫头太坏了，她难道不知道自己有多美吗？

隋愿赶紧从陆眠的个人魅力中回过神来。

“眠眠，我都听虞人说了，你跟陆家……算了，不提了。没人比我们更能了解你的心情，你也不要太难过了。”

隋愿知道，这个话题对陆眠、“零”、虞人来说总归是沉重的。他们不会刻意提起，却绝对不会忘记。她想安慰、关心，却总也找不到救赎对方的办法，语言是那么单薄。

是的，他们都是“7·26绑架案”的受害者。确切地说，是被至亲之人放弃过的孤独者。

相似的遭遇，再加上同生共死的那段日子，令他们即使毫无血缘关系，却也比任何人都要珍惜彼此。

隋愿劝着陆眠，也在劝着自己。

“嗯，愿愿……”陆眠微微噘嘴，突然变得正经，也变得深沉，“那你难过吗？”

隋愿倏地攥紧了笔记本。她和大两岁的哥哥是在孤儿院长大的，自母亲过世后，就被亲戚扔到了那里。

在十八岁以前，隋愿和哥哥虽然日子过得清贫又辛苦，且无依无靠，却也有简单的快乐。直到有一天，孤儿院门口多了一排豪车，对着她和哥哥喊：“少爷、小姐，我们终于找到你们了。”

隋愿被接到了装修豪华的别墅里，见到了自己的亲生父亲、爷爷奶奶，也多了很多有血缘关系的亲人。他们疼她，给她买衣服和吃的，还冲她笑。她原以为这会是幸福生活的开始，却没想到好景不长，她遭遇了那场绑架，和哥哥一起被绑了。她想，亲人们都那么疼她和哥哥，并且家里也算富裕，应该都能平安回家吧……

然而隋愿想多了，亲生父亲冷冰冰地交了五百万元，看也没看她一眼，就对绑匪道：“男孩可以继承家业，女孩能有什么用？随你们处置吧。”

隋愿这才明白，她只是被顺带找回家的。只因为她是个女孩，没有价值。

后来，隋愿被救了出来，她毫无怨恨地重新回到那个家。从小失去家人关爱的她怎么能不渴望亲情呢？她说她不在意他们的选择，他们依旧是一家人，并且她也舍不得一起长大的哥哥。可是有一天，她听到他们私下里讨论——

离异大亨给了三百万元聘礼，花心二世祖能给到五百万元。

于是她疯狂地逃出那个地方，改了名字，一切随缘。

“愿愿？”

陆眠知道隋愿想起了往事，看她眼中不自觉地溢出光，伸手将“小光头”拥入怀里：“我的错，别想了……”

陆眠将骨子里仅存的那点温柔都拿了出来。

隋愿在陆眠怀里抽噎着。

陆眠低头摸了一把隋愿光滑的脑壳，发出一声叹息。

傻愿愿，就算你剪成男孩的发型，也改变不了人们重男轻女的思想啊……

不远处的苏珞看到这一幕，皱起眉："走吧。"

白芳菲趁机偷拍了一张照片，不知道在想什么，得意地跟了上去。

隋愿缓了好一会儿才从陆眠怀里起身，捏了捏有些堵的鼻子："好了，还是要说正事。"

"嗯，说吧。"陆眠恢复纨绔的表情。

"这是你这个学期的学习计划表，我都给你安排好了，你只要照着完成就行。"隋愿摊开本子，一本正经地给陆眠看。

陆眠看也没看一眼，去抓隋愿的衣角："愿愿……"

"不许撒娇！"

陆眠摊手："我就是个陪读的，你给我做什么计划表啊？"

她终于懒洋洋地扫了一眼——

十月份月考目标：语数英五十分以上，物化生六十分以上，政史地四十分以上……

往后翻一页。

十一月月考目标：语数英六十分以上……

还真是循序渐进呢。

"哦，对了，还有物理竞赛。"隋愿掏出笔认真地补充，"上次你初赛考了一百分，这次复试也不能太差，至少也得考一百分，不然旁人会质疑你的能力。"

陆眠心想：总共也就一百分啊……

"我能拒绝吗？"陆眠抽走隋愿的笔，无奈极了。

隋愿鼓起腮帮子，她剃的是光头，做这个动作的时候就像个生气的小呆瓜。

"当然不行。"

隋愿之所以这么给陆眠安排，还不是觉得陆眠自己没什么目标，除了查绑架案就是赚钱，人生单调又无趣。她觉得陆眠总该做些符合年龄的事情才对，更何况物理竞赛保送也得参考平时的成绩。陆眠若是每次都考零分，那保送名额估计就悬了。她这样操心，全是为了让陆眠能尽快从之前的阴影中走出来。

陆眠看着“小光头”一副气呼呼又很坚定的样子，妥协了。

“也就是你！”陆眠有些无奈，但还是伸手拿走了隋愿的计划本，再揣进校服衣兜里。

“回去上课了，小光头。”

陆眠笑着挥手，趁机又摸了两把“小光头”，蔫坏蔫坏地走了。

苏珞这几天回到家很不高兴，苏珏发现了，敲开她的房门关心了几句。

苏珞推着桌子，椅子往后滑了半米。她问：“哥，你觉得陆眠这个人怎么样？”

苏珏捏着可乐瓶子的手一顿，易拉罐发出“咔”的声音。

“孤僻、狂傲、毒嘴……”苏珏顿了顿，又补充一句，“深不可测。”

“最后一句，你也太看得起她了。”苏珏摇头，“我承认她是有些本事，可远远达不到让爷爷另眼相待的程度。我倒是很好奇，她还藏了多少我们不知道的秘密。”

苏珏本想劝苏珞一句，但看到她一脸的志在必得，到嘴边的话又咽了回去。

这个妹妹从小胜负欲就强，只要找准了对手，不争个输赢绝不肯善罢甘休。想到爷爷多次因为陆眠而斥责他，便想着让珞珞去挫挫陆眠的锐气也是好的。

“对了，哥，你的股票怎么样了？每次跟爸爸视频，爸爸总夸你有眼光，我跟妈妈在外地也都为你感到骄傲。”苏珞的心情原本不怎么好，提到这件事时开心了不少。

然而苏珏却很头疼。他手里攥着五百万元的股票，一直在等最合适的机会抛出去。可他怎么都不能确定什么时候抛最好，于是一直拖到现在。没了那个群，他就像没了主心骨。

可看到妹妹崇拜认可的眼神，苏珏当然不会露怯：“你就等着哥的好消息吧，赚了钱哥给你买辆新车。”

“我哥真棒！这下我总算不用心疼你那两千万元了……说实话，你当时随便赞助个几十万元对他们来说都是大钱了。”

苏珏也十分后悔，当时还不是话赶话地说出去的。当时如果不下狠注，估计陆眠也不会答应参赛。

现在陆眠把两千万元拿走了，也跟陆家断绝了关系，苏珏心里别提多郁闷了。尤其是想到陆眠最后跟他说的那句“你配拥有这些钱吗”就心烦气躁。

这一天开班会。

丁猜一如既往地强调纪律、学习等几个老生常谈的问题。

“纪律方面，我们班算不错，年级排名第一，连我都想不到，哈哈哈——”丁猜的好心情全写在脸上，“你们继续保持下去，我们学习不行，那就把纪律搞好。”

同学们也挺迷惑，他们班纪律……第一？

“胖皓”和“瘦浩”偷偷嘀咕：“我猜，肯定是因为……我们仨！”

“为什么？”

“我们仨好歹给学校捐了钱啊。”

哥俩儿再抬头时，丁猜已经换了话题。

“接下来，我强调一下学习。为了下次月考，我打算进行班级内帮扶制度。”丁猜郑重地宣布。

“帮扶？”

“一对一帮扶。按照成绩排名，前面的帮助后面的。趁着刚开学不久，学习任务没那么重，你们互帮互助，共同进步。”

“啊……”教室里一片哀号。

“老师，能不能自由组队啊？”

“自由组队……也行，但得经过我全方位衡量。”

这倒让同学们来了兴趣，趁着班会时间，各怀心思热热闹闹地寻找起了“另一半”。

丁猜就在讲台上一一核对，并登记。

苏珞和白芳菲两个好学生也都有了各自的帮扶对象，分别是班里的倒数第四名许家徽和倒数第五名梁倩倩。

到最后，大家都登记完了，念完分组名字才发现只剩下三个人还没组队。

郭子皓、袁浩和陆眠。

大家的眼神都带着古怪和唏嘘。这三个人成绩太差，班里学习好的谁都不想选他们，纯粹是耽误时间。而且就算浪费了时间，也不一定能教得好，到时候丢脸的还是好学生。

教室里的人都替他们感到尴尬，但这也没办法，孺子不可教，朽木不可雕，说的就是他们。

郭子皓是那种很努力也很认真，可就是学不好的“学渣”。

袁浩是那种学习不咋地，也不怎么认真的“学沫”。

而陆眠则是爱咋咋地，整天混日子的“学水”。

丁猜有些头疼，想给他们强制安排同学，但谁都不答应。

旁人都替他们尴尬，但陆眠倒是无所谓，仍旧笑眯眯的，反而乐得轻松。

“胖皓”和“瘦浩”却很生气，为了赌这一口气，自动举起手。

“老师，我们三个组队！”

“哈哈哈——”

这句话让同学哄堂大笑，倒数后三名组成帮扶小队？

“倒数第一帮着倒数第二、第三成为并列倒数第一吗？”

“行了，行了，安静！”丁猜觉得他们三个人很可怜，郭子皓和袁浩不是什么坏孩子，开学以来也没做过什么出格的事。

“这件事我再考虑考虑。”丁猜想，实在不行他就亲自带这三个学生。

不过陆眠却从兜里翻出了隋愿的那份学习计划表，一双杏眸闪了闪。

帮扶计划……也不是不行。

课间活动时。

25 班教室门口急匆匆跑来一个女生，拦住了白芳菲：“同学，帮我叫一下苏珞行吗？”

女生穿的校服是高三的，白芳菲认了出来，赶紧叫苏珞。

女生急忙说：“苏珞同学，苏珏跟别人打起来了，你快去看看吧。”

“我哥？”

苏珞也没多想，立刻跑了出去。

白芳菲一直对苏珏很关注，自然也紧张地跟了过去。

高三（1）班教室后面拥着一堆人。

“苏少，你别生气了，算了吧。”

“谢辉阳，你少说两句，你们关系那么铁，打架多伤感情啊。”

谢辉阳正在气头上，又是一拳挥过去。苏珏躲开，他打空了。

谢辉阳气得甩开周围拉架的同学：“你们怎么不说苏珏！我家跟着他投了三十万元，全赔进去了！赔了也就赔了，我今天只是稍微提了一嘴，他就冲我发火甩脸子。我找谁说理去！”

苏珏也不服气：“你为什么要在我心情不好的时候提这件事？不就是摆明了讽刺我吗？”

苏珞站在门口，大概听明白是怎么一回事，冲过去赶紧拉开苏珏：“好了，哥，先别打了。”

旁人不敢劝也不敢拉，苏珞来了以后状况好了很多，总算平息了一场争斗。

医务室里。

苏珞给苏珏贴上最后一个创可贴，很严肃地开口。

“哥，你炒股到底是怎么一回事？你跟我说实话。”

苏珞的语气十分严肃，眼神逼人。

苏珏不得不承认，在某些事情上，这个妹妹比他要稳得住。可他如果说了实话，又还有什么脸面可言呢？

苏珏盯着身上的创可贴，含糊地解释了几句，大意就是这次失手只是意外，本来想等个最佳时机卖出去，没想到最佳时机没等来，等来的却是血本无归。

苏珞不信，再失手也不可能从之前赚几千万元，到现在赔了五百万元进去。

“哥，如果你不说实话，我也帮不了你。你尽管跟我说，我保证不告诉爷爷。”苏珞安抚着苏珏。

他们兄妹俩非常敬重爷爷，也非常想得到他老人家的认可。那位是被芜城所有人都敬重爱戴的老人，也是他们的骄傲，更是他们奋斗的目标。

可爷爷严肃苛刻，对他们向来是训斥多于赞赏，一点儿也不像传言中的隔辈亲，更是多次护着陆眠，对陆眠比对他们都重视。

此时此刻，兄妹俩倒是生出了惺惺相惜的感觉。

苏珏犹豫了一瞬：“珞珞，这件事可千万不能让爷爷知道，他会打死我的。”

“好。”

得了苏珞的承诺，苏珏思量再三，还是把股友群的事情说了出来。一旦开了口，后面的话说出来也就没那么难了。前前后后、大大小小的细节，他一点也没遮拦，一吐为快。

“珞珞，你说这件事是不是有蹊跷？”

苏珞面色凝重：“绝对有蹊跷。”

苏珞在病床边走来走去，思量再三。

“在你告诉陆眠股票代码以后，你就被股友群踢出来了。你炒股所赚的两千万元也全数被陆眠赢走，她还说你不配拿这些钱。这说明什么？”

苏珏的眼里有什么东西呼之欲出。

“这说明你被举报了。”苏珞拧着眉，“你也说了，那个股友群的审核条件是穷人。而陆眠肯定在那个群里。”

陆眠穷吗？她当然穷，而且惨。刚被救回来，父母偏心不疼爱她，她无依无靠也无收入。可偏偏她这样的穷人却有勇气跟家里断绝关系，更有魄力捐出两千万元，这说明她不缺钱，至少不急着用钱。再加上苏珞向白芳菲了解过，她不住校，她现在住在哪里至今都没人知道……

苏珞更加确定了心中的想法。

“陆眠绝对也在那个群里，你对她掏心掏肺且毫无防备地说出了代码，结果她反手就举报了你。群主查明你的信息后，自然不会让你继续留在群里，更安排陆眠赢走了你的两千万元。”

苏珞分析得头头是道。

苏珏连连点头：“当初我只是好奇，冒用了我们家用人儿子的身份……”

“可你确实也违反了人家的群规，这是你的错。”

苏珞倒是没护着自家哥哥，却也没嫌弃他。她拍着他的手，很郑重地说：“哥，事情已经发生了，我不会对外泄露的。你的面子就是我的面子，我们才是一家人。你依旧是炒股厉害的哥哥，是家里的骄傲，一直都是。这样吧，我自己也存了一些钱，你先把三十万元还给你的同学。”

“投资本来就有赔有赚的……”苏珏不想还，又觉得挺没面子，让十七岁的妹妹替自己收拾残局。

“哥，他们都是普通人，比不得我们家。你就当是做善事吧，我们总不能坏了爷爷的名声不是吗？”苏珞笑了笑。

苏珏勉为其难地点点头。

“那陆眠那边……”

提到陆眠，苏珞的态度就没那么好了，脸上显现一种决心。

“既然陆眠对你耍手段、耍心机，那就别怪我也用阴的了。”

“珞珞，你想怎么做？”

“以其人之道还治其人之身，她让你吃了个闷亏，那我也要让她从那个群里滚出去。”

苏珞攥紧拳头，态度坚决。

陆眠虽然穷，但她一点也不上进。就凭她年级倒数第一、上课天天看小说这些不务正业的行为，就足够被踢出那个股友群了。

现在最重要的事情，就是查到陆眠的账号和那个群号……

陆眠这边收到消息，说是虞人已经按照她的吩咐，稍微泄露了一点信息出去。

陆眠笑了笑，虞人办事她十分放心，他尺度向来拿捏得很稳，也总要让那位一直盯着她的萧先生有点收获吧……

“零”一反常态地问陆眠是不是对萧祁墨有意思。

陆眠很无语，她只是因为萧祁墨也在调查“7·26绑架案”，想着能从他那边得到一点线索。

仅此而已。

虽然张校长不肯透露拿走学校历史档案的人是谁，但陆眠推测九成九是萧祁墨拿走的。这么简单的逻辑问题还能被“零”和隋愿两个人念叨，他们脑回路也真是挺奇怪。

萧祁墨正在办公室训诫刚刚被抓的学生，冷不丁打了个喷嚏。

叶谨闻正好有机密邮件传过来，他赶紧打开来看。这一看不要紧，他拿着手机的手抖了一下，声音也有些颤抖，不可思议道：“七哥，‘MM记’老板的资料查到了。”

萧祁墨收起手机，总算有感兴趣的话题了。

但叶谨闻劝萧祁墨先做个心理建设，他挺纳闷，冷冰冰地扶着眼镜让叶谨闻赶紧说。

叶谨闻攥着手机，颤抖着声音道：“‘MM记’的老板不是虞人，是……陆眠。”

一直在他们身边不显山不露水的这位陆眠同学，是这家超火爆餐厅的幕后老板？

想当初叶谨闻还拎着“MM记”的外带盒跟陆眠炫耀，他还巴巴地找老板赶走苏珏等人，他还好几次纳闷“MM记”为何会有汉堡。想到这些细节，他简直没脸再面对陆眠。

萧祁墨抬头看了叶谨闻一眼，轻飘飘的，却隐藏着分量，似乎在消化着这个信息。

叶谨闻赶紧解释：“千真万确。”

萧祁墨并没有多少诧异。

对萧祁墨来说，陆眠做出什么样的事情似乎都没有违和感，他都能平静接受。但奇怪的是，陆眠被救回来才不过两月，她是怎么快速成为“MM记”老板的？

更重要的是，她跟虞人的关系还是没有答案。

“七哥，你是怎么想的？”叶谨闻有些摸不透萧祁墨的心思，小心翼翼地问。

萧祁墨慢条斯理地笑出声：“原来她是个小富婆啊。”

所以她会住在那样的大平层里，也很正常。

嗯，不是别的男人买给她的就行。

“绑架案的事……神秘人‘十三号’的事……芜城守护神的事……”叶谨闻低头抠着手机壳，默默地念叨。

萧祁墨漂亮的手指突然打了一个响指：“那就去苏家走一趟。”

苏家。

萧祁墨很顺利地见到了苏老爷子。

苏老爷子依旧是白发苍苍的老态模样，拄着拐棍屏退佣人后，邀请萧祁墨和叶谨闻在凉亭落座。

亭中央的石桌上摆着一局残棋，萧祁墨随手捡起棋子下了一步。

苏老爷子摸着下巴哈哈大笑：“来一盘？”

“不了，苏老。”萧祁墨收回手，品着一盏茶，淡淡地道，“很抱歉来芜城这么久，一直没来看您。有些要事缠身，还望您见谅。”

萧祁墨向来都是这般彬彬有礼，斯文又优雅。

和萧祁墨乍一相处，就能感觉到他是一个标准的绅士。

苏老爷子笑了笑：“萧先生别这么说。之前你来参加苏家的宴会，小叶子都告诉我了，说起来是我苏家招待不周。”

“客气、客气。”萧祁墨寒暄了两句。

叶谨闻一直暗示萧祁墨，让他赶紧说正事。

萧祁墨点点头，放下茶杯，切入了话题："苏老，您和陆眠是不是有什么渊源？"

叶谨闻："啊……"

三句话不离陆眠！

苏老爷子微微一笑，语气略带防备："她就是个可怜的普通孩子，怎么还让你惦记上了？"

"普通孩子……"

叶谨闻真的很想问：普通孩子能开餐厅？普通孩子能自己住大平层？普通孩子能那么厉害？

叶谨闻严重怀疑苏老的眼睛自带滤镜。

萧祁墨也不急，慢悠悠地道："其实我对她没什么恶意。我是以个人的身份了解她，与萧家、锦京那边全无关系。"

苏老爷子面带微笑，一脸不懂的神情。

萧祁墨补充道："或许我在哪里见过她，也不一定……"

"哈哈——"苏老爷子笑起来，"萧先生，这种话可不该对着老头我说啊！"

苏老爷子顿了顿，又道："其实在眠眠小时候，我见过她几次。我看她聪明又机智，就多留意了一些。之前绑架案时我不在芜城，回来后我千方百计地调查这件事，也没有找到任何线索。如果这也算渊源，那就是吧。"

苏老爷子说得含糊，又让人无力反驳。

萧祁墨知道，苏老爷子跟陆眠的渊源肯定不止于此。但目前从苏老爷子这里应该问不出什么了，他也就绅士地不再追问。

萧祁墨能肯定的是，苏老爷子绝对隐瞒了一些很重要的事情。

三个人相对无言，各自品着茶水。

后院入口处传来用人的声音。

"少爷、小姐，老爷在会客。"

苏珏和苏珞放学回来，被拦在了后院入口。兄妹俩对视一眼，自然明白爷爷是在接待重要的客人。

"好，我们一会儿再过来。"

苏珞点点头，下意识地往院子里探了一下头，就看到了凉亭中央那个玉树临风的男人。

那不是祁主任吗？原来祁主任跟他们爷爷认识啊。

想到这里，苏珞突然笑了，跟着苏珏走了。

直到爷爷送走了客人，苏珞才和苏珏重新进入后院。

“爷爷。”两个人恭恭敬敬地喊着。

苏老笑了：“放学了。”

“爷爷，您和我们祁主任认识啊？”

“祁主任？”

“嗯，就是刚才的客人。他是我们的教导主任。”

苏老爷子顿住，似乎想到什么，心里感觉无奈，神色却依旧平淡，言简意赅：“认识。”

苏珞没追问，心里挂着别的事，上前挽住老人家的臂弯，随意地问道：“爷爷，你认不认识编程学得很好的朋友？”

“编程？”

“是这样的，我最近对计算机编程很感兴趣，所以想请爷爷帮我找个好一点的师父，教教我。”

苏珏知道苏珞的心思，没阻拦，也跟着劝：“爷爷，珞珞想学，您就帮她一下呗。我们家向来注重才能培养，说不定珞珞除了在围棋上有天分，编程方面也很厉害呢。”

苏家确实很重视孩子的才能培养，苏珞在围棋上有天分，他们便给她找最好的师父教导，不计代价地培养她。苏珏喜欢炒股，他们也都给予支持，从不计较输赢得失。只要这两个孩子不骄不躁，走正道，他自然举双手赞成。

苏老爷子也不止一次想过，如果当初眠眠肯跟他走，或许她现在的一切都会不一样。

他在心中默默叹息。

“我倒是有一个认识的人，编程学得很好。”

第十五章

不许喜欢她

迎上兄妹俩激动雀跃的眼神，苏老爷子的口气又弱了几分："这件事我得先安排安排，毕竟我也不确定人家答不答应带你。"

还有不给爷爷面子的人？

兄妹俩都很疑惑，但还是开开心心地应了声。

苏珞和苏珏回到房间，兄妹俩还说了一会儿悄悄话。

"哥，你看着吧，等我联系上这位编程大师，我就让他去破解陆眠的账号。"

"嗯。"苏珏不知想到什么，顿了一下。

苏珞瞪了苏珏一眼，恨铁不成钢地道："哥，你这种怅然若失的表情是什么意思？你别告诉我你不忍心对陆眠下手啊？别忘了她是怎么坑你的。"

"我当然不会忘。"

"那你是喜欢她？"

苏珏连忙否认："不可能，爷爷之前说过的，我们家配不上陆眠。"

苏珏从未忘记这些话，这话就像是魔音，一直萦绕在他的脑海里。

苏珞的脸色很难看，非常难看，就好像引以为傲的家世却败给一个乞丐的那种感觉。

"爷爷这话说得也太过分了。"苏珞攥紧拳头，在苏珏面前挥了挥，"哥，我可警告你啊，陆家那两个女的你都离远点，尤其是那个陆心暖。"

苏珞看不起陆心暖。她见过陆心暖几次，温温柔柔、知书达理，看似是名门闺秀，实则做作至极。跟她说几句话也弯弯绕绕、含含糊糊的，一点也不痛快。

苏珏心不在焉地点了点头，关上门走了。

此时的陆心暖还在住院。

围棋赛后，她因受到惊吓被送进医院。虽然只住一两天就足够了，但傅曼担心，硬是咬着牙交了住院费，一定要让她完全恢复才能出院。

“暖暖，今天好点没？”傅曼递过去一碟新鲜莹亮的葡萄，没买多少，都捧给了小女儿。

“妈……”陆心暖的眼泪又要往下流。

傅曼心疼极了：“这是怎么了，怎么又哭了？”

“我……我炒股……把钱都赔进去了……”

傅曼心里“咯噔”一下，心态几乎快绷不住。

三千元啊，够他们家一个月的生活费了。

傅曼看着陆心暖哭得那么伤心，什么话也说不出来。就在陆心暖哭哭啼啼想说点什么时，苏珏给她发了信息。

这还是陆心暖住院以来，苏珏第一次主动联系她。

陆心暖点开，是一笔转账。

陆心暖盯着金额有些失神，很快她又收到一条信息：“这次我预判出错，连累你赔了钱，这件事由我负责。”

五千元。

苏珏还多给陆心暖打了两千元。

陆心暖盯着手机，心情瞬间大好，嘴角还勾起了笑。

傅曼探头过来看了一眼，看陆心暖伸手要点击领取，皱起眉头：“苏珏啊？我看算了吧，你要是收下这笔钱，你在苏珏面前可是会矮一截的。”

连傅曼都知道，投资这种事是你情我愿，各负盈亏。加上陆心暖跟苏珏的关系，她实在不想因为这三千元就让陆心暖抬不起头来。亏了钱是心疼，但傅曼也没忘记，围棋赛上苏珏对她和陆心暖的态度有多冰冷。

她的眼皮子不能那么浅薄，不能让人家看不起陆心暖。

陆心暖顿了顿，抬头看了妈妈一眼后，毫不犹豫地点了领取，还给苏珏发过去一个可爱的表情。

“妈，你不能这么想。苏珏知道我们家的情况，他这是关心我们。”

“可是……”

“好了，妈，您别担心了，苏珏这是对我负责，他是好心。而且这几天住院我也想明白了，那个人爱怎样就怎样吧，我也不怨她。我现在只想好好学习，好好提高自己。”

考个好大学，嫁进苏家，这才是她的正事。

“你能这样想就对了。暖暖，你一定会有大好前程……”

“对了，妈……”陆心暖犹豫片刻，“你说鼻烟壶丢了，那你还记不记得上面的棋局？苏珏这次这么仗义，我总觉得该给苏家还点礼……”

傅曼一顿，闪烁其词：“那个……妈妈还真不记得了。”

“哦……”

高一（25）班的帮扶计划进行得如火如荼。

一到下课或者自习时间，大家就纷纷找到队友，讲题的讲题，抄笔记的抄笔记。虽然其中也有浑水摸鱼的，但至少整体的学习气氛提上来了。

教室后面的郭子皓和袁浩就显得格外惨淡了。旁人都有好学生带着，他们眼巴巴地瞅着，像是没娘的孩子。隔着好几个座位的许家徽看到他们，刚学会了一道题正兴奋着，手里拿着笔记本大摇大摆地走了过来。

许家徽是跟苏珞组队的，这会儿苏珞不在，他便逛到这边嘲讽“胖皓”和“瘦浩”。

“你们二位学得怎么样了？”许家徽的口气颇为得意。

“瘦浩”忍不住呛他：“倒数第四名就别来嘲笑我们了，有差别吗？不都是二百来分？”

“我上次是倒数第四，这次可不一定。倒是你们，还是赶紧弃暗投明，找个靠谱的好同学带你们吧。”

许家徽说这话的时候，已经走到陆眠的课桌前。

看陆眠人不在，许家徽才敢这么嚣张，冷不丁看到陆眠桌洞里露出一个粉色的本子，他手欠地直接抽出来。

“胖皓”赶紧阻止许家徽：“那是眠哥的东西，你不能碰。”

“我就是看这个本子快掉了，帮她捡起来罢了。”话是这么说，可许家徽却擅自打开本子，看到里面的内容后突然尖叫起来，像是窥探到别人的秘密，兴奋得想要告诉全世界。

“你们快过来看啊……”许家徽呼朋引伴。

“你们快看啊，陆眠给自己立下目标了！”许家徽一边喊一边哈哈大笑。

还真有几个同学过来凑热闹。

许家徽大受鼓舞，双手端着本子高举过头顶，毫无顾忌地大声念出来：“十月月考目标，语数英五十分以上，物化生六十分以上……”

“哈哈哈——”一阵哄堂大笑。

“上次考了八个零蛋的人这次要逆袭啊。”

许家徽嗤笑道：“我有苏珞同学帮我辅导，都不敢给自己立这种目标。陆眠真逗，自信过头了吧？”

“胖皓”和“瘦浩”怎么能允许许家徽这样，撸起袖子就要干架。

他们拳头还没挥起来，就听到门口传来一道极具穿透力的清冷的女声。

“把东西给我放下！”

这声音太过冷沉，让许家徽脊背倏地一凉。他一紧张，攥着的本子“嘶啦”一下扯成两半。

背后一阵阴冷狠戾的风瞬间席卷而来。

没人知道陆眠是什么时候出现在许家徽背后的，更没人来得及阻止她。只见少女用右手抓住许家徽，纤细的手指蓄满力道掐住他的手腕。

号叫声不绝于耳。

教室里的同学都傻眼了。

都知道陆眠孤傲高冷，也不爱说话，但她平时顶多就是不跟人接触，神色比较冰冷。这般吓人的模样他们还是第一次见到。

不就是一个本子嘛，至于吗？

尤其刚才一起起哄嘲讽陆眠的人，此时此刻心里只有一个念头：现在下跪还来得及吗？

好在这个时候，苏珞和白芳菲上完厕所回来了。

大家稍稍松了一口气，救星到了。

众望所归下，苏珞皱着眉走到陆眠跟前。

“陆眠，你怎么打人？”

苏珞的语气不怎么好，打了许家徽，就好像打了她的脸似的，谁不知道许家徽现在由她负责啊。

陆眠没理苏珞，可以说是没工夫理。她只是蹲下来，安安静静地、一张一张地捡起地上的碎纸片，是那个被许家徽撕坏的本子。

愿愿的本子。

陆眠一言不发，气息冰冷，没说话，却让人头皮发麻，连“胖皓”和“瘦浩”都不敢上前。

苏珞拧着眉小声地跟人打听是怎么回事。

“是陆眠先动手的。”

许家徽终于从疼痛中回过神来，冲苏珞说了一句。

他们教室的动静过大，外班同学全凑到门口看热闹。

这阵仗也引起了校领导和老师们的关注，萧祁墨说了一句“我来处理”便打发了那些人，走到25班门口。

他往里面一看，心中了然。果然，又有人找陆眠的麻烦。

萧祁墨的到来让本就焦灼的空气变得更加凝固。

所有人都自动往后退了一步，谁也不敢靠近这位祁主任。别说靠近他了，他们连直视祁主任的勇气都没有。

即使萧祁墨没说话，即使他戴着眼镜很斯文，可还是会没来由地让人颤抖。

萧祁墨几步走到陆眠跟前。

陆眠还在捡着地上的纸页，看上去心情十分低落，全身上下包裹着锋利的刺，碰不得。

许家徽见教导主任来了，这会儿更有底气，托着自己的手腕告状：“祁主任，陆眠打我，她先动的手，我的手都快被她掐断了。”

萧祁墨微微敛眸，不理会许家徽，只沉声问：“怎么回事？”

萧祁墨显然不信，但班里人都挺𡱆，不敢说话。

白芳菲这个班长也心惊胆战，她推了一把苏珞，咬着耳朵道：“珞珞，你去说吧，我腿软。”

“我？”

“你不是说你家跟祁主任认识吗？你的面子比较大，祁主任肯定不会说你。”

苏珞叹了一口气：“好吧。”

于是她上前一步，走到萧祁墨跟前。

苏珞解释是许家徽未经允许动了陆眠的本子，还将本子上的内容宣读出来，更不小心撕坏了本子，陆眠在情急之下才揍了许家徽。她说得倒也客观，不偏不倚。

但苏珞想，打架这种事怎么都不对，为了他们班的纪律分，她又补充道：“祁主任，陆眠同学确实不该打架，我们会好好劝她，请您再给我们一次机会。”

萧祁墨没回应苏珞，机会不机会的根本不是重点。

“陆眠，跟我去办公室。”男人道。

祁主任发了话，所有人重新看向陆眠。

此时的陆眠刚捡完地上的碎片，直起身子就像什么都没听到一样，自顾自地回到座位，长腿一脚踢开座椅，安安稳稳地坐下，并顺手将桌子上碍事的东西全部扫开，只留下一个空荡荡的桌面。

众人大惊，她连祁主任的话都不听？

“有胶水和透明胶吗？”陆眠寒气逼人地看向胖瘦哥俩儿。

“胖皓”和“瘦浩”手忙脚乱地从桌肚里掏出东西来，捧着给她。

陆眠抿紧嘴唇，接过去后默默地把粉色的本子一张一张地拼贴好，动作精细又耐心，简直旁若无人。全班同学的嘴巴都快合不上了，一颗颗心悬着，好担心下一秒会发生更恐怖的事情。

然而并没有，陆眠很平静，祁主任也很平静。

只是空气很令人窒息。

“胖皓”从角落里捡起一页纸，看了一眼后连忙小心翼翼地递过去。这应该是陆眠刚才没捡到的。

“眠哥，还有一页……”

他双手规规矩矩地捧过去，低头间，他好像看到纸页上一个手绘的卡通动物头像。

那笔触好像是……“胖皓”心里“咯噔”了一下，手抖得更厉害了。

“眠……眠哥……”“胖皓”支吾着，眼珠子都快粘在那页纸上。但因为头像在反面，他看不真切，想把那张纸翻个面，却看到陆眠正一脸肃杀地看着自己。

“胖皓”赶紧把纸张恭恭敬敬地还到陆眠手里。

陆眠接过去，埋头，继续仔细耐心地拼贴起本子来。

大家都看向苏珞。

此时此刻，这种场面也只有苏珞这位千金公主能压制得住了。

大家向苏珞求助，苏珞自然不会坐视不理，心中多了几分集体荣誉感。她仗着跟萧祁墨那点小小的关系，劝道：“祁主任，您别生气，我来劝劝陆眠。”

说完，苏珞走到陆眠的座位附近，隔着一定的距离说道：“陆眠，主任叫你去办公室，你就去一趟吧。好好跟主任解释清楚，不然影响的是整个班的纪律分……”

许家徽却不满意，大喊大叫的。

“主任，您一定要好好治治这个陆眠。她在班里狂妄至极，这已经不是她第一次威胁同学了。我这次只不过动了她的一个本子，她至于把我打成这样吗？

“不就是一个本子吗，我赔给她十个。”

许家徽的声音很聒噪，陆眠的耳朵嗡嗡响，从窗台上随便摸到什么东西就狠狠地砸过去。

“砰……”

重物精准地在许家徽的脚尖处砸开，落地后碎裂。大家这才看清那是一盆多肉植物。

萧祁墨要多无奈就有多无奈，心累地捏了捏鼻梁，算了。

陆眠现在在气头上，说什么都不管用。

萧祁墨也放弃了叫陆眠去办公室的念头，话锋一转，冰冷的视线隔着镜片，沉沉地看向许家徽和苏珞。

“你们两个，跟我来办公室！”

苏珞顿了顿，迎上萧祁墨确认的眼神，一心茫然，但还是很听话地点了点头。

两个人随着萧祁墨去办公室。

许家徽受了伤，落后了几步。

许家徽悄悄问苏珞：“珞珞，祁主任让我们去办公室是什么意思？”

“应该是了解情况吧。放心，有我在，没事的。”

等他们走了以后，教室里也安静下来。

大家闷声收拾东西，即使是抬桌子这种噪音很大的事，他们也都刻意压低声音，生怕惊扰了那位大佬。一群人互相帮忙，很快就收拾好残局，谁也不敢有半句怨言。

萧祁墨带着两个学生刚回到办公室，隔壁的校领导就过来问是什么情况。

萧祁墨慢条斯理地推开门，轻笑道：“没事。”

许家徽和苏珞齐齐一愣，这叫没事？

难道祁主任这是在维护 25 班？

校领导有些迷惑：“怎么那么大动静？”

萧祁墨面不改色："这两个学生课间抢东西，撞倒了书桌。"

"哦，是吗？"校领导随口一问。

许家徽震惊地抬起头，看看苏珞，再指指自己。祁主任是搞错了吧，他们抢东西？撞书桌？明明他们是受害者，陆眠才是罪魁祸首，怎么受害者反倒成背锅的了？

可祁主任那双没有温度的眼神看着他，那么逼仄骇人……

苏珞扯了许家徽一把，他也只能咬着牙点头。

校领导背着手慢悠悠地离开。

苏珞和许家徽也跟着萧祁墨进了办公室。

"祁主任，事情不是那个样子的，您听我解释。"

许家徽想解释，萧祁墨却没给他机会，甚至对他们的打架过程一点儿也不感兴趣。他从容优雅地坐在沙发上，淡淡地吩咐道："你，去把男厕所打扫一遍。"

许家徽晃了晃松松垮垮肿成馒头的左手。

让他去打扫厕所？

萧祁墨似乎读懂了许家徽的想法，一个眼神飘到叶谨闻那里。

叶谨闻从椅子上起身，连问也不问，抓起许家徽的手腕三两下就给他接好了。他的动作粗暴，许家徽的眼泪都飙出来了。

"没什么大事，打扫厕所不成问题。"叶谨闻说完，重新坐回办公桌前忙自己的。

许家徽不敢顶嘴，默默拿起工具去厕所。

苏珞很不解："祁主任，许家徽是有错，但陆眠打人似乎更严重一些……"

萧祁墨笑了笑："你是苏老的孙女？"

"对。之前在家里看到过您，不过当时没机会跟您打招呼。"

萧祁墨没心思听，扬了扬下巴："那你负责打扫我的办公室。"

这不是苏珞预判中的剧情。

"祁主任，那陆眠呢？"

"我自会处理。"

两个人从茫然中来，再到茫然中去。偏偏对方是学校里铁血无情的教导主任，尽管他们在心里质疑，却也不敢反驳什么。好不容易打扫完卫生，许家徽狼狈至极地跟着苏珞回教室。

“苏珞同学，祁主任这是什么意思？”

苏珞揉着发酸的手腕，从不曾做过这些琐事的她这会儿也累得不轻。她同样百思不得其解，可琢磨来琢磨去也只有一个解释了。

“祁主任这是为了咱班的纪律着想。”

“纪律？”许家徽看着红肿的手腕，“他肯定是看在你的面子上才这么做的。”

许家徽总觉得有哪里不对劲。

“这件事以后就别声张了，别辜负了主任的一片好意。”

许家徽不太甘心：“那我们就这么放过陆眠吗？为了班级荣誉，我可以不说什么。但陆眠打了人，也该受到更严重的惩罚。”

“祁主任说了，会处理她的，就不用你操心了。以后你也别随便动陆眠的东西。”苏珞嘱咐道。

“一个本子，又不是什么少女日记。”

苏珞也不太理解，但那个粉色的本子她记得自己在哪里见过。算了，不想那些事了。

“你在学习上赢过他们不比什么都强？”苏珞顿了顿。加上这次打架，陆眠身上的黑点越来越多。那样的一个股友群，还能容得下她吗？

晚上，陆眠一身煞气地回到家，利落地把黑衣黑裤换下来，顺手丢到洗衣机里，再套上舒服的睡衣，去冰箱里翻吃的。

冰箱里空空荡荡，唯有那盏灯，坚定不移地亮着。

这真是一个悲伤的故事。

陆眠合上冰箱门，打算睡觉。她抽空看了一眼手机，有苏老爷子的几个未接电话，她也没管。

隔壁房间的萧祁墨一直都默默注意着邻居家的动静。他听到防盗门打开又关上，便知道是陆眠回来了。

萧祁墨抬头看一眼壁钟，十一点。

这么晚了，这个丫头去哪里了？她的心情还好吗？

一个个问号从脑海里冒出，萧祁墨突然惊觉，不知不觉间，“陆眠”这个名字，已经占据了他大部分思考的时间，难怪叶谨闻总抱怨他不务正业了……

但他控制不住。

萧祁墨慢悠悠地走到阳台处，隔壁房间的灯光洒在地上，温柔地亮着。他看着那光线，仿佛就看到了陆眠。不知从什么时候起，自己的情绪就开始随她波动。

最初萧祁墨觉得陆眠很有趣，一身的秘密，因她是唯一一个能追踪到的受害者，便有了追查的念头。后来多次巧合、偶遇，他渐渐被她吸引，甚至潜意识里还出现了对她的熟悉感。

这种感觉陌生又奇妙，让他十分着迷。想到这里，他神思微动，钻回房间忙碌起来。

陆眠这会儿躺在床上，因为肚子饿翻来覆去睡不着。

卧室的灯关了开，开了关，反反复复好几次。

就在陆眠最后一次打开灯的时候，她摸着肚子从床上坐直了身体。要是这个时候有个美味的鱼排汉堡，人生就圆满了。

要不然去隔壁借点吃的，顺便把筷子还了？

“不妥。”

陆眠没动，抱着被子打开手机，找到了外卖App。也不知她的愿望是不是被上天听到了，订单还没结算，阳台上先传来细微的动静。

陆眠瞬间全身戒备，却看见阳台上稳稳当当地多了一个餐盒。

陆眠狐疑地走过去，打开餐盒，喷香鲜嫩的鱼排与汉堡的麦香混合在一起，扑面而来。

陆眠露出了这一天的第一抹笑。

她偏头往隔壁一看，就看到某个男人正靠着阳台栏杆，端着红酒杯冲她微微举了举。昏黄灯光下的他斯文又优雅。

两个人的阳台之间还有一段中空距离，并不相连。

陆眠看了看汉堡，再看看萧祁墨旁边搁置着一架无人机，顿时明白了。

“谢了。”这次陆眠是真心道谢。

有时候，一个东西出现的时机很重要。

在陆眠超想吃鱼排汉堡的时候，萧祁墨给她送过来，她便觉得拥有了幸福。

“萧祁墨。”陆眠抓着汉堡，同样背靠着阳台栏，声音低柔地叫他的全名，“我可以给你一次提问我的机会。”

陆眠认真地说。

萧祁墨抿着红酒的动作一顿，还是第一次看到陆眠露出这种正经又真诚的表情。如果他没看错的话，还带有几分温柔。

萧祁墨吞下一口红酒。

他的嘴角瞬间染上好看的笑，笑里溢满温柔的宠溺："你认真的？"

陆眠点头："无论你想问我什么，我都会据实以告，但你只有一次提问机会。"

陆眠知道萧祁墨在寻找"十三号"的下落，如果那就是他最想知道的事情，她便诚实回答。

萧祁墨轻笑出声，大有"守得云开见月明"的开朗感。

他轻轻地摇着水晶杯，换了个动作后，慢悠悠地开口："我想问……"

萧祁墨顿了顿，慢条斯理地将红酒杯放在窗台上。

萧祁墨偏头看着隔壁的女孩，温柔的风拂过她的脸颊，她正专心致志地咬着汉堡，等待他的问题。

萧祁墨真的有太多问题想问了。

萧祁墨以为越接近陆眠，就越能接近真相。殊不知越靠近她，越能发现她身上更多的谜团。

如果现在提出一个萧祁墨最想问的问题，他觉得……没必要。有些事情他会去查，查到查不到，全凭个人本事。

萧祁墨将温柔和耐心敛于墨眸深处，指尖轻轻敲了一下玻璃杯，随着那声好听的嗡鸣，他跟着开口。

"陆眠，我要将这个机会保留。"

"保留？"

陆眠停下吃汉堡的动作，抬头看过去，眉眼间重新染上玩世不恭的笑。

她无奈地失笑："不愧是你。"

老狐狸一个。

把机会留到最关键的时刻使用，力求利益最大化，可不就是老谋深算的老狐狸。

萧祁墨并不管这句话的褒贬之意，温和地笑道："我就当你答应了。"

"好。"陆眠冲他举了举汉堡。

萧祁墨则冲陆眠晃了晃酒杯。

今晚的夜风很甜啊。

第二天上课。

陆眠像往常一样来到教室，同学们自动退避三舍，躲得远远的。

她无所谓地坐下，从桌肚里掏出一沓好看的本子，有粉蓝色、粉紫色和粉绿色，颜色都是浅浅的，十足小清新。

“胖皓”和“瘦浩”回过头来偷偷观察她。

“眠哥”的粉色本子坏了，难道要用这么多本子来补吗？没想到“眠哥”内心还有一颗粉粉的少女心。

陆眠不知道他们的想法，把那沓本子往桌上一拍：“回去把这些笔记抄下来。”

“笔记？眠哥，你上课连课本都不掏，哪来的笔记？”

陆眠给了“瘦浩”一个栗暴。

“这是我跟你们高三学姐借的，她稳定在年级前五名。这些是高一上学期的知识点笔记，里面都是‘干货’，适合你们用。”

“胖皓”和“瘦浩”喜出望外，竖起大拇指，之前的低气压总算过去了。

其实这些本子陆眠昨天就拿到了，但昨天愿愿的本子被撕坏了，她也没顾得上这些琐事。

“胖皓”随手翻着那沓笔记本，脑袋突然灵光了一回。

“眠哥，也就是说昨天那个粉色的本子也是这位学姐的吗？”风格都一样，连封皮也是一个款。

“嗯。”陆眠轻描淡写地回了一句，突然又补充了一句，“所以你们要爱护好这些笔记，少一个角，我就……”

“眠哥，我们不看了！”

“眠哥，求放过！”

笔记珍贵是珍贵，但小命更重要。他们哪有那个福气，能看这样的笔记。

“不看也行。”陆眠慢条斯理地收起来，“那么帮扶计划你们有很大概率会输。”

陆眠答应了隋愿立的学习目标，所以倒数第一的名次她会让出去。

“胖皓”皱皱眉，最后艰难地下决心：“看来不学是不行了。”

“瘦浩”劝他：“这么严肃？倒数第三也没关系，你爸不是说了，只要不是倒数第一就没事。”

“但是……我爸升职了。”

由于“胖皓”的语气里实在没多少喜色，甚至还挺郁闷的，“瘦浩”很难理解，便拍了拍他的肩膀。

“叔叔高升，这是喜事啊，关你学习什么事？”

“他现在是出名了，所以勒令我也得把学习搞上去，不能再倒数了……”

“瘦浩”表示理解，一家人就得齐齐整整地进步呗。

“不过胖子，你爸为什么会突然高升啊？”

“胖皓”拍着大腿，抹了一把辛酸泪：“你们是不知道，昨天我们芜城的那帮地头蛇被剿了，我爸带人搞了几年都没动得了他们，结果昨晚他们被一网打尽了。”

“你爸这次绝对是芜城真英雄，活该他高升。”

“英雄个啥啊，还不是芜城守护神做的。”

“你这么一说，我还真对这个芜城守护神感兴趣了。你说她到底图什么？”

“是吧！再说了，一个女孩是怎么做到的？”

“胖皓”点点头，想到昨天看到的那个不真切的手绘卡通头，又多看了陆眠几眼。有些事不往这方面想，可能毫无痕迹，可一旦这么假设了，就会发现哪哪儿都是蛛丝马迹。可他们都说了这么长时间了，“眠哥”却什么反应都没有，仍然慢悠悠地看着言情小说书，神色没有一点异常。

“胖皓”实在看不出什么破绽，但他可以确定，那笔触跟汉堡纸上的卡通猫头差不多。

那头像是“眠哥”画的吗？又或者是本子的所有者高三学姐画的？

这一切真的是巧合吗？

“胖皓”不太信，最后攥紧了拳头：“总有一天我会找到这位守护女神，她值得全芜城的民众敬仰。”

这“中二”的气息让陆眠略感不适。

陆眠从小说中抬起头，给了他们一人一个栗暴。

“赶紧去抄笔记，三天内抄完还我。”

“眠哥，我们能复印吗？又快又不会损伤本子，完美。”

陆眠眯眼一笑：“你可以试试。”

那可真不敢。

抄笔记是最简单的记忆方法，不管会不会、懂不懂，只要认真地抄一遍，多少都会有收获。这才是陆眠的初衷。

哥俩儿也很默契地没问陆眠怎么不抄，毕竟以“陆教授”的水平，她应该不需要。

陆眠放学时接到了苏老爷子打来的电话。

她猛然想起，昨天晚上苏老爷子也给她打过电话。接听后，那头果然传来苏老爷子略带怨念的声音。

“眠眠，你是把老头我给忘了吗？”

陆眠不好意思地轻咳一声：“苏老，您说。”

苏老爷子哈哈一笑：“是这样的，我有件事想请你帮忙。”

听到苏老爷子要请她帮忙，陆眠并没有第一时间答应，而是一边踢着小石子走在路上，一边耐心地询问：“什么事？”

“眠眠，你的电脑玩得很好，专业术语叫编程是吧？我一个老人家不懂那些，想请你帮我教一个人。”

“您想让我教人学编程？”

“对。”苏老爷子的语气越发和蔼，“你就随便教她两下，如果她喜欢，有这方面的天分，我们再从长计议。如果她只是一时兴起，那就更省事了，你可以……”

“好。”陆眠没多说什么便应了下来。

陆眠不喜欢听啰唆的理由，让她帮忙，她愿意帮就帮，不愿意就拒绝。

苏老爷子对她不错，并且这也不是什么难事，顺口就应下了。

“好，眠眠，那我一会儿把她的聊天账号发给你，你加她好友。”说完，苏老爷子还挺懂行地压低声音，“我知道你们这一行都喜欢保持神秘，你放心，我不会透露你的任何信息，更不会让你们见面的。”

“好。”

陆眠无奈地挂断电话，转头就把这件事撂到一旁。正好经过小区超市，想到家里空荡荡的冰箱，她抬腿便走了进去。

此时是下班、放学的时间，超市里人很多。陆眠走到人比较少的速食区，拿了些方便面、速冻水饺一类的快捷食物，然后便直截了当地朝收银区走去。

经过厨房用具货架时，陆眠看到摆放整齐的筷子，顺手拿了两包丢进购物篮里。

收银台这边已经排了好几米长的队伍。

陆眠站在最后面，跟前面的一家三口保持距离。

一家三口是一对年轻夫妻和一个三岁的女宝宝。

小女孩正是活泼可爱的时候，手里举着小风车围着爸爸妈妈转来转去。年轻父母的眼睛寸步不离地粘着她，场面温馨，充满欢声笑语。

陆眠抿紧嘴唇，再往后退一步，直接掏出手机玩起游戏来。

“棉棉，小心别摔倒哦。”

陆眠倏地抬起头，只看见年轻的爸爸妈妈温柔含笑地盯着女宝宝，高大的爸爸干脆弯腰将孩子抱到肩头。

原来是同音的名字。

陆眠略微有些失神，手机也被她攥得很紧，神思不知飘到哪里，就连身后站了个人都没有察觉。

前面的小女孩活泼可爱的笑声和身影还在陆眠眼前晃动，手舞足蹈的，小手挥着，她看得有些分心。然而当女宝宝手里的小风车即将打到陆眠脸上时，一道有力的臂膀忽地抬起，替她挡了。

陆眠的眼睛终于聚焦，鼻尖嗅到淡淡的熟悉的味道。她偏头，看到萧祁墨就站在身边，优雅含笑地看着自己。

刚刚是萧祁墨替自己挡住了一次伤害。就像小时候在人山人海的花灯街上，父亲将她抱在怀里，伸长手掌替她挡下来自外界的各种碰撞。

陆眠抿紧嘴唇，默不作声。

小女孩的父母连忙回头：“棉棉，快跟叔叔和姐姐说对不起。”

“对不起！”小女孩奶声奶气，“姐姐长得真好看，叔叔也好帅哦。”

年轻父母也微笑着表示歉意，连说了好几句“对不起”。

陆眠摇摇头：“没事。”

旁边的萧祁墨却蹙着眉，优雅地推了一下眼镜：“小朋友，叫哥哥。”

三岁的小宝宝茫然地看向父母，她的父母也很茫然，手足无措得好像唐突到了萧祁墨。

萧祁墨仍坚持：“叫哥哥。”

小女孩妥协了，甜甜地叫了一声："叔叔哥哥！"

陆眠不知萧祁墨为何执着于称呼，只觉得有些好玩，轻笑出声。偏头时，她就看见萧祁墨心情不太爽地丢过来一袋水果，精准地抛进自己手中的购物篮里。

没等陆眠说什么，萧祁墨微微弯腰，很自然地将购物篮接了过去。

萧祁墨在郁闷什么？

两个人没怎么说话，巧合下遇见，就很自然地凑在一起等待结账。

前面一家三口的对话清晰地飘来。

"爸爸，我以后也要当芜城守护神。"小女孩咿咿呀呀地说着，有些字发音不太准，但能听懂。

年轻父亲笑呵呵地道："好，以后棉棉就是芜城的大英雄。"提到这位芜城守护神，前面几个排队的顾客也都回过头来，聊着天打发时间。

大家的话题很热闹，陆眠却将自己隔绝在外，单手玩着游戏，神情寡淡。

萧祁墨将购物篮从左手换到右手，看向陆眠："看来这个芜城守护神已经深入人心了。"

"是啊。"陆眠敷衍地回复。

"你想知道是谁吗？"

陆眠慢悠悠地扬起小脸，笑得天真无害："想啊。"

萧祁墨的目光略复杂，转而看向别处。

超市越来越挤，排队的人也越来越多，萧祁墨看陆眠有些不耐烦，劝她先去门口等着。

陆眠点点头，说了句"回头给你转账"便走了出去。

很快便轮到萧祁墨结账。

收银员一边刷着条形码，一边害羞地看他，犯了花痴。

萧祁墨五官冷峻，一样一样地将东西从购物篮里拿出来，等拿到最后两包筷子时，他顿住了。

"先生？"收银员等着萧祁墨。

萧祁墨顿了片刻，面无表情地将筷子丢远，平静地道："结账。"

陆眠回到家，吃了"帅虞"派人送来的午饭后便打开电脑。

苏老爷子的短信已经发了过来，陆眠登录账号后，添加了对方为好友。

对方大概是在等陆眠，很快就通过了。

等看到对方发来的信息时，陆眠的表情突然变得迷惑起来。

“老师，您好，我是苏老的孙女苏珞。”

苏珞要跟她学编程？

陆眠随手抄起桌上的笔，身子往后一靠，嘴角勾起一抹放荡不羁的弧度。

陆眠一只手转着笔，另一只手在键盘上快速地敲过去一行字。

“课时费一小时一万元。”

电脑那边的苏珞和苏珏皆一愣，心想：爷爷找来的果然是业界大师，收费可不便宜。但因为是爷爷找的人，他们自然全心全意地相信了。

苏珏有些心疼钱。

苏珞却没怎么犹豫，直接大方地转账。

如果对方真有本事，能破解陆眠的账号和群，这点钱又算得了什么。

第十六章
老师集体投诉

五万。

陆眠看着苏珞给她转过来的钱，微笑着收下。这是亲情价，她足够给苏老爷子面子了。

其实教苏珞入门编程知识根本不难，也不是什么机密资料。陆眠随手发了两个基础文档过去，苏珞就已经高兴得连声说“谢谢”了。

陆眠虽然对苏珞这个人不感冒，但毕竟答应了苏老爷子，她也就自然会做好分内之事。

只是陆眠偶尔也会琢磨一下，苏珞为什么会突然想学编程呢？

陆眠中午跟苏珞聊了一个小时，下午正常到学校上课。她没什么心理负担，该怎么样就怎么样。倒是苏珞经过她身边时低低地轻哼了一声，还挺耐人寻味的。

陆眠也没在意。

自从帮扶计划开始后，很多人明里暗里地较着劲，都在努力。“胖皓”和“瘦浩”两个人也都忙着抄隋愿的笔记，也变得正经起来。

班里唯一的特殊存在便是陆眠了，上课打开课本看小说，下课合上课本继续看小说。于是她又被“光荣”地叫到了办公室。

丁猜这个时候看陆眠就跟看宝贝疙瘩似的，稀罕得很，语气也更加温和。

“陆眠同学，鉴于你没有跟班内同学组队，我慎重考虑过了，还是由我亲自辅导你，怎么样？”

陆眠虽然其他科成绩不好，但在物理上可没少给他挣面子。他这小半个月走到哪儿都抬头挺胸的。所以以她的聪明才智，想要提高别科的成绩简直不在话下。

“你能学好我的物理，老师真是非常荣幸，不过我希望你也稍稍分一点精力给其他的科目。好不好？已经有好几个老师向我投诉了。”

陆眠静静地听着。

“偷偷告诉你，要是下次月考你还考零分，他们很可能让你出去上课。”

被老师集体投诉，陆眠倒是一点压力没有。

“老师，”陆眠双手托着下巴，优哉游哉地看向对面，“那两本小说您都看完了？”

行吧，丁猜知道她什么意思了，那就换个话题。

“对了，物理竞赛的复试很快要开始了，你复习得怎么样？”

丁猜说完，看到陆眠的眼神略有些茫然，以为她遇到了什么瓶颈，立刻挺直腰板，一副“有老师在，一切都不是问题”的样子，就等着她求助。然而他却只看到她摸着下巴，一副恍然大悟的样子。

“哦，快开始了吗？”

丁猜倒吸一口冷气：“上次叫你们开会，不都说了考试时间和考试大致范围了吗？”

这祖宗该不会……连什么时候考试都不知道吧？

“老师，您帮我打印好准考证就行。”

办公室里的其他老师都忍不住看了陆眠一眼，表情十分复杂。

万霖走过来，一边递给丁猜《各班纪律打分表》，一边善意地提醒道：“这次竞争比较激烈，要从全国一千名学生中选前一百名进行决赛。”

他话锋一转：“不过我倒是挺看好陆眠同学的。”

陆眠冲万霖微微一笑。

其他几个物理组的老师也特别艳羡。谁能想到当初被他们嘲笑过的 25 班竟出了一个这样的鬼才呢？

“老丁，虽然你们上次月考成绩不好，不过有陆眠在，你们班还是镇得住的。”

“是啊，关键 25 班的纪律也是第一名，祁主任点名表扬过。”

其他几个老师越发羡慕了。

不过有个老师却疑惑至极，嘀咕道：“但我昨天明明看到你们班都打起来了，还惊动了祁主任，怎么还是没被扣分呢？”

丁猜猛地站起身：“什么？我们班打起来了？”

丁猜无比震惊，错愕地看着一圈老师。看到那些老师一副“你竟然不知道”的表情，他觉得大脑有点缺氧。

丁猜有些茫然，抓起那份纪律打分表，确定他们高一（25）班确实是满分，没扣纪律分。

“这是怎么回事？”丁猜不可思议道。

“丁老师，具体情况我也不知道，我还以为你早就知道了呢……”那位老师讪笑，“你问问陆眠同学，她不是你们班的吗？”

丁猜十万火急地看向陆眠。

陆眠用手指揉了一下太阳穴，慢条斯理地从椅子上站起身来，冲丁猜微微颔首。

“老师，确有其事。”

丁猜捶了一下桌面：“谁和谁打架了？陆眠，你一五一十地告诉我。打架还得了，这件事必须请家长。”

陆眠又垂下头，态度十分诚恳：“老师，是我打的。”

“什么？”

丁猜先是反应几秒，然后气血上头，迅速掐住自己的人中。

旁边的几个老师欲言又止地转头，有点同情丁老师……

陆眠知道丁猜是一个很好的老师，也领他的情，笑着拿起打分表，难得地安慰别人：“老师，没扣分。”

没扣分是好的，但丁猜还是觉得有些上头。

其他老师瞬间“柠檬”。

万霖在办公室里走来走去，看看自己高三（1）班快要垫底的纪律排名，百思不得其解。

“我们班之前因为苏珏打架，那纪律排名到现在都没升上去。怎么到了你们班，就不一样了呢？”

“是啊，打架都不扣分，是不是祁主任搞错了？可祁主任工作向来严苛认真，铁面无私的……”

这个疑问最终还是没能得到解答。陆眠默默地离开，顿了下，还是走去了教导主任办公室。

这节课是数学课。

数学老师裴素珍依旧是严肃刻板的样子，手里拎着三角尺，在教室里来回走动，盯着学生做随堂习题。她走到做题不认真的同学跟前，用三角尺的尖尖戳对方的作业本。

她来到袁浩和郭子皓的座位边上，自然少不了一番训斥。

直到裴素珍回头看到空荡荡的后座，才知道其他人都是小儿科，真正气死老师的学生是陆眠。

“陆眠呢？”裴素珍咬着牙发问。

有人抬起头，小声地说道：“刚刚看她去教导主任那边了……”

正在做题的苏珞笔一顿，似想起了什么。肯定是因为打架的事，祁主任找陆眠算后账吧？

想到之前她什么都没做错，还被祁主任惩罚打扫整个办公室，累得腰都酸了。这回祁主任对陆眠的惩罚肯定更加严重。

裴素珍冷哼了一声：“你们都转告陆眠一句，下次月考再考零分，她就别上我的课了。”

同学们的头垂得更低了。

白芳菲冲苏珞笑了笑，仿佛取得了阶段性的胜利。

教导主任办公室。

陆眠坐在沙发上玩手机，一局游戏过后，才懒洋洋地抬头问了一句：“祁主任，你既然是学校的教导主任，那就……公事公办吧。”

学生恳求主任公事公办，还真是第一次。

叶谨闻小声地“啧”了一声，七哥这次为了查绑架案，真是豁出去了。不光亲自来学校当个挂名教导主任，还明里暗里地偏帮陆眠，怎么可能公事公办？

陆眠却一本正经。不管这个男人是什么心思，她既然动了手，就不会逃避结果。

不过萧祁墨很忙，没应她。

他坐在办公桌前，手里正拿着水果刀认认真真地剖开一颗石榴。

石榴子那么小，但在萧祁墨那双骨节分明的手指下，一颗颗都完好无损地被剥下来，清清爽爽地进了一个好看的玻璃碗里。

不一会儿，玻璃碗里就有了小山一样的尖尖。

旁边的叶谨闻提醒他。

萧祁墨确实正经了，将剥完的石榴皮丢进垃圾桶，端着玻璃小碗，神色严肃地走到陆眠跟前。

“吃吧。”他递了过去。

陆眠茫然地抬起头，表情一言难尽。

石榴是中午萧祁墨跟陆眠一起逛超市时买的，下午拿到办公室就开始剥。这会儿男人把最新成果递给陆眠，那严肃的态度让人觉得仿佛这就是惩罚。

陆眠有些莫名其妙，随手捏了几颗，慢慢咬，石榴子的爽甜口感在口腔溢爆，很甜，也很润。可她的表情还是很迷惑，她是来讨罚的，可不是来讨水果的。

萧祁墨将一碗石榴子都交给陆眠，背着手在办公室里走了两步，声音十分严肃：“听说牛肉吃多了人会变得凶，多吃石榴就会变得温柔。”

陆眠又捏了几颗放到嘴里，所以呢？

“这似乎不符合您公平公正的原则。”陆眠端着小碗，倒也不客气，一会儿就吃了一小半。

萧祁墨转过身看陆眠：“那就写一份检讨吧。”

陆眠打了个响指：“OK！”

说完她从沙发上起身，抄起桌子上的笔和一张空白纸，“唰唰唰”地写了什么东西，再递到萧祁墨手里。

“写好了。”

叶谨闻抻长脖子看过来，盯着那张白纸上大大的三个字，沉默了。

“我错了。”

主题清晰，中心明确，简明扼要，态度良好，实乃……

叶谨闻心想：没有比陆眠还敷衍的人了。

这么想着的时候，只见萧祁墨已经认真地收起那份“检讨书”，夹到一本书里，还一本正经地说了一句“收到了”。

陆眠转身离开，刚出门，后面便传来萧祁墨的声音。

“物理复赛快开始了，加油。”

陆眠勾唇轻笑：“走了。”

这一天是物理竞赛复赛的日子。

考试地点依旧定在鲲程中学。这次来了不少其他学校的学生，所以考场这边一大早就聚集了很多学生和家长。

家长们围着自己的孩子，各种嘘寒问暖，鼓励加油，检查学习工具。

陆心暖也来了，她很看重这场竞赛，自然不会错过。

傅曼耐心地给陆心暖披上一件针织长外套，又嘱咐道：“现在天气温差大，到中午再脱下来，知道吗？”

“我知道！”

“考试不用紧张，正常发挥……”

“妈，你别啰唆了。”陆心暖很不耐烦地应着，眼睛四下看着，好像在找什么人。直到看到陆眠吊儿郎当、形单影只的身影时，她眼珠子一转。

陆心暖亲昵地挽住傅曼的臂弯，又噘嘴亲了傅曼的脸颊一下：“妈妈，等我的好消息。”

傅曼连声说着“好”，喜悦之情溢于言表。

陆心暖不着痕迹地扫了陆眠一眼，眼底染着报复性的爽快。她所拥有的，陆眠没有；她现在享受着的，陆眠没有。但凡能稍微影响一下陆眠发挥，她也是喜闻乐见的。

傅曼不知陆心暖的这些想法，温柔地帮陆心暖理了理马尾发，又裹了裹她的衣服，关怀备至。只是转头间，她不经意地看到了那道纤瘦清冷的身形，手中所有的动作都僵在半空，表情也很僵，喉咙里干干的，发不出声音来。看口型才能判断出她喊了两个字：眠眠……

陆眠看也没看，面无表情地经过。

傅曼的眼神追着陆眠，想说些什么或是做些什么，却看到陆心暖在那边低头翻着书包，着急地问：“妈，你见到我准考证了吗？”

“准考证？妈给你找。”

“嗯嗯，快帮我找，考试马上要开始了。”

形单影只的陆眠确实跟别的考生不一样。其他考生都有家长鼓励着、围绕着，只有她，远远地靠在墙边，不背题也不说话，只拿着手机玩游戏。她浑身上下没什么东西，只有一支笔在手里不停地转。

偶尔有考生偷偷看陆眠一眼，还挺同情她。

考场很快就开了，考生们自动排起队，经监考官审核后进入考场。

家长们也自动站到旁边，挥着手给孩子最后的鼓励。

陆眠就远远地站着，她嫌人多，自动等到最后一个入场。

陆心暖朝着傅曼叹了一口气，没话找话：“她还是那么孤僻，一点儿都不合群。”

傅曼也往那个方向看了一眼，没说什么。

陆心暖暗爽。然而她还没高兴两秒钟，就看到考场那边突然冲过来一大群人，大概有二十多个学生。

他们“呼啦啦”地跑到这边，在快到陆眠跟前时收住脚步，齐齐整整地举起牌子。

豪华“应援牌”上写着：“眠哥！加油！”

这阵仗，可比任何考生都要盛大隆重。

陆心暖的脸顿时拉了下来。

陆眠懒洋洋地抬起头，将笔收回掌心，微微有些诧异。

“胖皓”和“瘦浩”笑眯眯凑过来。

“眠哥，这些都是‘银河护眠队’……的一部分！”

“是啊，眠哥，今天是你的‘大喜之日’，我们特意选了二十个代表过来给你加油助阵。”

陆眠将手机揣进兜里，嘴角勾着浅浅的弧度，柔软地吐了一句：“闲的你们。”语气却满是温和柔软。

“眠哥，我爸也来了。”“胖皓”挺了挺胸膛，朝着大队伍挥了挥手。

只见一个肚子微鼓，身着制服的中年男人从后面走出来。

陆眠面色不变，笑着打了一声招呼。

“叔叔好。”

陆眠并不是善于攀谈的性格，说完这句话后再无二话。

郭水天也没介意，每个人都有自己的性格，他也早就知道这个女孩的性格比较冷，但心肠极好。她多次帮助自家儿子学习功课，借高三的笔记，尤其儿子的数学，像是一夜之间就开窍了。

儿子也没少在家提起这位女同学。

他们这边人多动静大，吸引了不少还没入场的考生的注意，连学生家长都忍不住往陆眠这边看。

陆心暖也看到了，心里不知是什么滋味。她冷冷地抽回挽着傅曼的手。

“妈，我进考场了。”

“去吧，暖暖，安心考试。”

“还怎么安心啊……”陆心暖撇嘴，“弄得考场乱哄哄的……”

陆心暖意有所指地抱怨着，拉下脸走了。

见门口排队的人不多了，“胖皓”提醒陆眠也赶紧进去。

陆眠脚步轻快地走了。

傅曼张着嘴，心像是被挖走了一块，空落落的，耳朵还偶尔听到从那边传来讨论的声音。

“你们猜眠哥这次考多少分？”

“一百分。”

“有这么厉害吗？”

“你不懂。别人考九十分，那是能力只有九十分。我们眠哥考一百分，是因为卷面只有一百分。放心吧，没问题的。”

“而且告诉你们一个秘密，她不光物理学得好，数学也超牛。”

傅曼竖起耳朵听，手指绞着衣角慢慢走远。

眠眠……真有他们嘴里说的那样好吗？

陆眠上午考完试，中午线上教学编程的时候，对面的苏珞突然向她提出一个问题——

“老师，您接单吗？”

这些天，陆眠多多少少教了苏珞一些编程知识。不管对方有没有认真听，反正一万元一小时的课程，她已经尽职尽责了。

陆眠猛地看到苏珞的问题，还稍微愣了一下，随即快速地敲过去一行字——

“收费过高，慎重考虑。”

这边的苏珞收到消息，连忙喊来苏珏。

“哥，我老师说能接单，我们赶紧把这件事落实一下，免得夜长梦多。”苏珞这么说着。主要是她对编程不感兴趣，会上这么几节课，也只是想跟老师拉近关系。

苏珏兴冲冲地凑过来，在看到“收费过高”四个字时，有些心疼。

苏珏现在不同于之前了，不敢贸然投资炒股。若还在那个群里，别说几万元了，就是几百万元他也拿得出来。

“珞珞，你先问问价格。如果他能看在爷爷和你的面子上便宜点，就好了。”

“嗯，我问问。钱不是重点，重点是我们得做得毫无破绽，绝对不能让陆眠提前知道。万一她提前防着我们，我们想要举报她可就难了。”

“你说得对。”

两个人商量了几句后，苏珞谨慎地给“老师”发去消息。她检查了好几遍，态度诚恳，没有错别字，语句也很清晰。

陆眠的手指缠绕着耳边的碎发，苏珞的消息弹出来，她手指一顿扯到了头皮，感觉挺疼。

陆眠往屏幕前凑近一些。

苏珞：“老师，请问破解一个人的聊天账号收费多少？”

陆眠突然有一种奇怪的感觉……

陆眠：“那要看对方是谁。”

苏珞：“一个学生，不是什么大人物。”

陆眠：“十万元至一百万元不等。”

苏珞一看这个价格还行，对于编程大师，算是很友好的价格了。

苏珏也表示认同。

毕竟苏珏现在最大的心愿就是想办法再混进那个群。只要再有一次，他就可以翻身，到时候想要多少钱就能有多少钱。两个人一合计，直接把陆眠的聊天账号、个人信息和手机号码发了过去。

苏珞和白芳菲关系好，白芳菲又是班长，要弄到这些信息很容易。

这边的陆眠，看着那账号陷入了长久的沉默之中。合着兜了这么一大圈，对方是想请她破解她自己的账号啊？

这操作，还挺……一言难尽。

早知道陆眠就不答应苏老爷子了，显得她在欺负人似的。

陆眠敷衍地回复：“不接。”

苏珞：“老师，拜托您了，看在爷爷的面子上，请您务必帮我一次！”

陆眠：“对方是高级账户，破解不了。”

苏珞：“不是，她就是一个普通学生，我们也不是做什么伤天害理的事情，就是想去一个群里举报她。她自己满身污点，在背后使坏坑了我哥，她并不是什么良善之辈。”

陆眠嘴角抽搐，原来亲耳听别人吐槽自己是这种感受。

苏珞和苏珏在这边也很茫然，老师之前还说接任务，怎么这么点小事都不做呢？

高级账户什么的肯定只是托词，酬劳他们也能给到位，到底是为什么呢？

陆眠在屏幕这边长长地叹了一口气，噼里啪啦打过去一行字——

“开视频吧，我当面跟你们解释。”

这出乎苏珞和苏珏的意料。

谁都知道他们这一行的人，最忌讳暴露身份了，会给自己招来很多麻烦。他们虽然了解得不多，但也是头一次见到愿意主动开视频的编程大师。

“难道是认识的人？”苏珞突然冒出来这么一个想法。

苏珏连忙喊停：“哪有那么巧，你毕竟是他的学生，而且爷爷也跟他认识，开个视频又不是什么大事。”

说完，苏珏还挺乐观地补充道：“心理学上说了，面对面交流会大大地提高成功率。你多跟老师说两句好听的，说不定老师就同意接单了。”

苏珞闻言，点了点头，只是突然觉得有点不安，却又说不上是哪里出了问题。

于是她发送了一条消息：“好的，老师。”

说完，苏珞便点了视频邀请，屏幕显示“等待对方同意”。她顺便理了理自己的头发和衣服，端端正正地坐在电脑前。

苏珏退开几步，免得自己也入镜。

屏幕显示“连接成功”。

苏珞深吸一口气，莫名有些紧张。

对方大概是在调整摄像头，镜头晃动翻转，画面看不太清。

苏珞耐心等着，总算等到对面出现人影了，映入眼帘的却是一双修长的腿，身着鲲程校服的裤子。

苏珞很意外，愣了一下，瞪大眼睛直勾勾地看着屏幕。她看着对方施施然地落座，又看到一张熟悉的、玩世不恭的脸，出现在镜头前。

苏珞的大脑死机几秒钟，反应过来后猛地推开椅子，躲到了很远的地方。她像是看到了什么洪水猛兽，震惊、恐惧、不可思议的复杂情绪混乱交织。这一刻，她将苏家千金公主的仪态都抛到了银河系。

苏珏一头雾水，他从未见过这么失态的妹妹，妹妹一向都那么骄傲又自信。他疑惑着将她的椅子重新推到书桌前，笑着问道：“你怎么了，还紧张了？”

“不……不……”

苏珞反手抓住苏珏，眼睛发直，声音颤抖着道：“哥，是陆眠！”

“陆眠？”

苏珏没听懂，看妹妹这般惊慌，只好自己往镜头前看了一眼。对方将他们的对话和动作都纳入眼底，一声熟悉且顽劣的哂笑传来。

对方优哉游哉：“对，我正是你们口中满身污点、非良善之辈的普通学生，陆眠。”

陆眠的语气如正常聊天一般平静，但一字一句都灌进苏珏的耳朵里，刺破他的耳膜，冲进他的大脑。

苏珏一个后撤，直接退到书架上，撞了个趔趄。他的情况也没比苏珞好到哪里去。

两兄妹在震惊中对视，这到底是怎么一回事？！是他们打开的方式不对吗？

这边的陆眠一脸淡定，手指绕着发丝，另一只手还转着笔，那顽劣、桀骜不驯的笑意透过镜头传到这边。

陆眠言简意赅：“事情就是你们想找编程师黑我，结果这个编程师就是我自己。”

他们的目的被陆眠轻飘飘地说出来，兄妹俩的脸色红一阵、青一阵，震惊到极致。

陆眠是……编程师？

陆眠懒洋洋地叹了一口气：“还需要更多解释吗？”

苏珞和苏珏终于找回了理智。

当打开视频的那一刻，什么都不用解释了。

虽然他们不明白陆眠为什么会编程，但事实胜于雄辩，他们撞到了人家的枪口上，还上赶着让陆眠打脸。

苏珏最先反应过来，关了他们这边的音量键，恍然大悟地跟苏珞解释。

“我想起来了，当初隋愿失踪的时候，爷爷也是找的陆眠……她几分钟就找到隋愿的下落了。”

“隋愿？”

“我们班的一个同学，不重要。”

“哥，这么重要的信息你怎么不提前说呢？”苏珞懊悔万分。

苏珏摊手："当时我也没亲眼看到，谁知道她是怎么弄的。而且爷爷当时只说她电脑玩得很好，我压根儿没往编程这方面想，更没想到爷爷会找她当你的编程老师。"

或许是先入为主，又或许是因为陆心暖的挑拨，总之在陆眠刚回来的时候，苏珏对陆眠的印象真的糟糕极了，更不相信她有这么多隐藏能力。可是现在后悔又有什么用呢？他们刚刚还发了那样的信息给陆眠。

陆眠本人看到后，都不知道在对面笑成什么样。

苏珞从未有过这种现场啪啪打脸的经历，脸又黑又沉，还火辣辣的。她深吸一口气，面色凝重地道："哥，我们以后可不能再小看陆眠了。"

苏珞最先稳住，重新回到电脑前打开音量键。

对方还没挂断，苏珞还得应付接下来的事情，她总不能连跟陆眠对视的勇气都没有。

镜头那边的陆眠冷笑着道："可以关了吧？"

陆眠其实很不耐烦，也懒得应付，开视频的目的只是为了让他们看一眼，话都不想多说一句。现场打脸什么的，都只是苏珞和苏珏的个人臆想罢了。

苏珞还没说话，旁边的苏珏却突然冲过来，对着镜头那边就吼。

"陆眠，你耍我们！珞珞一开始就报了自己的姓名，你会不知道？你不但没有终止课程，还赚了我们一大笔钱，更窃听了我们的秘密。你很得意，是吧？"

陆眠蹙眉，十指交叉着在镜头前抻了抻，发出生理性弹响。

苏珏浑身一紧，很快就听到对面慢条斯理且目中无人的声音："你以为我跟你们一样闲吗？"

这话呛得苏珏满脸通红。

苏珞扯了哥哥一下："好了，哥，现在不是追究责任的时候。"

陆眠是爷爷请来的，收费也是双方你情我愿的事情，苏珞认了。如果陆眠真的有心耍他们，刚才在接单时就会开出高额报酬了。到了那个时候，他们才是真正的面子和金钱两失。

这些都怨不得陆眠，只能怪他们过于自信，没警惕这位老师的身份。

苏珞尽量让自己坦荡一些。

"陆眠，既然你都知道我们的目的了，那我也没什么好否认的。我们就是要调查你在股友群的账号，再去举报你。"

“举报？”

“当初你举报了我哥，害他被踢出股友群，我们这么做只是以牙还牙。股友群的规矩你比我们清楚，就你平时的作风和学习，你觉得你配吗？”

“够了。”陆眠没耐心听苏珞胡扯，烦躁地打断她，“你到底想说什么？”

“把股友群的群号告诉我们，我们明明白白地去举报你。”

陆眠失笑，清澈的眼底染上狂放和不羁。她手摸着下巴，突然好心情地勾起嘴角。

“好啊，我等着。”

陆眠很痛快地答应下来。

她这般爽快的态度倒是让苏珞和苏珏都愣了一下，登时有种拳头打在棉花上的感觉，心里的那口闷气不但没疏散，反而更加郁闷了。

陆眠很快就给他们发来了群号和群名。

苏珏立刻冲过来，盯着那串数字回忆了一番，跟他记忆中的群号差不多。然后他点击搜索，很快就找到了，完全可以确定这就是之前那个股友群。

苏珏迫不及待地申请加入。

陆眠忽略苏珏着急的表情，嘴角勾起一个弧度，在关掉视频前说了最后一句话，语气轻飘飘的：“想要群号，直接问我不就行了？绕这么一大圈，耽误时间。”

随即视频连接就断开了。

一切恢复平静。

苏珞和苏珏面面相觑。要到群号的他们并没有多快乐，反而被陆眠的最后一句话呛到怀疑人生。他们想绕这么一大圈吗？他们想以这种方式解决问题吗？

辛辛苦苦花钱上课，最后还是敌人施舍般地给了他们群号，这谁能接受？

校长办公室。

张校长和郭水天一起吃了一顿午饭，场合比较休闲，他们谈论的话题也很快就转移到芜城守护神上。

张校长颇好奇地打听道：“芜城守护神到底是谁啊？别是你为了低调，故意误导大家。”

“我哪有那种本事。”

郭水天叹气：“张校长，不瞒你说，芜城守护神很可能是你们学校的学生。”

张校长脸色剧变：“这怎么可能？！”

“我会说这话，肯定也是有点证据的。地头蛇那帮人都被我抓了起来，其中有个人看到守护神的包里露出一点鲲程校服的颜色。能有鲲程校服的人，即使不是你们学校的，也肯定跟你们学校有关。”

“这不大可能吧……他们就没有一个人见过守护神的真容？”

郭水天摇摇头：“守护神出手又狠又快，他们都没反应过来呢，人就被打晕了。我不是没询问过那些人，可是就问出来这么一点有用的信息。”

郭水天暂时没说汉堡纸和卡通猫头的事，毕竟这点信息太单薄了，不足以找人。

张校长欲言又止。

郭水天抬起手，抢先一步。

“别跟我提监控，监控在那种神出鬼没的人物眼里就是个摆设。就跟两年前的绑架案一样，你们学校的监控还不是被清得一干二净。”

张校长：“我懂、我懂……”

但是，突然变得好骄傲是怎么一回事？

既然说到这个话题了，郭水天也不忘嘱咐几句。

“张校长，我会派人继续调查这件事。不过我也建议贵校近段时间要提高警惕，切记不要让陌生人混进学校。如果守护神真的在学校里，我担心会有漏网之鱼前来报复。”

张校长面色十分凝重：“好。”

下午，陆眠刚到学校。

“胖皓”和“瘦浩”坐在教学楼下的花坛处聊天，谈论着晚上要给陆眠聚餐庆祝的事。

隋愿正好经过这边，看到他们俩，想到上午班里同学传的“银河护眠队”，于是转了个方向，朝着他们走过来。

“请问，我能加入‘银河护眠队’吗？”

来了新人，哥俩儿自然是欢迎至极，连忙掏出本子和笔让隋愿进行登记。

隋愿小心翼翼地填上自己的名字，很郑重，像是在加入某个重大组织。

“隋愿？”

“胖皓”念着这个名字，突然恍然大悟，这不是借他们笔记的高三小姐姐吗？

他们反复看了隋愿好几遍，直到把怯弱的隋愿看红了脸，才确定这是个光头小姐姐。

“胖皓”又看了隋愿好几眼，扯着“瘦浩”跑到一旁，神秘兮兮地嘀咕道：“你还记得我跟你说过的芜城守护女神留下的信息吗？”

“记得。”吃汉堡，会画卡通猫头。

“胖皓”点头：“我之前在那个粉色本子上也看到过类似的头像，那个本子不就是这位学姐的吗？”

“你是说……”

“我是说笔触差不多，但我没看清。”

“瘦浩”拍了一下“胖皓”的头：“所以……芜城守护神有可能是眼前这位隋愿小姐姐？可是也没那么绝对吧，也有可能是别人随手画上去的，说不定还是眠哥画的呢。”

“胖皓”灵机一动：“用排除法不就行了？”

自从跟了“眠哥”以后，“胖皓”感觉自己的脑瓜都好使了不少。

“胖皓”拉着“瘦浩”重新回到隋愿跟前，笑得贼兮兮的，重新递过去本子和笔：“隋愿学姐，再备注一下你的爱好吧，比如喜欢吃什么、有什么特长？”

隋愿有些茫然。

“方便大家互相了解，说不定你跟眠哥还有共同爱好呢。”

“哦。”隋愿点点头，在爱好那一栏里郑重其事地写下两个字：学习。

“胖皓”和“瘦浩”勾了勾嘴角。

难怪人家学习成绩那么好，原来纯属爱好。

“胖皓”又换了个思路，指了指本子的空白处：“隋愿学姐，我们‘银河护眠队’偶尔也会做‘应援’小海报什么的，你会画画吗？”

隋愿点点头。

“胖皓”激动地道：“那现场给我们画一个卡通猫头吧？”

隋愿觉得这两个小同学挺奇怪的，但只要是眠眠的朋友，就是她的朋友。她拿起笔，在他们虎视眈眈的眼神下，寥寥几笔就画出了一个卡通猫头。她顺便看了一眼手表，抱歉地道：“不好意思，我该去上课了。你们以后有什么活动记得告诉我……”

“胖皓”和“瘦浩”连连点头。

“眠哥”对隋愿学姐的本子都那么珍惜，对隋愿学姐的感情那更是不用说了，他们可不敢造次。

“对了，学姐，”“胖皓”想起什么，“下午放学后我们打算叫上眠哥一起聚餐吃饭，你也来吧，反正明天是周末。”

隋愿微微歪了一下头，像一个茫然的小和尚，顿了一下之后才问：“她答应了？”

“没有，我们正打算下午跟她说。”

隋愿抿紧嘴唇，轻轻地摇头：“我有事，就不去了。不过……我想她应该也没时间参加。”

“啊？”

隋愿没再说什么，低着头很快就离开了。

隋愿走后，哥俩儿立刻露出真面目，十万火急且激动万分地抢着拿起隋愿画的猫头，和手机里存的那张汉堡纸上的头像进行对比。

第十七章
想办法让眠哥画画

半晌后。

“瘦浩”摸着下巴：“有点像……又有点不像，我什么都看不出来啊。”

“胖皓”弹着本子，学着他老爹的口气。

“汉堡纸上的笔触细腻连贯，还带着几分不羁和随性。这个虽然有几分像，可少了点野性。”

前半句其实是从他爹那里听来的。

“瘦浩”拍了一下大腿：“那这么说，眠哥就是芜城守护神了？”

“倒是也不能这么说……”“胖皓”摇摇头，“眠哥虽然吃汉堡，但我们从来没见她画画啊，要弄清这事还得找证据。”

“这个简单，”“瘦浩”神秘地一笑，“我们想办法让眠哥也画一次不就行了？”

他们讨论的声音过于兴奋，正好被经过的白芳菲听到，对方差点儿绷不住笑起来。

下午陆眠来到学校，“胖皓”和“瘦浩”就跟她商量晚上聚餐的事。

还真被隋愿说中了——“眠哥”没有时间。

“眠哥，你今天有事啊？”两个人问道。

陆眠手托着下巴，看着窗外的风景，漫不经心地点点头：“有事并且是很重要的事。”谁都无法阻拦的那种。

恰巧下午苏老爷子给陆眠发信息请她去苏家吃饭，她想也没想就直接拒绝了。

放学以后。

陆眠斜背着书包，吊儿郎当地来到校门口。因为是周五，来接孩子的家长很多。好多车辆停在路边，把整条街都占满了。

陆眠站在人行道旁边，一边玩手机一边在等着什么。

白芳菲不知从哪里冒出来，经过陆眠身边时凉凉地问了一句：“你也在等车啊？”

这边是候车区，学生们都在这边等家长开车来接。

白芳菲知道陆眠的家庭情况，别说她现在跟陆家断绝关系了，就是没断绝关系，陆家也不会派车来接她。

但白芳菲的搭讪并没有得到回应，白芳菲侧头看向身旁的陆眠，对方连眼皮都没掀一下，仍一只手玩手机，另一只手插在裤袋里，浑身上下透着一股桀骜不驯、玩世不恭的气息。

真狂。

白芳菲心里这样想着，就看见两辆车开过来。她走到豪华的劳斯莱斯旁，炫耀般地跟陆眠挥了挥手。

“陆眠，我家的车来了，拜拜。”

陆眠这才意识到有人在跟她说话。恰巧抬头看到一辆通体黑色的车子，她抬腿慢悠悠地走了过去。

白芳菲亲眼看着陆眠上了前面那辆车，坐在自家车里低声嗤笑了一声。

一个破牌子而已。

白芳菲指挥着司机：“李叔，前面那么空呢，你往前开一点，别让人插了队。”

“小姐见谅，不会有人插队的。”

“为什么？”

司机老李咂着嘴。

“那辆车那么贵，谁敢跟在后面？我们十辆劳斯莱斯都赔不起。”

白芳菲闻言一惊，直勾勾地盯着前方。静等了片刻，她发现真的没有车敢插队进来，即使后面都挤成了疙瘩，他们也都自动避让着那辆车。可是，陆眠刚刚就是上了那辆车啊……

白芳菲有些不服气：“它又不是什么豪车。”

“可能这就是有钱人的乐趣吧。”老李啧啧惊叹。

那车的车标就是个假象，三流的牌子，顶流的制造，一眼看上去确实就是一辆没什么价值的普通车。可人家从发动机到车饰，无一不是顶尖制造。就这辆车的壳子，那可都是防弹级别的。

平常人不知道这些很正常，但他们这些做司机的不可能不了解这些。说来也奇怪，这已经是他在芜城见到的第二辆这样的车了。看来芜城低调的有钱人真不少啊。

司机老李的话引起了白芳菲的不满，他们谈论的是车子，白芳菲心里想的却是自己堂堂白家千金竟然被陆眠压了一头，并且自家司机还帮陆眠说话。

“骗人的吧？”白芳菲又嗤笑一声。

老李没跟白芳菲计较，笑着问道：“小姐，刚才那位是你的同学吗？我看你跟她说话了。”

“嗯。”

“小姐可真幸运，能跟这样的人当同学。”

白芳菲的脸色像吞了苍蝇一般难堪，再瞪了一眼前面的车，左看右看就是看不到车里的情况。她立刻起了心思，来接陆眠的车又不一定是陆眠的，谁知道这里面有什么乱七八糟的原因呢。

“李叔，先不回家了。你跟着前面那辆车，看看他们要去哪儿？”

陆眠上了车，以一个舒服的姿势懒洋洋地靠在后座上。

前排司机东阳，一个二十三岁的年轻男人，回过头来，毕恭毕敬。

“老板，我先送您过去，愿愿小姐那边会有人单独接她。”

陆眠“嗯”了一声：“走吧。”

车子启动，畅通无阻地离开了拥堵的街道。行驶了半分钟后，东阳透过后视镜，声音微冷地跟陆眠汇报：“老板，有人跟着。”

“哦。”陆眠刚开了一局游戏，手指快速飞动，漫不经心地应了一句，“甩了。”

陆眠一点被跟踪的紧张感都没有，早就习以为常了。

东阳收到命令，踩下油门，三两下就甩开了紧跟着的劳斯莱斯。

陆眠并没有在意这些小细节，安安稳稳地玩自己的游戏。一局胜利后，她的电话也响了起来。

是萧祁墨打来的，陆眠顿了一下，似乎在犹豫接不接。

东阳很好奇，从后视镜里看了陆眠一眼。老板向来很果断，接就接，不接就挂断，谁的电话能让她犹豫啊？

到最后，陆眠还是按了接听。

“祁主任。”陆眠的声音淡淡的。

从容优雅的低音炮从对面传来：“今晚有时间吗？请你吃饭。”

陆眠静默了几秒。

萧祁墨温和一笑：“别误会。他们从国外寄来一些牛肉、鹅肝一类的食材，据说做成汉堡口感会很好。”

陆眠抿紧嘴唇，不着痕迹地吞了一口口水。很快，她精致清冷的五官就变得云淡风轻。

“谢谢祁主任的邀请。我有事，您自便。”

萧祁墨还想说些什么，结果电话那头已经传来“嘟嘟嘟”的声音，对方已经挂断了。

萧祁墨拿着已经黑屏的手机，金丝边框眼镜下的墨眸深了几许。

叶谨闻气喘吁吁地抱着一堆食材过来，“狗腿”地问：“怎么样？小眠眠肯定迫不及待了吧？这可都是今天刚从国外发来的顶级食材，神户牛肉、鹅肝、鱼子酱、大龙虾……我都要流口水了。”

萧祁墨的脸色更沉了，绕过一堆食材，冷着声音道：“她有事，来不了。”

“啊？破天荒啊。”

什么事能比一顿顶级豪华汉堡宴更重要？更何况还是萧大佬亲自下厨。

萧祁墨默默地攥紧手机，他也很想知道。

这边的东阳又多看了陆眠几眼，终于忍不住多问了一句：“老板，祁主任是谁？”

他们家老板的社交关系并不复杂，这个突然打电话请吃饭的祁主任是个陌生人物，他自然好奇。他是个司机，同时也担负着保护老板的职责。虽然他们家大佬根本不需要他的保护。

“哦。”陆眠神色如常，“我们学校的教导主任。”

教导主任请学生吃饭？

就在东阳心里嘀咕的时候，后视镜里的少女老板微微勾了一下嘴角：“别担心，他是个好人。”

“哦，好……”可东阳还是觉得有哪里不对劲。

东阳带着陆眠来到郊外的一处别墅，检查了四周的情况后，陆眠才悠悠然地下了车走进去。

东阳则自动退下。

陆眠轻车熟路地穿过雅致的院子，庭院里的凌霄花点缀着勃勃生机。她随手摘下一片叶子，穿过门厅，吊儿郎当地进了客厅。

开放式的厨房就在旁边，穿着西装和围裙的清瘦男人往这边看了一眼，严肃认真的五官带着浅笑："放学了！"

"帅虞。"陆眠一边打招呼，一边将书包甩在沙发上，放下手机，卸下所有防备和疏离。她自在地换上拖鞋，在客厅里晃来晃去，偶尔溜达到餐厅吧台这边，漫不经心地拈一点虞人准备的食材偷偷塞进嘴里。

虞人看破不说破，只笑笑。

"愿愿一会儿也就到了吧？"虞人问陆眠。

"嗯，应该快了。"

"零去拿蛋糕了，马上回来。"

"零啊，就是闲不住。"陆眠轻笑。

两个人说了几句话后，客厅这边就安静下来。不过谁也不觉得尴尬，各忙各的。

十多分钟后，门厅处传来细微的动静。不一会儿，隋愿顶着光头，探头探脑地走进来。

"我们的小寿星回来了。"虞人打趣道

十月二十二日，是隋愿的"生日"。

所谓生日，其实并不是真正的出生日期，是隋愿被解救出来，获得重生的日子。他们几个人都默契地把这一天当成新生，也就是生日。

隋愿走到吧台这边，腼腆中带着几分欢喜："老虞，辛苦你了，给我们做了这么多好吃的！"

"难得聚在一起，不辛苦。"

隋愿又跟陆眠打招呼。

"小光头，我今天去参加复赛了。"陆眠斜倚着吧台，挑着眉，顽劣的样子像是在求夸奖。

隋愿冲陆眠竖起大拇指："眠眠真乖！"

"眠眠真乖！"虞人也揶揄道。

三个人正说着话，门口处传来一道爽朗的笑声。

“我回来了！”

人未至，声先到。笑声一路从门厅传到客厅这边。吧台处的三个人不用猜也知道是谁，齐齐朝门口看去。

很快就走进来一位身着紧身牛仔裤、黑色小皮衣的窈窕女士。她手里拎着蛋糕盒，及腰的波浪长发往后一甩，动作爽利地踢开高跟鞋，光着脚走进来。

这个一身“御姐”气质的美艳女人叫夜零，也就是一直跟陆眠通信，负责陆眠秘密事务的“零”。

夜零性格开朗，是个爱玩、爱闹腾，看热闹不嫌事大又闲不下来的主。一头波浪长发和精致妆容下的她其实也才二十二岁，这样的打扮让她看上去更成熟也更有女人味一些，美艳但不风尘，玩闹又不轻浮。

夜零往里一看，涂着时下最流行的“正宫红”色号口红的美唇勾起的弧度更大。

“都在呢！”

说着，她将蛋糕放在茶几上，走到吧台这边。她先在隋愿的脸颊上亲了一下，又冲虞人打了个响舌，最后站定在陆眠身边。

夜零笑得肆意，身姿窈窕地凑过去，一只胳膊搭着陆眠的肩膀，一只手挑起少女的下巴。

“眠哥，许久未见，人家可真是想你呢。”

隋愿捂着嘴偷笑，又来了，又来了，零姐又开始“挑事”了。

虞人没眼看，手起刀落，低头切菜。

陆眠性格清冷孤傲，不太喜欢跟旁人有亲密接触。这样的动作如果换成其他人，大概会被她一脚踢飞。但对于她的这几个朋友，她却有着极大的耐心和宽容。

陆眠并不抵触“零”的亲近，还很配合地用低沉而霸道的口气“呵”了一声。

夜零灿烂一笑。

陆眠轻轻吐息：“是想让我咬你吗？”

夜零的笑变得僵硬，脑海里猛然想起她之前还嚣张了一小把。那是她执行完任务，一时兴起把画着猫头的汉堡纸留给了郭水天。

陆眠说：“你故意的。”

夜零回：“你咬我啊。”

这丫头还没忘呢。

夜零讪讪一笑，又贴近陆眠几分。

“眠哥，温柔点呗！”

陆眠脸色柔和，倒也没真的计较那些事，很自然地微微低头回应她：“女人，不要玩火。”

“御姐”终于绷不住了，抱着肚子哈哈大笑着放开了陆眠。

“眠哥，你这言情小说没少看啊，连经典台词都记得这么清楚。”

“嗯哼。”

“那你看出什么了吗？”

陆眠抿紧嘴唇，很认真地回答：“还在努力。”

几个人摇摇头，会心一笑。笑过之后，虞人在切菜的间隙抬头对夜零说了一句：“买的椒盐给我。”

夜零挑眉一笑，从皮衣口袋里掏出一个小瓶子，朝虞人丢过去。

虞人伸手，精准地接住。夜零虽然闹腾，但办事还挺靠谱。

几个人又凑在吧台这边聊了一会儿。

虞人负责做菜，隋愿负责打下手，夜零则负责活跃气氛。

陆眠就看着他们笑，偶尔偷个圣女果，或是拈一块小黄瓜。被抓到了，隋愿就鼓着腮帮子装生气小和尚，陆眠就越发嚣张地偷吃。

他们就像是一个家庭的兄弟姐妹，谈笑间毫无芥蒂，真诚而坦然。

虽然，还缺了一个人。

陆眠喜欢这种感觉。

从小就渴望的温暖没有在家人身上得到，却从这群伙伴身上得到了。即使曾经遭受了许多苦难，她也依旧觉得自己很幸运，只不过……

他们几个身份比较特殊，能聚在芜城已经很难得。这种好不容易才得来的安静平淡的日子，谁也不想打破这种平衡，也不想被人盯上，只好减少聚在一起的次数。所以，每一次这样的相聚，陆眠都特别珍惜。

风里雨里，天大地大，只要他们在，陆眠就会来。

虞人厨艺好，动作也很快，一道道精致的菜品放在盘子里赏心悦目，大功告成。

夜零看着虞人摘下围裙，感慨道：“老虞，想当年你也是年轻有为的成功总裁。

时过境迁，却要在这一方天地里洗手做羹汤。”

虞人放下围裙的手微微一顿，清瘦的脸颊上闪过一抹暗沉的情绪，很快便释然。

“现在，就很好。”

他二十三岁之前的辉煌人生就像一场笑话。直到绑架案过后，他才真正看清了一切。

虞人……愚人。

虞人曾经当了二十三年的愚者，往后余生，他只想做自由自在的虞人。

虽然话题有些沉重，可虞人并没有放在心上，反而还温和地笑着看向夜零。

“到了互相伤害的环节了吗？夜零，别光说我，当初第一次见你时，你身上的白大褂都没脱呢，还是一个漂亮稳重的外科医生，现在……”估计，夜零连手术刀都不知道怎么拿了吧？

夜零手叉着腰，笑得不怀好意，大眼睛盯着隋愿。

隋愿小脑袋一缩。

“再来说愿愿，哈哈哈——可惜了她那一头又黑又长的瀑布发了。以前多好看啊，香香软软的小丫头。现在呢，就是个小光头，虽然也挺可爱的……”

隋愿气鼓鼓地道：“零姐，你又来！互相伤害就互相伤害，我就说一句话，你们敢回忆我们五个第一次见面的场景吗？”

三个人齐刷刷地看向陆眠，更尿。

陆眠摊手，声音里带着笑意：“继续啊，你们。”

三个人顿时陷入回忆中。

那个时候，他们都是被亲人抛弃的受害者，一边恐惧着被绑架的后果，一边默默舔着至亲给予的伤口，正是遭受人生重大打击的时候，自然对谁都不耐烦。

他们五个人一开始根本不和谐，甚至互相看不顺眼。

再后来，还引起了一场争斗……过程他们就不回忆了，反正最后陆眠赢了。

“嘶……”

三个人最后放弃回忆那些画面，汗毛都竖起来了。

“端盘子吃饭！”夜零亲手结束了她挑起来的话题。

每个人都自动地端起盘子往餐厅走，四个人的聚会，很默契地没再等第五个人。

隋愿嘟囔了一句：“他……还是回不来啊……”

夜零安慰性地抱了一下隋愿，攥着拳头口气挺冲：“别管他，臭没良心的，等姐姐逮到他，先给他摁地上暴揍三百次。”话是这么说，可她还是在餐桌上摆了第五副筷子和盘子。

四个人互相看看，各自落座。

虞人和夜零忙着布菜。

陆眠微微偏头，看向唯一空着的座位，微微有些失神。

筷子，嗯……

陆眠拿食指缠着耳边的碎发，另一只手转着一根筷子。她突然想起来，自己之前在超市好像买了两包筷子，怎么后来找不到了？

“眠眠？”虞人抬手在陆眠面前晃了晃，“想什么呢？”

陆眠立刻回神，一本正经地回道：“哦，我在想怎样暴揍那个家伙三百次。”

夜零笑得前仰后合：“有眠哥在，我就有撑腰的了。”

“零，眠眠是女孩，你也改改口吧。”虞人有些无奈。

夜零笑得妩媚，看向对面：“眠哥，你说改不改？”

陆眠慢条斯理地给自己铺上手帕，顺便还给了她一个媚眼：“你开心就好。”

其实陆眠是他们中间最小的一个，他们都想宠着这个小妹妹。可现实却是，他们反被小丫头宠着、照顾着。这种感觉，真是让人又喜悦又无奈。

虞人抚额摇头，视线落在一桌子菜上，才找回了自己的价值，将汉堡盘推到陆眠手边：“都是你的。”

夜零和隋愿也不抢。

这次陆眠却罕见地没碰，甚至只看了几眼就转移了视线，不知在想什么。这让虞人瞬间心凉，难道他连做饭的这点价值都没有了？

“怎么了，胃口不好？”虞人发现陆眠今晚走神的次数有点多。

陆眠摆摆手：“不是，我还不太饿。”

陆眠大概也意识到自己的走神，有些心虚，干脆换了一个话题：“今天是愿愿的生日，我们来喝 RIO（锐澳）吧。”

陆眠说着就要去柜子里找。

夜零、隋愿，以及虞人瞬间大惊失色，以毕生最快的速度，从座位上站起来，堵门的堵门，拦陆眠的拦陆眠。

陆眠抿嘴唇，反思自己：“我有这么被嫌弃吗？”

三个人撇嘴。

虞人安抚了陆眠，重新坐回座位上：“好不容易聚一次，大家多说说话。”

“好吧……”

三个人躲过一劫。

夜零连忙点了蛋糕上的蜡烛，强行岔开陆眠的注意力：“愿愿，许愿吧。”

“好！”

隋愿欢欢喜喜地应着，瞳孔里倒映着蜡烛的光彩，认认真真地看了一遍同生共死的至交，双手合十，闭上眼睛。轻柔和缓的生日快乐歌在耳畔响起，过了好一会儿，她许完愿望，三个人又和她一起吹熄蜡烛。

“愿愿，这是我送你的礼物。”夜零给隋愿递过去一个大盒子。

隋愿打开，是一副拳击手套。

“姐姐希望你能勇敢起来，谁要惹了你，放大胆子给他一拳。”

“谢谢零姐。”

虞人也送上礼物：“愿愿，你用脑的时间比较多，这是一款按摩头盔，有效释放眼睛和大脑的疲劳，最适合你了。”

“谢谢老虞。”

最后，轮到陆眠了。

陆眠将早早准备好的礼物推过去，是一个精美的盒子。

隋愿想要打开，却被陆眠一把摁住了手：“先别看，等我拿到物理保送名额再打开。”

“神神秘秘的……”

“听话。”

“哦。”隋愿噘着嘴收下礼物，再看了一眼精致的盒子，好想知道里面是什么。

送完了礼物，大家准备开吃蛋糕。

夜零的手机突然响了起来，她侧头一看，翻着白眼：“喊，没良心的打来电话了。”

电话铃声一直在响。

夜零随意地撩着长发，看了一眼陆眠，又看看其他两个伙伴，无声地询问他们到底接不接。

隋愿心软，弱弱地点了点头。

虞人是个老正经，面不改色。

最后的决定权还是落在了陆眠身上。

陆眠用筷子在生日蛋糕上沾了点奶油，放进嘴里细细品着。在电话铃声快要自动切断的时候，她才悠悠地道：“接呗。”

陆眠发了话，餐厅里的气氛才稍稍活跃了一点。

夜零打了个响指，接听并开了公放。

对面传来一道低低的，刻意压制的男声：“零，是我。”

夜零冷言冷语：“我知道是你，有事吗？”

“替我祝愿愿生日快乐，她的生日礼物我以后补上。”

隋愿小声地应了一句“好”，也不知道对方能不能听到。

“还有事吗？”夜零继续问。

对方停顿了一下，语气里带有几分虚：“她……在不在？”

“她”指的是谁，他们都知道。

夜零就是个看热闹不嫌事大的主，笑嘻嘻的脸上带着几分恶作剧的表情：“她就在我对面，我开的是公放。”

电话那头足足安静了十多秒，最后只听他长叹一口气：“我还有事，先挂了。”

短暂的通话结束。

夜零对着屏幕“呸”了一声，这个死没良心的，打一次电话就只说这几句话，不知道大家其实都很……

算了，他有自己的想法。

夜零收起手机，抬头看到对面的陆眠有些走神。她好奇地眨了眨眼睛：“眠哥，你们到底怎么了？”

隋愿和虞人也很想知道。

他们四个人被救出来的时间不一样，跟各自的家里断绝关系后，都很有默契地来到了眠眠的家乡。这算是另一种形式的支持和陪伴。

唯有那个人，选择了和他们不一样的路。他们并不是在指责他，只是担心他。

陆眠察觉到三个人炙热的眼神后，漫不经心地咬了一口蛋糕，天真地摇摇头。

“没有啊……”

陆眠不说，他们也不再追问，反正也出不了什么大事。他们五个人的感情可是经历过生死考验的，根本不会受到这些小事的影响。

挂断电话后，夜零刚放下手机，又传来好几声“嗡嗡”响。

虞人像是大家长一般，表情严肃：“零，你的业务太忙了。”

“老虞，你可别冤枉我。哪里是我业务忙，明明是眠哥。”夜零一边说一边打开手机看了一眼，笑道，“有人非要加股友群，不厌其烦地加，都申请一整天了。”

夜零说完还很纳闷：“我明明把那个人踢出去了啊，也不知道他又从哪里搞到了群号？”

陆眠迎着夜零茫然的眼神，浅浅一笑，慢条斯理地回答：“我给他的。”

既然是“眠哥”允许的，夜零突然有了一个“美好”的想法。

虞人不知道夜零的主意，只一本正经地嘱咐道：“这种人永久屏蔽就是了，免得烦心。”

“不，”夜零飒爽地往后甩了一下波浪长发，媚眼如丝地笑着，“我自有打算……”

虞人和隋愿见夜零的样子，就知道有人要倒霉了。

算了，谁让夜零就是这种爱闹腾的性格呢。

他们也差不多猜到了那个倒霉蛋的身份。

隋愿同苏珏一个班，苏珏又大摇大摆地去“MM记”吃过饭，他们稍微一想，就能猜出这个人的身份。

不过夜零还是征求了一下陆眠的意见：“眠哥，你同意吗？”

“随你开心。”

夜零热情地抛给陆眠一个飞吻，像吃了定心丸：“爱你！”

这个名叫“玉珏”实名苏珏的人实在可恶，冒用身份信息混进股友群，还泄露信息，暗中带着其他人一起买股票。他所做的每一件事都违背了股友群的管理规定。

把苏珏踢出去本来已经是便宜他了，他还死皮赖脸，这次加群申请理由竟然是举报陆眠。

这个理由当时都要把夜零笑死了，这次她非得好好治一治这个苏珏！

陆眠胃口不太好，吃得不多，连汉堡都只啃了半个。

虞人发现了，一整晚都没安心。

生日会过去后，即使时间还不晚，他们四个也要各自离开。

何时才能等来真正光明正大团聚的日子？或许只有彻底找到绑架案背后的真凶，端了他们的老巢，他们才算是真正地自由了。

隋愿和夜零一前一后离开。

陆眠静坐了一会儿后，也打算回去。

虞人把陆眠送到门口，有夜风吹过。

他下意识地帮陆眠把校服拉链往上提，又脱下自己的西装外套披在她身上。

“夜里凉，穿着回去吧。”

陆眠偏头看了一眼身上的衣服，衣服上还带着虞人独特的清冷气息。她笑笑：“好。你也早点休息，帅虞！”

女孩转身出去。

虞人的身子顿了一下，突然伸手拦住她。迎着女孩略显迷惑的眼神，虞人组织了一番语言，严肃地道：“眠眠，你和那位萧先生没有问题吧？”

“萧祁墨？”

“嗯。”虞人微微抬头看着漆黑无星的夜幕，“你也知道，他在调查你。上次你让我泄露一点信息出去，我便把你是‘MM 记’老板的消息给他了。”

陆眠快速眨了眨眼，“帅虞”把这个消息放出去了？

“好吧……”陆眠虽有些失落，却还算平静。

“但是眠眠，直觉告诉我，那位不仅仅只是萧家人那么简单，你要小心。”

“放心，我心里有数。”

虞人看着漆黑夜空下陆眠璀璨如星的眼睛，心里微微叹了一口气。

希望是他想多了。

陆眠回了锦城壹号。

她面无表情地出了电梯，因为动作比较轻，连楼道里的声控灯都没有亮。在一片黑暗中，她的视线若有似无地从邻居家门口掠过，瞬间停留过后，又很快转移。

她坚定地朝着自家门口走去，却在靠近防盗门时，借着微弱的光线，看到家门口多了一个四四方方的盒子。

陆眠眯起眼睛，整个人都呈防备姿势，五官敏锐地探查着周围，进入随时作战状态。

她退后一步，用脚尖踢开盒盖，随着盖子落地，楼道里的灯也亮了。

她微微垂眸，在看到盒子里的东西时，全身力量像是瞬间被抽空，一时间愣在原地。

那一刻，陆眠的防备和警戒全部卸下，取而代之的是有些发沉的脚步。

陆眠走到距离盒子一步的位置。

那是一个保温餐盒，盒盖被她踢飞后，一眼就能看到里面的东西——

安安稳稳、整整齐齐的六个汉堡。

不用猜陆眠也知道这是谁做的。

明明只是个邻居，却让陆眠有了一种被人“等着回家吃饭”的感觉。她上一秒还冰冷防备的五官，这一秒已经变得十分柔和，眼里是旁人看不懂的迷离和悠远。

陆眠静静地站在那里，抬手捂住心脏的位置，那里缓缓溢出细细的、痒痒的，发酸也发痛的情绪。

不是已经死了吗？为什么还会有感觉？

陆眠突然颓丧地垂下手，薄唇轻启，面无表情并慢悠悠地吐出三个字。

“你赢了。”

陆眠承认，在今晚隋愿的二十岁生日聚餐上，她走神了七次。

一次在想筷子，五次在想极品汉堡，最后一次在想……萧祁墨。

陆眠咬着唇暗骂了一句，缓缓走了几步，将踢到一旁的餐盒盖子捡回来，蹲下身重新盖好。她薄唇抿成直线，拎起餐盒，起身走到邻居家门口。

房间内的叶谨闻一直在紧密注意着外面的情况。在听到走廊外传来摔东西的声音时，他人已经冲到防盗门处，透过猫眼往外看。

“七哥，小眠眠回来了，你还不赶紧出去！”叶谨闻压低声音，一边挤着眼，一边朝客厅沙发上的萧祁墨招手。

萧祁墨跷着二郎腿，安静如山，镜片微微反光，让人看不到他眸子里的情绪。

男人没动，只慢条斯理地垂下眼睑，继续看财经杂志。

叶谨闻鄙视他，那一页杂志都看了半小时了。

“七哥，小眠眠已经发现你的爱心汉堡了，你赶快行动起来啊。”

萧祁墨从容不迫，甚至还摇了摇头：“男人有时候也不能那么主动。”

“哈？”这话是萧大佬说的？

“她若是来敲门，我便出去。她若是不来，我也不方便再去打扰。”萧祁墨神色淡淡。

如果是以前那个没动凡心的萧祁墨，叶谨闻绝对相信他。但现在……这招“欲擒故纵”怕是从哪对小情侣那里学来的吧？！

叶谨闻是皇上不急太监急，在门口紧盯着猫眼，焦躁地走着碎步。

“小眠眠，全靠你了，快来敲门吧。”

有些事情陆眠不知道，可叶谨闻知道。

萧祁墨今晚本想给小眠眠庆祝物理复赛，专门加急从国外调来了顶级食材。在听到陆眠果断拒绝、无法赴约时，心中郁闷，那张优雅的脸别提有多黑了。他整个晚上都是低气压，冷着脸浪费了一堆食材不说，还顺手把他们之前积攒的陈年任务三两下给处理了。

叶谨闻心里的苦，只有他自己知道。

这下小眠眠回来了，他也总算见到一点曙光了。

叶谨闻正这么想着，隔着猫眼便看见陆眠朝着他们这边走过来。

他一个激动，差点儿打开门冲出去。

“七哥，陆眠来了。”

叶谨闻极力压低声音，然而一句话没说完，又看见陆眠弯腰把餐盒放在门口，扭头就走了。

“七哥，陆眠又走了。”

叶谨闻的脑壳痛，就在他说话的这几秒钟，只觉得身边刮过一道劲风。他还没反应过来是怎么一回事，防盗门就被一只很漂亮的手打开。

叶谨闻张着嘴，看着突然而至的大佬。

他刚刚不还“老神在在”地说“男人也不能太主动”吗？

现场气氛有点奇怪，还有点尴尬。

萧祁墨站在门口拧着把手，叶谨闻弓着身子还是一副窥探猫眼的动作。

至于陆眠，她转过去半边身体，也突然顿在那里。

三个人都有些措手不及。

两位大佬都是超级淡定的主，只要自己内心绷得住，尴尬就不属于他们。

叶谨闻挠着头，可他不行，他浑身上下都透着尴尬。

静默了三秒钟后，陆眠调整了姿势，云淡风轻地站在萧祁墨面前，眼神偏冷，还有了然。

萧祁墨毫不尴尬，依旧是那副优雅从容的模样，穿一身休闲的居家服，微微弯腰将地上的食盒重新拎起来。他倾身时，衣领处露出一大片冷白，一望到底还能看到他有力的胸肌以及标准的腹肌。

陆眠眯了一下眼睛。

萧祁墨微微一笑，将食盒递给陆眠："不用客气，吃吧。"

陆眠神色淡淡地道："谢谢，心领了，我已经吃过了。"

吃过了？在哪儿吃的？和谁一起吃的？

尽管心中有再多疑问，萧祁墨岿然不动，修长的手指推了一下眼镜，他慢条斯理地打开食盒，不疾不徐。

"我试吃过了，口感不错。"

陆眠没反应，叶谨闻却发出"咕咚"一声。

两双气场超强的眼睛齐齐地看向叶谨闻。

叶谨闻很㞞地举起手："我做证，确实很好吃。小眠眠，不信你试试。"

叶谨闻还很主动地将一个汉堡举到陆眠面前，卖力地推销着自家七哥的爱心汉堡。他坚信，如果陆眠今晚拒绝了七哥的汉堡，自己就别想睡觉了。

汉堡的香气萦绕在鼻尖，陆眠细细一嗅，是独属极品食材的鲜香味道。

"谢谢。"陆眠接过汉堡。

萧祁墨心中落下一块石头，干脆请陆眠进屋："进来吃吧，我刚煮好红茶。"

陆眠想着食盒里有六个汉堡，自己也吃不了那么多，和他们一起吃才不至于更浪费，便答应下来。

萧祁墨的愉悦值又提高一个档位，然而当他朝走廊看了一眼，发现了落在地上的一样东西时，脸色又冷了下来。他真不想知道那是什么，可实在太明显了，他做不到视而不见。

萧祁墨几步走过去，将地上的东西捡起来："是你的吗？"

陆眠回头一看，哦，是老虞的外套。

刚刚陆眠以为有人送危险物品放在家门口，整个人都是防御状态，把外套甩出去之后一时间忘了捡起来。

"帮我拿过来吧。"

“好。”

萧祁墨一笑，将外套搭在臂弯时，不着痕迹地瞥了一眼衣领处的尺码，心下已经有了思量。

她今晚和虞人在一起。

第十八章

这汉堡有毒

男人的心思百转千回，长腿带过防盗门，再慢悠悠地走到客厅。

陆眠已经自在地坐在沙发上，是萧祁墨之前坐过的位子。

萧祁墨微勾了一下嘴角，还没来得及想更多，却看到对面女孩神情疑惑地手托住下巴，好看的眉眼微微蹙着。

“祁主任，你给汉堡下毒了？”

刚刚庆幸逃过一劫的叶谨闻突然一个大大的趔趄。

萧祁墨敛起笑意，似乎在思考该怎么解释。

陆眠又换上玩世不恭的模样，眨眨眼睛，眸子里盛满光彩，满足地道：“还挺好吃。”

好吃到陆眠都快想不起虞人做的汉堡是什么味道了。真是有毒，让她惦记了一晚上。

叶谨闻的汗毛倒立，在现场气氛更加尴尬前，大脑飞速运转，快速寻找新的话题。

叶谨闻的视线落在萧祁墨手里的西装上，嘴巴快过脑子：“男人的外套。小眠眠，是你男朋友的？还是有人在追你？”

然后客厅的气氛就更加古怪了。

萧祁墨站在那里不说话，眼神复杂，看起来很忙的样子。

他们家七哥又忙着酿醋了。

陆眠没注意到这些，抽纸巾擦手，擦完后便将虞人的衣服接过来，很仔细地收在身边。她对叶谨闻的问题不答反问：“我可以咨询你们一个问题吗？”

“当然。”叶谨闻干巴巴地一笑，十分庆幸陆眠转移了话题。

陆眠手摸着下巴仔细组织了一下语言，然后很认真地开口。

“你们知道女生该如何跟一个男人保持纯洁的朋友关系吗？”

陆眠就是陆眠。

她的下一句话总能说到叶谨闻意料不到的地方。

叶谨闻恨不得抽自己两个嘴巴，他怎么这么嘴欠，怎么这么多话？！

这个问题分明是在针对七哥啊。

叶谨闻已经无地自容，偷偷看了一眼萧祁墨，内心只剩忏悔。

萧祁墨告诉自己不要崩，陆眠说的不一定是他。毕竟他每次都师出有名，以陆眠的情商应该还感知不到。

萧祁墨故作优雅地在对面坐下来，试探道："有人带给你困扰了？"

"困扰也不至于，我只是……"陆眠慢条斯理地咬了一口汉堡，"对爱情不感兴趣。"

刚才还勉强稳得住的萧祁墨这下真的有点扎心了。

陆眠确实不是在针对他，她只是……一棍子打死了所有追求者。

萧祁墨强行露出一抹笑："你还是学生，这样做很对。"

陆眠很单纯地点点头，顿了一下，神情极为认真，清澈的眼底是看穿一切的了然。

"所以祁主任，你不必总是试探我的社交关系，我不会早恋，更不会给你的工作带来麻烦。"

叶谨闻听着陆眠这毫无情绪波动的宣告，默默地替萧祁墨捏了一把汗。这一本正经的语气，完全是把萧祁墨当成教导主任了啊。

七哥的追妻之路……大概还在铺路阶段。

其实叶谨闻也理解陆眠。

陆眠本身性格内向清冷，不幸的童年和家庭环境让她早早地给自己的心裹上厚重的壳子，并上了锁。她又经历了绑架案那种事，肯定不会轻易接受一个人对她的好。

这是这个世界带给陆眠的伤害，又怎么能怪她呢？

叶谨闻想着，也想到某些事，就更心疼她了。曾经的受害者虽然都回归了，但他和萧祁墨都明白，这并不是结束。

"十三号"救出了五个受害者，但那群绑匪行踪不定、心思狡猾，谁也不知道他们的老巢在哪里，至今也没彻底清除他们那个窝。

幕后真凶是谁？他们的目的是什么？他们以后还会卷土重来吗？他们还会

对陆眠出手吗？这些都是未知数。

如果陆眠肯跟他们倾诉那两年里发生的事情就好了。

偏偏他能力不足，心理催眠都干不过陆眠。

萧祁墨的嘴角一直挂着勉强的笑，内心默默消化了一会儿，又变回温文尔雅的绅士。

虽然陆眠的话比较耿直，让萧祁墨略感扎心，但他其实并没有多么难过。从一开始他就知道这个丫头不容易接触，又怎么会因为一点挫折便放弃呢？

相反，萧祁墨还有点……高兴，他没机会，别人就更没机会了。

一直让萧祁墨担心的虞人也算不上什么对手，或者说，他目前还没有对手。

萧祁墨这么想着，很快就释然，慢条斯理地给陆眠倒上温热的红茶，再推了过去，心情转好。

“你这么瘦，多吃点。”

“谢谢。”

周末过去，迎来了月底一周。这周有一次月考，班里的同学都安分了很多。

一对一帮扶的成果将体现在这次月考里。都是年轻气盛的年纪，多少会赌一口气，想要争个高下。尤其是白芳菲、许家徽这样性格的人，就等着月考成绩出来，好好地贬损陆眠一番。他们还听说了，下个月老师们打算让陆眠出去上课。一想到高高在上的陆眠在走廊罚站听课，他们心里就暗爽。

至于苏珞，最近也很安稳。

自从跟陆眠视频以后，苏珞就很少去找陆眠了。毕竟再怎么安慰自己，也始终忘不了跟陆眠的那场乌龙打脸。

苏珞和苏珏也商量过，等这次月考过后，会统一把陆眠的这些行径汇报给群管理。

不管是老师还是学生，似乎都在关注着陆眠这次的成绩。

“胖皓”和“瘦浩”苦口婆心劝陆眠学习的同时，也逼着自己认真学。

他们不知道为啥，抄了隋愿的笔记，感觉思路清晰了很多，就像那天被“眠哥”摁头上课一样清晰。

他们暗暗发誓，这次月考绝不能给“眠哥”拖后腿。

这天，陆眠接到了傅曼的电话。

陆眠正在看“女主人公‘带球跑’，男主人公追到天涯海角”的揪心桥段，很不耐烦地挂断了电话。

对方却一个劲地打，陆眠将号码拉黑，对方又换了手机号打。

陆眠“啪”地合上小说，深吸一口气，然后接听。

对方隐忍低哑的声音传来：“眠眠……”

陆眠的口气很糟糕，不耐烦地道：“傅女士，我跟你很熟吗？”语气冰冷疏离，不是母女，更像是陌生人。

“眠眠！”傅曼哽咽了一番，痛呼出声，“眠眠，你别生气了。你听妈说，你爷爷奶奶度假回来了，你回家吃顿饭行吗？”

陆眠重新打开小说，一边继续往下阅读，一边冷冷地回应：“别问这种明知道答案的事情，我跟你们没关系。”

“你在说什么胡话！血缘关系哪里是说断就断的。你就算再恨我，也改变不了你是陆家人的事实啊。”

傅曼这话倒是提醒了陆眠，她羽睫忽闪，改变了主意。

“时间，地点。”

傅曼大喜，连忙快速地说道。

“晚上七点，就在老宅里，你直接去你二叔的主楼就行了。”说完，傅曼又补充了一句，“眠眠，我们自己家的事，关起门来自己知道就好了，别当着你爷爷奶奶的面说，好吗？”

那些乱七八糟的事情说出去只会让人看笑话。然而傅曼说完之后才发现，电话不知什么时候已经挂断了。

傅曼重重地叹了一口气。

本来他们长房就不讨老爷子、老太太喜欢，自己的丈夫在外地回不来，如果大女儿也不回来吃这顿饭，傅曼真不好解释。她总不能告诉公婆大女儿已经跟他们断绝关系了吧？

好在两位老人家还比较喜欢陆心暖，只要陆眠安安稳稳地吃完这顿饭，一切就都能相安无事。

陆眠晚上准时来到陆宅。再次踏入这里，她的表情一直冷冷淡淡，目不斜视。

她一路来到主楼，热闹气派的建筑里传出阵阵欢声笑语。

她一脚踢开跟了她一路的小石子后，轻嗤一声，拢了拢书包带，抬腿走进去。

主楼奢华的大客厅里，两位老人坐于主座，看上去精神奕奕，状态不错。他们便是陆家的两位长辈陆成翁和黄玉。虽然他们早已不管理家族公司了，但地位依旧稳固，说话很有分量。

副手座位坐着二叔陆行堂和二婶裴锦兰。

另外一边则坐着傅曼和陆心暖。

他们六个人正说着什么高兴的话题，你一句我一句，笑声不断。当陆眠走进来，他们即使注意到了她，也没工夫招呼她。

他们继续着他们的话题。

陆眠倒也乐得清静，长腿钩了一把椅子，坐得远远的。

陆心暖人美嘴甜，乖巧听话，哄得两位老人合不拢嘴，连傅曼和裴锦兰也不住地夸她。

裴锦兰夸赞道："爸、妈，暖暖参加物理竞赛都到复赛了，要是参加决赛再拿个第一，我们暖暖就能直接被保送了。"

"不愧是我陆家的好孩子，颇有你哥的风范啊。"陆成翁一脸欣慰。

黄玉跟着点头："暖暖是个有出息的孩子。"

陆行堂有意想给侄女一个表现的机会，特意问道："暖暖，复赛成绩出来了没有？"

说起这个，陆心暖矜持地勾起嘴角，甜笑道："已经出成绩了，我还没查呢。"

"那快查查啊，让你爷爷奶奶高兴高兴。"

陆心暖垂着双眸，随即有些为难地看向陆眠的方向，问："姐，你要查吗？"

陆心暖不长记性，在她的认知里，陆眠上次考了满分绝对只是侥幸。陆眠能幸运一次，能一直幸运下去吗？

直到这个时候，大家才注意到坐在五米开外的陆眠。她有着和他们格格不入的邪肆气质，吊儿郎当地跷着二郎腿，坐没个坐样，只垂头玩游戏、看手机。

五位长辈各自带着不同的情绪。

"眠眠也参加竞赛了啊？"二房两个人面面相觑，维持着表面的和气。

陆眠的成绩单有多难看，他们都知道。这样的人还能参加竞赛，而且还走到了复赛，真不可思议。

陆成翁和黄玉也对视了一眼，没有说什么，或者说是没期待。

傅曼张了张嘴，到底没把陆眠上次考满分的事情说出来。她根本不确定陆眠考满分是幸运还是实力，更不知道大女儿到底有几分真本事。她想了想，也就没多嘴。

六道视线都落在陆眠身上，陆眠稳如泰山，手指快速在手机上飞动，间歇时才懒懒地应了一句。

“懒得查。”

陆心暖立刻接上：“那我一会儿帮你查。”说完，她就自顾自地掏出手机，找到网址后输入自己的身份证号等信息。

陆心暖先查了自己的。

傅曼紧张地凑过来：“暖暖，怎么样啊？”

陆行堂和裴锦兰也抻长脖子，十分好奇。

陆成翁和黄玉坐定不动，静等成绩。但在看向陆心暖时，眼里满是长辈对孙女的慈爱。

陆心暖佯装毫不知情地摁了查询键，嘴里还说着：“我要是考得不好，你们都别说我啊……”

“不会的，暖暖。”裴锦兰温柔地安慰陆心暖。

页面缓缓打开。

陆心暖一把捂住手机，闭着眼不敢看。傅曼坐不住了，直接把手机从她手里接过来，一点一点地打开。

“总成绩：九……”在看到“九”这个字样时，傅曼的心都要冲到嗓子眼，“九十一分！暖暖考了九十一分。”

“这后面还有全国排名，第八名。”

这是多么优秀的成绩啊，全国一千名物理高手，她的暖暖冲到了第八名。决赛是妥妥地没问题了，争第一的希望也非常大。

傅曼激动地抱住了陆心暖。

裴锦兰和陆行堂也都走过来，一个拍着陆心暖的手，一个连连竖起大拇指。

“全国第八，这成绩比你哥强。暖暖，这次你肯定能拿下保送名额。”

成绩落地，陆成翁和黄玉脸上的笑容变得更大，刚回来就听到这样的好消息，能不高兴吗？

陆心暖心满意足。其实她早就查过自己的成绩了，就因为提前知道结果，所以才敢现场查成绩。

这次，陆心暖就不信陆眠能考得过她。

“我这都不算什么的……上次姐姐还考了一百分呢。”陆心暖谦虚道。

傅曼的神情变得有些心虚。

陆成翁和黄玉都是一愣。

二房两口子也感觉不可思议，以前可没听说陆眠这么厉害。

“我现在就帮姐姐查。”陆心暖浑然不觉，退出自己的成绩页面，说着好听的话，“说不定这次也是满分呢。”

热闹的气氛立刻冷下来。

裴锦兰和陆行堂退回座位，坐得端庄。

傅曼暗中扯了一下陆心暖，示意她算了，别弄得场面太难看。

陆心暖笑笑，还是找陆眠要了准考证号。

陆眠神色淡淡，倒也给了她。

在查询之前，陆心暖最后瞥了陆眠一眼，偷笑着，摁下了如同潘多拉盒子般的查询键。

傅曼转过头，脑海里想起那天考场上陆眠几个同学说的话，带着几分侥幸。她不奢望陆眠再考一百分，只要不是太难看的成绩就谢天谢地了。只是本来很快就会出结果，怎么迟迟等不到暖暖的声音呢？

傅曼狐疑地回过头，只看见陆心暖抓着手机，人已经傻了。

“暖暖，这是怎么了？”黄玉关心道。

陆心暖没回神，睁大眼睛，嘴里不停地重复道：“这怎么可能？一定是算错了。”

傅曼拿过手机，眉心皱成疙瘩，看了一眼。这一看，她整个人一下站了起来。

傅曼的表情和陆心暖一样震惊。

母女俩这个样子让陆成翁他们都愣住了，这成绩得有多差，脸色才能这么难看。

“好了，不管成绩好坏，都是一家人，有什么好藏着掖着的。快说吧。”陆成翁摇头。

“她……她……”陆心暖结巴着，根本找不回自己的声音。

"说不出口吗？嗯？"陆眠微微上扬的声调里带着邪气和慵懒，坐在五米开外的她总算说了一句话。刚刚结束一局游戏，看着满满当当的装备库，她开心了。

陆眠懒洋洋地左右晃了一下脖子，站起来。

六个人都盯着陆眠。

陆眠扫了陆心暖一眼。

陆心暖浑身一个激灵，用尽全身力气，艰难地吐出三个字："一百分。"

"什么？"其他四个长辈如被雷劈了一般，难以置信。

傅曼张着嘴，僵硬地补充："全国第一名。"

陆成翁和黄玉这次不淡定了，双双站了起来。

陆行堂和裴锦兰也下意识地起身，看向陆眠的眼神是那么陌生，像是从来没认识过她。

看着周围各种古古怪怪的眼神，陆眠倒是无所谓。她偏着头，一侧嘴角上扬，笑意越发张狂恶劣，且毫不留情地补刀："你猜得真准，我又是满分。"

陆心暖的脸涨成了猪肝色，人已经站不稳了。即使陆眠没动手，她也已经觉得脸上被扇了十几个耳光那么疼。

众人陷入静默之中。

几个成年人这次也被狠狠地甩了耳光。考一次满分可以说是幸运，是偶然，那两次考满分这算什么？

竞赛成绩明明白白摆在这里，由不得他们不信。

陆眠她……真的变了，变得跟两年前不一样了，性格更冷、更孤僻，人也变得更强大了。

傅曼和陆心暖傻站在那里不说话。

倒是裴锦兰会打圆场，赶紧劝大家冷静，并笑着说："大嫂，眠眠现在跟暖暖一样优秀，你以后可有福气了。"

陆成翁也点点头："陆家有你们，会越来越好的。"

"要不我们去吃饭吧，用人都做好了。"裴锦兰提出建议。

于是大家都准备起身。

陆眠却不疾不徐地从背包里翻出来一沓纸，递到陆成翁面前。

"有份文件，请您签个字。"

陆成翁狐疑地接过来，伸直胳膊，在那么远的距离端看。待看清楚内容后，他的脸色瞬间变得铁青。

他身子晃了几下，黄玉和陆心暖赶紧扶住他。

陆成翁都快将手里的文件捏烂了，脸上的褶子挤成一团。他指着陆眠：“你要迁走户口？陆眠，你知不知道自己在做什么？”

陆眠扬起头，慢条斯理地笑了笑：“这种事，一目了然吧。”

“你！”

“眠眠……”傅曼几乎要晕过去，在听到那几个字的时候，所有的尊严和面子都被无情地、狠狠地摔在地上。她总算明白陆眠为什么会答应回来吃饭了，她就是回来迁户口的。

因为之前卖房子救暖暖那件事，他们长房一家的户口暂时落在了两位老人名下。要签字，只能找两位老人签。

陆成翁一把将文件撕得粉碎：“陆眠，我是不可能签的。你是想让别人笑话死陆家吗？”

“笑话你们陆家关我什么事？”陆眠的话凉薄中透着狠劲，显得势在必行。她优哉游哉地又从背包里掏出来一沓，重新递到陆成翁眼前，“我复印了好几份，不怕您撕。”

“你……”陆成翁有点脑充血，其他几个人手忙脚乱地扶着他坐下。

陆行堂和裴锦兰不敢再说其他，就劝陆眠：“眠眠，一家人哪有什么过不去的疙瘩。你物理考得这么好，家里人都为你骄傲呢。”

黄玉也强忍着指责的念头点头：“是啊，眠眠，你还得和暖暖一起参加决赛，我们陆家两朵金花在竞赛上夺冠，多大的喜事。你别……”

陆眠“呵”了一声，直截了当：“要怎么样才肯签？”

“你……”

此时，陆心暖终于从物理成绩中回神，不知哪句话触动了她的神经，她突然失态地冲到陆成翁身侧，冲着陆眠大喊：“想让爷爷签字，除非你答应我们一个条件。”

陆成翁和黄玉都拧着眉，神色复杂地看着陆心暖。

暖暖……这是怎么了？

陆眠手里转着那沓文件，一直在笑，跟失态的陆心暖形成鲜明对比。

陆心暖顾不得这些，咬着牙，原本知书达理的脸现在变得狰狞可怖，几乎要撕烂陆眠："你退出物理比赛。"

陆心暖下定决心，声泪俱下地看着陆成翁和黄玉。

"爷爷、奶奶，这次物理比赛对我很重要。我如果拿到第一，就能被保送。就算我拿不到第一，只要决赛时我进入前五名，也有一个巨大的机会在等着我。"

傅曼失了魂，干巴巴地问道："什么机会？"

"妈，你忘了之前老师把我获奖的画递给素风游戏公司了吗？他们说如果我这次竞赛能拿到前五，不但会买下我的绘画版权，还会让我去素风公司上班，他们现在很缺物理方向的游戏策划师。"

傅曼僵硬地点了点头。

陆成翁和黄玉是知道那家公司的，确实是一个很好的机会，可……

陆心暖继续恳求："爷爷，我是高三，陆眠才上高一。她以后有的是机会，这次为什么就不能选择退出呢？难道非要一家人打一家人吗？"

陆心暖的算盘打得噼里啪啦响。

陆眠的心早就不在陆家了，她既然那么想走，就得付出一些代价。

陆心暖不想深思陆眠的物理成绩为什么会那么好，她不想知道。她只知道只要陆眠退出竞赛，她就少了一个强大的竞争对手，不管是争第一还是进入前五名，她都多了很多胜算。

陆心暖不稀罕跟陆眠当什么两朵金花，她才是陆家值得骄傲的女儿，独一无二的。

陆成翁和黄玉拧着眉，暗暗在心里权衡。

陆行堂和裴锦兰相互看看，面色略有些严肃。

旁人不知道，他们两口子心里很清楚。素风公司名声在外，他们家陆玺多次说过想跟素风合作，都苦于没有机会，也没有门路。陆心暖现在就有进入素风的机会，实属不易。要是错过了，真的挺可惜的。

只是陆心暖的仪态让人大跌眼镜，实在不像一个大家闺秀该有的样子。

傅曼又何尝不是这样想呢？

傅曼都快傻了，大女儿给她的震惊和打击还没完全消化，小女儿又闹这么一出。她不明白一向乖巧善良的小女儿怎么会说出这样的话，还提出这样的要求。

现在的陆心暖，变得比陆眠还要陌生。

陆心暖干脆破罐子破摔，姿态难看地咬着牙："陆眠，你这么迫不及待地想脱离陆家，那就为陆家做最后一件事吧？”

六个人各怀心思，嘴脸各异。

陆眠是唯一云淡风轻的那个，她好似被说动了，倏地停下手里转动的文件。

“好啊。”陆眠的语气轻飘飘的，嘲讽意味十足。

五位长辈的眼神错愕，复杂中带着不确定。

就在大家思量揣测的时候，只看到陆眠慢悠悠地掏出手机，一只手拿着文件，一只手打着字，似乎发出去一条短信，很快就收了起来。

大家默不作声，一头雾水。

陆眠也不说话，往沙发上一坐，跷着腿，指尖缠绕着耳畔的发丝，旁若无人地等待着什么。

陆眠这姿势在陆家是绝对不被允许的，可此时此刻，谁都没上前纠正她。

陆心暖张了张嘴，总算恢复了几分理智。她想到自己刚才的失态，又神色楚楚可怜地想辩解什么。

但此时，陆心暖的手机响了。

陆心暖掏出来一看，备注是——素风游戏负责人林先生。

她激动地给傅曼和陆成翁他们看。

“妈、爷爷、奶奶，林先生的电话，他肯定是想问我的竞赛成绩。”

这通电话就像救星一样，把尴尬受煎熬的陆心暖拉回现实，解除了她的困境，圆满地帮她掩盖了刚才的失态。

傅曼和陆成翁的表情一松，原本还有些挣扎的他们也慢慢倾斜了天平。

“暖暖，快接电话，也让我们听听。”裴锦兰欢喜地催着。

陆心暖连连点头，深吸一口气调整好心态，接听并开了公放。

“您好，林先生。”陆心暖的口气乖巧又恭敬。

“请问是陆心暖小姐吗？”

“是我，林先生。”

对方确认信息后，一板一眼地开口。

“陆小姐，很遗憾地通知您，您的作品未能通过我公司高层领导的审核，请您再接再厉。”

“什么？”陆心暖的笑容僵在脸上，怀疑自己听错了，“您是什么意思？不是说我只要拿到物理竞赛前五名，你们就会签下我的作品，还能让我去公司上班吗？”

“我理解你的心情，但这就是最终结果。”对方平静地解释。

陆心暖却平静不了，死死地抓着手机，根本无法接受。

陆心暖声音很大地问对方，几乎是在吼：“为什么？你们总要给我一个原因吧？！”

对方似乎笑了，平静中带着几分不屑。

“陆小姐，原因是什么，你自己心里不清楚吗？”

陆心暖身子一僵。

傅曼忍不住冲过去：“林先生，你们这算什么理由？你们知道我女儿为了这套作品有多努力吗？为了达到你们的要求，她夜以继日地学习物理，修改作品。凭什么你们一句通知，就毁了我女儿所有的心血？”

对方听到这些话，像是机器人一样没什么感情，四平八稳的声音隔着听筒传过来。

“陆心暖小姐的这套作品确实优秀，我公司确实有计划签约。但很抱歉，我们刚刚核实了情况，陆心暖小姐的作品与十二年前的一套作品有百分之六十的相似度。”

“你……你什么意思……”

“这位女士，还要我说得更清楚吗？您女儿的作品是抄袭。”对方顿了顿，“我们公司不可能签约抄袭的作品，更不可能招聘这样的员工，以后也绝不会再接受陆心暖的任何作品和申请。言尽于此，再见。”

电话立马就挂断了。

陆心暖的身子都僵了，一张脸上已经不知道该是什么表情。

傅曼晃着陆心暖的双臂：“暖暖……这到底是怎么回事？那不是你辛辛苦苦画出来的吗？怎么变成……”而且抄袭的还是十二年前的作品，那时候暖暖才七岁，她怎么会知道那些？

陆心暖被傅曼前后摇晃，木木地转身看向陆眠，赤红的眼睛里除了恨便是毒，一切都明白了。

“是你……”

陆眠坦然地笑笑：“如此一来，你就不用纠结物理竞赛了。”

陆眠的淡定和坦然都倒映在陆心暖的眼里，怄得陆心暖一口血堵在胸口，怎么都上不来。

确实不用纠结了，前五名不用争取了，第一名只要有陆眠在，她陆心暖就永远也得不到。这就是陆眠为陆家做的最后一件事。

“陆眠，你为什么要这么对我？”陆心暖用尽力气嘶吼出这句话。

为什么不能像以前一样，她做她的乖乖女，陆眠做陆眠的撒谎精？

陆眠看也没看陆心暖，挺烦她那张“全世界就我最无辜”的嘴脸。

“我得说话算话。”陆眠轻蔑地回应。

陆心暖猛地想起围棋赛的事情。

陆眠手掐着陆心暖的脖子，说会让她一点一点地失去所拥有的东西。

“陆眠，你……”

陆眠表情厌倦，左右放松了一下脖子，收回跷着的腿后站起身，有些不耐烦，重新将文件递到陆成翁和黄玉面前：“事情已经解决了，签字吧。”

所有人都听明白了。

这就是陆眠解决问题的方式，釜底抽薪，又狠又绝，断了陆心暖所有的念头。

陆成翁和黄玉从震惊中回过神来。

明明站在他们面前的只是个十九岁的黄毛丫头，还在上高一呢，他们竟然会生出一种无力感。他们驯服不了她，压都压不住。

陆眠没什么耐心地捏了一下鼻梁：“签吧，对大家都好。”

她这话说得漫不经心，却耐人寻味。

六个人都颤抖了一下。他们发现眼前的陆眠是他们从未了解过的，她的成长和强大似乎超出了他们的想象。

陆心暖狰狞地攥着拳头，嘴唇颤抖着还想说些什么，被裴锦兰快速摁住，裴锦兰颇为严肃地瞪她一眼。

陆心暖死死地咬住嘴唇，强行装乖巧。

裴锦兰出身名门，还算稳得住，这会儿已经换上温和的笑看着陆眠。

“眠眠，你要迁户口也不是什么大事，终归还是陆家人。婶婶能不能多嘴问一句，你……跟素风公司的负责人什么关系啊？你刚刚是给他发短信吗？”

这件事裴锦兰看得一清二楚，刚才确实是在陆眠发出短信后，素风那边就给陆心暖回电话了。就算陆心暖的作品疑似抄袭，仅凭陆眠的一条短信，难道就能改变对方的决定吗？

至少在流程上他们总得花时间去核实，再进行一番研讨吧？

陆眠看着裴锦兰笑了笑，并没有解释。她吊儿郎当地转着手上的笔，等待着。她不喜欢啰唆，既然来了，就没打算失败而归。

陆眠那双好看的眸子里带着明明灭灭的微光，看不到丝毫留恋不舍的情绪，只有无穷无尽的冰冷和不耐烦。

裴锦兰很尴尬，客厅的空气凝结着，场面陷入僵局。

陆心暖的手几乎要攥出血，怨毒地瞪着陆眠，却又害怕她，满腔愤恨不知该如何宣泄。

正巧这时，不清楚情况的用人过来问什么时候吃饭。陆心暖失态了，恶毒地将用人骂出去，完全是迁怒。

裴锦兰拧着眉，挺失望的。

陆成翁和黄玉对视良久，脑子里乱成一锅粥。迎上陆眠那双冰冷犀利的眼睛，陆成翁最终还是从口袋里掏出钢笔，颤巍巍地在文件上写下了自己的名字。

陆眠的心情终于转好，心满意足地弹了一下文件，然后放入书包里。她随即又慢条斯理地翻出另一份文件，递到了傅曼眼前。

“傅女士，请。”

傅曼的心一紧——《断绝家庭关系协议书》

“眠眠……”傅曼的眼泪簌簌地掉下来。上面的字她都认识，可连起来以后她就看花了眼，耳畔嗡嗡作响。先是迁户口，再是断绝关系，一步一步，陆眠都算好了。

如此一来，陆眠跟陆家就再没任何关系了……

傅曼颤抖着手接过文件，动作纯属下意识。

上一次陆眠说的话，傅曼还能回想起来。可当白纸黑字摊开在她面前，她有些接受不了。

原以为陆眠只是一时生气，在外面吃够了苦头就会自动回来。傅曼所有的“原以为”到如今都不攻自破了。

陆眠过得很好，她的围棋下得很棒，她给学校捐钱，她的物理竞赛两次都考了满分。

陆眠没有傅曼想象中的落魄、惹祸，没有她认为的不学无术，没有她记忆中的样样不行。

只有她不认识的、没见过的光芒万丈，或许陆眠本来就优秀，是她少了一份耐心和关心，一直忽略陆眠、不相信陆眠……

她知道错了，她现在改还不行吗？

“眠眠，妈妈错了，你再给妈妈……”

“快签。”

傅曼颤抖着手向陆成翁借钢笔，速度很慢地签了名，眼泪一行接着一行，狼狈至极。

大功告成。

陆眠一把拿过文件，那身暴戾之气很快散去，嘴角微微勾起，挺好。因为心情好，所以她又多说了一句话，不过还是很凉薄。

“傅女士，如果做不到公平，希望你下辈子别生两个。”

傅曼的手狠狠地捂住胸口，宛如刀绞。

做完想做的事，陆眠一秒钟都不愿意多待。她保留好文件，背起包扭头就走出了客厅。

众人头顶上那抹随时爆发的阴云好像也散开了。

陆眠脚步轻快地往外走，走了没几步，陆心暖就追了上来，张开双手拦在陆眠面前。

陆心暖扮演了那么多年的大家闺秀，在这一天人设崩塌，形象破灭，而毁了她一切的人就是陆眠。

陆心暖神情阴鸷，语气阴森地问：“陆眠，你到底还有多少我们不知道的秘密？”

“妈总说你爱撒谎，呵……”陆心暖咬紧嘴唇，自怜地摇摇头，“其实我早就看明白了，你很聪明，比我要聪明得多。你长得也漂亮，小时候亲戚都夸你，你做的那些未必就是撒谎……可我不想让爸妈相信，我不想让他们觉得大女儿那么聪明，小女儿资质却一般。所以，我便撒了很多谎。”

陆眠偏了一下头，这些她早就知道。

“你物理能考那么好，想必其他科目也不差。你下围棋很厉害，四岁就成才了。但我有个问题不明白……”

陆心暖不管陆眠听没听到，坚持问她：“七岁那年，我在你的画本上泼了水。你明明都把画本丢到垃圾桶里了，为什么还会出版？”

第十九章

撒谎精不是撒谎精

那个时候。

班里评选最优秀的绘画作品，老师选了陆眠当第一，没选陆心暖。陆心暖怕陆眠夺走父母的关注，便有意撞翻水壶，泡湿了陆眠的画本。当时陆心暖的水彩笔也在桌子上被泡湿了，她一口气把责任都推到了陆眠身上。

妈妈相信了。

于是，陆心暖亲眼看到陆眠撕了画本丢进垃圾桶，从此再也没碰过画笔。可明明已经毁了的东西，为什么还会出版呢？

陆眠随手摘下一片叶子，拿在手里捻着玩。

陆心暖下意识地往后退了好几步。上次陆眠玩叶子的时候就狠狠地掐过她，那次的阴影挥之不去，她不由自主地颤抖起来。

陆眠这次倒是没打算弄陆心暖，蝼蚁之辈而已。

陆眠淡淡一笑："所以你仗着作品毁掉了，就画了个赝品出来？所以你又仗着我被绑架死无对证，就拿去参赛了？"

"我……"陆心暖确实是这么想的。

谁知道陆眠还活着，谁知道她还会回来？

如果陆眠不回来，物理竞赛第一名就是她，素风公司也会热情地邀请她加入。

陆眠认不认识素风的负责人陆心暖不知道，但她能确定，陆眠当年的作品并没有被毁掉。

"是不是你重新画了一套，还拿去投稿了？"

陆眠倒是真没这么做，毕竟那点东西对她来说算不了什么。

只是当年这里面发生了一点小意外，那套泡了水被撕烂的画，被人拿走出版了。若不是陆心暖给素风递稿子，陆眠还真不记得有这件事。

"随你怎么说。"陆眠的语气寡淡。

“你！”陆心暖双手攥拳，愤恨不平，“你总是这样高高在上、目中无人，你一定在暗中看我们所有人的笑话吧。陆眠，你到底还有没有心？”

陆眠的耳朵嗡嗡响，嫌烦。她敛着羽睫，轻轻吹了一下手里的叶子。指尖轻轻一弹，那片叶子就像长了眼睛似的，朝着陆心暖的脸颊飞去。

陆心暖反应不及，瞪大了眼睛。锋利的叶片在她的脸颊留下痕迹，她全身血液凝滞，等到反应过来时已经从脸上流下微热的液体。

陆心暖再也没有拦住陆眠的勇气，目送陆眠的背影走远。

陆心暖狼狈地往回走，却猛然注意到远处正站着一道身影。

夜色微凉，黑暗笼罩，傅曼不知站了多久。

“妈……”她捂着脸跑过去。

傅曼颤抖着嘴唇，看着眼前完全陌生的小女儿，好半晌才问了一句话。

“六岁那年，你摔断胳膊，到底是不是陆眠推你的？”因为那次受伤，陆心暖住院留级，傅曼也勒令陆眠跟着一起留级。

“我……”陆心暖支吾着，似乎再也承受不住，捂着脸跑回偏楼。

傅曼已然知道答案了，忽然瘫在地上，哭干了眼泪。

原来她一直指责的撒谎精不是撒谎精，一直疼爱的小女儿才是真正撒谎的那个。

陆眠发信息到他们五个人的小群——

眠：“一切搞定！”

零：“手动给眠哥撒花。”

虞：“快回去吧，我派东阳给你送了吃的。”

愿：“你还有我们。”

陆眠看着小群的五个头像，脸上慢慢染上笑意。最后视线落在那个灰暗的头像上，她眼底带着一抹复杂。

陆眠叹了一口气，就在她失神之际，那个灰暗的头像突然亮了起来。

她眯了一下眼睛，群里便多了一条新消息。

“绑犯似乎有新动作了，多加小心。@眠。”

这条消息在群里静置了片刻，没有人回复。

陆眠输入“你也小心”四个字，觉得不行，改成“我知道了”，又觉得过于冷漠。

删除之后，最后只缓慢地发出一个字。

“好。”

那个头像很快又暗淡下去，仿佛他的出现仅仅只是为了发那么一条消息。

隋愿紧随其后，问道：“他们要重新抓我们回去吗？”

隋愿对绑架案有强烈的恐惧感，导致她本就敏感的性格变得更怯弱也更胆小，直到现在也没能走出来。

虞人和夜零都安慰隋愿没事，现在的他们已经不是两年前的了。

更何况他们四个已经改名换姓，甚至外表都跟以前有了很大的不同，想要找到他们，可不是靠什么简单的高科技就能做到的。

此时，最让人担心的便是陆眠了。

陆眠是他们五个当中唯一没有抹除身份的人，被那伙人重新找到是迟早的事。

夜零建议道：“眠哥，现在还来得及，你赶紧换个身份吧？”

虞人也是这种想法：“在找到他们的老巢之前，我们需要低调谨慎。眠眠，换个地方重新开始吧？”

陆眠抿紧嘴唇。

虽说陆眠现在跟陆家没关系了，想走就能走。但隋愿还在上高三，学校的消失点还没找到。更何况……

陆眠看着这几个人的头像，隔着屏幕笑了，耐心又柔软。

“一切有我。”

陆眠留下这四个字后便下了线。

群里的信息同时也被抹除得毫无痕迹。

陆眠物理竞赛又拿了满分的事情很快就在学校里传开了。

陆眠这次的成绩直接打了很多“幸运论”的人的脸，更没有一个人敢说她是作弊或是有答案。

真实的成绩让所有人都明白，陆眠的物理是真好。

丁猜这次开年级会议的时候，那腰杆子，别提挺得有多直了。

年级主任姜华背着手，笑眯眯地走来走去。

“25 班的陆眠同学，给我们高一部、学校，乃至我们芜城都争了巨大的面子。她在物理方面的天分绝对是顶尖的，要是好好培训一段时间，下次决赛拿到保送名额绝对没问题。”

姜华顿了顿，深吸一口气：“那么陆眠同学将会是鲲程中学建校以来唯一一个才上高一就被保送的学生。”

丁猜小鸡啄米般地点头，还不自觉地鼓起掌来。

班里出了这么一个天才，可比他自己得了优秀教师还要高兴。

其他老师纷纷附和，羡慕地点头。

“25 班最近的纪律也名列前茅，这些都与丁老师的努力分不开。”

这场年级会议就好像专为夸赞 25 班一样，丁猜特别受用，小眼睛都眯成一条缝了。

姜华说着说着，话锋一转，突然开口：“丁老师，管理 25 班这样的班级很不容易，我有个小小的建议，希望你能同意。”

“主任，您说。”

“陆眠同学这么优秀，值得学校好好培养。我打算把她调到 1 班让张雯蔷老师带她，你觉得怎么样？”

丁猜的单纯脸顿时僵了。

给陆眠调班？

丁猜的神色慢慢变得冷淡。

上次竞赛成绩出来后还跟他商量，这次直接改明抢了。

“陆眠的其他科成绩不好没关系，我会让其他老师好好给她辅导的。”1 班班主任张雯蔷微笑着站起来，还反过来安慰丁猜，“丁老师，放心，这是陆眠进步的好机会，我一定会让她变得更好的。”

丁猜不是阻拦陆眠去更好的班级，也不是看不得她变好。

他心知肚明，当初陆眠入校的时候，前面那几个班的班主任尤其是张雯蔷，可都是拼了命地不要她，生怕拖了自己班的后腿。

上次月考的时候，他们一个个还都暗自庆幸呢。

丁猜“噌”地站起来，口气也硬了不少。

“主任，我觉得陆眠在我们班挺好的。再说了，陆眠想去哪里那是她的自由，哪个老师都无权替她做决定。”

张雯蔷有些不屑一顾：“丁老师，这就是你从业经验少了。一个学生能从 25 班跳到 1 班，这是他的荣幸，是不会有人拒绝的。你直接通知陆眠，让她收拾好课本去1班报到就行了。”

丁猜连说了好几遍“不同意”。

丁猜最了解陆眠的性子，她让张雯蔷这样的老师带，根本不合适。张雯蔷能睁一只眼闭一只眼地不收陆眠的作业吗？张雯蔷能跟陆眠好商好量吗？

虽然这也不是丁猜想要的，但他至少懂得尊重陆眠。

见两个老师争来争去，姜华连忙站出来阻止：“好了，好了，这件事还是让陆眠自己来决定吧。”

张雯蔷无比自信：“这样最好。”

丁猜叹了一口气，如果那是陆眠想要的，他会尊重她的选择。

陆眠刚来到学校就被叫去了年级主任办公室。

陆眠走进办公室，她身上清冷疏离的气息直接让办公室降了好几度。

姜华简洁明了地把事情都跟陆眠说了。

陆眠觉得有些匪夷所思，这有什么好选的？

她直接站到丁猜身边，看也没看张雯蔷：“我不介意把我们25班改成1班。”

当着一群老师的面，陆眠的口气依旧那么狂傲，没有丝毫收敛。

张雯蔷的脸都变绿了。

意思就是，想让陆眠去1班，直接把25班换成1班就行了呗！

这么好的机会都不知道把握，陆眠真是不识抬举。

姜华劝陆眠：“陆眠，这都是为了你好。”

以前就知道陆眠难驯服，没想到接触之后会这么难办。

“是啊，陆眠，可不是谁都能跳到1班的。”

其他老师也跟着劝。

“呵……”陆眠嘲讽地勾了一下嘴角，视线漫不经心地从那几个老师身上扫过，浅浅淡淡的。扫过一遍后，她才慢条斯理、平静无波地开口，“别说得那么高大上。谁对我好我心里清楚，除了丁老师，你们都只是眼馋我的成绩。”

姜华、张雯蔷，以及其他几个老师的面子都挂不住了，绿着脸说不出话来。

唯有丁猜，像个小媳妇似的被自己的学生维护，感动得红了眼圈。

丁猜真的怕陆眠跟张雯蔷走，他怕她不适应，又怕她受不了高压的学习环境，更怕她惹出什么事端来。现在听小丫头这么一说，他觉得自己所有的苦心和努力都被理解了。

陆眠从来就不是一个冷血无情的学生，在她的灵魂深处，有着一团比任何人都要炙热滚烫的火光。

陆眠回头看丁猜的情绪不太对，无奈地笑笑，直接拉起丁猜的袖子，走到办公室中央，郑重地宣布："丁老师，我会成为你独一无二的骄傲。"

陆眠的话平静无波，却十分有力量。

办公室里的好多老师都浑身一震，默默地被感动。

如果自己的学生能对自己说出这样的话，教学生涯真的心满意足了。

他们不免有些羡慕丁猜。

丁猜唯有努力维持淡定，才觉得配得上陆眠的气势。

张雯蔷、姜华，以及几个学习成绩比较好的班级的老师觉得很尴尬，脸色越发难看。

"人不大，口气倒不小。"张雯蔷不当回事地笑笑，物理好归物理好，其他学科成绩烂得一塌糊涂，还谈什么骄傲不骄傲。

"不过……"张雯蔷捂着嘴，语气挺轻蔑，"陆眠对丁老师来说确实是一个宝贝疙瘩。毕竟丁老师带的是25班，除了捡漏一个天才苏珞，你们班还真没什么拿得出手的学生了。"

整体成绩差，倒数第一，能折腾出什么名堂来？

陆眠没眼光，这样的学生，也就止步于此了。

陆眠懒得理会张雯蔷，直接带着丁猜走人，甩下一众面面相觑的老师。

丁猜看着面前这个高挑纤瘦的少女，明明是一个学生，气势却不输任何人。他的手指快速拭去眼里的薄雾，跟上她的步伐。

"陆眠，你别把那些老师的话放在心上，他们瞎说的。"

"丁老师，你不是告诉过我，要从气势上压倒他们吗？"陆眠偏着头，一边大步流星地往前走，一边冲着丁猜浅笑。

丁猜叹了一口气："我那是怕你丧失信心。"

陆眠觉得丁猜想多了，羽睫微微敛着，认真地问："丁老师，你希望25班考出什么样的成绩？"

"这哪里由得我说了算。"他们班光荣地占据年级后三名，想翻身没那么容易，"月考在即，几天时间也改变不了什么。"

丁猜碎碎念着，反应过来后发现自己在跟倒数第一名的学生讨论这种问题，觉得有些诡异。

“其实班级排名只要不是倒数第一我就挺满足了。”

“哦。”陆眠显得很无奈，“您的要求倒是真不高。”

陆眠抬手看了一下电子表的日期，距离这次月考只剩下四天了。

时间都来得及。

陆眠回到教室以后，破天荒地掏出了习题册和课本。前排的“瘦浩”都傻了眼，瞪大眼睛看她摊开本子，翻着课本，无比玄幻。

“眠哥，你是不是拿错书了？还是又有人惹你了？”

陆眠一本正经地握着笔，忙着写字，头也没抬，却也不忘关心一句：“‘胖皓’呢？”

“他请假了，说是家里有急事。也不知道什么事这么重要，这马上就要月考了，我们仨还得逆袭呢。”

陆眠抿了抿嘴唇，对他说了一句“加油”，又继续埋头写字。

“瘦浩”浑身起了鸡皮疙瘩。

“眠哥”太不正常了。

夜零这边的股友群最近风平浪静。

群里很多人问大神最近为什么没有发布新消息，夜零都只是笑笑，让他们安静地等着。然后她找到群里那个“玉珏”的头像，涂着梅子色的红唇露出一抹要搞事情的微笑。

这件事说来很简单。

夜零其实晾了苏珏好几天，昨天晚上才允许他进群。

苏珏激动得千恩万谢，在群里发了好几万的红包，才算稍稍弥补了以前的过错。

苏珏本来想再换个穷人身份进来，但苏珞不同意，他便只好硬着头皮向群主“零”认错，仔仔细细地解释自己把赚的钱都散出去了，一分也没落下，还倒贴了同学三十多万元，情况很惨。

夜零对这些心知肚明。

有陆眠在，又怎么可能让苏珏占到便宜？但苏珏如果从此认㞞也就算了，他还不安分地想搞事，她便出手“逗逗”他。

“在吗？”夜零给苏珏发私聊。

苏珏秒回：“我在，群主。”

“你找的证据什么时候给我？”

“下周就差不多了。下周陆眠月考结束，肯定又是倒数第一。”

说完以后，苏珏又迫切地多问了一句。

“群主，大神最近为什么没给信息？”苏珏进这个群，首先是想举报陆眠，更重要的是还想继续得到珍贵的炒股信息。

夜零笑得善良：“不是说群里有个败类吗？”

苏珏：“大神的意思，是想等着我找全证据，把那个败类踢出去后再公布信息？是吗？”

苏珏非常理解，大神肯定对陆眠有了防备之心。他大受鼓舞，连忙给群主发了一封邮件。

“群主请查看邮箱，我已经把部分证据发给您了，麻烦您转发给大神看看。”

陆眠花了半天时间，把每科的复习笔记都归纳了一遍。

长时间没写这么多字，感觉还挺累。

下课后，陆眠主动找到苏珞。

苏珞本来没什么脸见陆眠，但看到陆眠手里那些厚重的笔记时，傻了眼。她手指微颤地翻开，心里突然如翻江倒海。苏珞自己就是个学霸，自然知道这份笔记有多重要。

笔记涵盖了高一开学两个月所学的所有基础知识点和基础题型解析，没有一句废话。关键是因材施教，特别适合中下游同学学习。

苏珞往后翻了好几本，语数英、物化生和政史地都有。

苏珞将笔记还给陆眠，骄傲地扬起下巴：“陆眠，你什么意思？”

陆眠轻描淡写：“如果没问题，你就给班里同学复印了分发下去。学霸们可以忽略。”

苏珞根本不是在问这个。

资料很棒，非常适合现在班里同学的现状。哪怕距离月考只剩下三天半的时间，只要大家认真学，就能提高成绩。提高多少不敢说，但绝对有效。

但苏珞想问的是陆眠从哪里弄到的这些资料？陆眠把这些资料转交给她又

是什么意思？

“你为什么不自己给大家呢？”班里同学多多少少对陆眠有点意见，现在正是陆眠笼络人心的好时候，陆眠为什么自己不去做反而让她来做呢？

“懒。”陆眠言简意赅。

苏珞气得不行，还有一种无力感。就好像她铆足了劲要跟陆眠一争高下，陆眠却把冠军奖杯送给了她。

“陆眠，你想清楚。我们班正在进行一对一帮扶，大家都较着劲呢。我如果把这些资料拿给他们，他们只会感谢我，而不会感谢你。而且你和那哥俩儿或许还是倒数。”

苏珞说了一大堆利弊，可陆眠只是有些嫌弃地掏了一下耳朵，脚尖懒散地在地上画着小圈圈。她重新将笔记递给苏珞，语气悠悠地道：“我只是为了丁老师，旁的东西与我何干？”

苏珞目送陆眠渐行渐远的身影，攥着笔记发愣，鼻尖突然涌上一股酸涩，自嘲地闭上眼睛。

苏珞年少成名，自视甚高，多次跟陆眠为敌，多次轻视陆眠，直至上次被狠狠地打脸。她在意的输赢、荣誉和骄傲，在陆眠的眼里却不值一提，云淡风轻。

陆眠在乎的只有她想在乎的人。

苏珞又怎么会不明白陆眠的心思？她是苏家千金，是年级第一，在班里颇有威信，这些笔记由她分发下去，绝大多数人都会听话地配合。

只要突击这几天，再加上之前帮扶的成效，他们班这次肯定能摆脱“倒数第一”的名号。

陆眠看得清楚也看得长远，她的格局远远超过自己。

可苏珞也有自己的骄傲和自尊啊，她这样跟冒领奖牌有什么区别？

苏珞不想这么做，可为了丁老师，为了班级，这些笔记她接也得接，不接也得接。

最后，苏珞深吸一口气，重新睁开眼睛后，又恢复了傲娇小公主的模样。

——陆眠，属于你的，我迟早会还给你。

想到这里，苏珞连忙给苏珏发了一条短信。

“哥，我们收手吧。”

发完短信后，苏珞紧接着去学校打印室，将这些笔记资料都复印出来。

高一（25）班的同学这几天就像疯了一样。

上课时再也没人睡觉，下课后也再无人打闹。就连大课间，教室的门都紧紧地关着，只有偶尔上厕所的同学才会出去一趟。

丁猜觉得很玄幻，从后门看了一遍又一遍，确定这些学生不是在作秀。

他就纳闷了，大家怎么突然都这么上进了？

后来一问才知道，是苏珞得到了一套笔记，分发给大家突击成绩。各科老师得知后纷纷夸奖苏珞，同学们也都赞不绝口，学习劲头十足。

丁猜很欣慰，目前唯一的担忧便是——

他隔着后门看到郭子皓空荡荡的位子，这孩子已经请假三天了，不太正常。

陆眠也想知道是怎么一回事，她给“胖皓”发过信息，对方回复家里有事后便再没回音。

直到这天早上月考，“瘦浩”告诉她，“胖皓”依旧没来上学。

陆眠知道，不能再这么下去了，她将书包直接丢给“瘦浩”，一边离开教室一边嘱咐道：“把‘胖皓’家的地址发我，我去去就回。”

“眠哥，一个小时后就要考试了啊。”

“放心。”

陆眠脚步极快地出了校门，想着打车还是骑自己的摩托车。

就在这思考的一瞬间，从她身后走来一道身影，突然抓住她的手腕。

同一瞬间，陆眠的手腕快速蓄满力量，转身回头看到那张斯文败类的脸，连忙卸下防备。

“祁主任？”陆眠的眼神落在自己的手腕上，微烫。她试图甩开，还很着急。

萧祁墨没管，在陆眠挣扎的片刻，语气略快但严肃地说：“我知道你要做什么，跟我走。”

手腕上传来不属于自己的温度，陆眠只是本能地“嗯”了一声，脚步不由自主地跟着往前走。

陆眠突然不明白，她竟然允许一个男人侵入自己的警戒范围，以前是从未有过这种情况的。除了有些怪异，她似乎也没那么抗拒。

而当陆眠偏头看向身侧的男人时，他正抿着嘴唇，面色严肃但自然地疾走着。

萧祁墨好像并没有注意到这些细节。

陆眠暗怪自己想多了。

萧祁墨带陆眠走到一辆黑色的车前。

他绅士地给陆眠打开车门，先让她上去，紧随其后也跟着坐了进来。

陆眠抿紧嘴唇，挥去脑海里那些怪异的想法，抬手在萧祁墨面前晃了晃，微微一笑，非常明显的暗示。

萧祁墨抱歉地松开："一时情急，抱歉。"

萧祁墨优雅而温和、绅士而坦然，从他的表情中根本看不到其他情绪。

"没事。"陆眠应了一声，见萧祁墨一本正经地坐着，也相信了他的"一时情急"。

只是她的手腕到现在还有些发烫。

陆眠连忙挥去那些复杂多余的念头。

"我的同学郭子皓已经四天没来上课了，我打算去他家看看。你知道这件事吗？"陆眠最关心的还是"胖皓"的事情，她必须在考试之前把"胖皓"带回学校。

萧祁墨点点头："嗯。郭子皓不在家，他家出事了。"

"出事了？什么事？"

"这几天我没来学校，就是在查这件事。不过你别担心，他们人还是安全的。"

"那就好。"陆眠点了点头，松了一口气，随即才诧异地抬头看萧祁墨，"你这几天都没来？"

叶谨闻隔着后视镜看了萧祁墨一眼，替他默哀。

车子一路行驶，确实不是往郭子皓家去，而是在一家经营红火的烧烤城门口停下。

此时是清晨，烧烤城还大门紧闭。

三个人下了车。

陆眠明白了。

这是地头蛇他们那一帮的据点，那晚她就是在这里清了他们。

这家店表面上是烧烤城，实际上是在地下的据点里做着见不得人的勾当。陆眠当时清了所有人，郭水天也把所有人给抓了，没想到依旧有余党在外面。

所以，郭家出事，跟地头蛇的余党有关？

如果是这样……

陆眠有自己的决断和想法。

她像原始森林里的野兽，在作战前竖起自己全身的芒刺，随时迎战。

“跟我……”

陆眠的“走”字还没说完，面前就多了一道高大挺拔的身影。萧祁墨先一步将她护在身后，轻声说：“小心，他们有备而来。”

陆眠的声音戛然而止。

萧祁墨没说是谁，可陆眠能听懂。

可萧祁墨为什么要挡在自己面前呢？他明明有着那么矜贵的身份……

叶谨闻此时也收起平日不正经的气质，警惕地环顾四周，然后脚步很轻地往前走了几步，压低声音对萧祁墨和陆眠说道：“我去探路，你们在我后面。”

平时没个正形的他，在正经事上却是义无反顾地打前阵。

只因为他身后的不光是萧家唯一的继承人，更是他敬重的七哥。

叶谨闻在前，萧祁墨断后，陆眠就被他们护在中间。事态紧急，她将那些复杂的情绪全压下去，全神贯注地往前走。

三个人从后院绕进烧烤城，找到了一条通往地下的甬道。

萧祁墨留在后面，做了几个手势和动作后才继续前进。

地下室里。

光线昏暗，也有些潮湿。

郭水天安安稳稳地坐在沙发上，时不时地抿一口茶。

对面是一群虎视眈眈的地头蛇余党，郭水天依旧保持端正沉稳的气势。

只是郭水天偶尔会朝一侧看去，那边的椅子上正绑着一个女人和一个微胖的男生，他将所有的担忧都压在心底。

那是他的妻子和儿子。

这些余党趁他上班之际带走了他的妻儿，同时通知他只身来到这里。

郭水天来了，他跟这些人耗了四天半。但妻子和儿子身上都绑着炸药，他不敢轻举妄动。他只希望自己求助的那位先生可以帮他脱离困境……

“我们这么做也实属无奈。冤有头债有主，我们只想知道芜城守护神的下落。只要你说出他的信息，我们绝不为难你们一家。”

此时说话的是一个留着八字胡的精明瘦削的男人，也是这次报复计划的带头人包亮，大家都叫他“豹哥”。

郭水天不卑不亢。

“包亮，芜城守护神的身份谁也不知道，你就算是耗死我，我也给你提供不了任何信息。”

郭子皓也很硬气，即使自己随时会粉身碎骨，也要梗着脖子护着守护神。

“我们全家人都不知道她的信息，你有什么招式尽管来，但我们只有三个字，不知道。”就算知道，郭子皓也不会泄露任何信息，他视死如归。

郭夫人紧张地看着儿子，摇头让郭子皓不要激怒这些人。

包亮摆摆手，并不生气：“你们不说也没关系。芜城守护神不是号称高风亮节、行侠仗义吗？如果他知道你在我们手上，想必不会坐视不管。我等着他来就是了。”

这也是郭水天最担心的地方。

对方的目的是报复守护神，他们一家三口被困在这里算是人质，暂时没有危险。可是，万一守护神真的来了，那他势必会遭到地头蛇余孽的疯狂报复。

郭水天心里宁愿那位守护神不要出现。

只是，就在郭水天这么想着的时候，地下室外传来几道脚步声，他心里“咯噔”一下，端茶杯的手微微颤抖。

郭子皓也突然倒吸一口凉气，心都快跳到嗓子眼了。

她来了？

一眨眼的工夫，地下室入口处就站了三个人。

两男一女，颜值超高。中间那个少女还穿着一身鲲程中学的校服。

郭子皓抻长脖子傻了眼，眠哥、祁主任，还有经常出现在他们校园里的叶医生？

郭子皓诧异又震惊地看着这三个人，视线最终落在陆眠身上。

各种信息在郭子皓脑海里交错浮现，他曾经跟陆眠唠叨珠宝抢劫案的画面，他毫无防备地闲谈他爹手上未解之案的画面，以及“眠哥”吃汉堡的画面……

现在，除了卡通猫头不确定，好像信息都对上了……

郭子皓瞬间知道了什么，内心突然燃起一腔热血，好像有什么东西呼之欲出，他想疯狂地尖叫，但残存的理智让他强忍着激动，强忍着振奋，只低低地叫了一声“眠哥”。

陆眠似乎听到了，隔着一片昏暗看过来，给了郭子皓一个安慰的眼神。

郭子皓连连点头。

陆眠等三个人的出现，让原本安安静静地蹲在地下室的其他小弟，都站了起来。那些小弟们默默抄起手边的家伙，一个个都强压着怒火，满脸仇恨，大有不死不休的架势。

包亮拍着手，满意地冲他们三个人冷笑。

“看来我等的人出现了。”包亮打量着三个人，“请问你们哪位是芜城守护神？”

包亮一边拍手，一边往前走了几步，八字胡的脸上满是阴沉。

“我们这些人很讲道理，谁害了我们，我们就找谁算账。如果那个人肯主动站出来，我可以保证不牵扯到其他人。”

包亮身后的小弟们齐齐摆好动作，随时准备往前冲。

陆眠扫了一眼，迅速判断出目前的情况。

地头蛇余党还有三十一个人，守着“胖皓”和他妈妈的有六个人，守着郭水天的有四个人，剩下的全在他们面前。

陆眠波澜不惊，即使面对的是一群不计后果的亡命之徒，也没有丝毫退却。

包亮的视线忽然看向陆眠。

这个穿着校服的瘦瘦弱弱的漂亮女孩会出现在这里，挺让人诧异的。

“小妹妹，你是芜城守护神？”包亮的语气有些松散，一听就是玩笑话。

郭子皓和郭水天暗自捏了一把冷汗。

没等陆眠说话，萧祁墨率先伸出胳膊，牢牢地护住陆眠。

“她不是。”萧祁墨严肃地说。

陆眠眼神有些复杂地抬头看了萧祁墨一眼。那张俊朗斯文的脸在昏暗的光线下，莫名地引人心悸。

“你们要找的人是我。”萧祁墨的神色淡淡，从容不迫。

这话一出，立刻拉了上百吨仇恨。

地头蛇余党对芜城守护神的所有恨意都在此时此刻爆发，如果不是这个多管闲事的人，他们这些人何至于落魄到如此地步。

他们家老大也不会被关进那种地方。

包亮阴狠地眯起眼睛，咬牙切齿。

叶谨闻惊惧地回头，瞪着萧祁墨。直接说他们三个人都不是多好，为什么偏要用这种方式，把所有火力吸引到自己身上？

叶谨闻极度担心萧祁墨的安全，虽然知道他的实力，可还是会心慌。

萧祁墨的这番操作让郭水天也受惊了。

这位爷是郭水天请来的救兵，是他在跟包亮交涉之前悄悄向萧祁墨发了求助短信。所以萧祁墨和叶谨闻会来到这里，他并不感到奇怪。

可萧先生的这番操作，郭水天就摸不准是什么意思了。

这群人恨不得将守护神生吞活剥了，萧祁墨却顶着仇恨，主动承认自己是他们要找的人，这不是自投罗网吗？

更何况这些人手里还有武器。

郭水天之前再怎么淡定，这会儿也有些慌了。

而郭子皓此时也陷入迷茫中，他的芜城守护女神……是祁主任？难道自己猜错了？

所有人里，只有陆眠好像明白了什么。她攥紧手心，抿紧嘴唇。刚刚如果不是萧祁墨拦住她，估计她已经承认了。那么此时，那些带着仇恨的人想置之死地的人便会是她。

陆眠不怕，萧祁墨难道也不怕吗？

萧祁墨没理会，慢条斯理地推了一下眼镜，稳如泰山，严肃平静，又寒意逼人。

“把他们都放了。”萧祁墨对包亮说。

包亮忽然笑得前仰后合：“这位行侠仗义的大神到了我们的地盘，你还指望能全身而退？哦，我是说过冤有头债有主，可我说话不算话啊，哈哈哈——”

说完又笑完，包亮带着遗憾且惋惜的眼神看着陆眠，精明的眼神中还带着几分邪念。

“可惜了，这么漂亮的丫头，今天走不了了。”

陆眠迎上包亮的眼神，认真地摇头：“恐怕不行，我还得接我同学去考试。”

这次月考很重要。

包亮低低地骂了一声，很无语：“你就是给那个胖子发短信的同学？”

“是我。”陆眠看着茶几上的几部手机，想到自己发给“胖皓”的短信，是他们帮忙回复的。

陆眠敛了一下羽睫：“叔叔，我能去我同学那边吗？”她的语气听起来乖巧又礼貌。

萧祁墨脑海里回响着陆眠温柔软糯的声音，在这种危急时刻，他竟然该死地、可耻地……走神了。

包亮也心神荡漾了一番，阴森地舔了一下嘴唇，声音还挺甜……

陆眠没等包亮回答，已经自顾自地去了郭子皓那边。即使身边那么多危险的眼神，她依旧闲庭信步，慢慢悠悠。

直到她走到郭子皓身边，郭夫人突然哭了出来："傻孩子，你来这种地方做什么？你会没命的！"

陆眠摇摇头，安慰地冲郭夫人笑了笑，随即从校服口袋里掏出一张皱巴巴的纸，摊在郭子皓的膝盖上。

"第一场是语文考试，这是要点，你赶紧看看。"

被绑在椅子上的郭子皓低头看着膝盖上的资料，再看看稳如老狗的"眠哥"，脑子里冒出无数个问号。

旁边看守的几个小弟也蒙了，命都要没了，还惦记着考试？真不知道该说这个女孩是傻还是蠢。

他们将陆眠和郭夫人、郭子皓捆在一起，陆眠没反抗。

而萧祁墨这边局势紧迫，千钧一发。

包亮后退一步，出了包围圈，对着那群小弟下命令。

小弟们平时横行霸道惯了，天不怕地不怕，个个不要命地往前冲。

陆眠隔着几米远的距离，眯起眼睛，眼中溢出几分寒意。

然而就在他们出手的一瞬间，萧祁墨和叶谨闻对视一眼，自有默契，原本安安静静站着的两个人速度飞快地消失了身影。

小弟们突然不知所措地愣在那里。

陆眠的眼神放缓，收回视线，微微松了一口气。

"帅炸了！""胖皓"在默背诗词的间隙还不忘吼一嗓子。然后他眼角的余光瞥了陆眠一眼，诧异道，"眠哥，你脸红什么？"

陆眠斜睨郭子皓一眼，手上在忙着什么，面无表情。

郭子皓秒"㞞"："背课文、背课文……"

"交给你了。"

在一片混乱中，斯文男人气定神闲地走出包围圈，说话轻描淡写。

叶谨闻打了一个响指，总算松了一口气：“没问题。”只要萧祁墨不在包围圈里，他就没什么后顾之忧。

萧祁墨去到沙发那边，安安稳稳地坐下来，跷着二郎腿陪郭水天看热闹。

郭水天可没他这么淡定，即使不慌，也早就心如擂鼓了。

“我去帮帮叶先生吧……”

萧祁墨摇头：“不用。”

的确不用，叶谨闻自己就能解决。

原本他只是一个性格活泼的心理医生，这会儿却顶着一张娃娃脸大打出手，也是练过的高手。

叶谨闻出手快，对方没了武器，三两下就被撂倒。其他守着郭夫人和郭水天的小弟赶来帮忙，也被一一解决。

双方实力相差太大，包亮和三十个小弟全傻了眼。

“他不是芜城守护神，你才是！”包亮大吼出声。

叶谨闻摸着自己的娃娃脸，显得很无辜，他真的不是。

“你们还有什么招数一起使出来。”叶谨闻掏着耳朵。

包亮的身子一抖。

包亮看看被揍得直不起身的小弟，又看看坐在沙发上聊天看戏的郭水天和萧祁墨，再看看椅子那边正背古诗词的郭子皓，一时间蒙了。

这实力也太悬殊了。

但是，他们以为这样就完事了吗？他手里还有王牌。

这群人敢这么蔑视他，那他就拉着他们一起陪葬。

包亮穷途末路，直接从口袋里掏出计时器，威胁着叶谨闻等人：“别过来，你要是过来我就摁下去。”

郭水天手指颤抖，连忙朝着妻儿看过去，眼圈发红。

萧祁墨和陆眠则是同款淡定。

叶谨闻也完全忽略包亮的威胁，慢悠悠地朝着包亮走过去。他步步紧逼，直把包亮和一群小弟逼到角落里瑟瑟发抖。

“谁都别想活。”包亮视死如归地吼了一声，闭着眼睛摁下计时器按钮。

一分一秒过去，却……没有包亮想象中的巨大的声音。

包亮惊慌失措地看着计时器，又狂摁了好几下，可依旧没有反应。

在包亮惊慌错愕之际，他看到椅子那边原本被绑着的陆眠悠悠地站了起来，还伸了一个懒腰。

郭子皓和郭夫人也跟着起身，身上的炸药已经解除了。

包亮瞪直了眼睛，小弟们哀号着紧贴墙壁。

最后的王牌……也没了，怎么会这样？

陆眠左右晃了一下头，双臂伸直拉伸了一下。

此时的陆眠嘴角带着邪肆而恶劣的笑，仿佛从地狱里走出来的恶魔天使。她明明有着绝美的容颜，却浑身缠绕着暗黑狠戾的气息。

“请记住我的脸。”陆眠冲着包亮等人微微一笑，启唇，“因为……我才是灭了你们的人。”